蓝水晶

陈武◎著

江苏凤凰文艺出版社
JIANGSU PHOENIX LITERATURE AND ART PUBLISHING, LTD

图书在版编目（CIP）数据

蓝水晶 / 陈武著 . —南京：江苏凤凰文艺出版社，2016
ISBN 978-7-5399-9658-5

Ⅰ . ①蓝… Ⅱ . ①陈… Ⅲ . ①长篇小说—中国—当代 Ⅳ . ① I247.5

中国版本图书馆 CIP 数据核字（2016）第 227014 号

书　　名	**蓝水晶**
著　　者	陈　武
责任编辑	孙金荣
出版发行	凤凰出版传媒股份有限公司 江苏凤凰文艺出版社
出版社地址	南京市中央路 165 号，邮编：210009
出版社网址	http://www.jswenyi.com
经　　销	凤凰出版传媒股份有限公司
印　　刷	三河市华东印刷有限公司
开　　本	650 毫米 ×940 毫米　1/16
印　　张	28
字　　数	340 千字
版　　次	2016 年 10 月第 1 版　　2019 年 3 月第 2 次印刷
标准书号	ISBN 978-7-5399-9658-5
定　　价	68.00 元

目　录

第一部　蓝晶

灵异的光

萍萍望着眼前的黑夜，回味刚才的梦：一个身穿海昌蓝大襟褂子的年轻女人，微笑着向她招手。女人站在草木枯黄的后岭上，身体缓缓下陷，神情也由满心的喜悦，逐渐变得焦躁起来，并且不停地大声喊叫。萍萍听她在喊“萍萍”，不由得向她跑去，可双脚似乎被捆起来似的，眼睁睁地看着她消失不见……

梦醒了。

一身冷汗。

七月一个阴晦的早上，萍萍默默地靠在床头，梦里的情景在他眼前不断地幻现。过了一会，她才缓过神来，把枕头边一只小木匣子端到腿上，看匣子里的四颗水晶球。四颗彩色水晶球不大，看起来和乒乓球差不多大小，紫晶，黄晶，白晶，茶晶，萍萍挑一颗白晶，握在手心。水晶球硬凉硬凉，真像握一块冰。萍萍把它放在脸上贴贴，脸上就像被冰虫子啄了一口，很舒服。萍萍再把它放到眼前，对着窗口看，水晶球里闪耀着五彩的光芒，换个角度看会有不同的变换，紫的，蓝的，红的，绿的，魔幻一样闪烁不定，要是在太阳底下，五色彩更会变化多端。萍萍的脸上露出浅浅的笑意。但是，笑意在她抓起另外三颗水晶球时迅速消失了，又顿时陷入冥想的状态，那因睡意未消而略显朦胧的神情渐渐凝固，脸上布满阴云，眼里充满小心思——她只差一颗蓝色水晶球了——萍萍曾经做过一个梦，梦里的女人展示着一块蓝色水晶告诉她，聚齐五色水晶，她就能在梦里和妈妈相聚了。

萍萍在院子里打水洗脸。萍萍洗脸草草了事，往脸上“噗噗”撩几下，就完事了。她瞄一眼院门，院门是木框和树枝编织的，日晒雨淋，已经很破旧了。院门后的土墙上，靠着许多家具，她一眼就看到那把粗柄子的两股钢叉和短柄子的圆口钢锨不见了，便知道父亲起了大早，去后岭挖水晶了。萍萍的父亲叫老扣。老扣当然是外号了。他的大名叫丁德扣。但鱼烂沟村没有人叫他丁德扣，都叫他老扣。老扣真的被扣紧了，没长开来，又矮又小，又黑又瘦，连眼睛都长年睁不开。但人是不可貌相的，老扣天生就和水晶有缘，一有空闲就偷偷去挖水晶，没有空闲也要找空闲。夏天不是挖水晶的好季节，大大小小的水晶塘子里会有积水，就算没有积水，土松，地滑，容易塌方，比冬春季节危险大。但七月的田地里农事不多，去后岭挖一天，找几块花石（一种次等的、有杂质的水晶），敲敲砸砸，选出精华，卖到水晶收购站，也能赚个块儿八角的。如果运气好，能挖到真正的水晶，还能小赚一笔。但父亲是不会把好水晶卖到水晶收购站的。父亲的好水晶有他自己的用处——开眼镜片。只要水晶纯度高，足够透明，体量又能切出眼镜片，父亲就会躲到他的“地下车间”，蒙好窗户，开动他自己制作的土机器，把水晶切成一片一片的，打磨抛光，就能到水晶黑市出售了。但好水晶容易挖到吗？不仅要会看地形，还要有持久的耐心，关键是不怕苦不怕脏不怕累，甚至不怕死。萍萍知道父亲什么都不怕，就怕挖不到好水晶。其实萍萍已经发现了，父亲这几天鬼鬼祟祟一直往后岭跑，可能是“见苗”了。“见苗”是挖水晶的俗语，也是暗语，就是发现了“水晶龙”。真要那样，不仅是运气好，而且有可能发大财。萍萍不知道父亲有没有发大财的命。对于父亲这样的鬼鬼祟祟，她见过几次，去年冬天，父亲就有过发财的迹象，一连几天都是天黑出门，半夜才回家，可最终没有挖到水晶，只是带几块沾满暗红色沙泥的花石回来，到后来还受了伤，头被砸坏了，大概流了不少血。当萍萍第二天看到一头一脸都是血迹和泥土的父亲时，吓坏了。萍萍不敢问，问了也只会遭到父亲的白眼。但萍萍从父亲身上染了血迹的泥土和扔在井边的叉锨上就猜到，这次又失败了。今年春天，父亲还有一次“见苗”的迹象，是在半夜三更跟人吵架。跟谁吵架呢？萍萍听不清，对方声音忽高忽低，忽粗忽细，有时语速很快，机关枪一样扫一梭，有时又像气流般吹过，有时像朱富，有时像胖丫。朱富的声音像女人，胖丫的声音沙哑，又像男人。萍萍要好好听听，听听父亲到底和谁在吵，因为父亲一连几夜去挖水晶，吵架是个吉兆，好兆，有可能是挖到水晶了——挖水晶还有一个习俗，见眼有一份。父亲肯定是跟“见眼”人吵架了。跟胖丫吵还行，胖丫是女人，因为胖，又是娃娃相，就叫胖丫了——胖丫也许不贪心。要是跟朱富吵，可能就坏了。朱富是民兵连长，和公社“打投办”（打击投机倒把办公室的简称）的人熟，他心黑，要是“见眼”了，会分去一半的，就是假公济私，全没收都有可能。可萍萍年纪小，睡不醒，还没等她分清父亲跟谁吵，又进入梦乡了。萍萍是在第二天从父亲蔫不拉几的脸上判断出没有挖到水晶的，她问了父亲，父亲翻她一眼，呛白道：“挖个鬼啊！多嘴，念书去！”萍萍还想问，没挖到怎么吵架啦。但父亲双手往屁股上一背，瘦小的身体一撅一撅地走了。这几天，父亲再次连续在夜间出没，一定还和水晶有关。萍萍希望父亲不会走空，希望这次能挖到水晶，一大堆水晶，让她挑到她想要的蓝水晶，把水晶球凑成五颗。

萍萍心急火燎地需要一颗蓝色水晶球，没有人知道，这是她的秘密。就算他们知道了，也以为萍萍是在凑一副“子”。事实上萍萍也是这样表达了意思，因为凑成五颗大小一模一样、颜色各异的水晶球，就是一副高档的“子”了。女孩们常玩的游戏就是以这副“子”为玩具，冬天盘腿坐在太阳地里，夏天坐在树下，抓“子”玩，嘴里还会快乐地唱着抓子歌：“撒拉香啊，柳树藤啊，牛鼻子，石头城啊……头对子，对头……”

现在只差一颗蓝颜色的“子”了，那种透明的、发出幽幽蓝光的水晶，难住了萍萍，放假都十来天了，还没有凑成。她到处找啊，找啊，她找到了茶晶、白晶、墨晶，还有难找的紫晶和黄晶，就是没找到蓝晶。就连父亲“地下车间”的小黑屋里，萍萍都悄悄搬开挡门的柴捆，潜进去，拉开电灯，在那堆边角下料里划拉了半天，依然一无所获。看起来遍地都是水晶的鱼烂沟村，找一块蓝晶石竟是这么的难。没有蓝水晶，拿什么和这四颗匹配呢？又如何实现自己的梦想，和妈妈在梦里相见呢？萍萍非常着急。

洗好脸，萍萍准备去后岭，悄悄去，找到父亲。就算父亲没有挖到水晶，也能挖到一堆花石。她的水晶球不大，一块拳头大点的花石里，或许会藏有她需要的蓝水晶。她只需在一堆花石里仔细寻找就可以了。她相信花石堆里肯定会有那么一块，在肚子里藏着她需要的蓝色精灵，剥去花石的一层外皮，再细心敲打，然后再潜进父亲的“地下车间”，用他的抛光机，打磨成小小的水晶球，就大功告成了。

萍萍急急地往外走，一抬头，看到了王二水。

王二水什么时候已经到柴门外了，此时正弓腰缩脖，屏息敛气，向柴门一步一步缓慢移动。萍萍讨厌他，刚要开口骂，一只知了叫着长音，从柴门上飞走了。王二水直起腰，失望地跟着知了飞走的线路遥望，脖子伸得像要拔了出来，恨不得伸到知了们正纵情合唱的树梢上。柴门上有知了，萍萍也不是头一回见到，她在早上的露水潮中还逮到过一次。王二水鬼精，他看到柴门上的知了了，想逮它。可知了比他还鬼精，撒泡尿飞走了。王二水抹一把脸上的知了尿，收回脖子，冲萍萍说：“把我姐妞吓跑了。”他不说“知了”，说“姐妞”，鱼烂沟村的大人小孩都这么称呼知了的。姐妞，姐妞猴，逮姐妞猴，烧姐妞猴吃。似乎不是在说一只小小的虫子，而是在说一个人。

“什么你姐姐？这是我家柴门好不好？你一大早鬼鬼窃窃偷东西啊？滚开！”萍萍声音很脆，一点情面也不留，把王二水真当贼了。王二水和她是同学，都在兴谷联中念初一，暑假开学就初二了。王二水比萍萍大两三岁，不久前的春天，他脸上进驻第一颗汗疙瘩，像草莓一样又红又大，这颗播种的草莓迅速开垦土地，扩大种植面积，不消几天，他脸上就布满大大小小的汗疙瘩了。王二水显然对脸上的不速之客缺少心理准备，又是掐又是挤，一张草鞋脸上便天天血雨腥风，红红黑黑深深浅浅不忍目视了。

面对萍萍的横眉冷对，王二水脸上更是红光闪闪，他伸了伸脖子，晃晃肩，吞吞吐吐道：“我我偷东西？你家有……有什么好叫我偷的？水晶……看，看看，我给你找块水晶！”王二水像变戏法一样，手里举着一块黄皮石头。

萍萍这才看看他。他穿一条大裤衩，歪在屁股上，脏不拉几都看不清颜色了，不知是蓝的还是灰的——其实是黄的，一条破旧的军裤剪了裤脚，变成了裤衩，大概是他那个笨手笨脚的姐姐的手工吧。一件红色汗背心，被汗渍浸烂了，许多大大小小的窟窿，露出黑乎乎的皮肤，远看像是栗色的屎斑，或者不明不白的花朵。萍萍仿佛闻到他身上的汗臭味了，拿手在鼻子下拼命扇风，没好气地说：“你人都坏了，能有什么好石头！”萍萍说过就后悔了。萍萍知道他姐姐王阿妹敲花石，几乎逢集就赶集。王阿妹赶集不是买油果麻花这些好东西吃的，也不是卖鸡蛋的，而是卖花石的。王二水这个姐姐比他大有十来岁，几年前就成了老姑娘了，除了赶集，就是去后岭，在坑塘边上或河边地垄的石英石里翻尸倒骨找花石，背篓背到家里，躲在屋里给花石剥皮（剥了皮的花石还叫花石）。她敲出来的花石不讲究，一等品二等品分不清，二等品三等品分不清，背着敲好的花石去水晶收购站，往往被她认为是一等品的花石，被验成了三等品，她认为是二等品和三等品的，直接就当成了废品，一分钱也不值，当成石英皮垫墙根了。所以看上去最勤劳的王阿妹，一年到头挣不了几个钱。但她家院子里堆着那么多石英石，王二水说不定真能找到一块蓝水晶的。萍萍脸上的表情便平和了些，往笆门边挪几步，疑惑地问："你……找块水晶？"王二水隔着笆门，说："是啊，你不是到处找水晶吗？"萍萍已经看到他手里的石头了。萍萍识货，只瞟一眼，就知道那不是她要的水晶，说不定还有焦口，还有裂痕，还有棉絮。萍萍不屑地撇一下嘴，说："我才不要水晶了。"王二水说："不要还到处找？"萍萍觉得王二水真的很鬼，她悄悄做的事都被他知道了，便不想跟他罗嗦，打岔道："看好了，是你把我家姐妞吓跑的。说吧，拿什么赔。"王二水又举一下手里的水晶。萍萍说："破花石，谁爱要。"王二水的手又垂下来，有些泄气，但又很诡异地一笑，伸出另一只手，在笆门上的一根枯树条上捏一个知了壳，往上一举，说："赔你一只姐妞壳。"说罢，把姐妞壳往萍萍脸上一扔，跑了。王二水脚步"哒哒哒"，转眼就不见踪影。

萍萍很生气，觉得这个王二水是故意来捉弄她的。王二水在兴谷联中是人见人烦的家伙，凭着在班上力气最大，谁都欺负。他欺负吴小丽、杨娟她们也就罢了。因为她们俩会犯贱——王二水要是不欺负她们，她们就要撩王二水。可萍萍在学校里是个安静的好学生，躲在一个不起眼的角落，下课也不出去疯跑。放学路上，也是和本村的几个女生同路，走七八里路回家。王二水一路疯疯癫癫，敲敲打打，还会拐进庄稼地偷花生偷地瓜吃，没有不干的事，讨了不少巧，也吃过不少亏。有一次，王二水在教室里追一个男生，这个男生叫庄毕凡，也是个讨人烦的家伙，他虽然没有王二水力气大，但更灵活，左躲右闪，翻桌跳凳，王二水跑晕了头，被板凳绊倒了，肚子垫在桌角上，疼得爬不起来，恨不得把脑袋削尖了钻进地里。庄毕凡见是好机会，扑上去按住他的头，试图将就他，把他头插进地里。有一个常被他欺负的女生大着胆子上去踢他屁股一脚，跑开了，跟着好多男生女生都上去踢他，踢他屁股，踢他腿，踢完都解恨地跑了。萍萍也想去踢他一脚。不知为什么她没踢。她远远地看着，和同学们一起哈哈大笑，一边笑还一边替王二水忍着疼。王二水疼过了，爬起来，瘸着腿，挨个暴揍踢他的人。有人不服气，说没踢。王二水豪气地说："老子不会搞错，老子屁股上有眼睛，你敢说你没踢？"对方不敢说，只好被他报复一拳。他一个一个报复下去，每人都挨一拳，打到萍萍跟前，王二水收住拳头，说："你没踢。你心里想踢的，是不是？先饶了你。"萍萍抽口冷气，但她奇怪王二水脸都贴到地上了，怎么会看见踢他的人？他打人不该，踢他的人也不该，特别是小不点吴小丽，瘦跟拉秧上的黄瓜一样，还敢去踢王二水，而且踢得最投入，一连好几脚，都命中他的屁股，一边踢还一边笑。不过王二水就算屁股上有眼睛，也没想到吴小丽会踢他，他最终没有找吴小丽算账。弱势群体里也不是铁板一块，王二水要打杨娟时，杨娟吓得脸都青了，结巴地说："我可没……没，没踢你。"杨娟说着，眼睛就瞅向吴小丽——相当于向王二水告密。萍萍就替吴小丽担心了，觉得吴小丽如此瘦弱，哪里吃得住王二水的拳头啊。萍萍就是这么善良。就算王二水拿姐妞壳砸她，就算她知道王二水是来捉弄她的，她还是觉得应该把他水晶接下来，不管怎么说，人家也是送水晶来的呀，虽然不是她要的蓝水晶。可王二水再鬼也不知道她只想要蓝色水晶啊。王二水肯定觉得没面子，才把姐妞壳扔到她脸上的。再说了，他姐姐王阿妹一年到头敲花石，要是跟王阿妹讲一声，让她留心一下，说不定真会发现蓝水晶石的。

萍萍原本要去后岭找父亲，让王二水打了岔，不知道要不要出门了。王二水是走远了呢？还是躲在什么地方？王二水獐头鼠目，浑身都是鬼心眼，不是个好东西，惹不起，躲得起总可以吧。但，萍萍犹豫了，父亲早饭没有吃，挖了一夜的土，一定又累又饿，要不要带上几片地瓜干？萍萍从笆门上方向外眺望，门外是自家一块狭长的自留地，种满了花生，一片茵茵的绿一直通到南岗嘴。南岗嘴虽然不是她家的自留地，但接连在她家的地头，按村上的习俗，也归她家所有了。南岗嘴上高低不平，长年撂荒。岗地上自然生长出几棵杂树，杂树下是低矮的灌木和混长的益母草、小鬼针。每年秋冬两季，萍萍会和父亲一起，到岗地上收草砍柴——村里人有个怪毛病，你家田边地头的荒地，撂荒尽可撂荒，如果翻起来种上庄稼蔬菜，别人就会害红眼病，告你占用集体土地。惩罚也挺厉害，不是扣工分，就是直接扣口粮，所以大家都自觉撂荒不种。萍萍喜欢这块南岗嘴，小时候在这里逮过沙水牛，在草丛里找过泡端端，揪过小野花，也捡到过小块的水晶石，好像有记忆以来，这里就是她的宝地，就是去年冬天，还在这里挖过树根，在一个浅洼里挖啊挖啊，发现一两块黄皮石英石，会拿起来用舌头舔舔，对着阳光看看，甚至还幻想能挖出水晶来。她当然没有挖到水晶了，挖到一堆烂树根，烤了一冬天的火。萍萍此时向南岗嘴眺望，是因为那里生了雾，薄薄的白雾，低低地从花生地一直平铺到南岗嘴，南岗嘴的几棵杂树就像在云端仙境一样好看。再朝远望，就什么也看不到了，蒙蒙的都是雾，十来里之外的磨山只露出一点山尖尖，山尖上的天空更是阴得密不透风，一场大雨眼看就要来临了，萍萍禁不住为父亲担心起来。

萍萍收回的目光掠过南岗嘴时，突然被一道亮眼的蓝光晃花了眼，像被虫子咬一口似的激灵打个冷战，再定睛细看，那道蓝光在南岗嘴的杂树林上不停地跳动，像从薄雾里钻出来的精灵，蓝光的上方还有绿色的火苗，艳丽地燃烧。萍萍被突然出现的奇异景观吓呆了，害怕地要往墙后躲。但，那蓝光也像怕她一样，越跳越矮，越跳越低，最后被薄雾覆盖。萍萍最后看到的，是薄雾的上方，一抹渐渐隐退的蓝，碧清澄透的蓝，那是跳跃的蓝色火苗最后的影子吧。

地　形

雨还是飘扬起来了。鱼烂沟村的夏天一般都是雷阵雨。今年的雨奇怪，一连几场，都是不温不火的牛毛细雨，本就烦躁闷热的天，更像一锅温汤水了，无论待在屋里，还是走在村街上，就算泡在水里，也感到闷热难当。

萍萍戴一顶斗篷，披一块塑料布，行走在通往后岭的细雨中。路上滑滑踏踏，小坑小洼里积满了水，细瘦的水流顺着路边的排水沟往岭下流淌，细水流过的地方，或路边的小土坎，半露出大大小小颜色各异的石蛋蛋。路上有乱七八糟的脚印，带翻新鲜的烂泥，有上岭的脚印，也有下岭的脚印。这些翻起的泥土里，肯定也有父亲的脚印。但父亲会在哪里呢？走过一段长长的斜坡，路边庄稼地的边上，开始有各种形状的坑塘，大都是陈旧的坑塘，这些坑塘有深有浅，有大有小，塘壁有的直立陡峭，也有碗状的缓坡。坑塘的边口，生着一圈杂草，有的还堆着次等石英（石英石简称石英），石英堆上冒出细瘦的草尖，杂草和石英被小雨淋得干干净净、生机盎然。萍萍熟悉这些坑塘，在若大的后岭上，除了种上花生、地瓜、玉米、大豆等庄稼，裸露的地方几乎都布满这样的坑塘，特别是那片杂乱的树林里，更像久远的乱葬坑。萍萍不知道父亲会躲在哪里挖水晶，玉米地的田埂边？花生地的排水沟里？或者在一个大坑塘里继续往下追。萍萍一边走一边四下里打量。萍萍的视线受到限制，望不了多远，眼前不是茂密的庄稼地，就是雨雾朦胧的远方。寂寥空阔的后岭只有她孤单一人，萍萍有些害怕，孤单让她害怕，也怕父亲会被埋进坑塘里。母亲就是这样死的。听父亲说，她还是四岁的时候，母亲带她到后岭捡石英，那时公社第一家石英粉厂投产不久，生产队号召大家捡石英，按斤计工分，再由生产队集中卖到石英粉厂。她母亲身大力不亏，利用早晚时间，一天能捡一二百斤，在生产队拿头份。一天傍晚时分，母亲把萍萍放在背篓里，带她到后岭捡石英，在一个废弃的石英塘里挖一块大石英时，没想到塌方了，母亲被严严实实地埋了进去。当时萍萍就在塘口玩耍，她一点也不知道灾难已经降临，小小的萍萍还捡起地上的小石英，往塘里扔呢，边扔边嘻嘻地乐。若干年后，当父亲和村里人跟萍萍讲起往事时，她毫无记忆了，就连母亲的模样，她也不记得了。为此她十分痛恨自己，觉得自己都四岁了，怎么会记不得呢？四岁应该记事了啊。就这样，母亲在萍萍的记忆里是不存在的。每每想到这里，一边难过的萍萍一边替父亲担心，担心父亲哪一天也像母亲那样被埋了。

萍萍决定对着空旷的后岭大喊几声。萍萍还没有张嘴，喊声已经响起来了，一声短促的尖啸突然响起，一惊一乍的，似乎还没有听清楚就结束了。而雨中的回音却袅袅不散。萍萍下意识地回头看，身后的路上，出现一个人影，那是一团艳丽的水红色，像水中倒影一样虚虚实实弯弯曲曲摇摇晃晃。萍萍的心突然提了起来，提到了嗓子眼，妈呀，谁啊？遇到鬼啦！

不是鬼，是王阿妹。

王阿妹没有戴斗篷，也没有披塑料布，她淋着小雨，浑身上下都湿透了，有雨水，也有汗水。她向后岭跑来，向萍萍跑来，在玉米地边拐过一个直弯后，终于看到萍萍了，拼力向萍萍喊一声，似乎还没有喊出来，力气就用尽了。还好，萍萍听到了。她看到萍萍转身望她，才停止奔跑，弓下腰，双手按在膝盖上，呼哧呼哧地大喘气，还不忘向萍萍招招手。她太急太累了，连招手的力气都没有了，只把手抬起来，在半空划拉一下，就一屁股坐到地上。

萍萍不知道发生了什么，也没认出对方是谁。谁？萍萍惊恐地想起许多关于闹鬼的传说。后岭的鬼怪故事，萍萍从小就听父亲讲过，也听村里的老人讲过，有的都听过好多遍了，大多数鬼故事都和水晶有关。这么多年来，后岭发生过无数起关于水晶的械斗，最近的一次是民国初年，王塘的老地主王善人家的长工在后岭下坡老坟地挖到一条大水晶龙，出土的水晶小的有五升斗大，大的有笆斗大，最大的像磨碾。出水晶的消息不胫而走，眨眼间传遍四方，轰动四乡八镇，当天就引起大规模械斗。王善人家有人有枪，势力不小，又在王家的老坟地，当然想保全这条水晶龙了。可附近的袁塘、张塘、郇圩、丁圩、唐圩等村子里也有不少本事通天的大地主，有的还和土匪、驻军、官府有勾结，械斗越闹越大，死人伤人无数，损失最大的还是王善人家，因为要和各路“见眼”人打斗，王善人的七公子和十多位家丁、长工都死了。王善人急了眼，事已至此，只好拼了老命，花了血本，差人去海州晋见“海州王”白宝山。白宝山收了王家的好处，得到王家的承诺，派兵一个营，以平叛名义解了王家的困境。王家表面上虽然胜了，却胜得伤心欲绝，贴了个儿子啊，而出土的水晶，除了一部分被抢走外，大头都被白宝山敲诈走了。王善人痛定思痛，就在出水晶龙的原址上修了三间青砖瓦房，给年轻的七公子招了阴亲，算是有了家室。而这三间空关的青砖瓦房里，经常闹鬼，有人深夜听到打杀声，还有人看到一个女鬼披头散发在门口槐树下哭夫唱曲。据说女鬼就是王七取的老婆，是鱼烂沟村一个十三岁夭亡的女孩。村里人对这个故事讲述最多，但萍萍不喜欢这个故事，老为那个十三岁的女鬼叫屈，凭什么要嫁给那个王七？有本事你别死啊，有本事你把女孩也救活啊，活了不娶人家，死了算什么英雄？她喜欢听水晶白狐的故事。传说有一年，几个月没下一滴雨，地上寸草不生，干裂的口子能吞下人，十村九空，只有鱼烂沟村有一个残疾老奶奶，带着一个八岁的小孙女，已经几天滴水未进了，饿得连路也走不动了。老奶奶和小孙女估计挨不到天亮，就躺在锅门口等死。迷迷糊糊中，小孙女看到一只白狐狸，身上的毛发像水晶一样透明，蓝莹莹的眼睛也像两块清澈的水晶，可怜巴巴地看着小孙女。小孙女把白狐抱在怀里，发现它也瘦得皮包骨头了，饿得实在不能行走了。小孙女说，小白狐小白狐，好看的小白狐，我也没有东西给你吃了，你吃我一根手指头吧。说罢，就把自己的小手指咬破，让小白狐吸她手指上的血。小白狐吃饱以后，在小孙女面前打一个滚，地上就有了一斗大米，再打一个滚，又有一斗大米，小白狐一共打了八个滚，留下八斗大米走了。小孙女欣喜地叫醒奶奶，把刚才看到的事讲给奶奶听，老奶奶知道水晶狐狸救他们来了，便把白米做了一锅香喷喷的饭，请全村人来吃。说来奇怪，吃了水晶白狐送来的大米，天空响了几声霹雷，大雨倾盆而下，庄稼立即返青了。水晶白狐变大米的故事从此成了鱼烂沟村的保留节目。萍萍从小就爱听这个故事，还幻想自己也能成为小白狐那样的水晶狐狸。但狐狸精总归是不好听的话，她有时候又不想当水晶狐狸了。不过后岭上流传的鬼怪狐仙的故事，许多都让萍萍心有余悸，突然在这个飘扬着密密细雨的天气里，响起尖啸声，还有变幻无常的水红色身影，是女鬼还是狐狸精？萍萍的心跳嗯嗵嗯嗵，像打鼓一样急促，先是要从嗓子眼蹦出去，后又像千斤重力似的往下坠。萍萍再次向四处张望，四面都是黑乎乎翻滚的云，特别是东南面的水库和磨山上方，更是云绕雾罩。王家的老坟地和王七的三间青砖瓦房，早被十多年前修筑的水库淹没了，那个传说中在门口槐树下哭夫唱曲的女鬼，就常常从水库里潜到后岭，在水晶塘里出没跳跃，作妖作怪，有时候也会盘腿打坐在水面上发功，把水库深处出云洞里的黑云发到磨山上，再经过磨山上的炒云锅翻炒一番，雨季就来了。身后突然出现的红衣女是不是传说中的十三岁女鬼？许多人都看过女鬼，女鬼有时候穿红衣服，变成一朵荷花，有时候穿绿裙子，变成一片荷叶，这回轮到萍萍看到了。萍萍看到的女鬼也穿红衣服，可她并没有变成荷花。她变成一个人了。

萍萍看到对方站了起来，看到她竖起双臂，跑几步，又摔倒了，摔倒后还高喊："萍萍——"萍萍听明白了，是叫她的。萍萍看她不像女鬼。萍萍看到对方跑动的双腿了，那是两条著名的罗圈腿，怎么像王阿妹啊？王阿妹就是两条罗圈腿，王阿妹的罗圈腿圈得太大了，村里有人调侃，说她双脚并拢时，两腿间的缝隙能钻过一条狗。有人接话道，你家的狗有那么大？能钻过一头猪好不好。有人更是哈哈大笑道，那要养几年的猪啊，一头多大多肥的猪啊，能钻一头驴没问题。总之，许多人都拿王阿妹的罗圈腿开玩笑，就连萍萍的父亲老扣都说过，王阿妹的罗圈腿圈得太大了，能把水库圈进去。大家哄堂大笑了，笑过又笑老扣，你不就是说王阿妹的腿裆有个大水库嘛。萍萍有时听懂他们的话，有时听不懂。但萍萍知道这些话都不是好话。不过王阿妹的大罗圈腿倒是真的。罗圈腿让萍萍心定了，喘息均匀了，也不再怕了。

可王阿妹在雨天上山干什么呢？雨具都没带，还接连摔了几跤。王阿妹如果不在生产队干活，平时很少出门，有人说她是不想让人家看她的大罗圈腿，也有人说她是躲在家敲花石。这种鬼天气不在家苦钱，跑出来肯定有急事。

萍萍向王阿妹跑去了。

跑近了才发现，王阿妹的样子太狼狈了，像一只落汤鸡，浑身上下湿漉漉的，头发都粘在额头和脸上了，略显宽大的水红色短袖衬衫紧紧贴在身上，能清晰看到她贴身的小衣服，肥肥大大的蓝布裤子也紧巴在腿上，罗圈腿显得更罗圈了，真能钻过一头大肥猪。更让萍萍感到奇怪的是，她竟然穿错了鞋，她两脚穿的鞋不一样，一只黄胶鞋，一只小白鞋。小白鞋最时髦，哪能在下雨天穿呢，弄脏了不好洗的。除了水靴，黄胶鞋是阴雨天最适合的鞋了。穿错鞋也就罢了，还穿成了顺子，左脚穿的是左脚小白鞋，没错，右脚却穿成了左脚黄胶鞋，错了。这要是在平时赶集，或走在村子里，会被人笑话死的。萍萍忍不住想笑，但见她累成那样子，也急急地问："妹姐，你叫我？"

王阿妹不喜欢人家叫她妹姐，这称呼不像是正经称呼，都妹妹了，还姐。可她名字里有个"妹"字，她也管不住别人的嘴啊。她尤其不喜欢萍萍这样叫她，不知道哪儿亏了，就是不喜欢。王阿妹双手按在膝盖上，伸长脖子咽口唾液，对跑近的萍萍说："你爸……叫人逮了……"

"啊？"萍萍没想到听到的是这么一个消息。萍萍感觉到王阿妹在这个鬼天气里跑来喊她不是什么好事，果然就不是好事了。萍萍惊恐地看着王阿妹。

"莫急……打投办的人……"

"为什么呀？"

"怀疑你爸挖到大水晶了……"王阿妹跑青的脸还没有恢复，火刀脸上便露出一点笑意了，"好事啊……说明挖到了。"

"真挖到啦？"

"很蹊跷的……肯定有人举报……"王阿妹直起腰身，抹抹脸上的雨水和汗水，又抹抹屁股上湿淋淋的烂泥，表情轻松了，似乎把老扣被逮的消息告诉萍萍，就算完成了一桩使命。至于萍萍关心的水晶，她反而收住了话头，答非所问地说："家里有什么现成吃的？"

"没有。"萍萍随口答道，她还是关心水晶，她知道打投办常常下来逮人，逮偷挖水晶的人。他们不叫偷挖，叫非法开采。萍萍知道水晶是不能偷采的。大队的高音喇叭里每天宣传《关于禁止在集体土地上非法开采水晶的公告》，把人的耳朵都听出茧子来了，听到最后都不知道高音喇叭里在说什么了。但鱼烂沟村没有人听到心里，该干什么还干什么。再说了，什么样的水晶不能偷采，又什么样的水晶能够偷采，本来就没有统一标准。大家心知肚明的是，就是不能破田挖洞。就算破田挖洞了，如果只是挖到花石，或小块水晶，基本没有罪名。如果有罪名了，肯定是挖到大水晶了。挖到大水晶，一定要卖到水晶收购站的，否则，就是违反了公告。如果挖到特大水晶，那是国家的宝贝，要献给国家的，比如十七八年前，水库那边的袁塘，在修水库时，挖到一块四吨多重的超大水晶，就献给了国家，如今，这块“水晶大王”成为国宝，藏在国家地质博物馆里。父亲做梦也想挖到那样的大水晶，就算没那么大，只要能值大钱就行了。今天又被打投办的人逮了，是坏事也是好事，是好事是有可能挖到大水晶了，是坏事是，就算挖到大水晶也发不了大财了，要按收购价卖给水晶收购站的。

“我家有新挖的山芋，煮了半锅。”王阿妹说，“走我家带点吃的吧。”

王阿妹的话提醒了萍萍，是啊，打投办可不是食堂，不供应饭菜的，父亲饿坏了怎么办。萍萍赶紧说：“我回家烙块鸡蛋饼。”

在后岭的田间土路上，萍萍和王阿妹一前一后，向村里急走。小雨绵密，雨丝细如花线。这种雨看是不大，其实最湿衣服了。萍萍走得急，不是怕湿衣服——她穿雨具，好歹能挡挡雨。她是真担心父亲挨饿的。有一次，父亲也被打投办的人叫走了，待了一整天，硬是饿了肚子，回家喝一瓢凉水，吃两大块冷面饼，把肚子吃坏了。不过那次父亲没挖到大水晶，是有人故意告他黑状。这次呢？是不是也有人陷害他？萍萍不知道。萍萍左躲右闪，选择没有水汪的地方跳跃行走，脚底响起“扑哧扑哧”声。在她身后的王阿妹反而不急了，反而越走越慢了，落后萍萍一大截。

后岭这地方怪得很，说是岭，其实也就是平原上鼓出来一根筋罢了，像蚯蚓在土里拱出的新痕。鼓出来的形状像个马蹄铁，几个村子就绕着马蹄铁分布开来，平分了岭上的地块。可能是各村在马蹄铁上所占据的位置不同吧，他们对岭的称呼也不尽相同，有的叫红沙岭，有的叫鞭梢峰，也有干脆叫马蹄山，还有叫蚯蚓坡的，袁塘人叫一条岭，不知什么意思。鱼烂沟村的人叫后岭，是因为村子在岭的前坡上。在马蹄铁的豁口处，凭空露出一座小山，因形状酷似一块磨刀石，就叫磨山了，一点艺术含量都没有。这里的地是黄沙土质，沙土里夹杂着碎小的石块，表层历经千万年风化，勉强可以种些不怕旱的庄稼，也是看天吃饭。后来大修水利，在马蹄铁的怀抱里修了座水库，王塘村正好在库区里，就整体向东北方向搬迁三四里，本来和鱼烂沟村相距不远，这一搬，就和水库隔水相望了。这些村庄可以说都是靠这条大岭生存的，大岭的土层里，除了夹杂碎小的各种石块，还夹杂着大量的石英，特别是离表层约七八米深的地方，会隐藏水晶。水晶像和人捉迷藏一样，这里藏一块，那里藏一堆，有的藏在沙窝里，有的藏在岩缝中，有的藏在泉眼边。水晶的大小和形状也各不相同，可以说稀奇古怪，有的像包子，有的像拳头，有的像鏊尖，有的像一根棍，更离奇的，像一头小猪。省里知道这儿的地形特别，又出产水晶石、云母石、石英石、蛇纹石等稀有矿石，就把省地质队的第105探矿大队派驻到县里，重点是钻探、开采水晶，后来发现东海的水晶石这里一窝那里一窝，不适合集中开采，就在几个公社设立了水晶收购站，既收购水晶，又参与地方水晶管理。公社“打投办”里，就有105矿派来的专家。萍萍记得那个专家，一个小青年，看样子比王二水大不了多少，讲一嘴标准的普通话，乳臭未干的样子。其实就是水晶收购站一个收购员，姓陈，叫陈富有，熟悉不熟悉的人都叫他水晶陈，他细眯眯的小眼睛毒怪的很，什么样的水晶，他一眼就看个准。打投办的人会让他鉴定水晶的质地。那些大块的晶体摆在打投办的办公室里，等着他来定生死。他也不含糊，有的只瞄一眼，就肯定地说 :“这是一块大石英，砸了。”有的比较难判，他就从屁股口袋里掏出一把特殊小手电，打出一道刺眼的白光，在石头上照照，说 :“老花石，屁用。”听说，经他鉴定过的石头，就没有一块有价值的水晶。其实大家心知肚明，打投办抓来的人交代出来的，都是这种死石头，真正的水晶，早就藏起来了。

萍萍心里逐渐透亮了，明白了，觉得父亲就是真的挖到水晶了，凭他一眨眼就是一个心眼的算计，打投办也会竹篮打水一场空的，最多让他们看看一块死石头，挡挡打投办人的眼。萍萍心里便不再紧张。萍萍心里一放松，脚底就“滋溜”一声，结结实实滑了个大屁坐。王阿妹一边“咯咯咯”地笑，一边跑上来扶，到了萍萍身边，也一个趔趄，滑倒在地，“哇叽”惨叫一声，比萍萍摔得还重。王阿妹和萍萍更是开心地大笑起来。王阿妹比萍萍先爬起来，拉起萍萍说 :“这个鬼路。”接下来，王阿妹便携扶着萍萍了。王阿妹不忘打量萍萍几眼，略带吃惊地说 :“萍萍你这一春天冒一个头啊，过了暑假要比我高了吧？”说完，也不等萍萍答腔，就自艾自怜地说 :“莫怪我老了，连萍萍都长成大姑娘啦，越长越俊啦。”萍萍怕她继续往下说。其实，在一放暑假时，王阿妹就对萍萍说过了，说萍萍长高了，说萍萍越来越俊啦，接着就说萍萍像她妈。萍萍听到后一句就难受，就恨自己太愚蠢，四岁了还不记得妈妈的样子。难受到最后就不想听了。还好，这回没说萍萍像她妈，但萍萍依然难受，依然鼻子酸酸的，想哭又哭不出来的样子。沉默着又走几步，就到了村口。村口的路更是泥泞不堪，谁家一头大黑猪在粪坑边拱土，挺辛劳地拱起一大堆新鲜的土。有几只鸡，躲在丝瓜架子下，羽毛都湿透了，显得又瘦又小又可怜。更有几只鸭子，“呱呱呱”地叫唤着，向池塘跑去。知了还在起劲地拉风，它们躲在树上，小雨淋不到它们，很惬意。其实萍萍知道，也并不一定是知了的叫，其中也夹杂着切割机、打磨机的声音。这么一个连绵的雨天，可是那些地下车间大展身手的时候啊。

“别烙鸡蛋饼了，我锅里煮热山芋，拾点带上，别误事。”快走到王阿妹家门口时，她说，“我和你一块去，你这点小人，阴雨绵绵的，叫人不放心。”

蓝眼睛

王阿妹家是一个很大的院子，有几间气派的青砖瓦房，和左邻右舍的房子不一样。村里谁都知道，她家的房子不是她家的祖宅。她家的祖宅现在被水库淹了。就是不淹，也不过是两个丁头舍子。丁头舍子，算不上屋的。王阿妹的父亲当年随着家人逃荒要饭到此地，走投无路时被村上富农丁大贵收留在家打短工，丁家人看他一家干活不偷奸不耍滑，就让他们在田边搭间丁头舍住了下来。解放后，人民当家作主，把富农丁大贵镇压了，家里的房产就分给了王家。王家由短工一跃成了大院的主人，风光了不少年。没想到一场自然灾害，王阿妹全家都染上了病，两天死三口人，即她父母和大弟王大水，只剩下十四岁的大姐王阿妹和不到一岁的王二水。谁都以为这对姐弟也活不过几天了，没想到政府知道了他家情况，又是发药又是发放救济粮，王家姐弟才算活了下来。从此姐弟俩磕磕绊绊，相依为命，转眼就到了现在，现在是一九七七年，王阿妹已经三十多岁了，成了老姑娘，王二水也是十六七岁的少年了，虽然学习一团糟，经常留级，总算是王家第一个识字的人。只是家里院大、屋多、人少，又没养鸡鸭狗猪，显得寂寥荒漠，缺少乡间特有的烟火气。

萍萍跟王阿妹走到院子的门楼下，门楼顶上的青瓦已经破落了几块，露出一个笆斗大的窟窿，门楼下的地面也和外面一样翻了个底朝天，有几只躲雨的鸡极不情愿地边叫边往雨里跑去了。王阿妹推开笨重的、吱呀作响的楠木板门，和萍萍走进空旷的院子里。院子一看就是大格局，平整的麻石铺地，雕花的石板花台，水井也有考究的石栏，青砖墙上传神的砖雕，还有几棵古朴的老树，都昭示着原主人曾经的奢华。可惜四间西厢房塌了两间半，一棵面枣树正从塌陷的屋顶钻出来。六间大堂屋虽然威严肃穆，但墙砖已经锈蚀，镂空的窗棂已经支离破碎。大堂屋是王阿妹的住所，此时东西两边门上厚重的板门都关严上了锁。真正被完全利用的是四间东厢房，南两间里住着王二水，北两间是厨房兼饭厅。

王阿妹脚不停歇，直冲进厨房。

厨房里，王二水立在锅边，正在吃山芋，手里的一只紫皮山芋被咬了一半，嘴巴里也塞得满满的——这是他早饭或也当作晌饭了。他不以为王阿妹身后会跟着萍萍。对萍萍突然到来有些不知所措，一下子愣了神，由于嘴巴里塞得山芋太多，只能含混不清地“呵呵”傻笑，仿佛在说：“萍萍来啦，吃山芋来。”

王阿妹拿一块笼布，在桌子上理开，往笼布里拾山芋。王阿妹边拾山芋边说：“萍萍吃两个，还热的。”

“不饿。不吃。”萍萍说着，眼睛看王阿妹脚上的鞋。觉得好奇怪，穿一双不一样的鞋，这么长时间会发现不了？如果一起去给父亲送山芋，要穿过公社集市的，要从供销社和水晶收购站门口经过的，不怕人笑话？萍萍想着，又看王二水是赤着脚的，脚丫里都是泥，腿肚子上，还有短裤上都甩上了泥浆，有几块泥巴还粘在肩膀上，就连手臂上也像刚从猪汪里摸过猪粪。萍萍真的就闻到一股猪屎臭了。萍萍一直不喜欢这对姐弟，王二水就不用说了，王阿妹不仅是丑，还行为怪异。萍萍后悔跟王阿妹来她家了。

王二水突然蹦一步，差点撞到了萍萍。

“吃饱死一边去！”王阿妹怒咻咻地说。

“推我干什么？有病啊？”王二水朝王阿妹睁着眼。

“碍事！”

萍萍这才发现他们姐弟俩像是仇人，一进屋王阿妹就没有好脸色，王二水眼中也没有这个姐姐。

“碍事？”王二水诡异地笑两声，“我就知道我碍事。”

王二水闪身走了。

这句话显然激怒了王阿妹，她把手里的山芋扔回锅里，旋风一样追出去。

萍萍只听到急促的脚步声，出门张望时，脚步声消失了，也不见二人的影子了。

“姐？”萍萍冲大门外试探地叫道，“妹姐？”

王阿妹纷杂的脚步声才响起来。王阿妹铁青着脸，本来就上下一样宽的火刀脸，拉得更长了。王阿妹看萍萍一脸的疑惑，才“扑哧”一笑：“这个小狗吃的，给他气死了，多会才成人啊。”

王阿妹重新走进厨房，把挑好的四个紫皮大山芋包好：“走。”

王阿妹和萍萍刚出大门，王二水就像幽灵一样出现在身后了。

“鞋子都穿错了。”王二水的声音充满了不屑和讽刺，似乎是变着嗓子在说，“一只一样哦。”

王阿妹愣一下，低头看着，脸色又红又紫，像山芋皮一样。她这回没有骂王二水。其实她就是骂，王二水也听不到了。王二水说过就撒腿跑了，比兔子还快。王阿妹把山芋往萍萍手里一塞，不看萍萍，也不说话，转身就回院子了。

萍萍知道她换鞋去了。萍萍不小了，不仅长了个子，也长了心眼。她从王阿妹姐弟俩的话语中，似乎略略听懂了什么，至少王阿妹穿错的鞋不是故意穿错的。而且穿错鞋这件事让强大的王阿妹在弟弟面前一下子软弱了下来。萍萍看到王阿妹掏出身上的钥匙，打开大堂屋东边的门——两扇木板门她只推开一扇，而且只容她一人侧身而过。不消一会儿，王阿妹从门缝里出来了。萍萍眼前一亮，王阿妹换了件上衣，可能嫌水红色短袖衬衫湿透了，她换了一件白色衬衫，而且不知从哪里找了一把油布伞。

一路上，王阿妹几次看一眼新换的鞋，那是一双洗得快发白的解放鞋。她不停地看自己的双脚，还穿错吗？王阿妹的伞特别奇怪，黑乎乎的，很破很旧了，看不清颜色，很笨重的样子，竹子的伞骨可能断了两三根，撑起来有些歪，飘飘抖抖的，随时要滑落的样子。讨厌的是，走到半路，雨停了。王阿妹可能觉得这个雨停得真不是时候吧，雨一停，伞就没了用武之地了吧，便骂天："该死，该死。"萍萍也替王阿妹急，下了三四天，说停就停了。能够打伞的人，在附近村庄都是不多见的。

公社大院原是一座祠堂，尹家祠堂。磨山街上，尹姓是大户，上辈出过进士和举人。祠堂里房屋多，都是砖石结构，高大气派。院子里还有一个T形的湖面，有好几亩，几个小院子就分布在湖岸边。对于公社大院的地形和办公室分布，王阿妹显然比萍萍熟悉多了，她三拐两拐就找到了打投办办公的石头小院。小院墙上还漆上红色大字："大快人心事，粉碎四人帮！"门边墙上贴一张大队高音喇叭里天天广播的《公告》，被雨淋得已经花花绿绿模糊不清了。她们穿过一间过道，来到天井里。

萍萍一眼就看到一间办公室的门大开着，屋里有不少人，乌烟瘴气，烟雾缭绕，门当上都坐着一个光着膀子的胖子正在吃烤牌。

王阿妹和萍萍一出现在门口，屋里所有人的目光都聚焦过来了。

老扣就坐在门当里边，手里也拿着吃了一半的烤牌。他朝萍萍咧嘴笑笑，也朝王阿妹笑笑，向靠窗的办公桌方向望望。那里坐着一个年轻人，白净脸上透着些随和。他不是打投办的。他是公社陆宣委。陆宣委也从窗户里看到王阿妹和萍萍了，表情不是松动，反而有些紧张。另一张桌子边的人，年纪也不大，拉着脸，开始讲话了，他就是打投办的罗主任，一副公鸭嗓子，说话沙沙的，逻辑混乱地说："好啊，你们都是茅屎缸的石头，又臭又硬，是不是？你们都没挖到石头，是不是？你们都没挖到水晶，是不是？人民群众的眼睛是雪亮的。我相信你们还是相信人民群众？我相信你们，盐都卖臭了，醋都卖酸了，所以，我不相信你们，我相信人民群众的眼睛。人民群众的眼睛里容不得半点灰尘的，你们这么大的苍蝇还想逃过人民群众的眼睛？门都没有！好了，我不再给你们机会了，你们都是吃了秤砣和水晶的人，铁石心肠，石头心肠！但是，我这里都有你们的名单，小心哪天再落到我手里。"罗主任咳嗽一声，不是感冒的那种咳嗽，是要转换话题了。果然，他话锋一转："虽然你们是茅屎缸的石头，又臭又硬又不开窍，我还是要把上边的精神传达给你们，这个，大力发展社队经济，发展多种经营，是社会主义经济的有益补充，养养鸡，养养鸭，养养猪，提高农民收入，算得上是多种经营，小机器刷刷刷，算不算多种经营呢？算不算要靠你们自己掌握。但是，挖到大水晶的话，还是那句话，地下宝藏都是国家的，要卖给国家，卖到水晶收购站。水晶收购站的小陈同志也在，你们不是都叫他水晶陈嘛，叫什么都是他，有人叫他水晶陈，有人叫他陈富有，也有人叫他小陈，我叫他小陈同志，对，他是省地质队派驻的专家，别看他年轻，别看他下巴上没有毛，鉴定水晶却是手指丫长毛，绝对老手。只有水晶陈同志说不收了，你们才可以自由处理。我再强调一遍，你们都是各大队的小能人，都是掐指会算、张开膀子能飞的人，要是对我的讲话理解偏差了，后果自负。最后，我再宣布一个决定，公社为了促进各大队各生产队多种经营的发展，成立了'多经办'……笑什么笑什么？有什么好笑的？'多经办'，就是多种经营办公室的简称，'多经办'主任呢，目前没有适合的人选，公社决定让我来兼任……副主任。好了，现在是田间管理季节，也算是半农闲吧，一大早把你们找来，让你们谈谈近期都挖到什么水晶了，你们都说没挖，好，没挖好，不过挖了也不是罪。但是，多种经营，你们都得想想办法，再说一遍，‘多经办’不是请你们来吃烤牌的，是谈谈对发展多种经营的想法的，你们不是各村的小能人吗？你们不谈，那就，我一个人谈还有什么劲？散了！”

一屋人乱哄哄往外走。

“老扣，你等下。”罗主任说，还保持刚才讲话的声调。

老扣就站住不动了。从他身边路过的人都比他高。有人对他报以同情的一瞥。老扣也不知留下是祸是福，干巴憔悴的脸上表情不尴不尬，不阴不晴，似哭非哭，似笑非笑，像是不会站一样，手也不知道放在哪里了，一直在屁股上摸。

屋里只有打投办的人和陆宣委、水晶陈了。水晶陈看没什么事了，也走出了屋子，他见院子里多了两个不速之客，都面熟。水晶陈长年接触形形色色卖花石、卖水晶的人，看谁都面熟，又谁都叫不上名字，但他对这两个人都印象深刻。那个年龄大的姑娘，生一张火刀脸还不算最特别的，罗圈腿可是让人叹为观止啊。年龄小的是个小小少女，鹅蛋脸很好看，腮上还有婴儿红，最特别的也不是鹅蛋脸和婴儿红，是一双眼睛。他是第一次发现这种眼睛的人，蓝眼睛，不仅瞳仁是淡淡的、幽幽的蓝，就连眼白也是蛋青色的。水晶陈平时看起来像个严肃的人，这天不知哪个筋搭错了，调皮起来——走到萍萍身边，说：“你是外国人吗？”

王阿妹突然很拘谨，她腾出一条胳膊，揽在萍萍的肩上，说：“我妹妹。”

水晶陈看看王阿妹，又看看萍萍，摇摇头。

萍萍不好意思起来，想往王阿妹身后躲。

“真是我妹妹。”

“不信。”水晶陈肯定地说，“不是你妹妹。”

“就是……”

“哪庄的？”

“哪庄？”王阿妹留一手，含糊其辞地说，“一条岭的。”

水晶陈不再坚持了，他说：“好吧，一条岭的，你妹妹……你妹妹眼睛怎么是蓝的？真像一颗蓝水晶啊，那叫什么……蓝精灵……不不不，蓝晶灵，水晶的晶，蓝晶灵。”

王阿妹乐了，她护住萍萍说：“你别吓唬人好不好？”

“我吓唬谁啊？”

“我妹妹啊。”

“我有那么可怕吗蓝晶灵？”水晶陈盯着萍萍的眼睛，“你说，小姑娘？我看你就是蓝晶灵，是不是？”

水晶陈并没等萍萍回话，就笑笑着快乐地走了。

“她是水晶收购站的小陈，别怕。”王阿妹说。

“知道。就是水晶陈嘛，谁怕啊。”萍萍心里突然美美的，也特别的紧张，小鹿一样突突地跳。她听懂水晶陈的话了，蓝晶灵是夸人的，说她像外国人是不是夸人的呢？至少也不是坏话吧。不过萍萍第一次听人说她的眼睛是蓝色的。萍萍喜欢蓝，水库里的蓝，蓝天上的蓝，她都会看上好一会儿，甚至一块蓝花布，她也爱不释手。萍萍恨不得马上就照照镜子，看看自己的眼睛，像不像水晶陈说的那样的蓝。萍萍到处找蓝水晶。怪不得觉得蓝水晶是世界上最美的水晶呢，原来是这样啊，原来自己的眼睛是蓝晶灵呢。萍萍听到心里的笑声。她心里偷偷在笑了。

王阿妹轻轻扳过萍萍的肩，盯着萍萍的眼睛看看。王阿妹悄悄地吸口气，惊讶地轻声道：“天啊萍萍，蓝蓝的……我说萍萍怎么这么好看嘛。”

萍萍听了王阿妹的话，看王阿妹疑惑的表情，觉得王阿妹也是好看的。

这时候，老扣终于出来了。王阿妹和萍萍只听到说话声，没注意他们说什么。罗主任跟在后边，罗主任后边是陆宣委，像是送送，又像是不放心。

老扣跟王阿妹使个眼色，便往门口走了。

王阿妹一眼就看到老扣穿错的鞋了。老扣也穿了一双不一样的鞋，虽然沾满黄泥，都分不清鞋帮的颜色了，白的像黄的，黄的像白的，就像是故意把鞋帮抹上泥一样。但王阿妹还是发现了。王阿妹突然紧张起来，怕别人也发现。还好，没有人看老扣的脚，就连萍萍都没有看到。王阿妹才稍稍放心了些。其实，萍萍看到了。萍萍像突然长大一样，懂事了。萍萍知道这是一件不好的事，而且和王阿妹有关。

出了公社大院，老扣才对王阿妹说："你怎么来啦？还把萍萍带来。"

"说你叫打投办逮了。"王阿妹说，"萍萍都急死了。"

"我才不急呢。"萍萍呛白道，"是你自己急。"

老扣听了萍萍的话，笑笑。

王阿妹没笑，她看一眼萍萍。

"打投办逮我？谁说的？"老扣说。

"朱富。"

"朱富狗日的，尽嚼蛆。我从你家……嗯……哼……"老扣瞟一眼萍萍，知道说漏了嘴，改口道，"那个那个……那个后岭回家，路上正巧碰到公社通信员，叫老子到"多经办"去一趟，"多经办"就是过去的打投办……朱富耳朵尖，从哪里听到的呢？"

"没事就好。"王阿妹问，"罗主任刚才跟你说什么啦？"

"狗日才听得懂呢，姓罗的在卖糖衣炮弹。"老扣说，"他卖他的，他没有真话对咱们说，咱们也没有真话跟他们说。他狗日的话咱们听不懂。咱们的话让他狗日的也听不懂。"

王阿妹对老扣的回答不满意。王阿妹不满意的时候，火刀脸显得更窄更长了。走了几步又问 :“罗主任最后留下你就没问什么？”

“他问他的，老子才不关心了。”老扣回答还是不在点子了。

“陆宣委也跟你说话的。”

“黑墨嘴子，除了会说会写，还能干什么？老子谁都不爱理。”

王阿妹就觉得老扣隐瞒了什么，不想对她说。王阿妹的火刀脸便还在长，像丝瓜一样见风长，脚下带着劲，抱着油布雨伞急走在前。老扣也不说什么，心事重重的样子，紧紧跟着，不觉就走到水晶收购站门口了，不觉就从水晶收购门口走过去了。萍萍向水晶收购站的大门望去。红色的大门紧闭着。萍萍知道，水晶收购站只有逢集才开门，只有逢集了，水晶陈才在收购站里忙活。

谁的秘密

一天上午，大太阳热辣辣的，下火一样，似乎要把鱼烂沟给烧焦了。夏季农作物喜欢这样的大太阳，再借助刚下过的透陷雨，根下有充足的水分，长势更加迅猛，整个后岭都披上了一层绿。比农作物更迅猛的是杂草，雨后三四天时间，庄稼地里的杂草就冒尖了。生产队组织劳动力去后岭除草，分了好几拨，男劳力一拨，女劳力一拨。男劳力在花生地里发现了几个坑塘，坑塘都不深，有的只试了几叉，新鲜的黄沙泥，堆在坑塘四沿，一看就是偷挖水晶的人干的。偷挖者还算懂规矩，选择的地方都是撂荒的地块，没有种上花生。有人对偷挖者不以为然，奚落道："新手？要不就瞎眼了，这鬼地能有水晶？"听的人呵呵笑笑。大家心知肚明，人家是选点的。这么大的后岭，真不知道哪里被挖过了，哪里没被挖过，选好点才能挖，也不一定能挖到水晶。当然，选不好，挖了熟塘，就更是一场空了。其实说奚落话的人又何尝不知呢，说不定就是他动的土呢。黄豆地、山芋地、玉米里都有被挖的坑塘。在玉米地和山芋地中间，有一个较大的水塘（下雨时积水，雨停时很快干枯），水塘边有一个新挖的坑，被挖得最深。后岭的水塘，都不是无缘无故形成的，都是历朝历代挖水晶留下的。在塘边上挖，也要有技巧，顺着塘口往下挖，就是挖熟塘，笨蛋才这样挖了。在熟塘口打个坑，坑洞向外倾斜，才是正着。眼前的坑塘正是这样的形状，大家对这个坑塘赞不绝口，纷纷向塘里探望。这个坑塘，与其说是坑塘，不如说是地洞，望不见底。有人跃跃欲试，想爬进去看看。有人说当心塌方给埋了。在玉米地拔草的是妇女组，清一色全是女人。女人们遇到趣事总是更起劲地叽喳，总想探个究意。胖丫家没有人挖水晶，她丈夫在几百里外的白集煤矿挖煤，那地方挖不出水晶。所以胖丫虽然是鱼烂沟村的人，却没见过新挖出的水晶是什么样子。胖丫是最先看到这个特别隐蔽的坑塘的，也是她最先把大家引来观看的。她脖子伸得最长，向里探探头，有人怂恿胖丫进去看看。胖丫仰起大圆脸说："有什么好看的？"怂恿者说："不好看你还看？"胖丫傻傻道："你以为我不敢？嘻嘻，我要进去撒泡尿，听说尿尿能滋出水晶来。""哈哈哈，那是男人好不好？男人的鸡巴硬，能耕地，滋出水晶跟玩似的。"胖丫不服气，憋红了脸，说："别鸡巴给吊架势，我就不信了。"说罢，真要往洞里钻。一直不远不近看热闹的王阿妹看不下去了，说："天大地大哪里不能尿？这种地方灵得很，当心冲撞了水晶仙子，遭报应。"王阿妹的话听起来是好心提醒胖丫，其实并不好听，像是咒骂她要遭报应似的。妇女队长是个辣婆，她接茬道："天大地大也没有胖女人的 X 大，搁不下你啦？干活干活！"女人们"轰"地大笑起来。胖丫被笑得难为情，又不敢跟妇女队长发脾气，就迁怒于王阿妹了，把王阿妹记恨在心里。但，等妇女队长把人吆喝走了，胖丫还是好奇地踩着洞口的新土，向洞里切近地看看——不是她太好奇，她真的是第一次见到这种形状的洞。以前她只看到坑，看到塘，粗的，细的，碗状的，笔洞状的，还第一次看到斜伸的、螃蟹窟一样的大洞。她这一望不要紧，吓得她魂飞魄散。她发现洞里有东西，她差点大叫起来。她没有大叫是因为立即就发现洞里不过是一块塑料布。谁这么大方把这么大一块塑料布扔了呢？胖丫想进一步滑下去看看，捡块塑料布也不错。可她趴下肥胖的身体，伸手去拽塑料布时，发现它紧紧地粘在地上了，而且，在洞里边，还扔着几团纸。机敏的胖丫突然知道这不是一块随便丢失的塑料布，是有人故意铺在地上当床用的。胖丫对发现的秘密并没有表现出特别兴奋，反而有一种不吉利的感觉，晦气的感觉。她恨恨地想，哪个女人偷汉偷到这地方了，真是不要命啦！胖丫在心里恶毒地想，被活埋才好了，就永远合在一起了。胖丫连滚带爬地从大水塘跑到农田里，解手的感觉全消了，那泡已经憋急的尿，不知被她憋到了哪里。

散落在鱼烂沟村前前后后田野里的，还有另外一些人，还有满湖跑的小割草。湖，湖田的意思，在鱼烂沟村，泛指田野，“小割草，满湖跑，跑掉蛋，没落找。”这是流传很久的古老的童谣。“没落”也是方言：没，没有；落，地方。没落找，就是没地方找的意思。

萍萍给生产队割牛草。鱼烂沟村割牛草有两个好地方，一个是水库边，一个是后岭。萍萍一般都不到后岭，她喜欢到水库边。水库边不仅能找到肥嫩的草，还能时不时到浅水里趟水撒欢，洗把脸，降降暑气。

水库很大，大晴天才能一眼望到边。水库的形状也很奇怪，像一把驳壳枪，鱼烂沟村在枪把子边上，磨山就像手枪上的瞄准星。村前那条叫鱼烂沟的河，以前是季节河，有时有水，有时没有水，自从修了大水库，鱼烂沟成了后岭的排水河，下游修一孔水闸和水库相连，河里就长年有水了，鱼也不会烂在沟里了。

萍萍现在就在水闸上玩，她的一篓青草就放在闸塘边上。闸塘的水清清亮亮的，水面上生长着菱角、莼菜，密密砸砸，把偌大的闸塘都覆盖了，有许多藕荷从菱角和莼菜的缝隙里钻出来，水红色的花骨朵在阳光下艳丽而招摇，引来许多蝴蝶。萍萍头上顶着一片大荷叶，坐在挡水堰上，把双脚伸进水里，不时地撩起清洌的水，惊跑了停在莼菜上的水螳螂和花蕾上的小蝴蝶。闸塘的另一边就是水库，两边的落差其实也就一米左右，萍萍也会转过头去，看看烟波浩渺的水库。水库蓝茵茵的，越往远处看越蓝，蓝得让人心跳。

萍萍再次想起水晶收购站小陈的话，那个外号叫“水晶陈”的年轻人真会说，蓝精灵，那口气特别中听。萍萍听懂他的话，其实是说“蓝晶灵”。萍萍喜欢蓝晶灵。蓝晶，多美丽的蓝晶啊，不就是她喜欢的水晶吗？她攒有四颗了，蓝得透明、幽深，真是晶灵啊。四颗也挺好的，非要凑成一副“子”干吗？

天气真热，哪里都热，坐着一动不动也出一身汗。可她想多坐一会，看看闸塘里的荷叶、菱秧，还有河岸边连绵着的一丛丛紫蕙槐，像两道绿色的墙，把河道夹成一条巷子。远处飞来一只黑色的蜻蜓，还有黑色的蝴蝶，这里停停，那里停停。黑蝴蝶挺神秘的，也阴森森的，仔细看，居然有那么多，它们比那些花蝴蝶、红蜻蜓要精瘦、细小，阴森森的鬼魅。有一簇菱秧，隆起在水面上，开始慢慢涌动，菱秧上停着数只黑蜻蜓和黑蝴蝶，突然飞走了。萍萍心里莫名其妙地慌慌起来——菱秧叶丫里那嫩绿的、或紫红的菱角，多诱人啊，水水的，甜甜的，一定很解渴很好吃。萍萍伸手就能够到菱秧了。可萍萍胳膊还是短了一点点，便伸长了腿，用脚去勾，还是没够着，脚尖反叫湖水咬了一口，接着就被什么东西紧紧钳住了，把萍萍往水里拖。萍萍吓死了。萍萍听过水鬼的故事，水鬼会拿好东西引诱人，比如水面漂起秤砣，或一只艳丽的小花鞋什么的，只要伸手一够，就把你拉下水。那一堆菱秧就是水鬼的花招啊。萍萍惊叫一声，拼命把脚往回收。但水鬼的力气太大了，她就要被拖进闸塘里了。萍萍也不知哪来的胆量和力气，她拼命挣扎着，甩动着腿脚，砸起了巨大的水花。水花中，菱秧散了，冒出来一颗人头。是王二水的头。他脖子上圈着菱秧，嘴里、鼻子里发出呼呼怪叫声，还从鼻孔和嘴巴里喷出几股水。

喘息未定的萍萍大声骂道：“死你一家呀……王二水！”

王二水哈哈大笑，游到闸堰边，两手攀在堰上，还在大喘气。他在水里憋久了，腿都憋青了，脸上的汗疙瘩都憋成了黑色。

“你要害死我呀……我跟你拼啦！”萍萍咆哮着，跳起来，踩他的手。

王二水手一松，落进了水里，一个猛子扎下去，不见了。萍萍以为他向远处游去了，等他冒了头再骂。没想到他又从原处蹿上来，再次吓了萍萍一跳。

王二水哈哈大笑着，像受惊的水鸡，连游带蹿地扑打着水游到岸边，泥鳅一样蹿到岸上。他还是穿那条改做的大裤衩，裤衩上哗哗流着水，光着的身上还披着几根菱秧的根须和几片碎落的菱叶，他朝萍萍扮个鬼脸，跑了。萍萍的骂声跟着追了过去。萍萍接连地骂，直到看不见王二水的影子，才走到草篓边，背着草往村上走。萍萍气死了，这王二水真就是水鬼，躲着藏着，在看不见的地方作妖作怪，不定什么时候出来吓人。

萍萍把青草送到生产队的打谷场上，称给了牛头。打谷场堆着一大堆青草，萍萍想着不要再被王二水吓着了，他不会把自己埋在青草堆里装神弄鬼吧。就是走在村子上，萍萍也警惕地左右张望，怕哪个墙拐，或树丫里，突然冒出王二水来。鱼烂沟村的房子，和别处不太一样，别的村子是前后左右都有房屋，鱼烂沟村是一字排开，而且并不是直线，独立的人家独立的院落，弯弯曲曲的，几十户人家延绵在岭下。萍萍小心地走着，没有再碰到王二水，却听到女人恶毒的咒骂声。这是一群从后岭收工的女人。谁在骂架？萍萍听出来是胖丫。只有胖丫的口气像男人一样沙哑又肮脏，她什么话都骂，好像她嘴巴就是茅坑，又臭又脏。好像她嘴巴就是生产脏字的车间，吐出来的都是粪便。但又听不明白她在骂谁，因什么而骂，也没有人和她对骂。

村里的孩子们是错不过任何热闹的，听到胖丫的骂声，纷纷跑过来围观。萍萍也赶紧小跑几步。一群女人已经鱼贯地从朱富家屋后的小竹林边走进了村子，开始往各家分散。有大胆的孩子还大声问："骂谁？"胖丫抹一把嘴角的两堆白沫，对孩子们说："我骂破鞋！狗日的破鞋，日万人的破鞋！"孩子瞪大眼睛，他们不懂胖丫为什么对"破鞋"过不去。说来有趣，被孩子一问，胖丫的骂街就结束了，也或许是进了村，大家都各回各家了，没了听众，也就没有情绪了。何况，从后岭一路骂回来，也累了。只有胖丫知道，一路上咬牙切齿地骂人，挺费力的，比在田里拔草还费劲，被孩子们一打岔，正好收工。不过她还是没忘朝王阿妹的背影挖一眼，仿佛在告诉孩子们，骂谁的，你们知道了吧？

王阿妹尾随在收工的女人的队列里，一路上听胖丫的骂。胖丫其实在田里拔草就开骂了。她从大水塘里爬上来就开骂了。开始只是骂晦气，骂谁没地方日了，偏要钻进洞里。大家听懂了她的意思，有人更是好奇，问她看到了什么。她笑红了脸。也有人说她乱想，乱估猜。妇女主任更是直接："胖胖，你是将心比心吧？你是不是也钻过洞？"这下好了，大家快乐地叽叽喳喳，取笑胖丫。胖丫嘴巴再厉害，架不住人多嘴杂，脸上便青一阵白一阵红一阵黑一阵，似乎自己的那点事都被抖落了出来。王阿妹是大姑娘，没有她插嘴的资格，和几个更年轻的姑娘扎在一边，想笑又不敢笑。也有人实在忍不住，假借弯腰拔草的时候，偷偷乐。可能是为了打岔吧，她们悄悄说些别的话，说纳鞋底，说搓麻绳，说替鞋样。王阿妹是她们中的大姐姐，话多说些，被胖丫听到了。其实她什么都没听清楚，只知道王阿妹在说话。她立即想到老扣和王阿妹不清不白的关系了。村里对他俩的关系已经传了好长时间。胖丫的骂立即有了指向，虽然没有明着点名，话里话外都是那个意思。说来也怪，指向一明确，别的女人立即停止了附和，只剩下胖丫的独角戏。她喜欢这样的表演，高一句，低一句，长一句，短一句，骂得有板有眼，声情并茂。王阿妹明知道胖丫是骂自己，也不敢接招。一接招，不就等于承认自己和老扣的关系了吗？反正胖丫也没指名道姓，她就干脆装痴卖傻，憋着表情，不能怒也不能笑，也憋得她好累。就这样，胖丫一直骂到收工，骂到收工路上，骂到村子里，才在孩子们好奇的话语中停止了。

村子里没了胖丫的骂声，一下就没了趣味。知了的鸣叫太单调了。猪汪里的猪大张着嘴哼哼得有气无力。狗也只是吐着舌头，眼睛是蔫的，懒得吠一声了。至于鸡鸭，都找到它们纳凉的好地方，一动不动。

参　观

萍萍往家里走。萍萍和鱼烂沟村的大人小孩一样，比家禽牲口抗热，就算浑身是汗，也是精神抖擞的——小孩子嘛，平时脚下都自然带劲的。前几天下雨被踩翻的村街此时高低不平又很坚硬，大部分人家都有个院子，院子里是几间不起眼的小草房。南侧都是各家的自留地，自留地里，有的种菜园庄稼，有的盖上猪圈，有的盖上鸡圈，也有的人家种上杂树，菜园也用篱笆围起来，西红柿、黄瓜、苋菜、茄子，还有一垄垄韭菜、豆角。但也有人会躲在自家的菜园里挖水晶，白天不敢，就在夜里挖，披星戴月地挖，挖到挖不到都会在天亮前把坑塘填平，就像没动过土一样。

萍萍走到自家院门口，和往常一样，拎开树枝编的柴门准备进家，突然响起风声，紧接着就是一个人影，从柴门后跳起来，向外冲去，还顺势拉一下她背在身上的背篓——萍萍提防着王二水，没想到都到家了，还是被吓着了。王二水还故意使坏，拉她一下背篓，差点被他拉跌倒。萍萍尖叫一声，追了上去。萍萍明知追不上，还是紧追不舍，大不了追到他家。

王二水在奔跑中，会遇到门口的井台，他一跃就跳了过去，会遇到一个石碾，也是飞身而过，会遇到一只粪箕，更是不在话下，遇到一个草垛了，他毫不惧怕，飞身冲上去。草垛太高了，他没有成功，滚落下来。萍萍正好赶到，她甩下背篓，没头没脸往他身上砸去。王二水挨了一下，一个鲤鱼打挺跳起来，用两手挡开再次飞来的背篓，又飞奔而去。前边是一个猪汪，一个老母猪，带着一窝小猪仔，正在猪汪里玩乐。王二水动作非常潇洒，单腿飞起，张开双臂，像飞翔的大雁，试图从猪汪的这边，飞到猪汪的那边。

但是，王二水没有飞过去，从空中摔了下来。

说真话，王二水怎么飞过井台，怎么飞过石碾，怎么飞过粪箕，怎么助跑，怎么展翅，怎么飞翔，萍萍并不稀罕看。萍萍喘得不行了，她没有力气看了。其实萍萍对他的飞翔并不感到吃惊。萍萍也能飞，她在去年、前年或大前年的时候，也这样飞奔的。那时候她年龄小，飞来飞去也没人说闲话。今年她不飞了，一来是她长大了（自己认为的），二来她怕飞起来会露出自己的小肚皮，会让已经发育成形的胸部颠簸得厉害。所以对于王二水的飞翔，她不觉得新鲜，不觉得了不起。但王二水从猪汪上空摔下来的瞬间，让她捕捉到了——这可真新鲜解恨啊。

王二水起跳很高。但猪汪边上不知哪来的一根绳子，绕到他的脚脖子上了。绳子跟他一起飞了起来。绳子的另一端，飞起来的是一头小猪仔，一头只有十八九斤重的小花猪仔。可能是这头小猪仔太调皮了吧，没像别的猪仔那样散放，而是拴了起来。王二水飞到半空时，正好被拴猪仔的绳索拽住了，把王二水从半空拽下来，拽进了猪汪。“扑通”一声，猪汪里溅起又黑又臭的水，同时溅起的，还有四下飞奔的小猪仔，就连老母猪也吓得蹿出了猪汪。

萍萍太兴奋了。

报应啊报应啊！萍萍一边走一边笑。萍萍把腰都笑弯了。萍萍清楚地看到半空中变形扭曲的王二水，狼狈地摔进猪汪里，和他一起飞起来的小花猪也摔进猪汪里，还重重地砸到王二水的身上。王二水半卧半趟在猪汪里，只露出半颗脑袋，龇牙咧嘴地忍着疼。

萍萍知道他一时半会跑不了了，“咯咯”大笑着，悠闲地走到猪汪边上。她先看到惊恐的小花猪仔，一身泥浆地乱蹿，因为绳索还扣着它，只能挣着绳子惊慌失措地哼哼叫。猪汪里的王二水，比小花猪老实多了。

“好玩吧王二水？”萍萍朝他踢一块石子，石子正好落在他嘴边，溅起的臭水喷了他一脸。王二水吐着嘴里的臭水，向她睁睁眼，吸着气忍着疼说：“好玩……”萍萍说：“好玩就多玩会。”萍萍干脆捡起一块大些的石头，要往猪汪里扔。王二水冲她叫道：“别——你让我吃猪屎啊。”萍萍说：“你不是说好玩嘛，让你玩痛快啊，猪屎有什么，你最配吃了，来，看吃！”但是萍萍感觉手里的石头有些奇怪，圆不溜秋的，还有些凉，想收回手，已经来不及了，收不住手了，那石头飞出一道漂亮的抛物线，不偏不斜，正好落在他下巴前，一堆稀烂的猪屎浆炸开来，溅了他一脑门。王二水闭着眼，抿着嘴，一脸恶心的样子。萍萍说：“好吃吧？”王二水恶心道：“好吃……好吃你头啊？你家猪屎好吃啊？哎唷，好疼……”王二水翘起来一条腿，在脚脖子里，有道红印痕里渗出血来——那是猪绳勒的。王二水顾不得脸上、鼻子上、嘴唇上的猪屎，伸伸脖子想看看自己的伤情，嘴里不迭连声地“哎呦”着。萍萍洋洋得意地看着他，一点也不同情，冲他吐口唾液，说：“你就装吧，流那点血，像蚂蟥咬一口，也值得装，哈哈，起来，帮我捞水晶。”

听到水晶，王二水的眼睛突然亮了。

老母猪和小猪仔们已经恢复了平静。老母猪甚至还想回到它的领地，只是小猪仔们心有余悸，还在犹豫，它们对猪汪里突然出现的东西感到惊悚。那只被拴的小花猪仔，胆子大一些，它在猪汪边嗅嗅鼻子，看看王二水，似乎在说，不是同类，怎么也打汪？被惊飞的苍蝇、牛虻又飞回来了，一窝蜂往王二水身上落。显然，苍蝇、牛虻也把王二水当成猪了。

“水晶？哪来的水晶？”王二水兴奋地叫道。

“刚才啊，刚才我扔下去的呀，你嘴里哪来的猪屎？不是我拿块水晶砸出来的呀，快快快快，少罗嗦，帮我把水晶捞上来，猪屎不能让你白吃。”

“不找。”

“敢！”萍萍在地上踢一脚，踢起一团烟状的尘土，直飞王二水。

“好好好好。”王二水眯住眼，无奈翻身，双手撑在猪汪里，以手当脚，往岸上走。

“干吗啊？”萍萍又向他踢了一脚尘土。

“找水晶啊。”

“找水晶你爬干吗？水晶在猪汪里，就刚才砸你的石头。”

王二水从猪汪里拔出一只手，举起来：“是不是这个？我摸到啦。别骗我啊，我要看看它是不是水晶。”

“不许看，扔上来！”

“不可能，我就喜欢看水晶。”

萍萍第三次向他发射了尘土炮弹。

“给你给你。”

萍萍捡起王二水扔上来的石头，也不管臭不臭，双手抱起来看。这是一块黑乎乎的石头，有一只香瓜大，表皮相对光滑，被一层栗色包裹皮紧紧包住，经过水湿，能隐约感觉它的透明和光泽。萍萍心里紧张一下，果然是水晶，什么水晶呢？是乌晶吗？不像，肯定不是普通的白水晶。萍萍把水晶对着太阳看，换着角度看，还掀起自己的衣服，把石头擦拭一下，再对着阳光看。透过晶体，能看到阳光，以及里面的莹莹的色泽，说明纯度不错，不会是蓝晶吧？萍萍心里突突地跳。要真是一块蓝晶，这么大的个头，不要说切一个“子”了，就是切一副“子”，做五个水晶球，也绰绰有余啊。萍萍拿不准，以她小小年纪的经验，根本无法看懂这块水晶的成色。

“什么破水晶？”猪汪里的王二水挣扎一下，“皮厚，看不出来的，我有探晶笔，给你测试一下。”

“不用，”萍萍故意轻描淡写地说，“一块老花石，不麻烦你。”

萍萍不再理会王二水，抱着水晶走了。

王二水一想，不对，真要是老花石，萍萍能用衣服擦？能不嫌臭？能转身就走？肯定是宝贝，见眼有一份的，便宜不能让她一人贪了。

“站住！”王二水叫一声，迅速从猪汪里站起来。

“怎么？”萍萍有些担心，但还是少有的镇静，“你就待在猪汪里找屎（死）吧，别上来啊。”

萍萍说完，撒开腿就跑了。

萍萍还没跑多远，王二水狂追几步就撵上了萍萍，身上的臭水甩在萍萍身上。萍萍只感觉一阵臭味直钻鼻子。萍萍看挡在面前的王二水，知道理亏，见眼有一份，这是祖上留下的规矩，谁都不能破了规矩，从大里说，会引起械斗，从小里说，也是不道德的。萍萍胆怯起来，心里有了矛盾。凭预感，这真是一块好水晶，这块头，这模样，不引人注意的样子，都有可能是好水晶。好水晶大致分两种，一种是特别张扬，就像水晶收购站收的那些，冰一样纯洁透明，一出土就非同寻常，看一眼就知道上档次。还有一种隐藏很深，会蒙蔽很多人的眼睛，就算在脚下绊来绊去，也不引人注意，只有有缘人才能得到。这块水晶就属于后者，可能是从土里刚冒出来，也可能一直被谁家砌在墙头上、猪圈上，当成普通一块石头了。萍萍跟它有缘，才叫萍萍发现的。如果让王二水分去一份，不甘心的。萍萍看他身上的臭水正往下流淌，眼睛有点灼灼的，闪闪的，便躲开了，捂住鼻子说：“远点远点给我死远点越远越好！”

王二水看着萍萍，眼神也渐渐发生变化，少有地露出真诚：“我真有探晶笔，可以借给你——放心，就是见眼，我也不要一份——我那份算你的好不好？算我送你的……让我看看嘛……就看一眼，中国人说话算话，不算话，裤子当小褂。”

萍萍知道探晶笔，但据说探晶笔也不是万能的，功能和手电筒差不多，只不过发光比手电筒强一百倍罢了。不过她不相信王二水能有探晶笔，这么高级的东西，他从哪里弄来呢？怀疑他又在装神弄鬼，便说："哪来的探晶笔？”

“搞来的。”

“搞来？”

“偷来的，中了吧？还不信啊？哎呀……你不记得今年春，公社联合行动小组，没收了好多家地下车间的机器设备？这些东西暂存在咱们大队部的仓库里，我去偷了……也不是我一个人偷的……我一个人，打死也不敢……”王二水尽量撇清，“那人也厉害，我也不告诉你是谁，反正我弄到一支探晶笔了。”

“当真没你的份？”

“当真。”王二水显得高风亮节的样子，“什么见眼有一份，封建迷信，我倒给你一份好不好？”

萍萍还是不信，眼睛定定地盯着王二水，判断他的话的真实程度。

王二水急了："真的倒给你一份，忘了我送过水晶给你？你还不信我？”

萍萍想想，也是，王阿妹敲花石是有名的，虽然敲不出一等品来，不一定她捡的花石里没有好水晶。萍萍看王二水的表情不像是撒谎，加上她也想知道这块水晶的品质——如果是老花石，她认了，扔了也不可惜，万一真是好水晶呢？便说："我信你一次，要胆敢骗人，我把你家瓦都揭了，看我敢不敢！”

王二水走在前边，很快就走到他家大门口。王二水回身对萍萍做了个小心谨慎的手势，又指了指冒烟的厨房，知道王二水是怕他姐姐。萍萍心想，干吗鬼鬼窃窃跟特务一样。但随即也觉得还是悄悄的好，王阿妹也不是什么好人。于是便抱紧水晶，猫一样轻轻迈着步子，从东厢房门口走过了。萍萍还朝厨房瞄一眼，看到王阿妹正在锅门口烧火做饭，后背上的红色衬衫都叫汗水湿透了。

他们穿过青石铺的院子，走到大堂屋门口。萍萍小声说："这不是你姐住的吗？"王二水说："她住那边，那边三间。"王二水从猫眼里掏出一把铜钥匙，捅开了老式的挂锁，"吱扭"一声，推开笨重的板门，闪身进了屋。萍萍刚要进，发现屋里黑咕隆咚的，有些害怕，抬了一半的脚又退回去。"进来呀。"王二水不由分说，一把把她拉了进去。在王二水关门时，萍萍感到心跳急速加快，莫名地害怕起来，王二水要干什么？与此同时，屋里涌动着一种怪异的气味也让萍萍好奇，这种气味太强大了，把王二水身上的臭味都盖下去了。不是霉味，不是潮味，而是火辣辣的，像药水味。萍萍对这种气味并不陌生，她父亲老扣的地下车间也有这种味，这种味就是切割水晶时炝出的，是金属和水晶经过剧烈的冲撞和摩擦而发出的味道。难道王二水家也有地下车间？萍萍四下打量昏暗的房间，才稍稍习惯屋里的光线。那个唯一的窗户被堵死了，只留了上边窄窄的一溜，还用塑料纸封了起来。萍萍借助昏暗的微光，能感觉房屋的高大宽敞。萍萍还感觉身边热烘烘臭哑哑的就是王二水，想离他远点，刚一动步，差点被脚下的东西绊一下。萍萍低头看，发现满地都堆着东西。"小心啊，"王二水轻声道，"别动，当心摔跤。我去拿探晶笔。"萍萍只觉得一道影子踩着地上的东西，晃晃悠悠地向里边移动。萍萍不敢动，拿脚试试面前这些东西，硬硬的，黏黏的，石头啊？莫非是水晶？就算是花石也不得了啊。萍萍突然紧张起来，突口问："你家这么多水晶？"黑暗里响起气喘一样的声音："小声，不是水晶，老花石，我姐弄来的——你不知道啊？"萍萍听了，心想，我怎么知道。又感到奇怪，王二水怎么这样问啊？正疑惑着，一道白光一闪，又灭了。是王二水的探晶笔。“过来呀，”王二水说，“当心脚底。”萍萍说：“你让我别动的……你过来。”萍萍向门边退退。两扇厚重的楠木板门中间，有一条细缝，透进一线光。有了这线光，萍萍心里踏实些。萍萍还把眼睛贴到门缝上，向外望望。她什么也没望到。王二水到她身边了。萍萍说：“我来看。”王二水说：“你不会看，我看。”王二水把水晶托在手里，打亮探晶笔。探晶笔发出一条刺眼的白光，对着水晶照去。白光打在水晶上，发现一个暗红色的亮点。亮点在水晶的表皮慢慢地移动。萍萍的眼睛也跟着移动。萍萍迫不及待地问：“咋样？”王二水说：“不咋样。你看，探晶笔都没有打透，里面也黑咕隆咚的。”萍萍一把抢过水晶，说：“骗人，我刚才对着太阳看了，透气。”王二水说：“我这是高级仪器，不信？”王二水从地上捡起一个东西，说：“看看啊，我随便拾块花石，都能把它打透。”王二水把探晶笔对着手里的一块花石照，果然，那束白光像钻子一样，从这边照透到那边，白点还落到对面的墙上。王二水说：“看没看到？看看里面，这不是好花石，有焦口，还有那么多棉，敲不出一等品来。你那块就是死石头，扔了吧，鬼用！”萍萍不甘心，紧紧抱着，说：“才不了，扔了你就会捡，对不对？才不当了，我要带回家。”王二水不屑地说：“随你。”萍萍说：“我回家了。”王二水急忙说：“要不要参观我的机器？”萍萍说：“稀罕，你有鬼机器。”王二水说：“等下啊。”王二水在门后摸索一下，摸到一根线，“咔嚓”一声，吊在屋中间的一只灯泡亮了。萍萍被晃花了眼。

萍萍惊讶地发现，一当门地堆着大大小小的水晶石（花石）。这么多，要费多大的力气啊？要花多长时间啊？谁挖的呢？王二水说：“都是你爸弄来的，夜里往家里运，我都烦死了。还以为有好水晶石的，我天天挑，也没找到一块好水晶，好水晶肯定都叫老扣弄回家了。过来，看看，看看。”萍萍更是吃惊了，隔着地下的一大片水晶，靠里边的墙根，果然放着三张台子，一大两小，两张小的萍萍认识，分别是一台切割机，一台抛光机。大台子实际上是一个工作台，上面固定着几种小设备，有打磨机、雕刻机等等。角落里还有一个大水缸和几只小铁桶，塑料管子架在空中横七竖八的。萍萍知道，切割抛光需要加水降温，也起到清洁作用。这里果然是地下车间啊。王二水看萍萍吃惊的样子，神色紧张地说："老扣也有黑车间，我不怕你。"王二水的意思是，你敢揭发我，我就揭发老扣。萍萍问："也是你……搞的？"萍萍没说偷。王二水说："当然，我又不会制造。其实是废物利用，要不就被拉到废品公司了。"萍萍看一台复杂的机器："你会弄？"王二水又拉一下灯绳，"咔嚓"一声，屋里又黑了。王二水说："暂时不会，老扣死活不肯教我，他让我好好念书，念书有屁用！不过很快就会了，有人愿意教我。"

从王二水家出来，萍萍突然长大了不少，心想，这王二水多大啊？鬼鬼祟祟、偷偷摸摸，人见人烦，心不小啊，要干大人的事啦。谁愿意教他？鱼烂沟村虽然很多人家都挖水晶，但能搞地下车间的能人并不多，他要跟谁学呀？学得了吗？

夜

一天晚上，萍萍半夜里被热醒，想爬起来，到院子里乘风凉，却听到院子里有声音。萍萍经常被各种声音闹醒。各种声音，来自不同的地方，天上的，地下的，墙缝里的，有时是蛐蛐，有时是土蛙，有时是飞虫，有时是大队的高音喇叭，有时她也不知道是什么东西发出的怪声，真实的，虚幻的，梦里的——萍萍爱做梦，做些稀奇古怪的梦，还会被梦中的景象吓醒——这声音又是梦里的吗？什么声音？“嚓嚓嚓”的，谁在说话？谁会在半夜说话呢？有好多次，萍萍的梦跟真事一模一样，睡醒后，还会沿着梦里的故事往下发展。所以，有时候她自己也分不清是梦，还是胡思乱想了。声音稍停片刻，又响起来了，就在院子里，还是“嚓嚓嚓”的，像是刮风。刮风好啊，夜风总归会凉爽些，屋里太热了，到处都滚着热浪，席子上都是自己的汗水，黏黏的，特别难受。但萍萍起不来乘风凉，她睡意未消，感觉瞌睡虫的小爪子还在搔她。她迷迷糊糊地摸过床边的芭蕉扇，使劲摇摇，没几下，手腕就酸了。放下扇子，摸到了一块冰。炎夏闷热夜摸到冰，瞌睡顿时跑了。萍萍知道这不是冰，是那天她在猪汪边捡到的水晶。萍萍的手紧紧贴在水晶上，感受那种舒服的凉，闷热似乎减轻了些。但，声音又响起来，不是“嚓嚓嚓”，而是“嗖嗖嗖”的，哦，风声，真的起风了。萍萍感觉院子里刮过的风声，还有柴门发出的“咣当”声，那也是风吹动的吗？萍萍也不确定是父亲回来了，还真的是风刮动了柴门。萍萍不管这些了，她一只手想把水晶拿起来，没拿动，便侧过身，双手抱在怀里，凉凉的感觉迅速穿透单薄的小衫。对于这块神秘的水晶，萍萍不相信王二水的探晶笔，又请父亲做了鉴定。父亲只是远远地望一眼，就说一句："不用看，老棉体嘛。"萍萍鼓着腮，对父亲的眼神和口气很不满意，嘀咕道："你也没看。"老扣也觉得轻视了女儿，女儿眼看着长大了，敷衍不了了，便接过水晶，认真地看，左看右看。他也疑惑了，这什么玩意？黑咕隆咚的，小猪仔啊？圆头圆脑又像一只香瓜。老扣打来满满一盆水，把水晶放在水里，重新洗一遍，再举到头顶上对着太阳光，翻来覆去地看。老扣看水晶可是远近闻名的，经常深夜被邻村请去看水晶，似乎没走过眼。传说老扣的神技是，抓起一把土闻闻，都能闻出地下有没有水晶。这话有人信也有人不信。但老扣的名气，在全公社可是挂上名号的。说来真是怪，老扣的名气再怎么大，对萍萍拿回家的这块水晶也拿不准。他看一会，从形状、皮色、透明度等重要元素中，根本不能做出判断。老扣眨着小眼睛问："哪来的？"萍萍想了下，学着王二水的口气说："搞来的？"老扣跟女儿翻个白眼："偷的？"萍萍说："不是，捡的。"老扣对着水晶说："里面温吞吞的，像一碗米汤水，我也没见过这种水晶的，是不是传说中的冻晶？做料子肯定不行，砸花石又可惜了——块头不小啊，喜欢就留着玩吧。"萍萍对父亲的回答显然不满意，又说："会是蓝晶吗？"老扣说："不知道。哪有蓝晶啊？我这辈子都没见过，反正不够料子，不值钱。"老扣说的"料子"，萍萍懂，就是能开出眼镜片的晶体，这种水晶最受村里人欢迎了，因为开出的眼镜片，拿到黑市，可以卖好价钱。萍萍听了老扣的话，又失望又有希望。失望的是，它不是她希望的蓝晶，也开不出料子。希望是有可能是冻晶？什么是冻晶？萍萍没听说过。听父亲的口气，大约不差，父亲还用了个"传说"的词。都是传说了，能差吗？萍萍听过许多关于水晶的传说，各种惊险的传说，有趣的传说，可就是没听过"冻晶"的传说，也没听过蓝晶的传说。不管怎么说，萍萍喜欢上这块水晶了。萍萍把水晶又从胸口移到肚子上，肚子上又凉凉的了。她把水晶在身上移动着，移动到哪里，哪里都是水晶的凉，这让她很舒坦。

萍萍侧过身，抱着水晶睡着了。

又下雨了。天上响起一阵雷声，还有闪电。萍萍在雨水里奔跑，她要跑到后岭去，叫母亲回家吃饭。母亲挖了一天水晶，又累又饿。萍萍跑啊跑啊，她跑过好多地方，看了好多坑塘，都没有找到母亲。萍萍急啊，在后岭上继续四处奔跑，雨越下越大，滑了个大屁坐，怎么爬也爬不起来了，急得她大哭大喊。突然又是一道闪电，把天空撕开一条口子，在一片耀眼的湛蓝中，母亲也冲她大声呼喊——原来母亲在天上，母亲的四周翻涌着蓝光，像海浪一样向母亲身上翻涌，母亲眼看就要被淹没了，但始终淹没不了，那蓝色的光变成一丛丛花海，一直托着母亲。萍萍突然不哭了，奔向母亲，可她双脚被拽住了，怎么也动不了。天空霹雳一声炸雷……

萍萍醒了。又是梦。萍萍像被掐住了喉咙，窒息般的紧张，喘不开气，浑身都是汗，还流了满脸泪，平静了好一会儿，还没有从梦里走出来。萍萍做过好几次关于母亲的梦，都不能圆满。每次梦醒，萍萍都很难受，都恨梦短，都怪自己醒得早了。萍萍知道这样的恨没有道理。可这样的恨总是情不自禁。

真的下雨了。萍萍听到“哗哗”的雨声。雨声就在她耳边，很响很急。萍萍把水晶推开，翻转一下身子，面向窗户。雨就打在窗外的院子里，还有闪电。闪电过后，就是雷声，声嘶力竭的雷声。和梦里一模一样。梦里又看到母亲了，又没有和母亲说上话。萍萍听王阿妹说过，母亲爱穿一件海昌蓝大襟褂子，卡其布裤子。母亲手巧，都是自己买来布料，自己剪裁缝制的。王阿妹还夸萍萍：“萍萍真俊，一点不像你爸。萍萍像你妈。”但这样的夸总是怪怪的，感觉王阿妹不完全是夸，还有嫌弃老扣的意思。萍萍每天照镜子，经常在镜子里抱怨自己的大胖脸。但一想到母亲，她就不抱怨了——如果王阿妹说的是真的，母亲也应该是这样的大圆脸。萍萍再仔细端详镜子里的脸，感觉真的漂亮了。

夏夜的雷阵雨，小孩的脸，来也快，去也快，电闪雷鸣的暴雨说停就停了。萍萍睡不着了，因为这个梦，联想到自己的水晶球，五色的水晶球只差一个蓝色晶体了。蓝晶这么难以寻觅，都怪父亲不肯全心全意帮忙。父亲一定能帮这个忙的，他挖那么多水晶，那么有本事，只要他愿意，一定能找到。萍萍坐了起来，摸到床里边的小木匣子，把它搬到腿上，又在床头摸到了灯绳。但萍萍没有把电灯拉亮。这是父亲严格关照过的。夜里不能随便开灯，怕引来公社“打投办”的耳目。公社“打投办”在出水晶的几个村都埋伏有耳目，如果谁家的窗户里透出灯光，就有可能是“地下车间”发出的。不开灯也好，萍萍也习惯了。萍萍在夜里也可以看这些宝贝的，夜色也会让它们放光，发出幽黑的光。萍萍每次打开匣子时，都是谨小慎微的，甚至有些庄重。这几颗水晶，每颗都有不同的来历。萍萍是先看到这枚紫晶的。紫晶扔在老扣“地下车间”的地上，不知扔了多长时间了，四周都浸染了水锈，后来老扣拿它垫工作台的腿。春天时，萍萍到“地下车间”，想找些花石，学校勤工俭学，要每个学生交三斤花石，萍萍不想满岭到处寻觅，从父亲那儿搜罗点切割水晶时的边角下料就够了。萍萍就是从桌腿下抠出这块紫晶的。这也是从一块水晶上切割下来的废料，萍萍捡起来看看，样子怕是连花石也够不上，想扔了，又怕凑不够三斤，就浸在水桶里洗洗，萍萍就看到被切割的剖面上那紫色的光泽了。紫光并不明显，甚至有些暗淡，但这种色彩的水晶，萍萍还是深感奇怪的，她就想啊，要是用它做副“子”，一定跟别人不一样的，一定会把别人的“子”比下去的。于是，趁父亲在生产队干活不在家，便找出父亲的工具，偷偷开动父亲的切割机，干了起来。萍萍虽然没有独立工作过，但父亲干活时她也经常看到的，无师自通地居然把一块水晶切得有模有样，只是在进一步把粗犷的圆球变成真正光滑的球体时，需精雕细作，她把握不准了。正巧父亲收工回来。本来萍萍很怕被父亲看见，他把这些破东烂西、七拼八凑的机器当宝，谁都不许碰的。没想到的是，父亲并没有像她预料那样骂她一通，相反，还帮她一把，亲自上手，花了好长时间，把这块紫晶打磨抛光。萍萍高兴坏了。这实在出乎萍萍的预料。萍萍只是想把它弄成一个球体就可以了，没想到抛光。看到抛光后的紫晶球，紫得人心里发慌，紫得像花蕊一样艳丽，闪着漂亮的光泽，萍萍都舍不得用手摸了，觉得这副“子”只能看，不能玩的，玩坏了岂不太可惜。没曾想，萍萍的喜悦还依恋在脸上，父亲就严厉地警告她：“就弄一个玩玩啊。”萍萍说：“不嘛，我要五颗，五颗才是一副。”父亲不再理她。萍萍鼓着嘴，站了一会儿，生气地走了。更让萍萍想不到的是，第二天，父亲像变戏法一样，给了她四颗“子”。萍萍又惊又喜，五颗几乎一样大小的“子”一下就凑成了。这五颗“子”，除了一颗是紫晶，有三颗是白晶，还有一颗是茶晶。萍萍看着看着，又有了心思，觉得这四颗“子”，没有一颗能配得上紫晶的，特别是白水晶，太普通了，到处都是，只有茶晶还勉强。萍萍是在这时候萌生配一副五色彩晶球的念头的。这一念头一旦萌生，就在心里滋长，在心里发酵。她在一天深夜又跑到父亲干活的“地下车间”，让父亲给她弄几颗彩色水晶球，绿的黄的红的蓝的都行。父亲听了，瞪着她。父亲眼睛不大，却喜欢瞪人，高兴时瞪人，疑惑时瞪人，想事情时瞪人，生气时也瞪人。萍萍看着父亲使劲睁却睁不开的小细眼，心里慌慌忙忙的，拿不准父亲是什么态度。父亲瞪了会眼，说：“说得轻巧，我长这么大了，还没听说有红水晶绿水晶，黄水晶倒是见过。”父亲的话并没让萍萍失望，她总觉得会凑成五彩水晶球的。萍萍把三颗白水晶球中的两颗混在了花石里交给了学校，剩下的一颗配上紫的和茶的，放在母亲留下的一只小木匣子里。没过多久，王阿妹就给了一块水晶给萍萍。那天是星期六的下午，萍萍正放学回到村口，被王阿妹撵上了。王阿妹是在水晶收购站卖花石回来的。她笑嘻嘻地喊住萍萍，说要送块水晶，让萍萍跟她回家拿。萍萍就跟王阿妹去了她家。在她家井台上，王阿妹用脚踢踢一块很大的石英："这里嵌有黄水晶，我不敢砸，怕碰坏了，你拿回家让老扣试试。"王阿妹指着石英的一条缝隙给萍萍看："这儿，看到没，发亮的地方，渐渐变黄了，里边肯定更黄，或许能挖一块黄晶球来。"萍萍也没有多想王阿妹怎么知道她想要彩色水晶球的，便把这块二三十斤重的大石英扛回家了。父亲还是老样子，瞟一眼这块石头，对萍萍的话爱理不理的样子。也不知道父亲是怎么弄的，反正第二天一早，父亲就把一颗黄色水晶球给了萍萍。真太美啦，和紫水晶一样，萍萍也是第一次见到黄水晶，透明的黄水晶，清澈中有些温润，天生就是高贵的容貌。就这样，萍萍有了四颗水晶球了，就差一颗了。萍萍一开始没有想要配一颗蓝水晶球，但梦里不断出现的蓝，不断看到身穿海昌蓝大襟褂子的母亲后，觉得蓝水晶一定非常的美，也一定是她需要的。蓝水晶的种子便在萍萍的心里种下了。可直到暑假里，都没有找到蓝水晶。有好多次，她跟父亲说，父亲都说没见过蓝晶。父亲的话也不可信。他心思只盯在白水晶和茶水晶上了，这两种水晶都可以开眼镜片，特别是茶晶，不用上色，直接就可以做墨镜，价格贵得吓人，一副天然茶镜片，在县城的黑市上能抵得上一头大肥猪。但父亲说归说，他不定哪天就会变戏法一样给她变一个蓝色水晶球呢。萍萍一只一只地摸着水晶球，在心里猜着，这颗是白晶，又摸一颗，这颗是黄晶。萍萍不知道她猜得对不对。她喜欢这样猜猜。萍萍还拿一颗在眼前晃晃，黑暗被划开了口子，闪过一道更黑的光芒，这颗应该是茶晶了。

院子里又响起了声音。闷闷的、隐约的、或有或无的声音，“吱——吱——吱——吱——吱……”不用想，就是父亲又躲进“地下车间”干活了。萍萍反正睡不着，她决定去“地下车间”看看，碰碰运气，父亲切割的水晶里，说不定就有蓝晶。她知道，父亲要是看到蓝晶肯定会给她留着的，如果体量足够雕刻一个水晶球，他说不定哪一天就会给她带来惊喜。但父亲不一定去注意这些边角下料，会把这些彩色水晶当成废品扔了。

萍萍把小木匣子放回去，摸着黑，穿好塑料凉鞋，蹑手蹑脚走到门边，悄悄把门拉开一条缝——她不想父亲早早发现了她。她要悄悄出现在父亲身边，冒充“打投办”的人，吓他一跳。

刚下过雷阵雨的空气里凉丝丝的，浓薄不均的云彩在天上翻滚、涌动，云缝里时不时露出几颗忽明忽暗的星星，天边处还有小小的月牙儿也在云层里躲躲闪闪。萍萍侧身从门缝里出来，爽爽的小风便调皮地往脸上扑，像小雨在脸上啄一口。萍萍轻快地走到院子里。院子里到处影影绰绰，一片黑乎乎，小土蛙快乐地叫着，“咕咕咕，咕咕咕，咕咕咕……”蛐蛐也“叽叽”叫个不停，不知是什么虫子，躲在墙根的草叶上，声嘶力竭地发出怪叫声：“啾啾啾——啾呦——啾啾啾——啾呦——”还有一些叫声，混杂着，此起彼伏，院子里像是一个大舞台。倒是父亲的“地下车间”，时断时续的声音反而微弱了些。萍萍也加入到大舞台来了。萍萍朝父亲的小屋望去，门窗被遮挡得严严实实了，没有一丝灯光。但萍萍知道，父亲那盏自制的台灯一定是亮着的，他一定在工作台上捣鼓他的水晶制品了。萍萍向小屋悄悄走去。突然，墙根那棵槐树上，发出“哗哗”声，是树叶上的雨水被突然震落。萍萍吓了一跳。更吓人的是，槐树上突然掉下一团黑影，落在墙头上。萍萍“啊”地尖叫一声，扑向小屋的门。

小屋的门开了。

屋里黑咕隆咚的。老扣从小屋里钻出来，憋着声音："咋啦？"

萍萍几乎钻到父亲怀里了："有人……有人……槐树上……"

老扣立即摸一根靠在墙上的棍。

"跳墙头……跑了……"

"真的？"

"真的……"

"要坏事……"老扣想都没想，把萍萍拉到堂屋，小声说，"时间紧，任务重……你好好睡觉，我要转移了……不是我转移，要把东西转移……你只管睡觉，听到啦？"父亲把门带上时，又恢复平时的严厉口气："乱跑，吓死了吧？闩好门，睡你的觉！"

萍萍很委屈，心想，白提供情报了。但萍萍不怪父亲，她心有余悸，闩好门，趴在门缝里望那棵树。隔得远，望不清。就是望到了，也不会想到树上会有人啊？谁躲在树上呢？什么时候躲上去的？他要干什么？肯定是坏人，肯定是针对父亲的。萍萍不禁为父亲担起心来。她又换个角度，向父亲的"地下车间"望去。小屋门口静悄悄，一会儿，出来一个人影，萍萍认出是父亲。父亲一声不吭，走到大门口，搬开柴门，站在门空里。父亲就在那里站了一会儿。萍萍不知道要不要去帮帮父亲。但有一点她是知道的，父亲肯定不希望她去帮他。如果她去帮他了，父亲肯定更生气，更直接把她轰回来。萍萍看着父亲的背影，知道躲在树上的那个人，给父亲带来麻烦了，是个大麻烦。父亲没有消失在村街里，而是又返身，挡好门，走到那棵槐树下了。父亲是在查看槐树上会不会留下那个人的痕迹吗？对于这棵槐树，萍萍记忆尤其得深，她小时候，槐树也小，萍萍会爬到树杈里玩，坐在树杈上看天、唱歌、吃东西。父亲有时候会走过来，跟她一起玩一会，逗她"咯咯咯"地笑。有一次，父亲把她从树上抱下来，告诉她，这棵树是妈妈栽的，妈妈知道她没有地方玩，就在墙根栽棵小槐树给她玩。萍萍记住了父亲的话。有那么几年，大概是四五六岁的时候，萍萍不说小槐树，都说妈妈栽的树，又简化成妈妈的树、妈妈树。念一年级的时候，萍萍用削笔刀在树上刻字，刚划几刀，就被父亲发现了，父亲不知从什么地方冲过来，喝住了萍萍，夺过她的小刀，扔在地上。父亲怒斥道："该打啦？刀能刻树吗？啊？刻死了怎么办？"萍萍被吓得大哭。父亲知道说重了，又哄她说："这是妈妈栽的小槐树，你长大了，小槐树也在长大，你把它刻坏了，它也疼，就不肯长啦，晓得？"萍萍点点头。父亲又说："妈妈栽树时说了，这棵树是救命树，能救妈妈的命……可……它太小了，还救不了妈妈。"萍萍说："要是长大了，就能救妈妈了吗？"父亲说："能。"萍萍说："那它长大了，就有妈妈了吗？"父亲说："不能，已经没有妈妈了……不过它救不了妈妈的命，将来长大了，也能救你的命，懂啦？"萍萍又点点头，委屈地说："我想在树上刻字，刻上妈妈，我会写妈妈了。"父亲鼻子一酸，把她抱到树杈上。一年又一年，小槐树长大了，长成了英俊潇洒的大槐树，萍萍不再爬树玩了，也早已淡忘了父亲的话。没想到，这棵槐树成了别人监视父亲的据点。萍萍心里一个激灵，担心父亲会把槐树杀了。萍萍看到父亲围着槐树走一圈，这才走出院门，消失在村街里了。

调　查

萍萍被村上的吵骂声闹醒了。

萍萍立马想到夜里那个惊悚的黑影，那个从树上跳墙而过的家伙，是不是他（她）又作妖作怪啦？萍萍睡意全消，从床上翻身就到了门外。骂声离家不远，也不近，竖起耳朵一听，就知道是胖丫。萍萍松一口气。胖丫骂街是经常的事，有人惹她她必定要骂的，就算她感觉有人要惹她了，也要骂。如果三天听不到胖丫嘹亮的骂街声，村里就会显得太冷清太寂寞太没有人味了。胖丫的骂声就是一味调味剂，能让村街活色生香。

萍萍不关心胖丫的骂街，夜里那个在她家树上鬼鬼祟祟的鬼影，那个吓死她的家伙，那个让父亲紧张的坏蛋，才是大麻烦。她关心的是父亲的“地下车间”，她要看看父亲的“地下车间”是不是还完好无损。让萍萍惊异的是，那间东厢房的门大开着。这可是从来没有过的。东厢房的门本来就不大，平时不但关门上锁，还用几个又粗又高的高粱草捆子围住，伪装成一个无人居住的破屋，现在房门大开，必定出事了。萍萍紧张地跑过去，看到小屋里果然空空荡荡，只有一张简陋的小床靠在墙根，床上连席子都没有，只扔着一条面目不清的破被单——这是父亲睡觉的床，萍萍倒抽一口凉气。萍萍发现，在原来摆放机器的地方已经清扫干净了，除了地面上湿淋淋的，有些水渍和油渍，别的痕迹没有留下。萍萍屏住呼吸，四下看看，感觉又不对劲，这不像被洗劫过的样子啊？倒像是有组织有纪律的撤退。如果按照通常的做法，此时把屋门打开，是给潮湿的小屋通通风透透气——对，就是这样的。但那几台看上去破破烂烂的机器弄哪去了呢？是父亲把它转移了，还是被“打投办”没收了？萍萍还是疑惑了。这些机械可都是父亲的心血啊，是他从一百多里外的新浦第七毛纺厂买来几只旧电机，又去铁业社买来几根钢筋、铁板等材料焊制的，是父亲的命根子。真要被“打投办”没收了，父亲会像生一场大病，会瘦得更没有人形了。萍萍记不得是哪一年了，家里突然来了一院子人，正把父亲仿制的机械往门口抬，父亲两手拽住机械的腿，和机械一起被四个人抬起来，机械的腿离开地面了，父亲的腿却拖在地上，当时正是冬天，父亲的鞋子都被拖掉了，露出黑脚丫子。放学回来的萍萍被吓得大哭起来。父亲听到萍萍的哭声，松了手，眼巴巴地看着机械被抬上一辆胶轮马车，一把搂过萍萍，给她擦擦眼泪，轻描淡写地说：“没事，叫他们抬走，老子再做一个。”说罢，自己的眼睛却湿润了。萍萍现在不是几年前了，知道用脑子想些事情了，她觉得父亲不会再像几年前那样傻的，吃一堑长一智，父亲肯定做了准备。

萍萍在院子里喊几声，还跑到大门口张望两眼，没有看到父亲，也没有人应。聪明的萍萍知道了，父亲如果不是去后岭挖水晶，就有可能去……萍萍不太愿意这样想，但她只能这样想了，没错，父亲在王阿妹家。前一阵的连续阴雨天里，父亲都是连天带夜去后岭挖水晶的，挖的水晶没有运来家，都堆在王阿妹家的大堂屋了。王阿妹家大堂屋的当门地，堆那么多水晶，这是萍萍难以想到的。萍萍还不愿意想的另一件事，就是父亲和王阿妹同时穿错的鞋，都说明父亲和王阿妹不同寻常的关系。所以，当小屋里的机械被搬走一空时，萍萍首先想到的就是转移到了王阿妹家。而父亲有可能也在王阿妹家支好了机器，说不定现在正在机器上干活呢。

萍萍想到这里，心里不是担心父亲那台机器的安全，反而担心父亲的安全了。萍萍不知从哪里得来的预感，预感王二水不喜欢他姐姐，二人的仇恨很大。什么仇恨呢？冥冥之中似乎也和父亲有关。是不是他察觉了父亲和他姐姐之间的事？完全有可能，不，是肯定察觉了，连萍萍都知道了，何况鬼精的王二水？联想到胖丫那天的骂街，明里暗里直指王阿妹，萍萍心里的一些谜团逐渐清晰了。对这一切也心知肚明的王二水会不会迁怒于父亲呢？他可是比父亲还高半个头的，力气也大得惊人，还一肚子坏水，他要是告密怎么办？就算他不告密，把父亲的机器破坏了怎么办？

胖丫的骂街会和王阿妹有关吗？和王阿妹有关就和父亲有关。萍萍院门都没有挡好，就向胖丫家走去了。她要去一探究竟。

胖丫又在骂破鞋。这会儿不是她骂别人破鞋，是她被别人扔了破鞋。萍萍听得明白，她家门空上被谁吊上一只破花鞋。这谁也太缺德了。胖丫家没有院子。没有院子就一点挡头都没有，村街上的人随时都可以抬步到她家门口。她家的孩子不多，姐弟两个，不大，姐姐一年级，弟弟才五岁，也跟着姐姐上一年级。如前所述，她男人在白集煤矿上班，一个月才回家一次。关于胖丫生活作风的传言，有很多版本，连萍萍都听过无数次了。胖丫这回是真伤心了，一只又脏又烂的小脚花鞋，不知哪个缺德鬼从哪个乱葬坑捡来的，用一根锈铁丝串着，挂在她家门空了。她天没大亮起来推磨烙煎饼，破花鞋“啪”地打到她脸上。胖丫从没遭受过这样的侮辱，磨也不推了，开始破口大骂。骂着骂着就哭了。她一边哭一边骂，眼泪鼻涕一把一把往地上甩。可能她没有想到，骂别人破鞋的人，把名声落到了自己头上。自己不干净，为什么要说别人一身灰呢？

胖丫家门口围着看景的人群，人群里，除了两三个老人，都是半大不小的孩子，把磨道里的胖丫围成一个扇形。他们不远不近地就这么看，有时眼睛直直地盯着胖丫，有时互相对看一眼，笑一声。胖丫只顾自己伤心了，鼻涕甩在地上“啪啪”的。这次她骂的毫无章法。可能是这只破鞋击中了她的要害，让她的骂词不丰富，骂的不得要领——她只顾哭诉自己不是破鞋，没有要找出扔破鞋的元凶，就好像水不好喝，光怪自己口感不行，没有找出把水弄脏的人。

在胖丫的骂声中，公社陆宣委来了。陆宣委戴着一顶大草帽，骑一辆破旧的长征牌加重自行车，在“多经办”罗主任的陪同下，一起来到鱼烂沟村。他们没有到大队部去，也没有大队领导陪同，就直接往老扣家骑来。他俩是不是被胖丫的骂声引来的呢？这可没人知道。但他俩只是推着自行车从胖丫家门口经过，并没有要停下来劝说的意思，或许，他们见多了太多的乡村纠葛，对胖丫式的女人见怪不怪了。

看胖丫热闹的孩子们马上丢开胖丫，被两个体面人和他们的自行车吸引住了，前呼后拥地围在陆宣委和罗主任四周，对他俩的自行车指指点点，陆宣委的自行车虽然破旧，刹把上套的红色橡皮套却十分惹眼。罗主任的自行车是七成新，更牛的是他永久牌自行车大杠上裹的电影胶片，那可是稀罕物件啊，裹上彩色塑料带都不得了，何况电影胶片呢？孩子们一路欢呼着，雀跃着，跟着他俩。有胆大的孩子问：“你们去大队部吗？”在没有得到回答之后又说：“你们去大队部走错了，大队部在沟南，不在村子里。”陆宣委和罗主任四平八稳地迈着干部步，脸上都笑眯眯的。孩子们的胆子更大了，有见过世面的孩子说：“你们是公社的大干部吧？”有人替他回答了：“不对，公社的大干部都在大喇叭里说话，怎么会到鱼烂沟来？”陆宣委年轻，有些拿不住劲了，他对孩子们说：“我们去老扣家。”孩子们一哄而散，向老扣家狂奔而去。

陆宣委和罗主任推着自行车，来到老扣家院子，和先期到达的孩子们会合。老扣家的小院子里立即就热闹了。有多嘴的孩子们告诉陆宣委和罗主任，老扣不在家。也有孩子远远看到了萍萍，马上兴奋地喊：“看，那是老扣家闺女！”

本来远远看着陆宣委和罗主任从胖丫家门口经过的萍萍，就预感到他俩可能是找父亲的，心里莫名地害怕起来，想躲，又没地方躲。再说她也想看看他们要把父亲怎么样。萍萍认识这两人。看到他俩真的进了自家的院子，真害怕父亲会这时候回家——那叫自投罗网。

有多事的孩子朝她大喊："丁萍萍，你家来人啦！"

更有孩子爬到她家墙头上，有两个爬到那棵大槐树上。

有一个光屁股的男孩，肯定是受到委托了，他跑到萍萍面前，结结巴巴地说："叫你回家……叫你的……"

"谁叫我？"萍萍明知故问。

孩子手一指："那俩人。"

萍萍只好往家走了。萍萍本来就在自家的南岗嘴上，没走多远就到家了。萍萍脸色红红地站到陆宣委和罗主任面前，有些手足无措。她拘谨地看陆宣委和罗主任，发现这两个有来头的干部并不是凶神恶煞的，不像学校的教导主任，天生一张倒眉脸，倒是像她的老师，老师也喜欢在白衬衫的口袋里插两支钢笔。这个陆宣委也插两支钢笔。罗主任插一支钢笔。不知为什么，萍萍对他俩有些好感。陆宣委和罗主任也打量萍萍，脸上都是微微笑。

"你爸呢？"罗主任和颜悦色地问道。

萍萍摇摇头。

"这是公社多种经营办公室罗主任。"陆宣委说，"咱们找你爸了解点情况，主要是搞个调研。"

萍萍觉得陆宣委说的不对。罗主任是大名鼎鼎的"打投办"主任，谁不知道他呢？了解情况？调研？萍萍虽然不太懂，也知道了解情况和调研都是整材料的。整材料的能是什么好事？萍萍还是摇摇头。

这时，从门口冲进来一个人，大声亲热道："哎呀，二位领导，怎么不去大队部啊，来来来，到大队部喝茶！”

萍萍一看是朱富，心里“咯噔”一声。萍萍对这个民兵连长没有好感，成天皮笑肉不笑地晃荡，看着像个好人，打老婆最有一手，不少孩子都看过，他把老婆吊在房梁上，把老婆屎尿都吊到裤裆了，自己坐在一边笑眯眯地抽烟，一会儿问一句：“服气不服气？”他老婆嘴巴比茅坑的石头还臭还硬，咬牙切齿地一连骂几声，把全世界最刻毒的话都堆到朱富身上了，最后哈哈一笑，来一句：“不服气！死也不服气！你孬种有本事把姑奶奶吊死！”孩子们都钦佩他老婆，宁死不屈，要是干地下党，肯定不会当叛徒。但她老婆馋嘴，爱喝酒，好吃不好吃的东西都爱吃——朱富最终还是当了孬种，没敢把她吊死，不但把她放下来，还买来半斤猪头肉和一斤凉粉，碰着杯喝起了烧酒。她一边喝酒，一边照例破口大骂。朱富对她的骂充耳不闻，端起酒杯，咂一口，还是笑。他们两口子经常玩这出戏，村里无论男女老少都习以为常了。

萍萍往后躲躲。

朱富已经拨开了挡在前边的孩子，冲到陆宣委和罗主任身边，话音还在嘴唇袅袅，手里的香烟已经递上去了。

陆宣委不抽烟，拿手推开朱富的手。

罗主任也不抽烟，但他接住烟，说：“大队部就不去了，我们找老扣谈点事，等等他。”

“这个老扣，哪去啦？”朱富焦急地转一圈，“人呢？老扣人呢？老扣，老扣！这个老扣，不是耽误事嘛，哪能让领导等他？”

朱富在原地一连转了几圈，嘴里光是喊，其实他哪里都没望。萍萍就在他身边，他都没有看见，却一眼看到陆宣委的自行车。朱富说：“把你自行车借我骑骑，我去把老扣弄来。”

朱富也不等陆宣委同不同意，就搬过陆宣委的自行车。

孩子们自动给他闪开一条道。

朱富在院子里就片腿跳上自行车，腰一弓，“嗖”就冲了出去，“轧轧哗哗”的声音由大变小，迅速消失。

陆宣委用眼睛又找到萍萍，跟萍萍招招手。

萍萍朝前走了走。

陆宣委说 ：“我知道你叫丁萍萍？在哪里念书？”

“兴谷联中。”

“好啊，兴谷联中，徐老师是我同学。你认识徐老师？”

萍萍点点头，她知道徐老师。但徐老师不教她。陆宣委提起她学校的老师，是要套近乎吗？还是要拉近她和陆宣委的距离。

“是这样的，我和罗主任都认识你爸，我们……我们是朋友，我们这次来，是想听听你爸对……对公社多种经营办公室下一步工作的建议……”陆宣委明显是在选择怎样的表达，“公社下一步的工作重点，是要推进农村社队经济，特别是要大力发展多种经营……你听懂我的话了吗？”

萍萍点点头又摇摇头。

“我们就是来摸摸情况，找准下一步的发展重点……你爸是我们老朋友，又有经验……”

萍萍还是摇头。

陆宣委很有耐心，他又换一种说话 ：“这么讲吧，我希望下次我再来鱼烂沟村，不仅要看到鸭子、鸡子、稻子，还要看到厂子。”

萍萍摇头的幅度更大了，甚至还一脸惊诧，意思仿佛在说，跟我讲这些干吗？

陆宣委轻轻叹口气，眼睛望望蓝天，顿一顿又说 ：“朱连长上哪去找你爸啊？”

萍萍终于吭一声 ：“哪晓得啊。”

罗主任看着手里的香烟，那是朱富敬的烟。罗主任在院子里四下看看，还四处走走，他走到老槐树下，看树上的吊死鬼，那些瘦瘦长长的青虫子，叫“吊死鬼”，是因为它会吐一根白丝，把自己吊在半空。罗主任躲开吊死鬼，走到井台边，走到磨道里，还向那间“地下车间”的门空里张望一眼，最后回到他的自行车边，皱着眉头，朝门外瞅瞅，沉思了一会儿，跟陆宣委咬起了耳朵。

萍萍离他俩近，咬耳朵的声音又不太小，她听到罗主任连说几句“要坏事”。

陆宣委轻轻“啊”一声，在表示吃惊的同时，也赞同罗主任的话。

“要坏事。”罗主任又忧虑地重复道，“要坏事……陆宣委，我们这次微服私访可要搞砸了。”

绑在村口电线杆上的高音喇叭突然响起来了。以前的响，都要先播放一段革命现代京剧《打虎上山》的音乐，然后再广播通知或通告。这次直接就是电流声，接着就是朱富的声音了。朱富的声音通过高音喇叭，有些变腔，但再怎么变，还是朱富的声音：“下面广播找人，下面广播找人，鱼烂沟生产队的丁德扣注意啦，你在听到广播后，立即回家，公社领导有急事找你。再广播一遍，丁德扣，丁德扣，丁德扣请注意，你在听到广播后，立即回家，公社领导有急事找你，现在就在你家！”

罗主任一拍大腿，说：“完了，老扣不会来了。”

萍萍心里也暗喜。朱富表面机灵，其实一肚子屎，这明显是给父亲通风报信嘛。他以为他一个破民兵连长算哪根葱啊。

陆宣委眉头紧锁，明显有些懊悔，对罗主任说：“这家伙，怎么把我的车骑跑了呢？我怎么就不阻止他？也不知道他要去大队来这一招啊。”

罗主任说：“袁塘大队也有一个小能人，是柳编好手，我们去找他聊聊，给你的调查材料丰富下内容。”

陆宣委说：“只能这样了。”

有孩子大声报信："朱富回来啦！"

果然，远处响起"轧轧哗哗"的声音，声音越来越大，朱富骑着自行车冲进了院子，他跳下自行车说："老扣狗日的来了吧……他不敢不来……老扣……老扣？啊？还没来啊。"

陆宣委从他手里接过车龙头，挂下脸，说："我们不找老扣了，我们去袁塘。"

见　苗

萍萍继续去水库边割草。她从村子里走过时，还在想着父亲会躲在哪里。萍萍也不知道父亲会躲在哪里。没走几步就到王二水家门口了，王二水家大门两边的青砖高墙上，两条大红标语还是那么醒目，左边是“深挖洞，广积粮，不称霸！”，右边是“大快人心事，粉碎四人帮！”。这些字都是红土水写的，右边新鲜些，刚写上不久，左边陈旧些，被风吹日晒雨淋得都不太清晰了。王二水家的大门紧闭着。萍萍望一眼气派的门楼下那副结实的板门，下意识地觉得父亲会不会就藏在王二水家。这个念头刚一闪过，就赶快走开了。走在村街上，萍萍会遇到相熟的邻居，他们在菜园里逮虫子，或者蹲在门口石台上喝粥，或在井口洗衣，都会停下来，盯着萍萍看一眼，那一眼丰富复杂，充满疑惑。倒是一个老太太直接，她拄着棍子在自家门口问萍萍：“小扣又叫抓啦？”萍萍快乐地大声说一个“没”，就从她面前跑过了。她是个瞎眼老太，居然能听出萍萍的脚步声，真是奇了——她肯定听了早上的广播了。有一个喂猪的女人，更是丢下猪食瓢，无厘头地跟萍萍打招呼：“吃啦？”眼里也是充满同情。从邻居们的表情和问话中，萍萍知道了，他们肯定以为父亲被公社的人带走了。只有萍萍知道，他们没有带走父亲，甚至连面都没见着。再说了，这次也不是来抓父亲的，是来搞什么摸底的，搞什么调查的。摸底调查是什么鬼？从陆宣委和罗主任的话中，萍萍听不出来，似乎不是坏事，当然，也不可能是好事。上次在“打投办”开会，似乎也是这个内容。

割草之前要磨刀。萍萍喜欢在水闸上磨刀。水闸上视野开阔，得风得水，一边是烟波浩渺的水库，一边是长满绿草的河沟。河沟两岸更是绿树成排，把弯弯扭扭的一条河挤得像一条巷子。而水库的辽阔和苍茫，以及水库里的各种传说，也是萍萍喜欢面对水库发呆的一大原因。今天她不想发呆，只想磨刀割草。早上发生的事，让她还没有回过神来。父亲真像一只大仓鼠，神不知鬼不觉就把“地下车间”给搬了，而且人也蒸发一样，没了踪影。似乎一切都有预兆，那个半夜躲在树上的人，究竟是谁？给胖丫门上挂上破鞋的人，是不是和躲在树上的是同一个人？不知为什么，萍萍觉得这个人是王二水，只有王二水才能干得出。村上发生这么大的事，胖丫的骂街，陆宣委罗主任突然进村，朱富在大喇叭里吆五喝六，硬是没有见着王二水，他可是什么热闹都喜欢上前的家伙，怎么也不见踪影？王二水干这些事最合适了。不过陆宣委罗主任这次进村，似乎不是树上的人（王二水）去通风报信。虽然陆宣委罗主任进村的节点有点像得到情报才出动的样子，但他俩的行动不是要抓人。那他躲在树上干什么？如果要报信，也应该是朱富，他在村里分管打击投机倒把。可朱富似乎并不知道陆宣委罗主任要来。萍萍越想越糊涂，她干脆不想了，干脆好好割一趟草。

磨刀不误砍柴工。萍萍每次都是把刀磨得快快的，割草时省力。

面前的闸塘突然响起“叭嗒”声。萍萍吓了一跳，看闸塘里的水，水上漂浮的菱角、莼菜还有鸡头米，它们微微地荡漾着。萍萍怕王二水又在水里作妖作怪，便警觉起来，看水面平静，阳光晒在眼前翠绿的浮萍上，红蜻蜓花蝴蝶悠闲地在浮萍上起起落落，不像有鬼。如果水面上漂起一块水晶，那才有鬼呢。突然，蹲在荷叶上的一只青蛙，往天空一跃，落入了水中，“叭嗒”声随即响起，同时掠起一个白色的小水花。原来是青蛙在逮虫子吃。萍萍放心了。

这时，远处响起喊叫声，是喊丁萍萍的，就一声，断气了。萍萍听出来，是王二水在喊，声音很远。这家伙，不在水里装妖做鬼，在远处胡喊什么？谁怕你呀。萍萍还是向声音的方向望去，没有望到人，后岭的大片植物在起伏的岗岭上漫无边际地逶迤，只有一颗小小的黑点，在绿色里一跳一跳，像在植物的上空飞翔的山鸡。萍萍恶毒地想，跑吧跑吧，看你摔倒了还能爬起来。

王二水再次喊一声“丁萍萍”时，已经由黑点变成一个人了——跑出了青纱帐，快跑到水库边了。他一直跑进水里，在水库里洗着什么，然后堵在眼上，朝太阳望望，又急急走到岸上，沿着水库边的小路，甩着手里的衣服，向萍萍走来。他如此大大方方地喊萍萍，又如此四平八稳的样子，萍萍心里也突然紧张起来，从他的姿态上看，他挖到水晶了。萍萍预感到这块水晶可能不差，早上那么大动静，不见王二水的踪影，只有一种可能，就是去后岭挖水晶了。莫急莫急，莫慌莫慌。萍萍想，王二水这种人，能挖到什么好水晶？别又是一块老花石吧，他家屋里不是堆那么多吗？

王二水把拿着汗背心的那只手背在屁股上，越走越慢——拿腔拿调、故意慢慢悠悠地走到水闸边，停住了。他没有急于跳上闸堰，也没有急于和萍萍说话，而是严肃着脸，朝萍萍望一会，才牛哄哄地说：“丁萍萍，我叫你两声你没听见？”

“凭什么要听见？谁说话啦？有人说话吗？谁？谁？还以为是鬼喊呢。”萍萍并不买他的账，说完才又后悔，王二水这副德性，这么憋着，真挖到好水晶了。但也有可能又耍什么鬼，可不要再上他当了。萍萍看到王二水把脸都憋红了，光着的上身油晃晃的，冒出许多汗水，那条像没洗干净的短裤依然皱巴巴的，染上许多黄泥，一看就是挖水晶染上的。萍萍口气软和地说：“鬼喊什么？”

“问你个事，”王二水不急不躁地说，“你天天找水晶找水晶，找什么水晶？长啥样的？”

“长啥样你也没有。”

“那可不一定。”王二水说，“要是有呢？”

“不可能。”

“要是有呢？”

“那就出鬼了。”

“真要出鬼呢？”

“蓝晶，有吗？别闪了舌头，敢说有？”

王二水还是装不下去了，把背在屁股后的手拿出来，手上抓着的是他那件破旧的被汗水浸透的汗背心，一眼就能看出来，汗背心里包着东西，沉沉的，块头不小，像一个大馒头。王二水两手抱着汗背心里的“馒头”，举起来，说：“看看这是什么？”

“不爱看。”

王二水眼珠子一转：“好吧，那……我要请你帮个忙，可以吧？”

萍萍不知道王二水要耍什么鬼，也不知他要帮什么忙。萍萍虽然迫不及待地想看他衣服里包得什么宝，也不能让王二水看出自己的心思，便一笑，不屑地说：“还不知道你破衣服里包得什么烂石头呢，就敢让我帮你忙。”

这一招果然灵，王二水灵活地揭开汗背心，露出了水晶。

还隔着一段距离，萍萍就惊呆了，这真是一块通灵碧透的水晶，捧在王二水的手里，像捧着一汪水，真害怕太阳会把它晒化了，害怕风把它吹破了。这是罕见的无皮水晶，民间叫“赤身裸体”，只有在深“篷”下的红沙土层中才会有。萍萍在村里没有见过，在水晶收购站的柜台外看过这样的水晶，它们堆放在一只大木箱中，像洁白透明的大冰块，让人惊叹不已。萍萍看到好水晶就紧张，现在心跳更是“嗵嗵嗵嗵”的。

“看看，这是不是烂石头？”王二水咧开嘴大笑着。

“再好也是你的，谁……”萍萍口气软了。萍萍和王二水斗嘴斗顺口了，刚想说“谁稀罕”，又忍住了，她真想看看王二水这块水晶的。

“割一块给你。”王二水大方地说，“瞧瞧，这是块水晶，怪怪的，是个怪水晶，这边可以割眼镜片，我目测过，能割七八副，可它多了个尾巴，就这一块，看到了吧？尾巴这一块多余了，废了，瞧见没？它是蓝的，正好，割下来送你玩。”

听到“尾巴”是蓝的，萍萍更紧张了，眼睛只看水晶了。可毕竟还相隔十来步远，看得不真切，还没发现它是“蓝”的，心里十分得急切，脚尖不由得颠了颠。

“没看见……”

“你肯帮我一个忙吗？”

“什么忙？”萍萍说，只要不是厚颜无耻的事，能帮就帮，怕什么，便说，“说吧。”

“开学我不念书了，你帮我跟老师说一声……好吗？”王二水声音突然小多了，也不像刚才那么自豪了，像是一件多么难为情的事。

原来是这么点小事啊，不要太简单啊。萍萍觉得这事太小，怕配不上这块水晶。同时对王二水为什么不念书又有些好奇。但她没心思多问了，爽快应一声，便向王二水走去。萍萍是跑过去的。

萍萍表情惊叹，眼睛一直盯着水晶，真怕一眼没盯住，化成水了。萍萍跑近王二水，伸手想摸摸水晶。王二水朝后一缩，又恢复牛哄哄的口气：“怎么样？怎么样？哈哈哈哈，牛吧？”王二水两眼放光，把水晶往萍萍手上一放。不等萍萍夸他，就滔滔不绝地讲开了，讲他如何在后岭挖了十来天，又是如何不想挖了，又是如何白天不敢挖，只有在夜里挖。萍萍并没有完全听到他在说什么，她两手掐着这块水晶，看它的透明，真是太透了，没有一丝杂质，真的就像捧着一汪水。更为稀奇的是，这块水晶真的是由白逐渐过度的，到尾巴上确实有一点蓝，浅浅的蓝，甚至算不上蓝，这让萍萍稍微有些失望——如果再深一些，幽暗一些就好了，但已经是萍萍唯一一次看过的蓝晶了。王二水继续吹嘘着，说他发过愿了，如果今天再挖不出来，就不挖了，没想到它就冒头啦，就刚刚，半个小时前。到了这会儿，王二水才完全释放他的心情，快乐地哈哈大笑，亢奋地摇晃着身体，喋喋不休地讲述着，反复重复着这块水晶出土的经过，大致是这样的，他在一个坑洞里往地底下追的时候，追到“篷”了，这是土层里最坚硬的一层，是由无数颗粒状的红沙、紫沙、黑沙板结在一起，并夹着小块的石英和褐色石块，这种土层的厚度大约有一米到三四米不等，普通的叉根本挖不动，必须是两股钢叉，一点一点像剔牙一样慢慢剔，一般情况下，“篷”的下边会藏有质地好的水晶。但也有空过的时候，和在其他地方挖水晶一样，都要靠运气。只不过“篷”的发现，让这个运气更让人有信心一些。可王二水毕竟第一次遇到“篷”，对“篷”的难挖估计不足，挖了三夜，没有把“篷”挖透时，叹兴了，不想挖了。歇了两天后，不甘心，又来挖，终于在第七天挖透了“篷”。“篷”下是松软的黄沙土。他在黄沙里四面拱，也没有见“苗”。王二水又叹了兴。但不断挖出来的花石让他有了信心。他就一边把挖到的花石挑回家，和老扣、姐姐运来的花石一起堆在大堂屋里，一边继续挖，挖着挖着，连花石也越来越少了。今天是他给自己定下的最后一天，如果再不见“苗”，他就不挖了，鸣锣收兵，再重新探索踩点。没想到，就在他用来照明的小马灯煤油即将耗尽时，两股钢叉下出现一团又湿又黄的土。这块土太特殊了，和别的土完全不一样，自然形成一个土球。他小心剥开这团土球，仿佛一汪洁净的水突然出现在他面前——这块水晶在昏暗的灯光下，闪着冷冷的光。他成功啦！

萍萍有一句没一句地听着，有的话听到了心里，有的话连耳朵都没过。萍萍对他说的什么“篷”啊、“叹了兴”啊没兴致，等他说完了，冷不丁冒一句：“不吹啦？”

“什么……啊？不是吹，水晶都拿到了，还叫吹？”

“那，你家堂屋里堆的那些水晶，是你挖的？”

“不全是，哎呀，那些是什么水晶啊，就是老花石，咱有力气嘛，就挑来家了。”

“老花石也是水晶。”萍萍说。

“瞧瞧，瞧见没？这才叫水晶。”

“说好喽？”

“当然。”

“我给你带话，这块水晶归我？”

“不是……丁萍萍你也不能这么贪吧？我是说，这块蓝莹莹的尾巴切给你，这边，这边能开眼镜片的，归我好不好？我为啥不去念书？我可以吃水晶这碗饭了，念书有屁用？不学 ABC，照样吃大米，我比张铁生厉害多了。”

萍萍抚摸着水晶，被王二水的话逗笑了：“好——，我保证把你的话带给老师，说真要把这块尾巴切给我哦……多会切？谁来切啊？”

“谁切啊？我啊，我可对谁都不放心——你以为你爸水平有多高啊？我不差给他，信不信你？走，就现在，到我家去，看我表演！”王二水从萍萍手里抢过水晶，从地上捡起那件臭味扑鼻的汗背心，把水晶重新擦擦，对着水晶吐口唾液，又擦擦，对着太阳看看，自恋地说：“多好啊，多好啊，啧啧啧，啧啧啧啧啧啧……发财不眨眼啊！”

灾　难

王二水走在前边。萍萍不远不近地跟着他。王二水走几步朝后望一眼，走几步朝后望一眼，不知是怕萍萍丢了，还是怕萍萍跑了。萍萍想，望什么望？有什么好望的？望多了会害眼！望吧，望吧望吧，不怕害眼就望吧！萍萍对王二水没有先前那么讨厌了，但一块水晶还不足以改变她对他的坏印象，也没觉得他能耐有多大，或许就是磕倒磕屎上去了，该他吃这一口大便。不过，王二水不念书，往后就不是同学了，他成了村里一个普通农民，一个像父亲那样的农民，平时干干生产队的农活，跟人吵吵架，说几句脏话，挣点工分，一年分几百斤口粮，偷偷摸摸挖水晶搞地下小作坊，隔三差五去县城的鬼市上交易水晶制品，不知不觉中也像父亲那样萎靡了，苍老了，弄不好还被埋进水晶塘里，失踪了都没人知道。萍萍突然觉得王二水挺可怜，父亲也挺可怜。这个念头一产生，心里便有些悲伤，王二水的影子便有些模糊。

日头还是那么毒辣，湿乎乎的路上呼呼冒着热气。路边、沟畔的各种杂草长势旺盛，嫩芽尖尖直刺着，在阳光里都能听到它们疯长的声音。碎米粒一样的小白花、小蓝花、小黄花一簇一簇，得风得水得太阳，无忧无虑，欣欣向荣。草花里躲着的青蛙不迭连声地鼓叫，和树上的知了正合奏一曲田园牧歌。辽阔的田野上一块块不同颜色的作物像一幅巨大的彩色地图。路边的玉米田里，绿色的玉米棒上那紫红或黄色的玉米穗绚烂夺目。一只成年的野山鸡从玉米田里扑棱棱飞起，向后岭飞去。萍萍就走在这样的泥路上，欣赏乡村田野如此摄人心魄的美丽，心里又无端地愉快起来——毕竟她梦想的蓝色水晶就要梦想成真了，虽然她还担心王二水会耍什么鬼。

萍萍赶不上王二水——不是她不想走快，是她故意紧走几步，又慢下来——她怕太近了被村上人看见。萍萍不小了，知道村里人都在传她父亲和王阿妹的事。王阿妹是个老姑娘，嫁不出去还是不愿嫁，没人知道，但她的一举一动，都是要做萍萍后妈的节奏却是尽人皆知不是秘密了。萍萍没听父亲说过此事。她也不问。不想问。叫她一个小姑娘怎么问？问了又怎么样？她不知道王阿妹做后妈有什么好的，凭感觉，不做比做了要好。究竟怎么好她也没认真想过。所以萍萍对王家姐弟一直都没有好感，同时又有一种怪怪的和别的邻居不一样的感觉，和自己有些牵连的感觉，下意识里，王二水就仿佛成了亲戚。她怕和王二水一起走在路上，让村里人坐实了亲戚的印象。所以她让王二水先走。萍萍还不放心地说："你家那堆破机器真的能切水晶？你点头就点头了，费那么大劲干吗？跟鸡啄食一样，信你一回……你先走……你走你的，我一会就到你家了。"王二水点头之后，又赌咒发誓，说他试过了，能切。在萍萍的催促下，头一伸，往村里跑去了。跑就跑了，没跑几步，就回头望一眼，没跑几步，就回头望一眼。萍萍知道他的回头望，等于传递一个信号，怕她不去。为什么怕她不去？萍萍不傻——村里人祖祖辈辈满嘴的下流段子，满嘴的污言秽语，特别是女人间那些露骨的谩骂和打情骂俏，仿佛性普及和性启蒙，早早就让萍萍他们成熟长大明了许多事理了。萍萍知道王二水不会无缘无故送水晶的，他在讨好。萍萍不愿意接受王二水的讨好。萍萍只想要他那块水晶，要那块水晶的蓝色尾巴。王二水就算再鬼，再讨厌，再烦人，也是挖到水晶的家伙，虽然从背影上看，王二水一点也不像一个刚挖到水晶的样子，更不像有一块宝贝蓝晶的人。可他手里就是有一块实实在在的水晶，萍萍想要的蓝水晶。这也是没有法子的事，人的思想和情绪在某些特定的情景下，会放大和妥协的——现在的王二水，形象就有些高大起来，是那种扭曲的高大。就这样，心里怪怪的萍萍看到王二水走到村头，被村庄的大树、篱笆和房屋淹没以后，才稍许放心地加快了步子。

王二水家的大门照例还是关着。高高的青石门槛上雕刻的花纹被陈年的尘土弄得面目全非。萍萍轻轻推一下门，"吱呀"一声，开了——王二水故意留门的。萍萍赶快侧身进去，回身闩上门，当门闩发出"咯嗒"一声时，萍萍的心才放回心窝里。萍萍站在铺着平整石板的王家大院里东张张西望望。没有看到王二水。王二水肯定钻进自己的三间东堂屋了。萍萍沿着平整的石板路慢慢向前走，看到大院里所有东西都是破破烂烂的，许多笨重的石器上都爬满了苔藓，几棵枯死的老树的树桩上爬着丝瓜的秧藤，东西两边厢房潮湿的墙基上爬着一只只蜗牛，整个大院弥漫着一股朽木和陈旧的气息。但一望就知道这里曾经的气派、富贵和奢华。萍萍很早就听村里的小伙伴们互相告诫，说王家的院子不吉利，不要朝他家跑，捉迷藏也不要去，从门口走过也不要朝院子里张望，连坷垃都不能往院子里扔，否则会招惹晦气的。当然，萍萍很早就不相信这些迷信的话了。但院子里的老树新枝确实阴风瑟瑟，鬼气重重。萍萍一边移步一边便朝王二水的堂屋门上张望，那扇板门虽然关严了，萍萍也知道王二水就在屋里，有可能就要操纵机器了。萍萍稍微加快了步子。

让萍萍意想不到的是，西堂屋的门开了，那是王阿妹居住的堂屋，随着"吱呀"一声短促而嘶哑的声响，走出了王阿妹。

萍萍愣一下，在原地站住，像是干了坏事一样，瞬间慌乱。萍萍显然没料到王阿妹在家里——这时候天还没晌，正是田里干农活的时候，她应该和女人们在后岭锄草啊，或在沟南的稻田里打药，怎么会躲在家里？

王阿妹端着一只竹匾，从门里出来，第一时间没看到萍萍，走了几步才发现院子里多一个人，也愣住了，甚至被吓一跳，在片刻的愣神之后，才“哎呀”一笑：“萍萍……来来来来来来……来家里有事啊？”王阿妹是真慌了，知道问的没有道理，又说，“这个鬼天，热死人了，来来来，树下凉凉来……”

萍萍的紧张感并未消退，脸上火突突、热辣辣的，一下子对答不上来——她不知道要不要去树下乘凉，要不要说王二水挖到了水晶，要不要说她是被邀请来看水晶的。她看到王阿妹走进罗汉松的树阴里。萍萍看到王二妹走路不太利索，腿瘸了，一拐一拐的。在她发现萍萍看她时，腿又不瘸了，又跟好腿一样了，显然是伪装了自己。萍萍看她腋下的竹匾里是几个水煮山芋——那是吃剩下来的，竹匾里还有一堆山芋皮。萍萍知道王阿妹又偷生产队的山芋了。萍萍心里突然强大起来，心想，偷了山芋，躲在屋里吃啊？连厨房都不敢待了。但她也不能揭露王阿妹，为缓和紧张，便说：“吃晌饭啦？这么早。”

王阿妹没回答萍萍的问候，站在罗汉松下被风化严重的砖雕花坛的墙边，邀请道：“萍萍过来，坐这儿？”萍萍看一眼披在花坛矮墙上的杂草，那里并不方便坐。再说，她也没心思坐，正犹豫着，王阿妹又抖动一下竹匾，说：“吃一个山芋来。”萍萍连连摆手。话说到这里，气氛已经和谐多了。王阿妹重新审视一眼萍萍，又朝大门看去，小声说：“老扣好着呢，放心……”萍萍听了王阿妹的话，一时没反应过来，盯住说了一半留了一半的王阿妹，不知道什么意思，什么“好着呢”？什么“放心”？有什么不放心的？萍萍聪明，她马上知道王阿妹话里话外的意思了，王阿妹知道父亲安然无恙，知道他的藏身处，甚至有山芋吃，饿不着——王阿妹以为萍萍是来寻找父亲的。萍萍心里有数了，父亲此时就被王阿妹关在西堂屋里。萍萍意识到这个事实后，心里挺别扭，一点也没有要感谢王阿妹的意思，相反，还有隐隐的怨怪。特别是萍萍又发现王阿妹衣服上的槐树虫了。王阿妹家院子虽然大，树也不少，却没有一棵槐树，罗汉松上也是不长虫子的。萍萍看到王阿妹的确良衬衫上有星星点点绿色的叶汁，在衣领和肩膀上，分别有两条细瘦的长长的青虫，有一只头扁了，尾部挤出一滴青汁，另一只大约也是死了，趴在衣领上一动不动。萍萍太熟悉这种虫子了，就是槐树上的“吊死鬼”啊。原来如此。原来是她在自家的树上。怪不得早上陆干事、罗主任闹那么大动静，都没见着父亲的影子。可她为何要躲在槐树上？给父亲站岗？不像。给“打投办”通风报信？不可能。萍萍疑惑了。

“吱呀”一声，又是开门声。王家的门都是那么古老、沧桑、遥远，连开门声也像从过去的灰尘中传来，透着历史陈旧的余韵。伴随着“吱呀”一声，东堂屋的门缝里露出一颗人头——王二水。王二水对院里的情况似乎了如指掌，他看都不看姐姐，直接就小声道：“丁萍萍，进来。”

“二剁头，你在家啊？”王阿妹拉长了丝瓜脸，冲弟弟说，“吓死我了。”

“吓死你？谁能吓死你！”

“啊，啥时在家的？”

“天天在家。”

“啊？”

“你胆子真小啊，干什么事都不怕，胆子比笆斗还大，一句话就吓死你？说鬼话吧？”王二水口气阴险，脸上露出诡异的神色。

王二水话里有话。王阿妹听得一愣一愣的。

萍萍看看王阿妹，又看王二水。王二水正跟她招手。萍萍便从王阿妹身边走过去了，她又在王阿妹身上瞅一眼，王阿妹的肩后和腰上，还有蓝裤子的屁股上、腿弯上，还有好几只小青虫的尸体。

让萍萍感到奇怪的是，自己对这个发现一点也不惊奇，似乎正应该如此。

萍萍还是回头对王阿妹说："去看水晶的。"

王二水不满意萍萍对姐姐说话，一点不礼貌地说："理她？"

萍萍侧身从门缝钻进了堂屋。

王二水"咣当"撞上门，明显带有情绪。王二水对着门缝骂一句，是一句很恶毒很下流的话。萍萍是第二次听王二水恶狠狠地骂他姐姐了，以前不可思议，现在似乎明白了，王二水不情愿看到他姐姐目前的做派的。

萍萍并没有意识到王二水的情绪会影响他的工作。她随王二水到了水晶切割机前时，昏暗中，还感到王二水的脸是黑着的。切割机上有一只破旧的台灯，把灯光聚拢在狭小的工作台上，工作台上的主要设备是直流小电机带动的灰头土脸的砂轮片，看出来这两天刚调试过。在灯光余影中的地上，胡乱地扔着几块切割过的水晶石，地下流淌过的水渍的痕迹还没有干透。这场景萍萍很熟悉，父亲老扣的"地下车间"也是这样。萍萍看到那块新出的水晶还包在王二水破汗背心里，静静地搁在桌子上。王二水把一张板凳向切割机前踢踢，坐上去，把腿边的闸刀一推，切割机上的砂轮片飞速转动起来。淋水的设备还没有调试好，就吊在切割机上边，悬空是一只小桶，小桶的底部有一个小眼，原本指望那里往砂轮片上淋水的，起到冷却作用。萍萍见过父亲的冷却设备，是一根塑料软管从一只废弃的油漆桶里通下来，一股细水喷洒在砂轮片上。王二水没有塑料软管，他看看头顶上的小铁桶，拉了电源，让机器停止旋转，站起来捣鼓一会。那个堵洞的塞子，不是松了就是紧了，弄了一会还是不灵，水流要么过急，"哗哗"的，喷溅王二水一身水，也喷溅到萍萍身上，要么不淌，一滴流不出来。王二水焦急地在切割机台板上"啪啪"拍着，在强烈的震动中，各种部件摇晃呻吟。

王二水又捣鼓一会儿，还是没有捣鼓好。萍萍看到他身上的汗水像草叶上的露珠，一颗一颗往下滚，也替王二水焦急，她想，父亲这会要是能在就好了，他是小能人，捣鼓这些比王二水在行多了。萍萍话到嘴边又不说了，王二水心气高，他谁都不要帮忙，再说，他讨厌王阿妹，甚至是恨王阿妹，说不定也恨老扣的。

“我来淋水。”萍萍急中生智地说，还动手要搬悬空吊着的小桶。

“对呀，手动淋水也行，反正先切一块，不花多长时间。”王二水恍然地说。

说干就干。王二水把吊着的小桶取下来，从水缸里打一桶水，放在砂轮片的边上，还用手撩一下，水就泼洒到砂轮片上了。萍萍也撩一下，感觉挺好。淋水的功能无非就是降温，不管是自动化还是人工化，只要能浇上水就行。王二水也做好了切割的准备，从衣服里取出水晶。一想，不成，得先拿一块花石试试刀。便弯腰从地上捡起一块，放在腿上擦拭一下，开动了机器。砂轮片空转声是“嚯嚯嚯”的，萍萍先往砂轮上撩一把水，一道白线直冲到萍萍的脸上。萍萍躲闪不及，洒了一头一脸的水。萍萍“啊”地叫一声。王二水笑了：“这边，站这边，那是下水头，哈哈哈，来，再试试。”萍萍从下水头转到一侧，再往飞速转动的砂轮片上撩水时，水很有力道地打到墙上了。萍萍快乐地说：“可以开工啦。”王二水便把那块试刀的花石在水里湿一下，选一个角度，稳住了，向砂轮片上轻轻碰去，立即火星喷溅。萍萍不慌不忙地往花石和砂轮片的接触口浇灌清水，声音变成了“杀杀杀”。对，是“杀杀杀”而不是“沙沙沙”。后者像是下雨声，而前者才是真正砂轮刀片切割水晶发出的声音，尖锐而武断，是强行把一块坚固的水晶切开的呼号。萍萍淋水淋得起劲，也淋得从容。王二水两手稳稳地掌住花石，注意力非常集中在手上。眼前一块花石要一分为二了，就在这时，毫无预兆的，这块花石突然崩裂了，一块比玻璃片还锋利的水晶石片飞起来……

萍萍只感到左眼被撞击一下。萍萍“啊”地惨叫一声，两手捂住眼，一股钻心的冷气锥子一样插进眼里，仿佛一口气钻进了数丈深，一直切到她心里，接着是一股热流，也像锥子一样往深处扎，疼痛随之而来……

开学了

萍萍在照镜子。

明天就要上学了。萍萍的书包整理好了。两个多月的养病，让萍萍的性格变得特别沉稳和内向。镜子里的萍萍仿佛胖了些，也白了些。这是王阿妹说的。王阿妹和老扣领了证，正式成为她继母了。萍萍被花石崩眼的那个中午，除了现场的王二水，第一个冲进来的就是王阿妹。在王阿妹的招呼下，老扣也及时出现了。后来的事情，就是萍萍被送进公社卫生院，又转到县医院。在此后多天的住院治疗中，王阿妹一直陪伴在萍萍身边。所以，当老扣和王阿妹领证公开搬到一起居住时，萍萍没觉得奇怪，就是有些不习惯。萍萍想，以后也许会习惯的。很多事情，一开始都不习惯，慢慢也就习惯了。

萍萍在照镜子，她要看看镜子里的自己，是不是以前的自己。她已经多次这样照了。她左边的这只眼睛，没有一点视力，她用右眼从镜子里看它的时候，真不习惯啊，感觉到它没有一点活力，颜色也不对。萍萍的眼睛是蓝色的，配假眼的时候，费了好多周折，试戴了几只都不合适，后来专门在上海订制一只，可戴上后，还是觉得两只眼睛不一样。萍萍在照镜子时，有时候觉得一样，有时候觉得不一样。觉得一样的时候，就一样了，觉得不一样的时候，又不一样了。萍萍心里难过，会安慰自己，习惯就好了吧。慢慢习惯吧。

床上的那只木匣子一直是打开来的，里面是五枚彩色的水晶球，紫晶，黄晶，白晶，茶晶，还有一枚是蓝晶。这枚蓝晶是最后配齐的，是海蓝蓝的蓝，入心入肺的蓝，让人心慌慌的蓝。终于配齐啦，萍萍应该喜欢才对。可萍萍说不上来是不是喜欢了。萍萍把五枚彩晶抓在手里，看水晶球体里闪着各色的光，看每只球里都呈现的一个人的脸。萍萍知道那是自己。水晶球里的自己渐渐变小了，变成小时候的模样了。小时候多好啊，她幻想着能有一副彩色水晶“子”，做梦都想，那时候她喜欢盘腿打坐在槐树下玩挖“子”的游戏，有个男孩跑过来，黑脚丫“噗踏噗踏”的，一只踢飞了她的“子”。她躺在地上就哭。那个男孩后来叫王二水。王二水在姐姐领证那天送给萍萍一枚蓝色水晶球。他什么也没有说，把那颗蓝色水晶球放下就走了。

不久前，就在她出院的那天，王二水突然离开了鱼烂沟村，不是上学，不是参军，是通常人们所说的“外流”。

王二水在外流之前，还干出一件更出人意料的举动，他把自己千方百计偷来的机器砸烂了。这还不算，还潜到西堂屋，就是他姐姐居住的堂屋，把老扣藏在西堂屋的机器也砸烂了。这可是老扣从家里转移来的机器啊，王二水也一不做二不休，把几台机器砸成几堆废铁。老扣心疼啊，他像心疼女儿的眼睛一样心疼自己的机器。萍萍开始并不知道王二水砸了机器，她只问过王阿妹，王二水会外流到哪里呢？王阿妹不知道，外流好多天了，仍杳无音讯。不过王阿妹为了让萍萍解气，发狠地说：“死外边才好，他要敢回来，我把他两只眼睛都挖了！”萍萍没有接茬，事已至此，萍萍并没有怪罪王二水，更不要说挖王二水的眼来解恨了。她也不是要关心王二水的下落。不知道为什么，萍萍心里反而有亏欠了王二水的感觉，觉得他的外流，是因为自己造成的。萍萍听父亲和王阿妹说过，在县城的水晶鬼市上，有人见过王二水一次。后来父亲去过几次鬼市，也打听过一些人，都没有确切的消息。

萍萍记得，王二水委托她一件事，让她带话给老师，开学他就不念书了。还有必要带这个话吗？

萍萍神情肃穆，静静地呆坐一会，把五枚彩晶放回木匣子里，慢慢地合上盖子。

第二部　地洞

外流的王二水悄然回村

一九七九年元旦过后的一天深夜，老扣在他小房子里发呆。

老扣家的院子，和去年比，没有任何变化，和前年比，也没有任何变化，和大前年比依旧是老样子，到了冬天，更显得落寞而空旷，槐树的枝条赤光光的，墙头上的一行杂草早已枯白，从墙根攀爬上墙的豆角秧还没来得及拔除，太阳映照的地方会有几只闲散的鸡婆在刨土觅食，几只飞起飞落的麻雀也不闲着。但人口变了，家里多了一口人。多了王阿妹。在老扣看来，多一口人也不过像多一只鸡、一只鸭，最多算一头猪，简单说吧，多一张嘴而已。进入冬至以来，天气极寒，也极短，似乎早饭才吃完，天就溜了黑影。老扣白天会在院子里转几圈，看看鸡，看看树，天一黑，就躲进小房子里烤火发呆了。

这间小屋子也喜欢老扣来发呆，几年前他可是天天住在这里的，他不是不喜欢住堂屋，他是要在这里守着——床前可是有两三台自己设计制作的小型水晶制品加工机的——那时他虽然天天胆战心惊，但还心怀希望。一次偶然的遭遇，他把机器转移到王阿妹家西堂屋了，又因为王二水在东堂屋开水晶炸瞎了萍萍的一只眼睛，这些机器也连带遭了殃，被王二水砸碎了。这两三年来，他一直想重操旧业，又一直没有操起来。没有操起来有多种原因，原因之一就是以前一个人，光棍滑条，带个女儿，基本属于无牵无挂。后来喜事从天而降，和他原本就勾勾搭搭的王阿妹，干脆一不做二不休，嫁给他了。鱼烂沟村有个习俗，什么是家？有女人才算是真正的家。老扣就这样捡了王阿妹这个大元宝，成了家，有家有女，就不一样了，不能再搞“地下车间”了，政策瞬息万变，两三年前不是号召大办社队经济、大搞多种经营嘛，一眨眼，政策又收紧了，好多人家的“地下车间”和“黑工厂”还是不敢公开。那当儿，老扣还暗自庆幸，幸亏王二水砸了他的机器，要不然，还是天天提心吊胆。老扣发呆还有一个原因，就是人心不比从前了，从前世道那么乱，年景那么不好，邻里之间都能互相照应。这两年，大家自顾自、各顾各的，还互相告发、揭露，特别是朱富的民兵连长被撸了以后，看谁都不顺眼，看谁都想打他主意坏他事，其实他自己才是一屁股屎了——“地下车间”只有他搞得风声水起。朱富心术不正，什么坏心眼都有，什么坏心眼都能使出来。朱富这种无赖，村里人都怕。老扣也怕，所以老扣想玩水晶，就有了心事。玩水晶，老扣家可是玩了几辈子啊，现在突然不玩了，怎么能不发呆？老扣发呆的时间很长，都是半宿半宿地呆。人也就真成呆子了。成了呆子的老扣，躲在小屋里烤火，虾皮眼里冒着绿豆一样的光，在黑暗里一闪一闪，像一只夜盗的老鼠。王阿妹也会在串几个门子之后，闷声潜到老扣的小屋来。王阿妹蹲在老扣对面，中间隔着一只泥火盆，泥火盆周围温温和和的。王阿妹坐下就不闲着，摸起盆边的一根树枝，拨拉着火盆里的灰，火星便一明一灭地眨着眼。王阿妹不是要把火拨弄得旺些，她是找东西吃的。她果然找出来一个山芋。山芋是老扣埋进去的。老扣烤火，喜欢在火盆里埋只山芋，或埋一把花生，让王阿妹吃。冬天的王阿妹还是喜欢敲花石，白天在太阳地里敲，运气好时，一天总能敲个三毛五毛的。晚上不敲。晚上要开电灯才能敲，这要浪费多少电啊。敲花石是苦钱，亮电灯是花钱，这个账她会算，不能一手苦钱一手漏钱，那不是傻瓜嘛，所以晚上就闲着了。老扣知道她嘴馋，就会在火盆里埋个山芋花生什么的，给王阿妹解解馋。王阿妹剥了山芋皮，吹吹热气说：“给你半个？”

老扣摇摇头。王阿妹以前就说过，老扣人小胃小肠子短，闻闻饭香就饱了，便不客气，自己香香地吃起来。老扣拿过小树棍，在火盆里拨弄一会，把手边的干牛屎抓一块在火盆里，吹吹火，干牛屎便慢慢燃着了。

王阿妹吃了山芋，身上暖洋洋的，她“叭嗒”着嘴，说：“过几天萍萍就放假了，我明天赶集，卖花石，卖几块钱，凑上家里钱，给她扯几尺布，做新衣好过年。”老扣歪着头，皱眉眯眼，吹牛屎火，没搭理她。王阿妹本来不想往下说，看老扣又装死，抱怨道：“我自己都没有新棉袄穿……瞧我这棉袄，都破成什么样子啦，里子都漏白花了，还是好些年前做的，跟你这穷鬼过日子算瞎眼了！”老扣僵直了脖子，歪着头，睁大眼，看她。她说：“看什么看？说我自己瞎眼的，不行啊？我才没心去骂萍萍了，我就是眼瞎……好了好了，我嘴欠……我呀，才不想做新棉袄了，有衣遮体，有饭充饥。萍萍都高中生了，有钱也给萍萍花，给萍萍做新棉袄——这个我懂。”老扣听了，眼皮一叭嗒，继续吹牛屎火，还擦着被牛屎火熏下来的泪。王阿妹踢他一脚，说：“听到没有？装什么死！”老扣揉揉眼，望着王阿妹。王阿妹的大长脸一歪一歪的，嘴也“吧唧吧唧”地吃东西。火盆里的牛屎火更旺了，映照在屋里，王阿妹的火刀脸便忽明忽暗的。老扣的脸上回了暖，眼睛直愣愣的，嘀咕道：“老子不服气，还想搞水晶。”轮到王阿妹不搭理他了。王阿妹的脸越拉越长。小屋里一时沉默，王阿妹吃山芋的声音便格外难听，香味却一阵一阵的。王阿妹终于吃完了，抹抹嘴，想起了什么，幽怨地说：“咱们要养一趟孩子的……”话便断了，没往下说。老扣知道她肚皮还是瘪瘪的，不见动静。老扣也知道，这种事急也没用。心急连热豆腐都不能吃，何况生孩子呢。但老扣还是扔了火棍，恶狠狠道：“睡觉！”

真是怪，说过“还想搞水晶”狠话之后，老扣耳朵里便响了一夜的“杂杂”声，声声都是他以前熟悉的声音，忽大忽小，忽轻忽重，声声都扎在他心坎上，蹿起一串串火花，扎出一个个洞，洞里一堆堆都是笆斗大、磨盘大的水晶，晶莹剔透，绽放出玲珑的七色异光。这样的光芒穿刺夜空，比他小破屋里的牛屎火亮多了，把他心头熄灭多年的灯点亮了，他身上的热血开始汩汩流淌，像发大水时后岭冲进鱼烂沟的流水一样湍急。

老扣半夜起来了。他穿戴好，在冰冷的寒夜里，沿着人家的墙根，缩头缩脑鬼魅一样乱蹿，把躲在屋檐下睡觉的麻雀都惊飞了。老扣对“扑棱棱”飞走的麻雀想，老子都不睡，你还想睡？老扣不是不想睡，他是睡不着。他这家听听，那家听听，他想听听那些来自“地下车间”的声音，那些亲切的声音。或许是天气太冷，或许是夜太深了，他什么声音都没有听到，倒是鼻子尖，嗅到了香味。香味真扑鼻子啊，是什么东西这么香，还伴有酒精味。这香味不仅是香，还是臭咂咂的香，腥呆呆的香。再嗅嗅，他闻出来了，是红焖猪小肠子的香味。不是猪大肠，猪大肠不臭，也不是别的猪下水，只有猪小肠才有这种腥呆呆的屎臭味。老扣一抬眼，他认出来了，这是朱富家。怪不得，朱富家有钱，他狗日的“地下车间”搞得红红火火，当然不缺猪下水吃了，朱富两口子都爱喝酒，家里天天过年，天天吃好吃的。老扣再嗅嗅鼻子，鼻子就嗅酸了，心里不好受起来，想想人家是什么日子啊，自家是什么日子啊，他只能烤点山芋给王阿妹吃吃啊，烧点花生还舍不得呢。王阿妹没说过馋朱富家的猪下水，可谁不爱吃好东西啊，她有一次卖花石，不是还买了半斤鸡皮来家炒了红辣椒？老扣觉得对不起王阿妹了，两三年了，王阿妹的肚子不见大，她就有怨言了。老扣不怕她的怨言，老扣也是为难的。村上有些促狭鬼不是跟他开过玩笑嘛，说老扣你长这副鬼样子，已经吓死半条街的狗了，找了个王阿妹，把另半天街的狗也吓死了，你俩要是生个一丁半子，会是什么样呢？不会一条街的人都吓死吧？最让老扣受不了的，还不仅仅是朱富家的猪小肠，是王阿妹没吃过朱富老婆吃过的半口好东西。当然还有萍萍了。萍萍在县城的高中复读。本来萍萍暑期就毕业的，因为成绩差，没考上大学，名落孙山了。暑假里，学校动员她去复读，萍萍心里没底，但还是去了。念书急需营养，可萍萍每周回家只能拿半瓶老萝卜缨咸菜和一叠煎饼。咸菜苦咸，吃多久也不会坏。煎饼就不一样了，周日晚上从家里带去，周一周二都能吃到软和的有劲道的煎饼，到周三就硬了，周四就生了霉斑，周五就霉大了，得在开水里洗一下才能吃，周六就不能吃了，周六一天都饿着肚子，等着晚上回家吃顿好饭。所谓好饭，不过是没有霉变的煎饼和一碗热稀饭，最多炒一碗萝卜大白菜。萝卜大白菜，这和朱富家的红焖猪小肠能比吗？能和他家香喷喷的酒比吗？老扣把脸仰着，对着满天的星星，越想越没劲，越想越要干点什么。干什么？还能干什么？弄水晶啊，操，弄水晶！

回家的路上，他不走人家的屋后了。人家的屋后有茅房、矮墙、竹园、杂树丛，还有成堆的石英，不方便行走。老扣心里有了弄水晶的决心，便气宇轩昂地走在村街上。走着走着天就要亮了，走着走着又闻到猪小肠的香臭味了。怎么？不对呀，走了半天还是朱富家的猪小肠味？不是朱富家啊，这是胖丫家。对了，胖丫家有猪小肠的香臭味就对了。朱富会把好吃的送一碗给胖丫，村里人都知道这回事。朱富家常打架，朱富把老婆吊起来打，也和胖丫有关系。好多年了，大家都习惯了。老扣再次使劲嗅嗅鼻子，心里不平，连胖丫都沾了朱富的光了，真是嗑瓜子嗑出苍蝇来了——什么人（仁）都有啊。老扣在胖丫家门口望望，望胖丫家关紧的门，心里又发一回狠，明天要赶集，买只猪头来家，猪小肠算什么？猪大肠也就那回事，老子要放个卫星，弄个猪头，弄一盆水晶猪头糕，香满庄。老扣这样一想，心里才算平妥下来，好像真弄一盆水晶猪头糕了，脚底下便特别有劲。

老扣回家后，悄悄进屋，在心里兴奋地对王阿妹说，起来，吃水晶猪头糕。熟睡中的王阿妹听不见他的心里话，翻个身，继续打呼噜。老扣继续在心里说，莫怪老子没叫你啊。但老扣毕竟没有水晶猪头糕吃，不敢真叫醒她，挤在她旁边睡了。老扣满脑子都是猪头和水晶猪头糕，一直到天亮后才睡着。

这天，鱼烂沟村发生一件大事，比朱富家飘出猪小肠的香臭味还大，还轰动——外流很久的王二水回家了。王二水是近午时才到家的。头一天夜里，老扣还在他的小屋里烤牛屎火发呆，还在想着搞水晶，还在后悔做了水晶猪头糕（虽是妄想）。王二水回村时，王阿妹正在门后边，借着屋外的太阳光敲花石——近年来，敲花石的事，基本上不用躲躲藏藏了，没人再说这是“尾巴”了。王阿妹敲花石的声音清清脆脆的。突然，朱富在她家破院子门口喊话了：“老扣，老扣，狗日的老扣！老扣，老扣你他妈耳朵聋啦？阿妹？阿妹在没在家？我听到敲石头了，别躲了阿妹，听好了，二水回家了……好事啊阿妹，二水回家啦！”

老扣不想理朱富。老扣抬抬头，继续装死。朱富在喊老扣时，王阿妹撂下花石和小锤，准备回应一声，突然看到老扣的眼神，老扣的眼神就是没有眼神，没有眼神就是告诉王阿妹，沉住气，别理他。王阿妹便不动也不作声了。但她最后听说二水回家了，才不顾老扣的眼色，跳起来就蹿到了院子里：“二水回家啦？”

“不信拉倒——在家倒腾屋子呢，我跟二水说好几句话——小子长大了。”朱富也不想多罗嗦，背着手走了。

王阿妹喜极而泣地对老扣说：“二水回家了……”

老扣也不装死了，随着王阿妹向王二水家跑去。

这段路并不长，老扣跑得很累，跑得驴喘驴喘，都是因为跑在前边的王阿妹太快了，飞一样。老扣毕竟都五十出头了，气不够用。

王阿妹不知道两三年没见的弟弟怎么样了。这么久了，弟弟一封信都没寄来，说不想是假的，毕竟相依为命过。她怕跑慢了一步，王二水又走了。

老扣一边跑，一边想着王二水的模样，他真的都想不起来了。王二水离家外流，原因就是姐姐嫁给了老扣。老扣和王阿妹都知道王二水当年虽然年少，但已经知道丢人害臊了，他从内心里反感姐姐嫁给这么一个矮小邋遢的小老头，这门婚事让王二水在村子里抬不起头来。王二水出走外流后，王阿妹和老扣有过交流。王阿妹说："我这辈子坑在你手里了，还赔了弟弟。"老扣说："赔不了二水。"王阿妹说："把二水坑了。"老扣说："坑不了他，他还小屁孩，眼前都是长长的路。"王阿妹说："二水觉得丢人，没面子，村里人的嘴巴比大粪坑还臭，他受不了啊。"老扣说："习惯就好。再说了，村里人就会瞎鸡巴扯，闲言碎语也不会当他面说。"王阿妹说："你说二水还能回来吗？还认我这个姐姐吗？"老扣说："老子的话今天撂在这里，三年之内，他就得乖乖回来。"王阿妹说："你说二水能外流到哪里呢？"老扣说："放心，饿不死他。"老扣真是神仙，果然没到三年，这不就回来啦？

王二水家大门口、院子里，已经围了不少人，老年人和小孩子多，他们都在看王二水收拾屋子。王二水把他原来住的厢房的南屋门撬开来了，屋里还是他离开时的摆设，凳子、柜子、箱子，还有一张小八仙桌，这些旧时家具上都落满厚厚的灰尘，墙角也挂上了好几层蜘蛛网，兜着的灰尘把蜘蛛网都累弯了。床上的灰尘也很厚。屋子里弥漫着陈年尘土的干霉味，还有老鼠屎味。王二水手脚利索，三下五除二就把屋里弄好了，把他带回家的被褥铺到床上，去锅屋又是一番打扫，只可惜一口铁锅锈了个小洞，王二水从瞎眼老太家借来二斤面和三张煎饼，和了一块面皮，临时堵在那个小洞上，烧了点开水。王二水一边吃饼一边跟瞎眼老太太说话，差不多吃完时，有人通风报信说："王二水，你姐来了。"王二水听了，并没有吃惊，只是对其他人说："都回吧都回吧，我要关门啦。"王二水的话音刚落，人群里闪开一条缝，王阿妹跑来了。

王阿妹脸都跑绿了，嘴唇都跑青了，她上气不接下气地跑进了门空，看到标标致致、高高直直的王二水，突然趴在门框上，"啊"一声号啕大哭。王二水看都没看她，把最后一口饼咽下肚，坐在床沿上，脸冷冷着，几乎看不出表情来。王阿妹哭着哭着，以为要不哭了，又放大哭声，呼呼啕啕，声嘶力竭。王阿妹肯定想起了很多事情，想起她家饿死的亲人们，想起十来岁时带着饿得嗷嗷叫的王二水的那些艰难岁月，想起自己一个大姑娘委屈地嫁给一个甩鼻（涕）不上墙的二窝老头。王阿妹想到哪里哭到哪里。但王二水显然被姐姐哭烦了，他突然抬头，脸上的汗疙瘩像一颗颗盛开的小花朵，冲姐姐吼道："死人啦！哭！哭！哭！滚！滚！滚回你家去！滚啊！"王二水的声音轰轰的，如雷贯耳。王二水炸雷一样的吼声果然震住了王阿妹。王阿妹惊诧地看着王二水，心里的万千委屈突然憋出了一脸的笑——王二水一点没变，还是那样的脾气，还是那样的口气。王阿妹满脸泪痕地笑着，笑着笑着又泪如雨下了，又哽咽着说不出话了。这时候，老扣也来到了。老扣听到王二水的吼叫了。老扣大喘着气，拉了拉王阿妹的胳膊。王阿妹甩开老扣的手，看着王二水，颤抖着唇，说："到我家吃饭……"王二水假装没听见，看气喘吁吁的老扣，硬邦邦地说："这是我家，是我家，我家，懂吗？还要脸不要？滚远远的，有多远滚多远！"王二水又冲其他人嚷道："把我家围着干什么？啊？你们，你们……看耍猴啊？"门外的孩子们"哈哈哈"地笑着，却没有一个走的，反而更往前挤挤。王二水说："好，看吧，看吧，看吧。"王二水朝床上一躺，两眼望着屋笆。

萍萍的功课

王二水回村的第三天，恰是周六，萍萍在傍晚时分回家了。

萍萍扎着大辫子，戴着眼镜，背着黄书包，一路上匆匆步撵，引来许多人的侧目。从县城到家里，十八里路，每次萍萍都是步撵回来的。这段路可分三段，一段是县城，东海县中学在城东，从县城回鱼烂沟村，要走过一截城区，算是城市了。第二段是出了县城，走上沙石公路，这条路向东南方向一路斜过来，穿过磨山、平明、张湾三个公社。这条沙石路上每天会有一辆班车，但只是早上往乡下发车，下午或傍晚都是回县城的车，所以萍萍就是有钱也搭不上车。沙石公路要从黑石岭穿过（其实也是后岭的延伸部分，就是“C”形的左边起点），前边就到水库南岸了。萍萍不走南岸，那是去磨山集市的，她从岭下一条土路，沿着水库西边继续北上，这是第三段路，是一条田间土路，走大约四五里路，就是鱼烂沟村了。一般走到这截路上，看着碧波浩渺的水库，心里就非常踏实，看着黄昏的夕阳下，一望无际的清绿色碧水，碧水上下弥漫的淡紫色霞光，更是心情舒畅。萍萍早就长成大姑娘了，比老扣要高一个头，村里人早就说萍萍像她妈，一点也不是老扣的女儿，凭老扣的怂色，怎么会生出这么一个又白又胖又高又大的女儿呢？要么就夸萍萍白白胖胖或高高大大。萍萍不喜欢听这样的话，尤其是前一句，决不像是夸人的，像是污辱她父亲。再说了，像妈妈就像妈妈，也没什么不好，“白白胖胖”和“高高大大”都不像是女孩儿喜欢的样子，“白白”还好，“高高”也好，“胖胖”“大大”就不是她愿意接受的了，什么叫“胖胖”啊？什么叫“大大”啊？哪里胖哪里大啊？同时萍萍也认清了自己，自己的体形偏胖偏高了，而且不算漂亮。在夸她的话中，没有一句是夸她漂亮的。好在她也知道，一白遮三丑，何况自己也许算不上丑呢。萍萍和所有姑娘一样爱照镜子。萍萍一直不喜欢镜子里的自己，鼻子偏扁了些，嘴唇肥而厚，眉毛也太浓太宽了，最让她受不了的是眼睛，她的右眼多水灵啊，多晶亮啊，多顾盼生辉啊，而且隐约地有些蓝莹莹的光泽，可左眼就差远了，那是假眼，没有神。萍萍上高中后，眼睛就近视了，她配眼镜时，把左边镜片配深了些，以此掩盖左眼的无神——还好，班里的同学并没人知道她眼睛的缺陷。但照镜子时，萍萍还是看出两只眼睛的差异。萍萍总是下意识地不愿看，又不放心地多看几眼。所以，萍萍比谁都想考上大学，哪怕考个中专也好，到另一个陌生的地方，就没人知道她有一只假眼了——虽然同学们不知道，本乡本土的，保不准哪天就传过来了。可她也知道自己考试能力差，总是考试时发挥失常，和平时的成绩相差很大。她就越发地拼命学习。这次回家，她已经想好了，明天推磨，上午烙了煎饼，午饭后就赶回县中，到教室里写题目，不和任何人交往，一心一意复习功课。

夕阳下的水库风光虽然迷人，萍萍只是一掠而过——每当这时候都是归心似箭，巴不得一步跨进家门。

当萍萍无比轻盈地走在村街上时，一切都是亲切的，美好的。村子里总有一种特殊的气息，一种别处没有的气息。萍萍思量过，是来自地层深处的泥土自然而新鲜的气息和一种金属与石英碰撞的强硬的火灼味。每次回村，闻到这样的气息，萍萍的心情都会来一次反转，都会留恋村庄，留恋童年，留恋土地，留恋水晶，会暂时忘记学校，忘记紧张的学习，忘记周围的同学，甚至觉得，就算考不上大学也无所谓了——村街上的一切依然那般熟悉，人家的草垛、猪圈、鸡舍、篱笆墙、光秃秃的杂树，还有袅袅的炊烟和偶尔的犬吠声，多么亲切而自然啊，这些寻常而熟悉的场景一路引领着萍萍进了家门。

老扣和王阿妹罕见地同时出现在门口。老扣脸上笑笑的，晚霞照射在他瘦小的身上，他一脸巴结地看着走近的萍萍。王阿妹站在老扣的一侧，也看着萍萍。萍萍连跳带跑地走到他们跟前。三个人都笑着。萍萍看看父亲，看看继母，二人的反差太大了，萍萍第一次觉得王阿妹像一只老母鸡，而父亲就是老母鸡护着的一只小鸡仔，萍萍心里突然涌起一团温热，觉得王阿妹不仅身材高，心气也高，是父亲的好靠山。萍萍心里的温热迅速涌遍全身，眼睛也瞬间湿润了。老扣两手搓着，要去接萍萍的书包，却被手快的王阿妹一把抢过去了，王阿妹说："快吃饭去，饿嗨了都。"这时，萍萍也闻到好闻的饭菜香，萍萍咽口唾液："真香……" 老扣声音很大地说："猪头糕，现做的。"

真是一盆水晶猪头糕。水晶猪头糕又叫水晶猪头冻子，早已切了一大盘，摆在桌子正中间，一片片肥瘦相宜的猪头肉上，裹着洁白的颤巍巍的肉冻子，看着也馋人。萍萍好久没吃过肉了，何况更高级的猪头糕呢，伸手就捏一块到嘴里，还没下咽就夸好吃。老扣踩着板凳，又从吊在房梁上的篮子里端出一盘猪耳朵让萍萍吃。脆脆的猪耳朵更是味道鲜美。萍萍"呱唧呱唧"地嚼着，像在唱歌。

老扣和王阿妹都美美地看着萍萍的吃相。王阿妹把萍萍书包里吃霉了的几张剩煎饼掏出来——萍萍老早就懂得节俭，从来不把霉变的煎饼扔掉，都要带回家喂鸡。老扣看着桌子上几块长了绿色霉斑的煎饼，看着吃相幸福的萍萍，脸上的皱纹里都挤出了欢喜，嘴巴也吧嗒两声，说："慢吃慢吃，别呛着。"

看着笑颜如花的萍萍，还有乐滋滋的老扣，王阿妹脸色渐渐难看起来。王阿妹不是心疼萍萍吃了水晶猪头糕或猪耳朵才脸色难看的，她是请王二水来家吃饭，王二水不但拒绝吃她家的饭，还把她臭骂一顿，骂的很难听。王二水长高了，长壮了，还是吃屎的性格，骂姐姐一点不留情。王阿妹是因为这个才心里难过、脸色难看的。她先是生王二水的气，怪王二水不懂事，怪王二水不能理解姐姐。转念又生老扣的气，怨怪老扣没把日子过得风生水起。这也罢了，王二水回来了，老扣高兴吗？她感觉老扣也高兴，还拿出家里所有积蓄，上街买来一个大猪头，花心思做了水晶猪头糕，也厚着脸皮请过王二水一回。王二水怎么说的，他也没讲，就一句“不去”，没话了。再去请啊，多说几句好话，把二水请来家啊，吃顿饭，只要饭一吃，就和解了，还算好亲戚。二水一句“不去”，可能还是面子没抹开，多请几次，或许就能来了。可老扣懒得再去请了，嘴巴不停地嚼蛆捣鬼要搞水晶，搞水晶，搞水晶，又没人让你不搞水晶。王阿妹觉得很委屈。在短短三天里，她倒是一连去看过几次王二水，王二水都是骂："你不要脸我还不要脸啊？滚！"还把她送去的大白菜、大萝卜给扔了出来。她也不争不辩，只是不解，不知道王二水憋屈什么，就算是她的不是，都外流几年了，有天大的委屈，也该消停了啊。再说了，委屈再大，还能比她大？她都不要脸了，都认命了，他还有什么好记恨的？要记恨也是萍萍记恨才对，人家雪亮的一双大眼睛，被你祸害了，这才是真仇呢，你小狗吃的莫非比萍萍还委屈？该你亏欠人家才对。二水心里可能就是有了这个死疙瘩。王阿妹看萍萍吃得有滋有味，忍不住又对老扣说："过两天再去叫一次，小狗吃的再不来就……他不认我……我也不认他了……"王阿妹又哽咽了。萍萍这才注意到王阿妹脸上的苦悲相，疑惑地望她，不知道她的话是什么意思，便问："说谁呢？"老扣接茬道："二水回来几天了，想请他来家里吃顿饭。"王阿妹知道她多说了，赶忙改口说："不是今天，今天萍萍在家，不叫他来，他来了添乱。"萍萍早就不记仇了，甚至已经忘记了王二水——她的心思都用在读书学习上了。一听说王二水回来了，倒是激起她的好奇。王二水不到他姐姐家吃饭，也让她好奇。萍萍这个年龄，正是对什么都好奇的年龄，何况又是王二水这个同学呢。她对老扣和王阿妹说：“王二水在哪？我去叫，吃顿饭怕什么？药死他啦？”王阿妹心里一顿，看萍萍并不是生气的样子，心里稍稍放了心。萍萍要是不记仇，也许二水心里的疙瘩会解开的。王阿妹便说：“萍萍，二水躲你都躲这些年了，你也不用记仇了，让他来世做牛做马报答你。”萍萍倒是有些吃惊：“记仇？记什么仇？有什么好记仇的。”其实萍萍知道王阿妹的话是什么意思，她不愿意再让别人强调过去的事了，过去就过去好了，越淡化越好，越淡化越自然。不过王阿妹的话又提醒了萍萍，王二水是因为萍萍才外流的？什么叫“躲你躲这些年”？还“来世做牛做马报答”。要报答好啊，不要来世，就现世，要做牛做马就现在做，吃顿饭总比做牛做马容易吧。萍萍倒是兴奋了，说一句“我去请啊”，就轻快地出门了。

村街是熟悉的村街，气息还是熟悉的气息，王二水家的院墙和院门虽然破旧，依然还是高大气派，两年前在砖墙上用白灰刷上的标语，只剩下“人心”和“四人帮”几个字还醒目，被另一行粗壮的白色大字“大力发展社队经济”覆盖的“深挖洞广积粮不称霸”也能隐约辨别出来，墙头上枯萎的茅草经过日晒霜打披在墙壁上，像极了一个老人的白发……总之，一切都是老样子，一切都没有变化，萍萍感慨地想，是啊，没变，这几年都白过啦？但看着紧闭的大门，萍萍还是犹豫了。要不要敲门？这么冷的天，王二水会在家吗？不在家能去哪里？在家又会干什么？萍萍正要上前敲门，门开了。

“吱扭”一声，开门的正是王二水。

王二水满手油污地拿着一只怪异的东西，出现在门空里。黄昏中的王二水穿一件单薄的棉袄，看上去精神抖擞，眼睛也炯炯发亮，脸上的几抹油灰，更显面部线条的坚硬。变了，还是没变？萍萍突然紧张起来。

几乎与此同时，王二水也被对方吓住了。

王二水下意识地要把手里的东西往屁股后藏，当他看到面前站着的是萍萍时，更是退后了半步，眼神紧张地看着萍萍，嘴巴动一下，要说什么而最终没说。王二水还警觉地看看萍萍的身边，当发现只是萍萍一个人时，不但没有消除紧张，反而更加不自然起来，面部肌肉抽搐一下，咽一口唾液又被噎住了一样，使劲而胆怯地伸了下脖颈，拿着东西的手显然多余了，不知要放在哪里，先是要往屁股后藏，后又摆到前胸，接着垂到腿上，最后停在了肚子上。萍萍看清他手里的东西了，原来不过是一块砂轮片，一块陈旧的砂轮片，是切割机上的普通零件。萍萍也没想到会这么巧，突然出现的王二水让她莫名其妙地紧张，想说什么，一时竟忘了词。当她看到王二水手里的砂轮没处放时，想跟他笑一下，以此来消除慌乱的心跳。她可能是笑了，但只不过是嘴角稍微动一下，连笑的样子还没有做出来，王二水就突然从她身边急走过去了。还好，萍萍想起来这次使命了，对呀，是叫王二水去家里吃饭啊。“嗨——”萍萍叫一声。可王二水像没听到一样，撒腿跑起来。夜幕恰巧在这时候合拢，恍惚只是眼睛一眨，天就黑了，黄昏到黑夜，原来只是一眨眼的工夫。看着狂奔的王二水迅速被黑暗吞没，萍萍才觉得自己好笑，紧张什么呢？有什么好紧张的？萍萍一时想不明白怎么会紧张，是怕他吗？怕他什么？而且王二水看起来更紧张，老鼠见了猫一样，居然狂奔而去。萍萍傻傻地站在原地，看看没来得及关闭的大门，欲探头向里望望。但她没有进去，而是反手把大门关上了。萍萍想想，觉得好笑。

萍萍没有请来王二水，早在王阿妹和老扣的预料之中，王阿妹也只能唉声叹气。

晚饭后，萍萍在自己的房间里学习。萍萍的政治复习资料就摆在面前，却看不进去，读了好几页，还不知道读了什么，前读后忘，脑子里尽是王二水惊悚的目光和拘束的表情了，也包括王二水的突然狂奔，他是不愿意说话吗？为何躲着？萍萍越想越觉得纳闷，便干脆思忖起来，王二水在想些什么？萍萍进而又想，这些年王二水外流，都干些什么？怎么生活的？有对象了吗？萍萍想着想着，心情便复杂起来，才觉得，自己去请王二水来家吃饭其实也欠考虑。

萍萍走进院子里。夜很冷。天空乌洞洞的。满天的星啊，大大小小越看越多，像她的心思一样多。突然的，小屋里响起咳嗽声。萍萍听出来，是父亲在咳嗽。萍萍走过去，掀起吊搭，钻进屋里。

"烤火来。"老扣的声音，也像是咳。老扣把两腿间的火盆拖出来，勾下头，使劲伸长脖子，向火盆里吹气。牛屎火瞬间红了，还冒着蓝色小火苗。火光照红了老扣的脸。老扣的脸上除了沧桑，没有别的表情。萍萍蹲在父亲的腿边，看父亲心事重重的样子，看父亲越来越萎缩的身体，突然心疼父亲了，像这样下去，父亲不会萎缩得没有人形了吧？萍萍知道父亲为什么这样，他一辈子都在倒腾水晶，这几年收手后，硬是憋坏了。入冬以来，连续多个星期天，萍萍发现父亲总是发呆的神情，就是笑，就是说话，就是做事，也有点不正好。如果萍萍一眼看不到父亲，在小房子里总能找到他。而每次看到父亲，不是倚靠在某个角落里发呆，就是像现在这样，抱着火盆烤火。萍萍会叫一声"爸"。然后陪父亲发会呆，也会主动说说学习的事。这回萍萍又宽慰道："你不用愁，爸，等毕业后，我和你一起弄个水晶作坊，让你玩个够。"老扣"哼"一声，严厉地说："瞎想，好好念你书！"萍萍说："才不是瞎想了，我们老师说了，三中全会都开了，国家要搞经济建设了，水晶，还有产品也是经济啊。"老扣还是说"瞎讲"，但口气已经软和了些。萍萍说："都拨乱反正了，还要改革开放，解放思想，实事求是，团结一致向前看，我们考试时都考这些内容了，不信拉倒。我要是考不上大学，就去搞水晶！"老扣没再说瞎讲，他盯着萍萍看。火盆里的牛屎火一明一灭的，老扣的脸也一黑一暗。老扣的小眼睛亮晶晶的，好久才眨一下，说："不许再瞎讲啦，睡觉去吧，明天还要起早推磨，好好上学念书，咱们鱼烂沟只有你一个高中生，要是能考上学校，咱家祖坟上就冒青烟了。"萍萍知道她的话说动了父亲的心，又说："我看到王二水拿着砂轮片跑了。"老扣说："去吧去吧，好好念书去。"萍萍就开心地走了，临了说："我复习去啦，别待久了，小屋里冷呢。"

打　洞

老扣继续烤火，继续发呆。

老扣一连发了几天几夜呆，一直呆到变天，下起了冬雨。

冬雨潇潇洒洒的。

这是鱼烂沟的冬雨，和别处总不太一样，软软绵绵，飘飘摇摇，像受气的小媳妇。雨里夹裹着丝丝冰凉，也夹裹着无聊和孤独，从天麻麻亮，下到天麻麻黑，不急也不躁，不慌也不忙，恐怕要一直下到夜里。就是一夜不停，下到第二天晚上，也是有可能的。就是下个五天七夜也说不准。

王阿妹烦死了雨，刚一下她就烦，敲花石也没有劲头，改做了针线。雨下了三天，她就做了三天针钱。做针线是可以串门的。王阿妹抱着新纳的鞋底，一连串了几家，天傍黑时才冒雨回来。王阿妹知道老扣还躲在小屋里烤火，骂骂咧咧掀了吊搭进来了。老扣抬抬眼皮，看着一身冷湿的王阿妹，问："在哪的？"王阿妹打个寒颤说："还能哪里，胖丫家的牌局热闹，相相眼去。"老扣没接她的话茬，继续盯着王阿妹看。王阿妹被看得心里发毛，说："就是相眼……噢，胖丫这几年学好了，不敢骂人了。"老扣像是放心一样，"哦"一声："你知道咱家南岗嘴？就是地头撂荒那块……你这几天去看赌钱……相眼不怕局大，过瘾吧？老子也想赌一把，玩个过瘾的。"王阿妹张着嘴，等着他说下去。老扣说："不信？操，我这些年心里一直有个事——南岗嘴有水晶，大水晶，老子左算右算，早就算明白了，老子以前不敢下手，怕事。现在形势不一样了，可以干一家伙了……从家里挖条地洞，一直通到南岗嘴，懂了吧？”老扣的话吓了王阿妹一跳。王阿妹说：“打洞？打谁的洞？胖丫啊？还是南岗嘴？像老鼠那样？”老扣使劲地点点头。王阿妹说：“到底是谁？到底在哪儿打？”老扣用手指戳戳地下：“这儿……老子计划好了，从这间小屋，打个洞，通到南岗嘴，这段距离不到六十步——几年前就丈量过了，五十二大步，相当于五十二米，我一天打一米，哪怕两天打一米，就算三天打两米，不用两个月，就打到南岗嘴了，说不定啊，半道上就见苗了，就能撞上水晶大龙了，哈哈，到时候，发大财了，别怪我老扣翻脸不认识你啊。”王阿妹也笑着说：“你不认我才好了，巴不得的，世上两条腿的驴没有，两条腿的男人，一划拉一箩筐，挑剩下的都比你强！”老扣说：“就等你这句话了——明天给老祖宗烧刀纸，开挖！”王阿妹也兴奋了：“等什么明天啊，说干就干，讲古里有插土为香，咱现成的火盆，没有香插根蒲棒，磕过头，就算烧高香了。我去找蒲棒啊。”王阿妹把新纳的鞋底往老扣的怀里一塞，出门了，趁天还没黑透，果然找来两根瘦瘦长长的蒲棒，在牛屎火上点着后，插到火盆里。老扣和王阿妹双双跪下，嘴里念念有词，又磕了几个“当当”脆的响头，算是拜过了祖宗，也算敬过了水晶仙子。

当晚，他们关好院门，在小屋的正当门地，挖了第一叉土。他们一口气干到半夜，一口直径一米多、深两米多的竖井，就挖出来了。老扣和王阿妹坐在井边休息。新挖的土堆在井沿，散发着泥鲜味，把入冬以来一直弥漫的牛屎火的臭味掩盖了。一旦动了土，老扣心里的担心便抛到九霄云外，王阿妹的兴奋劲也平静了，对这条地洞充满期待。“这就挖啦？”老扣似乎还在梦里。“你说呢？”王阿妹说罢，把老扣脱下的破棉袄披到他身上。老扣也把王阿妹的衣服披到她身上。王阿妹说：“没想到你这把歪歪拽拽的老骨头还怪硬朗的，是不是挖水晶你就特别起性啊？平时装死是不是？”老扣说：“我早就想挖了，二十年前就想了……啊，哈哈哈哈，哈哈哈哈……开挖啦！”王阿妹说：“发病啦？”又突然想起了什么，“扑哧”一笑：“那年夏天……也是雨天啊，热死人了都，没处躲没处藏的，咱们在后岭挖水晶，在一个大明塘的边上打个洞，往下追……忘没忘？忘没忘……水晶没追上，倒挖了好多大花石，嘻嘻忘没忘？我们还犯了天条，在洞里还那个了……还叫胖丫骂了一顿。”老扣拿胳膊抵一下王阿妹，阻止她说下去。王阿妹果真住嘴了，还在自己的嘴上狠狠掴一掌——她也知道这话说了不好，得罪了水晶仙子会遭到惩罚的。但，老扣却说：“那天在后岭挖水晶的，还有二水和朱富。”王阿妹顶佩服老扣掐指会算的本事，她也知道二水那几天也一直在后岭挖水晶，至于朱富也在后岭，她是想不到的。朱富现在牛得一塌糊涂了，搞水晶发了财，腰比笆斗还粗。王阿妹这两天在胖丫家看他们赌小牌，朱富也去赌了两次，别人输钱心疼揪揪的，他输钱，眼都不眨。她以为老扣提到朱富，会说起她去相眼的事。其实，老扣心里是有事——他是想到朱富搞水晶了。老扣对赌钱没兴趣。他有一怕，怕行动暴露，前功尽弃。鱼烂沟村他怕谁呢？只有朱富，只有朱富会坏他的事。老扣不由自主叹息一声。王阿妹听到这声叹息，问：“咋啦？”老扣拿脚后跟砸几下松软的洞壁，说：“这一挖，没有回头路了，得想个妥当的法子……二水也得防，谁都不能知道咱在家挖水晶。”王阿妹说：“你还能不出门啦？”老扣说：“对，不能出门，你不是天天去看牌吗？放放话，就说我外流了。”王阿妹吃惊道：“外流？二水外流刚回，你又外流？鬼才相信？”老扣说：“就这么说，老子白天睡大觉，上半夜打洞挖水晶，下半夜运土，把挖出来的土平摊在院子里，没人怀疑的。说好啦，明天你还去胖丫家相眼……不行，光相眼也不归工，你不是也会看牌吗？小打小闹赌一把，这叫掩护。”“然后呢？”“然后你就放话，骂我外流了。”

第二天雨还没停。这次降雨真是罕见，又一连下了几天。都第四天了。哪有大冬天这样下雨的？还是这样下了。多么让人生厌的雨啊，对于王阿妹来说，却正是时候——她要放出重要信息：该死的老扣，已经外流几天了，把她一个人抛在家里了，闲得慌啊。

看小纸牌，是鱼烂沟冬天最大的娱乐，有时也来点小彩头，三毛二毛的输赢，并不伤筋动骨。但胖丫家小牌局有些变味，成了赌局，虽然输赢不大，却要“抽头”。胖丫本来不想“抽头”，大冬天，她把人拢在家里热闹，聚点人气，她就开心了。自从朱富来看牌并赢了一回后，说不能亏待人家胖丫，便留下五毛钱，说是灯火费。这个头一开，每次看牌，赢钱人都有凑够五毛，丢在桌子上。胖丫开始还做做样子，推脱不要。有相眼人说：“拿着吧拿着吧，电也不是你家的，烧电也是钱。”朱富笑嘻嘻道：“嫌少？嫌少我再添五毛。”朱富果真掏出一张一块的，把桌子上的五毛换到自己口袋里。相眼人看在眼里，哈哈道：“朱富你腰比笆斗还粗，好意思找回五毛钱？”朱富斜眼看胖丫肥嘟嘟的笑脸，把五毛钱又掏到桌子上，坏坏地说：“好吧好吧，叫胖丫多吃一口，发发胖。”后来王阿妹也看过朱富输钱时，给了胖丫一块钱。王阿妹觉得好笑，一块钱算个屁啊，敲一天花石就敲来了。又一想，不是一块钱的事，是这一对狗男女当众发贱，当众犯骚，像村街上的狗吊秧子，也不怕害臊。但因为王阿妹从前和胖丫的不睦，她也不便多说，只是把这些看在眼里。

现在不同了，王阿妹有新任务了——要给老扣做掩护。

王阿妹早早就来到胖丫家了。她来太早了，胖丫家的牌局还没支起来（人没到）。胖丫已经收拾好了桌子，把一指宽二寸长的小纸牌摆到桌子上，炭炉上还炖着一壶开水。胖丫见王阿妹来得这么早，感到奇怪，心想，日鬼了，这几天王阿妹天天来，安什么心？胖丫和王阿妹有隔阂，二人都心知肚明，虽然这两三年也搭腔，并没有热络，不过点头之交。那天王阿妹突然摸进来相眼，让胖丫警觉了半天，直到王阿妹离开，才算松口气。后来又连着来两天，也是不声不响地一边纳鞋底一边相眼，别人笑时，最多跟上笑一声，也不多嘴，不撩人烦。今天怎么这么早就来啦？胖丫在愣神之后，给她递过小板凳，说："来啦阿妹，坐。"王阿妹接过板凳，爽爽快快地坐下了，还往牌桌前凑凑，不，直接就是要看牌的架势——抢了对门的座位，这可是看牌的最佳位置啊。胖丫明白了，怪不得王阿妹这几天都来相眼，她也想看牌了，心里便有些乐："阿妹，你要看牌啊？"王阿妹说："闲死了，腚都闲疼了，玩几牌过过瘾。"王阿妹说罢，又往前挪挪。胖丫惊讶地说："老扣成天缩头缩脑的，人没个人样，鬼心眼子不少，他能容你看牌？"王阿妹说："他呀，管不到我了，这会还不知哪里挺尸呢？"胖丫这才恍然大悟，原来老扣不在家，就说这几天出奇吗，王阿妹能得闲乱跑。胖丫不知为什么兴奋——她突然就兴奋地说："这样啊？我说你这几天怎么敢来我家了，嘻嘻，身边缺男人，受不了吧？知道我天天怎么过的吧？不过你这下也惬了，没人管正好，就到我家来玩玩牌……唉，老扣天天把你含在嘴里，怎么舍得丢下你？干什么去啦？"王阿妹脸一沉，带着哭腔说："外流去了，还能干什么？外流……我命苦，弟弟外流才回来，男人又不归家了……"胖丫安慰道："看看，看看，看看，有出息没有？男人有什么好的？不就是腿裆多个鸡巴，赶明儿我拿面给你整一个……看看，说来就来了……"王阿妹顺着胖丫目光看出去，看到朱富从菜地田埂上大步走来了。

朱富穿一身藏青色大呢中山装，黑皮鞋虽然沾了泥沙，仍然呱呱响，脸上什么时候都是一副亢奋的神情，还神气活现地戴一副墨镜。这副墨镜是平面的，太大了，太笨拙了，似乎也太重，把他鼻子都压塌了。这是朱富自己做的墨镜。从前他做的水晶墨镜，都是天然墨晶或茶晶。现在，朱富不知在县城的水晶黑市上挂了什么关系，把开好的水晶镜片带到南方（有的说是香港，有的说是广州），打上深浅不同的茶色或墨色，价格和天然茶晶、墨晶基本一样了，产量却增加好几倍。朱富平时不戴墨镜。再说了，冬天太阳并不刺眼，戴墨镜只能影响视线，更何况现在又是阴雨天呢。但朱富要摆派头，要显富贵，一身大呢都穿上了，不戴副墨镜也不配啊。戴上水晶墨镜、穿上大呢中山装的朱富，走路都不会走了，脚下一边滑踏、一边绊蒜地走进了胖丫家。胖丫并没有像朱富想象的那样吃惊，而是连损带骂地说："戴上驴眼罩就以为我不认识啦？今天来得这么早，莫不会和阿妹约好的吧？"朱富一眼就看到王阿妹了，他拿下墨镜，一边盯一眼王阿妹一边尖着嗓子"哟"一声，又把墨镜戴上了，说："阿妹也敢看牌？"胖丫抢话道："人家怎么不敢？老扣外流了，天天憋在家里，会憋死人的，你以为阿妹傻啊？不出来透透风，腿裆捂霉了会长绿毛。"朱富惊疑地看着王阿妹："不会吧？长绿毛啦？不要给我看啊哈哈哈……"胖丫拿肩膀把朱富顶到一边，骂道："死一边去，看了会害眼！"朱富嘴巴上讨了便宜，更是尖着嗓子笑两声，又突然冷下脸说："老扣能外流？障眼法吧？骗鬼的吧？躲起来挖水晶的吧？"王阿妹听了朱富的话，心里一揪，慌慌的不敢和朱富对视。幸亏接连又进来两个女人。胖丫看凑齐了四家，迫不及待地说："看牌看牌，什么绿毛红毛的，别磨牙壳了！"

一个上午的牌局，王阿妹输惨了。

纸牌又叫小纸牌，玩法和麻将差不多。小纸牌在鱼烂沟流行有几百上千年了。鱼烂沟的老百姓对别的不敢说精通，说起玩水晶，还有玩小纸牌，都是头头是道，有理论有实践。水晶就不用说了，单说小纸牌，谁都能把来龙去脉说出个子丑寅卯来，还有根有据地说，麻将的老祖宗就是小纸牌，麻将就是根据小纸牌才发明出来的。对小纸牌的产地，十八里外的桑墟街，更是如数家珍，说全国最好的小纸牌都出自桑墟。“桑墟大姐会裱牌，一裱一个二十来。”就是附近流传的民谣。王阿妹从小生长在鱼烂沟，虽然会玩小纸牌，但毕竟没经过赌钱的实战，加上朱富那些话，吓得王阿妹一直哆嗦。朱富怎么知道她是“骗鬼”？怎么知道是“障眼法”？怎么知道老扣是“躲起来挖水晶”？朱富既然知道了，事情就坏了。王阿妹心里有事情，看牌的注意力自然就不能集中，心手不一，常出错牌，输钱就在所难免了，本来一分钱一来的小赌，输赢都可以忽略不计的，可王阿妹却输了三块多钱。说细点，王阿妹一个上午，就一牌没够（胡），一直在输。朱富也不客气，本来他就是看牌高手，又遇到王阿妹这个状态，赢得痛快，话也多。不过还好，他没再提老扣挖水晶的事，嘴巴乱跑，都是关于女人的俏皮话。一晃到中午了，相眼的陆续回家了，牌局也要散了。朱富整理自己赢的一堆钱，说：“赢这么多啊哈哈，我是大赢家，不能说散，阿妹，你说呢？继续赌啊还是吃了饭再赌？阿妹你赌下去还输，你不是手气背，你是心里有事，哈哈，是不是有事？”胖丫听了朱富的话，白眼翻一下朱富，说：“你是阿妹肚里的虫子啊？你怎么知道人家有事？男人不在家就是有事啊？别生歪心眼啊！”朱富哈哈笑两声，意味深长地望一眼王阿妹，没再说。王阿妹手软了，心悬着，觉得朱富一定知道老扣在家挖水晶了。王阿妹不敢再赌了，她不是怕输，她得想法子对付朱富才行。

王阿妹憋着一肚子心事，往家里走。小雨细如牛毛，地上也泥泞得很，她选择能插脚的地方，歪扭着身子，脚步忽深忽浅的，和她的心事一样不能确定。看来在小屋里打洞的事，让朱富偷窥到了。朱富是个什么事都干得出的家伙。他会怎么样呢？是要去汇报吗？还是想“见眼有一份”？王阿妹知道老扣的脾气，一经开挖，就不会停下来的，暗地里跟着一个朱富，一定会坏事。王阿妹不知如何是好，脚下就越发的不稳，突然一个打滑，趔趄地抱住了一棵树。身后传来朱富哈哈的笑声。朱富笑着赶上来，关心道 ：“小心啊，别把屁股摔成两瓣了。”王阿妹把着树，尴尬地一笑。朱富已经走到她跟前了，嬉皮笑脸道 ：“上你家吃饭啊？吃你小糖饼……”王阿妹没反应过来，看着朱富发愣发呆，嘴巴半张着，不认识朱富似的。朱富也看王阿妹，看她特殊的表情，以为王阿妹听懂了他的话，不管前后有没有人，伸手就往王阿妹的胸部摸一把，粗鲁又野蛮地逮住了王阿妹。王阿妹这才懂了朱富的意思，一把打开朱富的手，红着脸跑了。“嗨，晚上到你家去……吃你小糖饼啊。”

约　会

王阿妹被朱富调戏以后，心里的天空不但没有像现在这样阴雨连绵，反而突然亮堂起来，充满阳光，觉得找到对付朱富的办法了。

王阿妹吃过饭，找出一件雨衣穿上。

老扣看看外面灰蒙蒙的天，小雨雾一样，并不需要穿雨衣，戴顶斗篷就行了。老扣挖了大半夜，又累又困，想着去睡一大觉，养足精神，晚上继续挖土掏洞，也就懒得理她，随她穿什么吧，自己不是外流了吗？就要像真外流那样，家里屁事不管，倒了油瓶都不扶，专心挖洞。王阿妹呢，也不说话，上午看牌输钱的事她绝口不提，更没提朱富威胁她的话和对她动手动脚的调戏。但，老扣看王阿妹很认真地把雨衣上的帽子也戴上了，还系紧了脖子里的带子，这才觉得好笑，说："干什么啊这是？装神弄鬼的。"王阿妹说："你安稳去睡你的觉，挺你的尸，晚上好有劲挖水晶，我看小牌去，给你打掩护，管我穿雨衣干什么？走啦。"

王阿妹走到院子里，看一眼墙根新堆的土，心里舒坦，感觉大水晶的幼苗已经在心里茁壮成长了。又看看院门，去年新换的柴门是用柴蒲新勒的，门框也是结实的洋槐木，显得笨重而结实，把大门挡得严严实实。但墙头似乎矮了些，只有一人一招手那么高，而且有一段泥墙还有裂痕，墙皮也剥落了不少，有倒塌的危险，便想，等晴天出太阳了，得把院墙修补修补，增高些，加加固，正好用新挖出的土，既利用了新土，减轻堆放的压力，又能障人眼目——院里的土，是为修院墙运来的。

王阿妹锁好院门，走在村街上。不多一会儿，就到胖丫家门口了。王阿妹把雨衣帽子放下来，露出头和脸，并没有解开雨衣扣子。胖丫家的牌局果然看起来了，也正如王阿妹所愿，没有朱富。王阿妹心里暗喜，同时也“嗵嗵嗵嗵”地慌跳几下——只有她自己知道为什么暗喜，为什么心慌，为什么希望朱富不在。更让王阿妹暗喜和心慌的是，牌桌上看牌的五个人当中，有一个竟然是朱富的老婆郝大嘴。郝大嘴当然是外号了，真名叫什么倒没人知道了——说她大嘴，一是她嘴巴确实大，脸上除了一张嘴，其他五官可以忽略不计，有人形容说，如果不是耳朵挡着，嘴巴就绕到后脑勺上了；二是她嘴馋，喜欢吃，也敢吃。还喜欢喝二两老酒。食品站的猪下水，她三集赶两集往家买。谁家要是瘟鸡瘟猪，扔了，她也捡回来，不怕费事地打理干净，清水泡几天，煮煮，成了下酒的好菜。王阿妹觉得真是老天都帮她，朱富没看牌在哪？肯定在家啊，她最担心的郝大嘴又正好坐到牌桌上了，这当口，可是她实施自己计划的最佳时机啊，难怪她是又喜又慌啊。

“你看看你看看，早来一步你就挨上了，看不成了吧？输了就别想捞了，相眼相眼。”胖丫快嘴快舌头地说。王阿妹上午输了钱，正合胖丫的意，也赢得了胖丫的好感。胖丫说罢，从门后踢出一张板凳，让王阿妹坐。王阿妹没有坐，对胖丫说：“我牌臭，不敢看了，捞个鬼啊。”胖丫嘻嘻骂道：“屁话，才不是牌臭了，是你手臭，你摸了一夜腿裆不洗手就来看牌，不输才日怪了。”看牌人“哄”地笑了。王阿妹也笑着说：“我明早洗干净手早点来，看能不能赢。”王阿妹和胖丫又说笑两句，胖丫要王阿妹脱了雨衣，还笑话她的大雨衣又脏又肥，抱个男人在雨衣里都看不出来。王阿妹骂她嘴巴吃蛆了，又脏又臭，作势要走。胖丫说：“相眼也不输钱，去家晒逼框啊？雨衣脱了，玩玩再走。”王阿妹说：“家里墙头要倒了，我去找二水，晴天让他给修补修补。”胖丫继续拿她开涮：“啊？老扣才外流几天啊？墙头就给爬倒啦？你真不要脸啊！”王阿妹打胖丫一巴掌，在众人的笑声里，出门了。

重新走在村街上，王阿妹戴上雨衣帽子，把自己包得只露出两只眼，就像反特故事片里接头的特务，不说话没人能认出她来。就是有人看见了，最多以为是一个邻村的男人在过路。她多了个心眼，径直向村东走去。走到二水家门口，看大门紧紧闭着，返身向后偷望几眼，一个人都没有，便继续向东。走到村头时，突然曲向村后，从村后的小路往村西走。村后的路不好走，坑坑洼洼都是大大小小的坑塘，比村街上泥泞多了，她反而更快了，一路滑踏着，扶着树干，拽着树枝，连滚带爬般到了村西头。

朱富家在村西。

王阿妹一直走到朱富家屋后。朱富家屋后有一片竹园，虽然不大，却也把他家的屋挡住了。王阿妹在竹林边犹豫一会，又四下里看看，同样是一个鬼影都没有，便从屋后绕到前边，从墙头边经过时，还停下来，耳朵贴在墙上听听动静，没有听到她想象的机器声，再听，似乎又有知了在叫，大冬天的，当然没有知了叫了。

朱富家的大门是木头的，紧紧关着。王阿妹看大门没上锁，知道朱富一定在家，便抬手敲门。王阿妹敲几下，不见有动静，再敲几下，还不见有动静，王阿妹再次抬起手时，突然觉得，这么温柔，怕是朱富听不见呢，便改敲门为打门，“啪啪啪啪”用力拍打几下，门板都震荡得发出回声了。王阿妹心里说：“开门啊，开门啊，开门啊，快开门啊，狗日的朱富别装死啊，姑奶奶送货上门你还不开门！”还是没听到动静。王阿妹怕敲久了被人发现，又回头看看村街两边。恰在这时，听到隔门有人谨慎地问：“哪个？”王阿妹听出是朱富的声音，心里又喜又慌，也不答话，又拍下门。

门从里边拉开了。

朱富露出半张脸。

朱富一眼没认出眼前这身装束的王阿妹。是的，王阿妹的雨衣太奇特了，一件老旧的军用雨衣，又是翻过来穿，黑胶里子朝外，前襟上不知怎么烧了个大洞，是一块黑塑料布补起来的。朱富脖子后仰一下，警惕地问："找……找谁？"王阿妹笑了，还笑弯了腰。王阿妹一脚跨进门里，反身关门上闩，把笑声关在了大门外，迅速扫一眼院子——王阿妹担心他家有串门的闲人。朱富家的院子里和许多人家的院子里差不多，堆着一堆堆石英，也有几棵杂树，除了躲在草棚下瑟瑟发抖的几只鸡，什么活物都没有。堂屋门不设防地大开着。一排东屋倒是关紧了门。王阿妹的眼睛在东屋门上停住了。王阿妹知道，这里就是朱富的"地下车间"，朱富平时就躲在这里开动他的机器，雕刻、打造他那些水晶产品的。朱富从王阿妹的笑声中，已经知道来者是王阿妹了。朱富心情放松下来，跟着王阿妹的眼神走，心里暗自得意，王阿妹上套了。但朱富还是假装不认识地问："谁呀你？摸错门了吧？"王阿妹学着郝大嘴的声音嗔怪道："我也不认识啦？郝大嘴啊。"朱富也装痴卖傻地捏住王阿妹的手，说："原来是咱家大嘴啊，有话屋里说。"说着，就牵起了王阿妹的手。王阿妹的手抖一下，并没有甩开，还"嘻嘻"两声，跟着朱富走了。走到东屋门口时，朱富趴在门上，学着《地道战》里夜过封锁线时的台词，小声说："安全无事喽。"王阿妹知道了，"地下车间"果然有人干活，便小声道："你家有人？"朱富也不答话，拽着王阿妹跑进了堂屋。

朱富在鱼烂沟是大人物，这个"大"不是官大，是本事大，钱大。钱大就是硬道理，就像中午他抓王阿妹的乳房一样，实实在在的。此时，他把王阿妹拉到堂屋，急吼吼扯了她的雨衣，嘴里还喃喃道："来来来大嘴，来来来大嘴……"王阿妹笑得更厉害了，她一把推开朱富，还就势给了他一巴掌："谁是你家大嘴啊。你家大嘴在胖丫家看牌了。让你看看我是谁。”王阿妹自己脱了雨衣，笑笑地看着朱富。朱富搓着手，流着口水，夸张地说：“谁？妈呀，你就是我家大嘴啊阿妹。”王阿妹也乐了，挺了下小肚子，把朱富挤到了墙根。朱富没想到王阿妹会有这一招数，心里像开了花一样灿烂，把持不住地迎合着王阿妹，把她抱住了……

一番地动山摇之后，风平浪静了。

王阿妹快速穿好衣服。像完成一桩仪式一样轻松。其实也只是仪式完成而已，她并没有多余的感觉，反而冷眼看着还在磨蹭的朱富。朱富下作而满意地跟她挤弄着眼。王阿妹没回应他，突然想起什么，说：“刚才听到动静……吱吱的，咔咔的，你家东屋是谁？谁在东屋做水晶啊？”朱富眨眨眼，在她身上扫了几眼，说：“哪有什么动静，噢——哈哈，是咱俩发出的动静吧。”王阿妹白他一眼。朱富又说：“那当口，你还有心听什么动静啊。”王阿妹知道这种话越说会越下流，便往外间当门走，一边走一边催他快点穿好衣服，还抱怨他家冷死了。朱富说：“你家暖和吧？下次到你家好，老扣外流了，家里没个男人味怎么能行。”王阿妹坚决地说：“不行，想得美……我家可不许你去，想都不许想啊，不睬你了。”朱富说：“好好好好，不想不想，谁爱到你家啊，老扣外流了，你成了假寡妇，我才不去惹骚了。”王阿妹不理他，还是关心东屋发出的声音，便向院子里望去，就这时候，她看到从东屋里走出来的王二水了。王阿妹以为看错了，弟弟怎么会在这里？不用细看，确实是二水啊。原来声音是王二水弄出来的，是二水在东屋弄水晶啊。王阿妹心里吃了一惊，先是担心自己的鬼事叫王二水知道了，后又觉得这是好事啊，二水和朱富成一伙的了。早知道他们合穿一条裤子，也不这样下作地投怀送抱了。王阿妹瞬间就懊悔了，下意识地想躲起来，却让二水的目光逮到了。王阿妹看躲不过去，索性跨出一步，灵机说：“二水，我来叫你……叫你有事的。”

王二水也没想到在朱富家碰到姐姐。回来十来天了，他一直不理会姐姐，心里还憋着对姐姐的怨恨。王二水这些年在外闯荡，有时想家，有时不想家，有时觉得姐姐嫁的不对，不该嫁给老扣，有时觉得姐姐没有错。觉得姐姐嫁的不对时，他就想起萍萍，想起萍萍就想起萍萍的眼睛。跟着这个思路，他会越想越多，一会觉得姐姐这一嫁，挡了他的路，一会又觉得姐姐就是不嫁给老扣，萍萍也不会跟他好。是他把萍萍弄残的。萍萍没把他告去坐牢就不错了。王二水外流两三年来，也一直在胡思乱想。他先是到县城水晶鬼市上待了几夜，又到船上帮人打鱼，后在蔷薇河小码头搬石头，最后上了一艘拖船外流到八十里外的新浦，船主听说他没爹没娘，便介绍他在新浦码头上干搬运工。这家码头边上有一家玉雕厂，和他宿舍共用一堵墙，简单说，他宿舍的窗外，就是玉雕厂的后院。隔着粗壮的钢筋窗栏，看到玉雕厂的后院荒芜得很，看不出什么东西来，但他知道前边那排高大的红砖厂房就是玉雕厂的车间，有好多次，他都绕很远的路，到玉雕厂的大门口，站在大街上向里徘徊张望，试图进去看看。他知道玉石比水晶还金贵，雕玉的人肯定不是一般的人。但玉雕厂门卫很严，根本进不去。有一次一瘦一胖两个门卫还专门跑过大街来盘查他，问他哪里人，为什么常在门口闲转。他支支吾吾跑了。他知道正常情况下根本进不了玉雕厂，想偷师学艺的难度很大，怎么办呢？最好能认识厂里的人，或者用钢锯把窗上的钢筋锯断，翻窗而入。但他谁也不认识，锯钢筋更是不可能，宿舍里住了十来个人，他不敢锯，二来就算这样进去了，要是被逮到就坐牢了。后来他还是进去了一次，他把自己的一条裤子扔进了后院，假借找衣服，要进玉雕厂。那个瘦子的门卫听了他的陈述后，觉得隔壁码头工人还算可靠，便领着他进去了。这一次仅仅算是走了个来回而已，他什么都没有看到，收获却很大，他有机会跟这个瘦门卫搭腔说了几句话，这个门卫得知他是院外码头上的装卸工时，很得意地说他家就住河对岸，小时候最喜欢游泳到码头上玩耍了，还到船上偷过锅巴饭吃。有了这回交往，他休息时就跑来听瘦门卫吹牛。瘦门卫天天守门，无聊透了，有他这么一个听众，就讲他小时候偷渡到码头上的许多趣事、糗事，什么偷码头上的东西去卖啊，什么被码头工人抓住扣在船上光屁股晒太阳啊，两人时常哈哈大笑。时间一久，二人就成朋友了。王二水大大胆，跟他提出要求，想看看玉石都是怎么雕的。瘦门卫说，那有什么好看的？想看你随便看好了。没想到不费吹灰之力，王二水就进了玉雕厂，在车间的窗户外，看到那些机器和他当初在鱼烂沟自己捣鼓的加工水晶的机械差不多，工作流程也差不多，无非是切割、雕刻、打磨、抛光，最后是一件件成品。王二水对机器感兴趣，对雕刻也感兴趣，看着看着就手痒心也痒，真想也上去干一会儿。他当然不能干了，就这样看了两三年，在心里琢磨了两三年，后来还通过瘦门卫，弄到了一些淘汰下来的机械部件，有切割机上的砂轮片，雕刻机上大大小小的雕钻，还有抛光板、抛光盘、打孔钻头和转芯轴承等关键零部件，他把这些东西当宝贝，藏在床底下的两只木质包装箱里，还特意加了锁，心里想着，这些宝贝日后肯定能派上用场，外流毕竟不是长久之计，鱼烂沟是他的家，等手里攒了些钱，迟早还要回家弄水晶，让萍萍看看，他不是没有本事的人。这样的想法越来越迫切时，萍萍的面容就越清晰，同时越知道萍萍和他根本没有关联了，想这些有屁用呢？但年轻的王二水还是架不住思乡心切，加上码头上安排了大批从乡下回城的知青，码头方面不需要这么多装卸工了，动员他另找工作。王二水不想找工作，便打点东西，主要是两大箱破铜烂铁，搭船回来了。王二水外流一回来，就往朱富家跑。他知道朱富是鱼烂沟的能人，要想搞水晶，就得和能人合作，还要把他这些年偷学的技艺和那些机械零部件派上用场。朱富和王二水一交流，就气味相投了。朱富的小九九是看看二水的技术，如果真像他说的那样，就让他在家里干活，算是合伙做生意，要是不入眼，就撵他滚蛋。没想到王二水一上手，就出手不凡，干出来的活，比他还精道。就这样，王二水成了朱富家“地下车间”的大工头（当然只是他和朱富两个人），朱富才有时间趁着雨天溜出来看牌玩。王二水不知道姐姐有什么事，对姐姐来朱富家找她，更是心烦，冷丢丢地说：“叫我？什么事？”

王阿妹一时没想起来什么事，走到院子里，嗫嚅了半天才说：“也没什么事……那天萍萍叫你吃饭你也没理她就跑了。萍萍上星期回家又问起你了。”

王二水脑子里的画面，迅速切换成萍萍了——暮色中，萍萍突然出现在他家门口，吓了他一跳，愣了会神，才认出来，被暮色笼罩下的姑娘竟是他多年未曾见过的萍萍，确实是萍萍，长高了，漂亮了，像个大人了。王二水特别紧张，不知道萍萍要干什么。在无数个白天和夜晚，王二水都会想起萍萍，幻想着和萍萍有关的故事和情节，都是美好的故事，都是感动人的情节。如今真的见着了，又像哑巴一样张不开口了。也许是太突然，也许是天色已晚，也许是他急于去朱富家，总之，鬼使神差的，他撒腿就跑了。在这个时候，听到姐姐又说起萍萍，希望她继续说下去，便说：“萍萍……问我什么？”

“没问什么，就是……就是问你都干什么了。”王阿妹提高声调说，“明天萍萍还会回家，过几天就放寒假了……对了，家里院墙要倒了，等晴天要弄弄墙头……老扣外流了，你去家里搭把手，把墙头修修。”

王二水跟姐姐瞪瞪眼，嘴里不知嘀咕什么，转身回东屋了，要关门时，又伸头说：“外流外流，老东西都多大啦，还外流，别死了外边啊……你活该！”最后一个字还没说完，“砰”地撞上了门。王阿妹站在院子里发会呆，才冲小屋门说：“我来……就是叫你修墙头的……家里墙头要塌了。”门里的王二水没再说话。王阿妹无奈地自言自语道："这孩子……我活该，活该！”

朱富也从堂屋出来了，他听到了这对姐弟的对话，便宽慰王阿妹说："墙头倒了怎能不修？老扣又不在家，他不帮忙谁帮？我劝劝他，他要是不修，我帮你修。”朱富的话并没有讨王阿妹的好，王阿妹翻他一眼，骂道："死一边去，我家墙头全倒了也不用你来修。”朱富说："你家什么宝贝怕见人啊？哈哈……脸红什么？”王阿妹觉得朱富的话里有话，不敢多说，赶快逃一样离开了。

修墙头

王二水骑坐在墙头上，拿一根捶衣棍捶泥，声音闷闷的，很有力道，新砌的泥墙上落满一道道均匀的夯痕。

泥是不干不湿的那种，太湿了会瘫下来，太干了砌不牢。泥团里还掺了碎稻草，碎稻草就像混凝土里的钢筋，会让墙头变得坚固结实。和好了的泥，就堆在院子里，晒了两天，这叫“醒醒”，即晒成半干半湿状，这样好用。萍萍已经把它分成一团一团的小块，直接就用手托举给墙头上的王二水。庄户活不用学，想想就会干了。王二水和萍萍都没砌过墙头，但没吃过猪肉都看过猪跑，几番一磨合，会干了，而且干得很好。

前几天和这摊泥时，萍萍正好放寒假。萍萍的寒假本来想认真学习的，可家里要修墙头，她也得帮忙啊。萍萍对修墙头不反感，她反感王阿妹装神弄鬼地撒谎——萍萍不用多想就知道，父亲假外流的主意一定是王阿妹出的，出这个馊主意简直太可笑了。不过萍萍想想，也只有这个主意才有可能帮助父亲成功挖到水晶。萍萍也赞成父亲的判断，南岗嘴有大水晶。萍萍记得小时候她常在南岗嘴玩，拔茅草，挖树根，和烂泥，那时候她就幻想着地底下有大水晶，幻想多了，就觉得真有大水晶了。渐渐长大后，又见过南岗嘴发出的地光，传说发出地光的地方必有水晶，还有传说，只有有缘的人才能见到这种地光，何况这种地光她见过不止一次了，那种蓝莹莹的光，像蓝色的火苗，隐约的，在离地几尺高的地方闪烁、跳跃，一会就不见了。如果真有大水晶，父亲从家里挖洞通过去，算得上最好的选择了，这样一想，又认同了父亲“外流”的谎言了。为了更好地隐蔽挖水晶，加高、加固自家的墙头确实有必要。所以萍萍干活时劲头十足，用了一天时间，和王阿妹一起把一大摊泥和好了。

王阿妹还担心弟弟不会来家里帮她，虽然那天在朱富家和二水说了，二水没答应。两天后她在村街上“巧遇”朱富时，朱富急吼吼地在王阿妹身上打量，他得过便宜，得一还想望二，要到王阿妹家坐坐。王阿妹知道坐坐是什么意思，也知道坐坐会造成什么样的后果，死活不要他到家里，还有一个说得过去的理由，萍萍放假在家了。王阿妹也从朱富嘴里知道弟弟不理朱富了，不再到朱富家去了。朱富还评价了王二水，大致意思是，你弟弟假聪明，脑子不好使，好好的让他来家里学艺，还没学到皮毛，跑了，要自己干，凭他那手艺，干个鸡巴鬼啊，他干出活来，卖给谁？以为到了黑市就能走货？不是老子笑话他，他外流好多年，听说是在码头扛了几年大包，手比脚还蠢，我劝他还是消停跟我学几年吧。朱富说罢，又嬉笑道：“这两天出鬼了，我家大嘴也不去胖丫家看牌了，妈的，哪天我给她酒了下点老鼠药，药她个半死不活，看还敢挡老子的道！”王阿妹耳朵听着朱富的话，心里却想着找王二水来家干活，便摆脱了朱富，又去找王二水了。

二水果然在家里自己捣鼓那些机械了。他见姐姐又来了，不理她，也没像前几次直接撵她滚。王阿妹说：“你得罪朱富啦？”王二水看都不看姐姐，闷头干活。王阿妹又说：“朱富说你不在他家学手艺了。”王二水还是没吭气。王阿妹看他手里摆弄的东西，说：“要干水晶啊？”王二水直直腰，大声说：“还能干什么？切，老子压根就没想在朱富家混。老子就是想学点东西。还朱富？猪肚哦！”王阿妹听到弟弟搭了她的话，鼻子一酸，哽咽着说：“……好啊，自己干好……干水晶……好……”王二水再次蹲下去，一边拧螺丝，一边说 :“我才不得罪朱富了。不是我跟他学手艺，是他跟我学，他要跟我学水晶雕刻，我还不想教他呢。”王阿妹第一次听说水晶雕刻，觉得弟弟很了不起，心里更激动了，眼泪几乎流下来了，只说了声“好”。王二水突然变了腔调，说 :“都那么大了，还外流，政策要变了懂不懂？外什么流啊这狗日的。”王阿妹知道他是说老扣。王阿妹品咂着弟弟的话，顿了顿，实话道 :“二水，老扣没外流……他……他……他没外流，他挖水晶了。”王二水一点也不吃惊 :“我说么，老扣放个屁都要考虑半天的人，会傻不拉几去外流……在哪挖水晶？后岭？”王阿妹说 :“不是，家里……他要从家里挖个地洞，通到南岗嘴，老扣说南岗嘴有水晶，也不知真鬼假鬼。”王二水停下手里的活了，看着姐姐，想了想，笑了，说 :“到底还是老扣，他妈的，棋高一着啊，姐，你信老扣总错不了，南岗嘴那种地方，真值得一碰……呵呵，我说怎么要修墙头，怕被发现了……好，我去修，出了水晶可要先卖给我啊，我要干大事，就差好石头了。”王阿妹看弟弟乐，心里也乐了 :“当然，尽你先挑……二水，晚上到家里吃顿饭？”

就这样，轻而易举的，王二水和姐姐化解了矛盾。到老扣家修墙头时，又自然而然地和萍萍说上了话。王阿妹这几天一直快快乐乐欢天喜地的，把好消息告诉了挖洞的老扣时，老扣忍不住，把王二水叫到小屋里，和王二水说了半天话，还带他爬进了洞里，参观他的工程进展。王二水也把自己的宏大计划告诉了老扣，就是要搞水晶雕刻制品厂。王二水给老扣讲了许多玉雕厂的事，主要是雕件，各种雕件，水晶为什么不能雕？用次等的水晶，就是通常说的老花石，也能雕成烟灰缸、茶杯、笔筒等用具。王二水还告诉老扣城里最近发生的事，有人在路边开了小卖店，还有各种小吃摊，知青大返城，允许个人在街上拉板车挣运费，说不定哪一天，水晶就不是国家控制的物资了，就可以任意开采了。老扣听得新鲜，觉得王二水的话，有的有理，有的没理。最后，老扣提醒王二水，要提防朱富，他表面一套背后一套。王二水说：“我晓得，放心，我把墙头修牢牢的，鬼都不知道你在家挖水晶。”

用泥巴砌墙头，和砖石不一样，泥是湿的，要砌一层，等湿泥干得差不多了，再砌一层，否则下边的湿泥会被挤压得坍塌了。所以老扣家的墙头拉拉杂杂砌了好几次。

这天是第三次了。依旧由王二水掌墙，萍萍和王阿妹运泥。快中午时，王阿妹做饭去了，萍萍运来泥，挺举给王二水。王二水接过泥，用力掼在墙上，再拿根捶衣棍捶结实了。萍萍站在墙边，擦着额角的汗，看着王二水。前两次干活，王二水和萍萍没怎么说话，或者根本就没说话。王二水寒着脸，只顾干活。王阿妹偶尔会跟他说什么，他也有答没答的，像在生气。萍萍看他神色，也猜不透他想什么，干脆也不说话。这当儿，王阿妹做饭去了，父亲还在小屋里睡觉，院子里就剩他两个人了，萍萍便倚靠在槐树上，小声道：“唉，王二水，你成天跟鼓头兽一样，生谁的气？你还没跟我讲讲外面的事呢？这些年你都做些啥啊？好玩的讲来听听，别自己吃独食啊，咱们还是同学呢。”萍萍一口气说了这么多，有些调皮地望着王二水。王二水不好意思了，他呵呵地笑着。冬天的太阳正好照在他脸上，显得特别阳光。他骑坐在墙头上，笑了会，看着新修的墙，说：“其实……其实好玩的事多了，都讲不过来……你知道市里有个玉雕厂吧？呵呵，你知道什么呀，你不知道，猜猜玉雕厂都是干什么的？”萍萍也笑了：“你以为你外流就算见世面啦？玉雕厂……玉雕厂还能做什么？做玉雕的呗。”王二水又恢复几年前的秉性了，说话的口气和动作和几年前一模一样：“萍萍真聪明，告诉你，我就住玉雕厂的……院子里，和玉雕厂的厂长是朋友，他批准我……到厂里给工人做师傅，教他们怎么雕刻水晶……说错了，雕玉件。”王二水撒谎还是不脸红，而且谎言都是灵机一动脱口而出的，本来他想说“住在玉雕厂的隔壁”，说成住在“院子里”了，本来只是和玉雕厂的门卫熟悉，他说成和厂长是朋友了，给工人做师傅更是子虚乌有。他口无遮拦喷着唾沫星，连萍萍也被他感染了，跟着他快乐地说：“你那么厉害啊，都教人家城里的工人了，什么时候也教教我啊。”王二水翻身跳下来，说：“好啊，我怕你笨，手爪像鸡爪，学不会啊。走，到我家去看看我新弄的雕刻机，你信不信我给你雕一件……你想要什么？”萍萍说：“我什么也不要，我要跟你学雕刻。我这么笨的人才要你教啊，走啊，敢说我笨，敢说我手爪像鸡爪，看最后谁教谁。”王二水听了萍萍的话，来劲了，从墙头上翻身跳下来。可能没有站稳吧，脚一软，差点撞到树上。萍萍并没有去扶他，而是向后躲了。王二水倒是没事——扶住了树干，萍萍反而一脚踩空，跌坐在新土上。原来，老扣可能为了保护这棵槐树吧，从地洞里挖出的土，没有把槐树培起来，而是留了一小块地方，围着树根，形成一个小的坑塘。萍萍躲王二水，正好踩进了坑塘里，跌个仰八叉。萍萍不好意思，“咯咯”笑了，赶快爬起来，拍拍身上的土，才说：“爸也真坑人，留这一块，害死我啊。”王二水没搭理萍萍，兴冲冲走了。倒是萍萍心细，喊来王阿妹，说要到王二水家看东西，一瘸一拐去追王二水了。王阿妹关照萍萍早点回来吃饭，关上柴门时，还从门缝里向外望望，脸上露出温情的微笑。

学　艺

几天后的一个夜晚。

王二水躲在大堂屋的套间里，在工作台的机器上埋头工作。王二水从新浦带来的两大箱玉雕厂的旧零件起大作用了，经过拼拼凑凑，居然拼凑出三台机械，虽然样子不好看，和一堆破烂差不多，声音也哗哗啦啦吵吵嚷嚷，但一点也不影响使用。他帮老扣家的墙头修好后，就躲在大堂屋里调试捣鼓这些简陋的机械设备了，居然都符合他的要求。这会儿他正在一台机器上忙活呢，他不是在磨镜片，不是在抛光，也不是在切水晶，而是在雕刻一块“老花石”。屋里的门窗都蒙起来了，四周黑漆漆的，像躲在一口大黑锅里，只有他工作台上的这盏灯是亮的，把他的脸部照得白煞煞。王二水在这束灯光里，正聚精会神地雕刻一块略显笨拙的水晶。王二水从玉雕厂学了不少招数，其中有一招叫“巧雕”，就是根据原石的基本形状和面貌，雕刻成一件有趣的工艺品，或动物，或静物，也或是一件用品。王二水知道玉石能这样雕刻时，就想到以后也要用水晶来尝试。这块水晶，形状奇特，可以说一无是处，像一只香瓜被拦腰切成两段，他得到的这一段，一边的剖面上还带着凹槽，凹槽周边高，中间低。水晶质地也很一般，就是通常说的老花石，派不上任何用场。这块石头原是在朱富家，朱富没拿它当好东西，在脚底下绊来绊去，王二水看到了，捡起来瞅瞅，跟朱富要。朱富也重新看看，怕走了眼，还放在仪器上照照，才说：“这种破石头一分钱也不值，你拿去玩好了。”王二水就把它抱回家了。王二水把这块

“半截香瓜”放在工作台上琢磨半天，突发灵感，雕刻一个杯子怎么样？本身的体形就像杯子，凹槽凹得也恰到好处，而边上鼓出来的这一块“肿瘤”，又正好可以镂空成一个把子，真是天然的杯子造型啊。好吧，既然别的造型还没想出来，先雕只杯子，也算是工艺品啊，一来可以练练手，二来雕只杯子还可以喝水自用，何况这么多年来，鱼烂沟出这么多水晶，还没有人用水晶做过杯子呢，更没有人用水晶杯子当日常生活用品呢，仅凭这一点，他就可以吹牛吹一阵子的。

说干就干。

王二水开始在雕刻机上挖刻起来。对于王二水来说，镜片、手串、项链、胸饰、腰佩，还有各种挂件，这些精细的东西，他在朱富家都尝试雕刻过，朱富对他上手就能干这些精细的活，感到惊叹，对他赞不绝口，王二水也有了信心，所以，对于雕这么一个喝水用的杯子便信心满满了，打孔机和雕刻机交替使用，砂轮钻头撞击水晶发出尖锐的“吱吱”声，水流在他掌控的机械刻刀和晶体上不断地冲刷，一个精巧的杯子渐渐成形了。王二水边雕刻边欣赏边修整，心里很有成就感，也很感新鲜。他要赶快做出来，给萍萍看看，在萍萍面前摆摆脸。那天，他从老扣家墙头上跳下来，和萍萍一起来家里，萍萍对他能在这么短的时间内，把大堂屋里又收拾成一个“地下车间”，一点也不感到惊奇。不过萍萍已经是大姑娘了，不会像小小少女时说些过头话了，她含蓄地在屋里转一圈，这里看看，那里看看，几年前，她还在念初中的时候，感觉王二水家的堂屋又高又大，现在似乎也没那么高大了，也更破败不堪了。不过摆上王二水捣鼓的这些机械，这间死气沉沉的屋子立马重现生机。她转一圈，再次要靠近那些机械时，王二水伸直胳膊拦着，说：“别碰它们啊，它们娇得很。”萍萍假装生气地说：“不让碰你怎么教我啊？我怎么学艺啊？”王二水又呵呵哈哈笑了。其实他是想起多年前的那次事故，那次事故让萍萍赔上了一只眼睛。萍萍也猜到王二水的担心了，轻描淡写地说："我们现在都是大人了，对吧二水？别瞻前顾后了，不入虎穴焉得虎子？放心，我自己负责自己，就算有个三长两短也赖不上你。"王二水其实也想开了，听她这么一说，也洒脱道："好吧好吧，你随便碰。"那天萍萍真就坐到他的宝贝机器上，开动了机器。萍萍从小就看过父亲在那些土机器上操作，自己也动过手，并不陌生，不过雕刻机她可从没玩过，还是觉得挺新鲜的，问这问那。就这样，萍萍在王二水手把手的教导下，果然很顺利就在一块水晶上刻上了一道深痕。因为要赶回去吃饭，又因为要修墙头，萍萍只玩一会就和王二水回去吃饭了。有了这一次经历，王二水和萍萍之间不再有陌生感了。王二水此时雕刻的这只杯子，觉得送给萍萍也不错——如果她开口要，一定给她。

就在王二水对水晶杯做最后修饰时，突然感到脑后吹来一阵风，脖子里也凉硬硬的。王二水敏感地觉察到风声了，腿一动，碰到了他安在桌腿上的开关。灯灭了，机器也停了，屋里一片漆黑，也鸦雀无声。就在这时，门被人推开了，一片阳光照射进来，紧跟在阳光里出现的，是萍萍。王二水见是萍萍，蹦出的心并没有放回去，而是悬着了。萍萍在阳光里很好看，从黑暗中望过去，像是幻影在缓慢地移动，身上的衣服显得挺新，挺整洁，头发被阳光照成金黄色。王二水心跳停顿了一下，觉得萍萍比他在新浦看到的那些城里姑娘还漂亮，还动人。但王二水毕竟成熟多了，懂事多了，萍萍是老扣的女儿，老扣是他的姐夫，他知道萍萍的辈分不仅比他晚，重要的是萍萍还要考大学，他一个外流回乡人员，别胡思乱想了。王二水天性里还是好逗，或者叫玩心未泯，便尖着嗓门冲萍萍怪叫一声。

"干什么呀？在啊王二水？吓死我啦！"萍萍转向里间，"我说嘛，大白天活见鬼了，明明听到机器声的，突然就没了。开灯开灯开灯！”

灯又亮了。

“哈哈，是你吓死我啦！”王二水对惊讶中的萍萍说，“你怎么进来的？大门我是闩上了啊？你不会是狐狸精吧？”

萍萍也学着王二水的笑：“哈哈，我就是狐狸精啊，我是从猫洞钻进来的。”

“不信……”王二水倒是真担心了，他边向外走边说，“我去闩上大门啊。”

“闩上了……不信啊？你看我不像狐狸精？你说我是怎么进来的？莫非是从天上飞进来的？那我就是天外飞仙啦嘻嘻。”萍萍张开胳膊，把胳膊当翅膀，柔软地扇动着，妩媚地盯着王二水，“就这样飞进来的……二水，你在干什么？今天我要学学手艺。”

王二水没心思搭理萍萍，脸色严峻，心事茫茫，他觉得事情严重了，印象里，明明是闩上大门的，萍萍怎么会进来？问题的节点不是萍萍来到他家，是萍萍如何进来的，她不是狐狸精，绝不是从猫洞钻进来的，她也没有翅膀，不是从天上飞进来的，她是从大门光明正大走进来的——只有一种可能，门闩坏了。他要检查一下大门。

“嗨，干什么去？”萍萍说。

“去大门口看看。”王二水侧身要从萍萍身边走过。

“不欢迎啊？”

“检查一下大门……”

“你家大门没上闩，我一推就进来了……是你自己忘了吧？”萍萍脸上突然漾起晕红，“还以为你故意留门给我呢。”

王二水松一口气，觉得自己太粗心了，怎么会不闩门？他不想让外人知道他在搞水晶，也不是故意要给萍萍留门——他并不知道萍萍要来，还好还好，幸亏来的是萍萍，要是坏人就糟了，还有

“打投办”，听说这个机构撤消了，但那帮人还在，改成了“多经办”换汤不换药罢了。

萍萍好像知道王二水的心思，她思忖着，说：“放心吧，没人来管你的。”

“那可说不准，管我的人多了。”

“反正我不管。”萍萍的话有些调皮。

王二水心里乐了，得意地说：“过来看看啊，看我雕刻了什么？”

萍萍随着王二水走到工作台边，看他拿起一件几乎完成的半成品。

“看看！”王二水自豪地说，“看看看看，哈哈没想到吧？”

“什么呀这是？杯子？水晶雕刻的杯子？”萍萍吃惊了，喜气地说，“这么大个啊？怎么会想起来做个杯子呢？太有意思啦嘻嘻，外流几年，长见识啦二水。”

“一块巧料，敲花石可惜了，做个杯子，又能喝水又能当工艺品，对了萍萍，以后可不能随便把老花石都砸碎了敲花石啊，有一种雕，叫巧雕，有一种商品，叫工艺品，明白吧？只要体量够大，总可以雕成不错的艺术品。我以后要向这方面发展了，像朱富那样，开几副眼镜片已经落后了，赶不上时代了，我要补上水晶工艺品这个缺口，告诉你啊萍萍——我们是同学嘛，也是亲戚……对别人我可不说，一个字也不吐，我去过几次县城的黑市了，那里藏龙卧虎都是能人，我挂上一个了，是个南蛮子，一嘴呢呢喃喃，全是鸟语，人家真正有实力，对我开发的工艺品很有兴趣，要全部包销。”

“真的呀，你都开发哪些啊？欣赏一下来。”萍萍等不及了，“看不出来啊二水！”

“还没有出成品，不过快了，我已经有计划了——南蛮子听了我的计划，两眼放光，鼓励我加紧干，先拿几件样品给他看。这不，我先弄个杯子玩玩，试试手，马上就开工了。”王二水指了下墙根的两个蛇皮口袋，“看到没有，我弄不少水晶来了。”

萍萍看到两个蛇皮口袋了。

通过几次接触，萍萍感觉到王二水变化挺大的，嘴里不少新名词了，什么巧雕啊，艺术啊，什么工艺品啊，还常常把玉雕厂挂在嘴上，看来他是真开眼界真长见识了。萍萍听了王二水一番话，也兴奋起来，从他手里拿过水晶杯子，凑进灯光里看，雕得确实不错，除了杯壁厚了些，别的都说不出毛病来，形状挺匀称的，底座和把子上还有勒纹。萍萍对着灯光又看晶体的结构，说：“这是块好水晶啊，做杯子太亏了吧……哦，看出来了，料子不是太纯，看看，这里还有一团棉……呀，这团棉絮像一幅画啊，看看看看，像不像一条飞龙？太棒啦，怎么弄进去的？”

“哪里哪里，我还没发现，看看来。”王二水也歪过头看。萍萍的头发就触到王二水的脸上了，肩也被萍萍的胳膊压着。两个人都浑然不觉，都一齐看杯壁里的图案了。还没有抛光的水晶杯的表面，毛茬茬的，杯壁上确实有一个栗色暗影，像腾飞的一条龙，姿态强劲、潇洒，龙爪都清晰可见。王二水说：“不错不错，有时间我再里外抛抛光，就更像龙了，它嵌在杯壁里，有立体感。萍萍你行啊，还真叫你看出花样来啦。知道吗？这就叫巧雕。”

“我就是瞎看看……还是你巧雕厉害啊。”萍萍不再对杯子感兴趣了，瞅瞅雕刻机，好奇地问，“你刚才怎么弄的？好像你坐着没动，灯就灭啦？”

“呶，看，机关在这里。”王二水说着，腿轻微一动，碰了下工作台的腿，“咔哒”一声，灯灭了，又“咔哒”一声，灯又亮了，“看到了吧，我的腿可以管制开关。”

“点子真不少啊王二水。”萍萍钦佩地说，“你怎么这么能干啊？手艺学精啦，将来可不得了，能不能教教我啊。”

“教你？”王二水说，“又要我教你，你不能学，你要考大学的，鱼烂沟的水养不下你这条鱼。”

“什么呀，你以为考大学像赶集那么容易？我也想上大学啊，可大学不想我，还是跟你学手艺现成，你得教我，什么都教，切割，打磨，抛光，特别是你雕刻这一手，不简单，我得好好跟你学学！”

“真想学啊？”

“真想，艺不累人嘛。”

王二水想想，说：“还是算了吧，搞水晶有风险……对了，你还玩彩色水晶球吧，我给你找一块蓝晶，这块蓝晶特纯，天蓝蓝的蓝，比你那块漂亮多了。”

王二水说着，从工作台上的一只小铁匾里，拿出一块柿子大小的水晶，递给萍萍。

萍萍接过水晶，说：“你还记得啊？那块蓝晶球也是你送的，送过就跑了……我已经不玩这些玩意了，你不说我都忘了，你要不要？五颗球，全送你……别打岔啊，寒假里也没事，我得跟你学艺！”

“学什么艺呀？好好读书考大学。”

“就要学艺，你先教我磨面，把一个圆珠，磨成三十二面的晶体。小时候我就不会，一磨就歪了，你得把我教会了。”

“这个简单，主要在机械上，调好规矩就行了，不要有技巧的。”

“调规矩也是技巧啊。”

王二水经不住萍萍的磨，还是教她了。

大堂屋里又响起尖锐的水晶和机械的摩擦声了。不知为什么，萍萍一坐到机器上，一接触那些冰凉的水晶，心情就特别舒畅，也特别安定，觉得比读书轻松多了，也比读书有趣多了。还有身边的王二水，感觉他成熟了，长大了，像个男子汉了，而且也想做事了，想认真做事了。真要这样，这个王二水可不能小看啊，将来准能闯的。

萍萍在王二水家一连学了三四天，一有空就跑来。有时还带书本来，因为王二水也不是每时每刻都在教她，他也要干活，雕些摆件，甚至在琢磨雕一件佛像，因为有一块水晶造型很像一尊笑弥勒佛。她以为一边看书一边能看他干活的，没想到根本不可能，一个字也读不进去。萍萍人大心大了，开始为自己的前途考虑了，考上大学当然最好了，首要任务就是考上大学。可根据她的成绩和几次模拟考试，成绩都排在全校后几名，如果没有超常发挥，上大学这条路已经堵死了，要是能和王二水一起搞水晶，倒是个不错的选择。但她又不甘心，辛辛苦苦这些年了，不拼一把对不起自己啊。萍萍知道分心了，这个寒假的学习计划全部泡汤了。不过能以此学到水晶雕刻的技术，也算是个小安慰吧。确实，可能是从小就和水晶打交道吧，萍萍上手很快，学得有模有样了，甚至还雕刻了一头小猪。这头肥肥胖胖的小猪，萍萍看来看去自己都笑了。最好笑的是，觉得这头小猪怎么有点像自己？她没敢说。就像小时候她看王二水家养一条狗，那条死毛灰堆的狗，眉眼，口鼻，还有神情，像极了王二水，她当时也没敢说。

夜行到鬼市

就要开学了。

二十多天的寒假眼一眨就要结束了。寒假里，萍萍十分充实，在王二水家学了不少水晶雕刻和造型技术，算是有理论有实践了，还自学成才地纠正了王二水几个错误的选择，比如王二水要把一块水晶雕个兔形的腰佩，萍萍看看水晶的造型和特征，建议他雕一只“金蟾望月”的摆件，因为这块水晶有土黄和玉白两色组成，过渡色也非常柔和，而且体量不小，仅仅做个腰佩，大材小用了。王二水想想，觉得萍萍的话有道理，就是不懂有没有“金蟾望月”这个词。萍萍说 :“我是高中生，你初中还没毕业，听我的，没错。”王二水就听她的了，还让萍萍在纸上画一个草图，照着草图，雕出来一看，果然精美绝伦，金蟾熠熠生辉，圆月皎洁玉润，萍萍为此也得意了好几天，还把这件艺术品带回家，给老扣和王阿妹欣赏一番。不过老扣可没有那个欣赏能力，他几乎没看就说 :“歪瓜裂枣的，这个东西值钱？谁要？”一句话，问的萍萍也不知道怎么说了。还有好几回，萍萍还心痒手痒地想把王二水切下来的边角下料收集起来，敲花石卖，毕竟可以卖点零花钱的。又一想，自己太小气了，尽想些小钱。这个寒假还发生一件让王阿妹一家都十分开心的事，在萍萍的建议下，王二水到老扣家过春节了，春节可是村子里最重大的节日啊，就连躲在地洞里不出来的老扣，也在年三十晚上出来和王二水一起喝了杯酒，年初一也歇了一天。

就要结束的短暂的寒假，萍萍并不像往常那样急于上学，相反，还产生了为难情绪，突然觉得读书是白费工夫了。她还从窗台上搬下那只木匣子，打开来看看。木匣里的五只水晶球，依然那么闪闪发亮，萍萍轻轻抚摸一会儿，想起从前经常出现的梦境。萍萍好久没有做那样的梦了，心里有些自责，也许是妈妈让她好好读书呢，没有再托梦给她了。萍萍赶快合上木匣，掸掸木匣上的灰尘，放回了原处。但是，当萍萍重新读书时，却怎么也读不进去了。

这天中午，萍萍到小屋里，从墙边木床上拿起一只破锅铲，"嚓嚓嚓，嚓嚓嚓"，对着洞口敲几下——这是吃饭的信号。洞口又堆上一圈新土了，新土是一种暗红色夹带着碎沙石的半潮土，是老扣一上午的劳动成果。老扣已经不局限于只在夜里开挖了，他是累了就睡，睡醒了就挖，不过夜里再把新土运到院子里是不变的。一会儿，竖井底部出现了一缕暗黄色灯光，萍萍看到，老扣移动着小马灯，先是露出头，又慢慢站起来了。老扣眯着眼望望萍萍，咧开嘴笑一下，又灭了马灯，这才拖出一只筐来，筐里是新挖的土。萍萍帮他把这筐新土提水一样提上来了。萍萍没等老扣顺着木梯爬上来，就跑到大门口望风了。大门虽然是柴门，经过几次加固，不仅结实，还密不透风，就算有偷窥者在门外偷窥，也望不见院子里的动静的。不过为防万一，萍萍还是到门后听了听，确认安全无事后，才朝小屋门挥一下手。老扣走出来，沿着墙根快速溜到了堂屋。萍萍也跟回到堂屋，她看老扣的脸上露出神秘的微笑，知道一切正常，便给洗脸盆里倒上温水。谁知，老扣不急于洗手吃饭，而是从怀里掏出一块水晶。老扣兴奋地小声道："见苗了！"萍萍和王阿妹都围上来看，这是一块六边形白晶，棱角分明，通体透彻，是鱼烂沟村老百姓最欣赏的水晶。王阿妹一把抢过来，看看，抱在怀里说："不会吧？感情没有白挖啊。"王阿妹眼里噙着泪水，张着大嘴朝萍萍笑，笑着笑着就哭了，两行眼泪顺着鼻沟快速流下来。老扣一把抢过来："你看看你看看，喜事啊，哭什么。"王阿妹擦擦眼泪，又笑了，她再次抢回水晶："谁哭啦？真是好水晶啊，我这辈子没见过这么好的水晶，多透啊，多纯啊，真是一汪水啊，要是放在水缸里，保证看不见了。"萍萍也激动了，她从王阿妹怀里接过水晶，这块水晶确实好，体量不小，至少有四五斤，长相也不丑，以鱼烂沟人的标准，属于极品，难怪王阿妹要哭了。萍萍也激动着，要放在水里再欣赏欣赏。老扣也很懂萍萍的心思，忙把准备洗手的盆端过来。萍萍说："呀，这是温水啊。"但也等不及要看看效果了，还是把水晶放进了水里，奇怪的是，像水一样的晶体，在水里发生了奇异的效果，洁白无瑕的水晶像像一颗超大的水胆，而荡漾在它四周的清水却显浑浊不堪了。一家人惊喜地看着，都笑颜如花，萍萍还用手撩起水，看看晃动中水晶的表现。

老扣家这顿饭吃得其乐融融，特别开心，像是又过一个年。

午饭后，萍萍去王二水家。萍萍有个想法，想叫王二水带她到水晶鬼市去看看热闹。一个寒假里，萍萍数次听王二水说起水晶鬼市，有时是顺嘴带出来的，有时是吹水晶鬼市的稀奇事情。萍萍读书的县中就在城里，她从王二水的嘴里，知道了水晶鬼市大致的位置，就在铁路北侧东海果园一带，一边靠近城区，一边靠近果园，交易方便，逃脱也方便（一头钻进无边无际的果园），是这么多年来自然形成的一个水晶交易市场。虽然有关部门多次打击取缔，也几经搬迁，但打击不久又死灰复燃，搬来搬去又搬了回来，所以，依然顽固地存在。因为都是夜间交易，且时间短暂（凌晨两点到三点半），所以称作"鬼市"。萍萍还大胆地想过，要是知道鬼市准确的交易地点，哪天半夜也去看看，瞧个新鲜，考不上大学，也许自己会加入他们的队伍呢。

王二水的各种水晶制品已经有些规模了，大大小小有十来件。萍萍每次来，他都要拿出来显摆显摆。这次他不仅显摆，还透露一个信息，夜里去鬼市。萍萍听了，赶紧说："鬼市在哪里啊？我跟你一起去。”

“你？”

“是啊。”

“半夜哦，不怕？”

“有什么好怕的？”萍萍坚定地说，“不怕！”

“步撵哦，十来里路。”

“就是步撵。”萍萍想都没想，“我都步撵好几年了，正好明天下午开学，早点到校。”

“好吧，只要你不怕，就带你去玩玩，见见世面。”

“什么呀？县城我没见过啊？就是想看看鬼市……看看你们这些鬼是怎么交易的。”

王二水乐了，他喜欢听萍萍开玩笑，当然更乐意和萍萍一起去县城赶鬼市了。

萍萍和王二水约定晚上出发的时间，就回家准备去了。

鸡叫头遍后，在鱼烂沟村的村西头，走出两个黑影，一出村就拐上了乡村土路，把黑黝黝的村落甩在身后。他们速度很快，像是一路小跑，黑夜里响起“嚓嚓嚓嚓”的脚步声。脚步声不像是走出来的，像是翅膀在飞翔。萍萍感到害怕，紧紧地跟着前边的王二水。王二水背着一只人造革黑包，包里是他雕刻打磨的工艺品，还有朱富托他带卖的八副镜片。朱富是晚上把镜片送给王二水的，他有固定的客户，只需二水交给对方再带回钱款就可以了，所以二水也愿意帮忙。萍萍也背着书包，书包里除了书，还有十八张煎饼。萍萍算好了，一天吃三张煎饼，早中晚各一张，周六晚上回家吃，一周六天，十八张足够了，有时早上不想吃，只吃半张。她包里还有一瓶咸盐豆，是王阿妹给她炒的，也是王阿妹的手艺好，她事先把黄豆用湿布擦一遍，再下锅炒，边炒边洒盐水，直至炒熟为止。

咸盐豆又香又咸，就煎饼一等。所以萍萍的包并不比王二水的包轻。萍萍跟不上王二水的脚步。萍萍每次上学放学，都是走在这条路上，她也走得飞快，可还是没有王二水快。萍萍几乎是小跑了。小跑也赶不上王二水，还被绊了一下，向前冲了好几步，不是她抓一下王二水的衣服，就摔倒了。王二水说："萍萍你小心，把脚抬高些，黑夜会绊腿。"萍萍说："你不是有小手电吗？拿出来用啊。"王二水包里有一把手电，那是在鬼市上用的，这会儿他舍不得，怕耗电。但萍萍脚底绊蒜，不好意思不拿出来，只好亮一下，灭了，又亮一下，又灭，像是鬼火。急走一会儿，王二水说："怕不怕？"萍萍说："刚才有点，现在不怕了。"王二水说："有点是多少点？"萍萍气喘吁吁地说："我也不知道……就是小怕怕。"王二水说："我一个人都不怕……叫你一说有点小怕怕，我也小怕怕了。"萍萍说："你怕什么？"王二水说："怕你给鬼拿了，我要保护你啊，夜这么黑，到处都是夜鬼，那边水库里还有水鬼，树上有树鬼，田里有地鬼，要是有人拽你腿，有人摸你肩，可莫回头啊，那是无头鬼要借你的头。"萍萍听了，心里害怕，嘴上还是不屑地说："少吓我啊，有鬼也先拿你……"萍萍虽这样说了，还是往王二水身边又靠近些，还故意重重地跺两下脚。突然的，凭空响起一声怪叫，"哇呜——"惊悚而恐怖，吓得萍萍腿一软，紧紧抱住王二水的胳膊了。王二水猝不及防，身体失去重心，差点摔倒，好在他腿上有力量，又努力站稳了。当萍萍弄清楚怪叫声不过是从王二水嘴里发出时，已经叫王二水紧紧抱住了。惊魂未定的萍萍知道是王二水故意吓她，她又突然扑到王二水身上，瞬间由惊恐变成害羞，感到很不好意思，脸上顿时火突突的，幸亏是黑夜，看不清脸红，否则一定是大红布了。不过萍萍没有立即脱身，而是揪着王二水，耳热心跳地要跟他拼命，接连打了他几下，大声说："吓死人啦！"王二水没想到萍萍反应这么大，只好讨饶道："怪我怪我……"

一路无话。

只有“嚓嚓”的脚步声，一步紧赶一步，像是背后还有人紧紧跟着似的，不多会就走到沙石公路上了。沙石公路宽敞了些，路边树木的影影绰绰淡漠了些，一步开外的王二水的身影也清晰了，萍萍的怕意渐渐消散，对夜行突然有些期待，期待什么也没有明确的目标，无边无际的，恍惚得很。

不多会就走到黑石岭上了，岭上的风大了些，吹在脸上凉飕飕的，身上却热烘烘出了微汗。往岭下没走多远，身后又响起动静，转身望时，两只大大的灯，渐渐刺眼，还伴有“嘟嘟”的喇叭声，是一辆大汽车。大汽车轰轰从身边开过去了，开过去就减速停到了路边。这是一辆“大解放”，草绿色的，虽然破旧了，却也不减当年的威风。

“石英粉厂的大汽车。”王二水对萍萍说。

萍萍知道乡里的石英粉厂、砖瓦厂、水泥制品厂都有一辆大汽车，但她分不出这些大汽车隶属于谁家。不过有大汽车停在身边说话，还是蛮自豪的。

大解放里伸出一颗人头：“上不上？”

王二水用手电照一下对方，说：“你呀！”

其实王二水并不认识对方。这是一个四十岁左右的人，浓眉，方脸堂，他显然讨厌王二水用手电照他，眯了下眼，阴阴地说：“上不上？”

坐在副驾驶位置上的那个人，使劲从驾驶员头边伸出半张脸，说：“王二水，老寇问你上不上，你他妈装什么死！灭了你的晦气破手电！”

萍萍一眼认出这张脸是谁了。这不是水晶收购站的小陈吗？萍萍小声告诉王二水：“水晶陈。”

王二水也认出水晶陈了，他惊喜地说：“陈会计……是你啊！”

“上不上？”老寇显然不耐烦了。

“上。”

萍萍扯一下王二水的胳膊，意思让他小心些。

“没事，”王二水说，“去鬼市的。”

王二水就和萍萍爬到了后车厢里了。让王二水和萍萍吃惊的是，后车厢里还半卧半躺着两个人，一个人裹着大衣，正抽着烟，一闪一闪的微光中，半眯半睁着眼睛，笑笑着说：“女的？”

“我妹。”王二水说，“她是县中学生。”

这个小插曲让萍萍想了很多，这辆解放牌汽车肯定是去鬼市的，难道石英粉厂的人也去鬼市交易？更让人难以相信的是，水晶收购站的陈会计也去鬼市了，而且显然和王二水非常熟悉（大约也就是王二水外流回来后才熟的吧），他从前可是兼县水晶管理所派驻公社的水晶管理员啊，还是“打投办”成员，也去鬼市玩水晶？更让萍萍有种异样感的是，王二水说她是他妹，“我妹”，说得多自然啊，呸，才不要做你妹妹呢。最让萍萍担心的是，碰到熟人了，水晶收购站的小陈算不算熟人？也许他已经不认识自己了，不然，王二水的谎言怎么自圆其说？

大解放一甩头，拐在县城边上的一个田间岔路停下了。不远处，县城的街灯笼罩着影影绰绰的建筑，整个县城还在安静地熟睡中。大家纷纷从车上跳下来，都不说话。萍萍也紧紧跟着王二水。包括那个叫老寇的驾驶员，大家自然形成一路纵队，从一个铁路涵洞钻过去，就是一片果园了。虽然还是冬天，果园还残留着香甜味。他们沿着果园悄悄前行，居然追上了几个人，又有人从果园里钻出来和他们会合，队伍渐渐扩大起来。又急走一会，王二水落后半步，小声对萍萍说：“到了。”

鬼市怎么个鬼法，黑市怎么个黑法，萍萍一点概念都没有。王二水说到了，萍萍才发现四周确实“鬼异”，鬼吹灯一样，人来人去的人都没有个人样，个个鬼鬼祟祟，人人獐头鼠目，不是左顾右盼，就是心猿意马。反正没有一个人是正常的，头上恨不得长一圈眼睛，谁对谁都不信任，谁对谁都怀疑。但萍萍能感觉出来，在他们低声耳语中，挤眼皱眉中，互相推搡中，生意不停地做。萍萍还看到水晶陈了，那个一闪一灭的手电光中，水晶陈的脸色白煞而阴森，他正在和一个矮胖的中年人讨价还价（萍萍的感觉），嘴巴的张张合合，表情的深深浅浅，都是夸张的。在萍萍的印象中，水晶陈不是这样的，别人对他的称呼很多，水晶陈，小陈，陈会计，哪一种称呼都不像现在的样子。现在的水晶陈完全不是水晶收购站那个讲话文绉绉的小陈了，不是那个高人一等的陈会计了，更不是那个受人尊敬的水晶陈了，他和鬼市融为一体了，和鬼市的其他人不分上下了。

萍萍不做生意，也没机会靠近那些生意人，她悄悄观察着，这里既不是城里的街道，也不像乡村集市，地形更是离奇，在县城东边的一个土沟里。土沟上边也就是东边，是一大片果园。这是个好地方，果园和县城都近在眼前，便于疏散。南边和北边则是开阔地。城里的灯光照在南北的那片开阔地上，无遮无拦，又不十分明亮，土沟里的人能一眼看穿很远，就是跑来一条狗也会看清楚。

王二水在人群里挤动着，像是在找什么，他手里的小手电不时在萍萍脸上照一下。萍萍知道他的意思，便不远不近地跟着。

在一个桥洞下，王二水对一个黄大衣的人说："来啦？"

黄大衣没说话，他吐掉嘴里的烟头，看萍萍。

"我妹，来玩的，我妹在县中念书，今年考大学。"

黄大衣才把一只袖珍手电咬在嘴里，在一个土坎边蹲下来："抓紧。"

王二水也蹲下来，从包里取出一团破报纸，把报纸团放在地上，小心打开来，里面还有一层一层包裹好的小纸包（那是怕镜片互相摩擦的防护措施）。黄大衣利索地拿起一个小纸包，打开来。小手电亮了。在亮光下，萍萍看清是一副眼镜片。萍萍看黄大衣的眼睛盯着镜片，很仔细，眼睛里有个亮点，犀利而鬼魅。王二水小声说："放心，都是 A 货。"黄大衣不再看，也从滑落在胸前的包里，取出一个报纸包，递给王二水，说："两条。"萍萍也知道，两条就是二百块钱。王二水打开来一个角，是两叠厚厚的人民币。王二水把钱包好，放进自己的包里。黄大衣像是想起什么，在把镜片放回包里时，又取出一个小纸包，说："这副不行，退了，你跟朱富说一声，莫怪我。不用退款了，下次多给一副。"王二水也不说话，接在手里，对方就迅速离开了。

王二水完成了朱富交派的任务后，赶快转回身，又寻寻觅觅地张望。萍萍知道，他是在找人，他的那些水晶工艺品，还没有出手，那个和他约好要看货的人肯定还没有出现。萍萍不免担心起来，怕那个人不会来了。萍萍不敢说，她看到王二水转动身体的频率在加快，知道他心里肯定是焦急的。萍萍也焦急啊，王二水干了一个冬天，费那么多工夫琢磨各种雕件，就是想那个"南蛮子"把货带走的——居然没来，太让人失望啦。

"是不是地点不对？"萍萍忍不住说。

"不会错，这儿有个破桥洞。"王二水声音又很小地嘀咕道，"妈的……说好的啊……"

正是凌晨气温最低的时候，萍萍感到有些冷了，把大围巾拿下来，重新包好头。

王二水看看她，眼睛继续望着别处三五一堆扎在一起的人群，还有窜动的、鬼魅的人影，无心关怀萍萍的冷，感觉他要等的人不会来了，也觉得在萍萍面前丢了面子，心情很坏，口气不悦地说："叫你别来别来，有什么好看的？你非要来，看到什么啦？冻死了吧？"

“不冷……”萍萍听出王二水的焦虑，真心同情他。鬼市上的人影渐渐稀少了，王二水被人放了鸽子，心里肯定难过。萍萍也不知怎么安慰他，只往他身边凑近些，也十分的失落。

王二水没再搭理萍萍，他拉开包，伸手在包里摸摸，简单整理一下，把包挪在胸前，重重叹息一声。

“鬼市要散了，狗日南蛮子没来，老子叫他骗了。”王二水终于还是发泄了，“下次别叫老子碰见，妈的，非把狗日的活埋了不可！”

萍萍也是安慰，也是替“南蛮子”讲情，轻声道：“可能有事没来成吧？”

“不等了，走，我送你去县中。”

萍萍还想再等等，但她知道王二水更了解鬼市的规律，就跟着王二水走了。几步就到了果园边上。果园边上有条壕沟，很深的壕沟，一丈多深，几乎呈九十度，要是掉下去，就别想爬上来。壕沟上有个临时搭的吊桥，几根绳子扯在壕沟两岸，上面搭着木棍当桥板，就像一个大摇篮。王二水说：“从果园里走，安全——我包里有东西的。”

萍萍听懂了王二水的话，“嗯”一声，紧跟着他走上了摇摇晃晃的吊桥。

刚走到吊桥中央，就听到桥洞方向的鬼市突然乱了，接着便有纷杂的脚步声，短促的惊叫声，鬼市瞬间乱成了一锅粥，许多黑影向吊桥狂奔而来，大声呼叫和打杀声也轰然响起。王二水和萍萍迅速穿过吊桥。萍萍不知道发生了什么，想停留看看，却被王二水一拉，钻进了果园。王二水拉着萍萍在果园里疯跑一阵，萍萍的围巾都被树枝刮掉了。萍萍找回围巾时，大喘地问：“怎么啦？”王二水也“呼哧呼哧”地说：“出事了……真险啊……”萍萍又问：“出什么事？”王二水说：“什么事都能出……抢劫的，冒充工商的……别问了……你一个人能回学校？”萍萍吓得小腿肚还在抖，环顾一下四周，除了冬天的一棵棵果树，还有黑黝黝的天幕上一眨一眨的星，什么都没有。萍萍说：“迷路了……”王二水叹气地说：“真是累赘啊……好吧好吧，我送你去。”萍萍也不说话，跟在王二水身后，躲着不时撞到面前的树枝，忽而弓腰，忽而侧身，又是急行一阵，终于走出了果园，走上一条铁轨。

他们顺着铁轨走进了县城，走进了灯光映照下的街道。萍萍这才看清了王二水的面目。王二水不说话，闷着头在前边走。他们正行走在通往县中的街道上。

朱富的阴招

王阿妹家的院门突然发出响声，这是被撞击、被扯动的声音，柴门摇摇晃晃的，随时都会被撞开。

老扣正在小屋里睡觉，被撞门声惊醒了。

自从洞里出了水晶后，他信心大增，劲头更足了。地洞已经挖了三四十米长，照这个速度，再有半月二十来天，就能挖到南岗嘴了，说不定没到南岗嘴，就能挖出一大堆上等水晶来。所以老扣浑身是精神，这天又几乎干了一夜，直到天蒙蒙亮时才睡下来。老扣神经敏感，睁着眼睛都能睡着，风吹草动都能听出来，何况这么重的撞门声呢，这是成心要把门拆散啊。老扣披衣起床，跨步就蹿到门边，从门缝望出去。由于角度不对，老扣使劲歪着脸，也只能望见半边院门。就是这半边院门，已经在剧烈颤抖了。谁这么大胆？谁敢一清早踢踹人家的门？一定来者不善，说不定就是冲他挖水晶的，谁呢？虽然“打投办”的人好久没有出动了，事实上也名存实亡了（连公社都改成了镇，许多机构改没了）。但水晶开采一直没有放开，还是国家控制，水晶管理所、公安、工商，哪个部门都能管。门口这么大动静，是不是从前的执法小分队又死灰复燃啦？完全有可能啊。老扣心里又急又慌，火烧火燎地向堂屋门望去，希望王阿妹快快起来，快去应付啊。堂屋门也只能看到半扇，他歪着脸看过去，陈旧的木板门还是紧紧闭着。太阳都这么高了，王阿妹睡死啦？这么大动静都听不见？老扣恨不得自己冲出去。

王阿妹到底还是没有睡死，板门“咔啦”一声开了，王阿妹一边穿棉袄一边往外冲，嘴里变了腔地喊 :“谁……谁家没人管的……来啦来啦……”

对方消停了，不再撞门了。

跑到门边的王阿妹没有立即开门，而是用肩膀抵在门上，警觉地问 :“谁？”

“我。”

王阿妹一听声音，油煎一样紧张的心一下子松弛了，不是什么执法小分队，也不是什么危险分子，居然是该死的朱富。王阿妹气不打一处来，狗日的，这朱富太眼中没人了，直接就想破门而入，真是色胆包天。王阿妹本想破口大骂，又突然觉得不妥，旁边小屋里的老扣，说不定正从门缝里窥探呢，得沉得住气，小心应对，便压着嗓门，问 :“做么？”

“放门啊阿妹，让我进去……”

“不行，说过我家你不能来的，快死走！”王阿妹闷着声说。

“我都叫你半天了……你装死不开门……你家破笆门真他妈结实……撞了半天也没撞开。开门啊阿妹，急死我啦……你真要急死我啊？”朱富的声音小而急促，呼哧呼哧的喘粗气，能想得出他急吼吼的孬种样子。

“谁听见你叫门啦，你叫什么门啊……快滚！”

“不滚，就要进去。”朱富固执地说。

“把门都弄坏了……”

“坏就坏，你这个破门，坏了老子赔！”

朱富又撞门了，这次他用力更猛，“碰碰碰”，一下比一下重，在他不断地撞击下，门轰然大开，朱富一个趔趄跌进来，差点把王阿妹撞翻。

王阿妹真急了，如果阻挡不了朱富，不仅暴露了老扣挖水晶的天机，很可能她和朱富的肮脏事也败露了。狗急会跳墙，兔子急了会咬人，何况王阿妹骨子里也不是善茬，她从未爆发如此大的能量，在被朱富冲撞一下后，疯一样地跳上去，闭着眼，张开的两只手像两只大猫的利爪，向朱富的脸上没轻没重地抓去，嘴里还发出尖利的怪叫："跟你拼跟你拼跟你拼跟你拼……"

朱富本来就没有站稳，突然遭遇如此猛烈的袭击，人整个蔫了，脸上、脑门上瞬间挂下横七竖八的血痕和一条条皮肉，毫无招架之力，像小丑一样直往后退仰，又差点被身后的一堆新土绊倒。

王阿妹上纵下跳没头没脑地乱抓乱搔，吓得朱富连滚带爬地逃出了院子。

懊悔、愤恨的朱富，捂着大花脸在村街上瞎闯一阵，不敢回家，又怕被人看到，像没头苍蝇一样，一头钻进了胖丫家。

不是阴天下雨，家家过日子，平时都会有这样那样的家务事，胖丫家的牌局就不是每天都有，要是有好赌之徒吆喝了，才会凑一桌。这天大清早，胖丫家还没吃完早饭，两个孩子正为一碟咸菜离谁近而争执打骂，胖丫调解不成，干脆每人脑门上给了一筷子，这才镇压了内乱。胖丫刚喝两口稀饭，被突然闯进的朱富吓了一跳，再看朱富花花绿绿血肉模糊的脸，猜是叫他老婆郝大嘴打的，胖丫哈哈大笑起来。两个吃饭的孩子也扶着碗筷傻笑。胖丫家的房门边上挂一只跑了水银的镜子，镜子上虽有裂痕，不影响看他的脸。朱富在胖丫和孩子们清脆的笑声中，只朝镜子里看一眼，心里"咯噔"一下就坍了，这张脸怎么见人啊。胖丫脸都笑红了，都笑得喘不开气了，隔着棉袄，都能看到胖丫身上乱颤的肉了。朱富闭闭眼，忍了忍火辣辣的疼痛，说："你看你笑的……好笑啊？"胖丫憋着笑，说："不笑还能哭啊？你去打野食，整夜不归家，痛快了，郝大嘴不痛快，大嘴怎么没把你鼻子给撕下来？脸都不要了还要鼻子有鬼用啊！"胖丫的话提醒了朱富，对呀，就说是和大嘴闹架了，好歹也能掩饰过去，只是大嘴能承认吗？权且先这么说吧。朱富哭笑不得地说："被自家熊女人打成这样子，我没脸见人了，在你家先躲躲吧。"胖丫说："你家里闹仗躲我家啊？算个啥啊？别惹我一身骚啊，快滚快滚！"朱富求饶道："我这样子能上哪里啊？在你家想想主意好吧？"胖丫说："我怕大嘴打上我家门来啊，你躲哪里不行啊？要不，还是躲你那野女人家去，叫她给你养伤，正好还方便那个……"胖丫看看吃饭的两个孩子，把要说的脏话咽了回去，也不再笑了，而是气狠狠地瞪着朱富。朱富没法多解释，也不敢提王阿妹，怕胖丫吃醋，只好装死不吭声。但胖丫却不依不饶，小声骂道："我早就知道王阿妹那张贱货，早知道她来看牌就没有好事，你说你朱富也够孬种了，趁人家男人外流，就去打野食，你说你要霸占多少良家妇女啊？还好，还好还好，你家大嘴明大事识大礼，救你了，要不然，断胳膊断腿掉脑袋都不知道为什么？"朱富听胖丫话里有话，问："为什么？"胖丫用鼻子笑一声："为什么？你说为什么？你真傻还假傻？看你这些年吃了多少冤枉饭，你以为人家没有男人啊？"胖丫的话提醒了朱富，朱富眼珠子转几圈，前前后后一想，突然开窍了，心里凉了半截，妈呀，差点死王阿妹手里了，这女人真毒啊，原来老扣外流是假，在家挖水晶是真，怪不得年前要修墙头，把墙头修那么高，怪不得天天把门关那么紧，怪不得王阿妹下手那么狠……对呀，她家院子里、墙根不是堆了许多新土？幸亏临逃时多看一眼，朱富的脑子里突然亮了。朱富吃惊地看着胖丫，佩服又抱怨地说："真神啊姑奶奶，你怎么不早说！"胖丫其实并没有朱富想得那么聪明，她说王阿妹家有男人，是指她弟弟王二水，没想到说者无意，听者有心，她的话让朱富恍然大悟。但对朱富的夸奖，又糊涂了，什么不早说啊，难道他不知道王二水是王阿妹的亲弟弟？胖丫说："你眼瞎啦？看不见啊？"朱富冷笑一声，说："妈的，老子还是猪脑壳子，老子应该想到王阿妹使了障眼法……好啊，老扣啊老扣，你他妈千算万算还是少算了一算，哈哈哈，早上算是老子的火力侦察，火力侦察，哪有不受伤的？既然这样，就不怪老子不客气了！”朱富的话让胖丫莫名其妙，胖丫继续调侃说：“海了海了，这人被打痴了，真成大花痴啦？满嘴说胡话啦！”朱富没有理会胖丫的话，他拿一张小板凳，坐下，说：“不是胡话，你忙你的，让我想想。”胖丫又看一眼他满脸的伤痕，突然心疼地说：“你想吧，我去把猪喂了，等会有人来看牌，要招呼他们呢，看你这样子怎么见人。”

在胖丫忙活的当儿，朱富的脑子里像过电影一样，把年前年后和王阿妹接触的细枝末叶都重新过了一遍，越过越清晰了，老扣确实哪里也没去，确实在家挖水晶了，这个老奸巨猾的家伙，差点叫他蒙了。朱富对老扣家院子的地形了如指掌，四间宅基的宽度，盖了三间屋，两间主屋，住着老扣两口子，单独开门的那间住着萍萍，老扣不会在这两处主屋里挖水晶的。另两间东屋，一间是烧锅屋，另一间曾是老扣的“地下车间”，老扣肯定在“地下车间”里挖的，没错，老扣不会在院子里开挖的，虽然围墙新修过了，在院子里还是不能保证守得住秘密。确定了老扣挖水晶的方位后，朱富特别激动，脸上的疼痛都减弱了。

胖丫喂完猪，打发孩子们出去玩了，才腾过嘴对朱富说：“幸亏伤了脸，要是伤胳膊断了手爪，小牌都看不起来了——等会有人来，你还看牌不？”朱富说：“我这样子怎么坐上牌桌啊？胖丫，你安小牌局也挣不了几个屁钱，我给你出个发财的主意，想不想发财？”胖丫使劲白一眼朱富，骂道：“狗日才不想发财了！不想发财你天天弄什么水晶？有屁快放！”朱富小声道：“你不是知道老扣躲在家挖水晶嘛——你张什么嘴啊？不是你说王阿妹家有男人的吗？多亏你提醒，我也算出来了，老扣就在他家东屋，像老鼠打洞一样，偷偷摸摸已经挖了个把月了，他家院子里堆了许多新土，我亲眼看见的，肯定挖到水晶了，见眼有一份，只要你想办法到他的水晶洞里视察一番，你就跟着吃喜面发大财啦！”胖丫听了朱富的话，非常吃惊了，原来老扣真没有外流？原来老扣真在家挖水晶啦？她也听说过类似的事，库北村有一户人家，在床底挖个洞，把隔壁人家宅基地下的水晶偷挖了，两家还因此大打出手，差点闹出人命。但就算是要出人命了，两家也没有经官，还是私了了，好处各半。但是她怎么能看到老扣家的水晶坑塘呢？他家可是天天关门上锁的啊。胖丫脸上的神情由惊喜，渐渐过渡到为难了。朱富说：“你莫为难，我有办法，我用二两酒，把王阿妹灌醉了，你拿了她的钥匙开门直接去她家……”胖丫没等朱富说完，就抢话说：“你不怕大嘴把你鸡巴撕下来蘸盐喂狗？还敢和王阿妹喝酒！”朱富说：“没事，我有办法，不过你得配合好。”胖丫说：“我人都交代给你了，你爱怎么摆布都行！”朱富又压低嗓门，把设计好的计谋，一五一十地讲了一遍。胖丫一边听一边撇嘴，脸也忽红忽白，忽娇羞或愤怒，或窃笑或鄙视，还时不时拧一下朱富的手，拧得朱富的手没处躲没处藏，最后，朱富把双手背在屁股上，还是被哈哈笑的胖丫拽出来，狠狠拧一下。朱富的手背上也是红一块紫一块了。

朱富从胖丫家离开的时候，头上多了一顶蓝布的三块耳棉帽。这顶帽子太破旧了，可能是胖丫的男人从前戴过的，有几处还露出星星点点的烂棉絮。虽然已经脏得不成样子了，但宽大的帽耳朵可以很好地包住朱富挂满血痕的脸，虽然看起来有些怪异，也强比满脸的花花朵朵被人瞧见了要好看些。朱富躲着村上的人，七拐八拐才走到家里。

郝大嘴一看朱富的装扮，吓了一跳，赶上来一把扯下他的帽子。朱富脸上的伤痕更是吓坏了郝大嘴，她叫一声“亲妈啊”，便问是怎么回事。朱富哭丧着脸，挤几点眼泪下来，说是到胖丫家准备看小牌，叫王阿妹打的。郝大嘴也不是傻瓜，看小牌就看小牌，怎么会打成这样呢？她也不是没看过小牌，闹什么仗呢？而且是一大早，便狐疑地说："你是想占王阿妹便宜的吧？"朱富说："我占她便宜？你瞧瞧她那张晦气脸，弯得跟初三的月牙一样，哪里像个女人？我不过是说了实话，她就骂我瞎嚼蛆，不问青红皂白，上来就把我打成这个样子了，胖丫可以作证……胖丫怎么拉架都拉不开她。"郝大嘴说："真的？真是王阿妹打的？妈呀，这张货哪来这么大本事？下手这么狠……那你说说，你是什么话惹了这张货的？"朱富说："就说她家老扣在家挖水晶嘛，对了，胖丫看到老扣了，老扣没有外流，在家挖水晶，满院子都是新泥土……我就是想开个玩笑，她就破口大骂，就扑上来了，那个凶啊……"郝大嘴白他一眼，说："打你不屈，好好的，你管人家老扣干什么？谁挖水晶愿意叫人晓得啊？你也不是没挖过，活该！"朱富心中暗喜，他的谎言起作用了。郝大嘴太了解朱富了，对他的话还是怀疑："你的话是真是假还说不准呢，胖丫就没拉架？算了，我也不找胖丫对证了，你跟胖丫不干不净这些年了，都合穿一条裤子了。我找王阿妹对证，看你是不是想占人家便宜，要是错在她，我把她按倒了让你干三天三夜，要是错在你身上么，嘿嘿，等你脸上的伤好了，我再给你补上！"郝大嘴的话再一次让朱富窃喜，她果然入套了。朱富说："你要替我报仇啊大嘴……"郝大嘴也情绪激动地说："我这就去！"朱富拦住郝大嘴，诡异地说："大嘴，你打算怎么办？我倒是有个主意，跟你合计一下，你看呀，我已经被打了，最多再打回来，但我脸上的伤还是伤，疼还是疼，解恨也不值钱，再说了，真砍实杀，你也不一定是王阿妹的对手。我倒是有个主意，咱不如骗她来家……"郝大嘴阴阴地笑了："我就知道，你还是想操她。"朱富说："不不不，你误解了大嘴，我是把她骗来家喝酒的，把她灌醉，解下她裤腰上的钥匙，去看她家的水晶洞，老扣家肯定出大水晶了，见眼有一份啊大嘴！"郝大嘴说："王阿妹会来咱家喝酒？你做梦吧？她不是刚打了你？”朱富说：“我请不来，我说破她家挖水晶的事了，她肯定还没消气，你去也请不来，让胖丫去请啊……你别翻白眼啊，都什么时候啦，不就那点事吗？让胖丫这么说，就说朱富认错了，不该乱讲话，不该嚼蛆嚼舌头根子。朱富知道错了，两口子想赔个不是，这不，在家里备了酒，请你赏个脸，去喝一杯。”郝大嘴说：“她能来？”朱富说：“这就看胖丫那三寸不烂之舌啦。”郝大嘴转转眼珠子，无奈地说：“妈拉个逼的，你他妈还是和胖丫搅和到一块了，我也是贱，也上她家看了几回牌，算了算了，算我命苦……”

后岭的意外

王阿妹把家里的院门修好了。王阿妹在修门的时候，心里忐忑不安，老是惦记着小屋门后的那双眼睛——不用看，不用问，老扣肯定在望她了，也在琢磨她了。她觉得和朱富拼命太正确了，这一拼，拼跑了朱富，掩护了自己，也给老扣争了面子。同时她也隐约开始害怕。她知道朱富是个什么东西，万一他翻眼乱咬人，把他们之间的丑事张扬出来，她就彻底完了。但一想，朱富也不敢，他不怕郝大嘴跟他闹？不要脸也不能到这个地步吧？他不是狼狈逃窜了吗？他还是怕了。

门其实并没有坏，只不过是里面的门闩被撞断了，她找来家里的捶衣棍，别了进去。不过在朱富的撕扯和撞击下，柴笆还是严重变形，严重松动了。她也没有好办法，重新修柴笆也没有必要，整理整理，费点时间就弄好了。整理好柴笆，王阿妹还不愿收手，磨磨蹭蹭的，心神不定的，手上还时不时地颤抖，心里也一直没有平静下来，刚才的那一幕太激烈太血腥太惊悚了，想想还后怕。她要平静平静，再平静平静，她知道一收手，就得回到小屋里，就得面对老扣，老扣肯定要问她，朱富怎么来啦？朱富为什么来砸门？她怎么回答？她连谎言都没有想好。

老扣坐在小床上，越想越蹊跷，一大早，朱富来砸什么门呢？难道挖水晶的事被他知道啦？朱富心眼有九箩筐，他是闻到了院子里的湿土味、水晶味，还是有人给他透漏了风声？都有可能，朱富长年累月和水晶打交道，村子里谁家有一点异常，他都能闻到气味，都能掂出斤两。王阿妹不是在胖丫家看小牌吗？看牌人个个鬼精，王阿妹一不留心，就能在语言上露出破绽。还有王二水，就不该让他来家里修墙头，这小子外流好几年，刚回来不久，接触的人三教九流，脾气变成什么样也号不出来，就算他跟朱富告密也有可能。最让老扣担心的，还是王阿妹表现出来的过激反应，是不是太凶啦？老扣看得清楚，王阿妹撒泼发疯的凶狠打骂，够朱富受的，朱富脸都花了。打人不破相，骂人不揭短，朱富吃这么大亏，能饶了王阿妹？这也是老扣最忌惮的。老扣刚才还从门缝里看看满院子堆的泥土，墙根堆厚一点，大半人高的泥土，缓慢地平摊过来，基本上摊满了一个院子，朱富肯定看到了，他看到心里就有数了。王阿妹如果不是拼了命把他打走，如果能好好说话，劝退朱富，事情可能还有缓冲的余地，大不了出出血，拿水晶堵死他的嘴，让他闭口。这一打，一破相，可能不好收头了，弄不好，朱富往上面刁告一状，就吃不了兜着走了。

再说王阿妹，打盹装不了死，她知道很难自圆其说，但也得面对现实啊。

王阿妹心里越想越乱，越乱越没有主意，发了会呆，还是推开小屋门。王阿妹本来没准备哭，可一见到坐在床上的老扣，突然哭了，哇里哇啦，哭得痛快淋漓，五味杂陈。

老扣嘴里“咂咂”几声，安慰王阿妹说：“有什么好哭的？朱富就那点心思，无非想捞点小便宜，见眼有一份，就算他没见眼，咱也认这壶酒了，大不了挑块好水晶，送给他，吃人嘴软，拿人手短，谅他拿了水晶，也不会举报我了。”

王阿妹听明白了老扣的话，不但没有止住哭，反而哭的更凶了，更遏制不住了，眼泪就像发大水一样，满脸横流。老扣越劝越来劲，怎么也劝不住她。就在这时，又有人喊门了。

老扣先是一愣，马上又听出来了，是王二水，王二水在喊门。

他怎么来啦？王二水在这时候来，是巧合还是事出有因？莫非朱富的闯入，和王二水真有关联？

王阿妹也不哭了，她像见到救星似的，抹两把泪，望着老扣。

老扣说："看看去。"

王二水带来一个非常不好的消息，大队部门口停一辆三轮摩托警车，有两个穿公安制服的人进了大队部，不知什么事。

王二水面色慌张，也没有久留，提醒一下就赶快离开了。临走时告诉王阿妹，他去后岭躲起来了。

王二水走后，老扣小眼珠转几圈，心想，公安来了能有好事？叫王阿妹也赶快走，锁好门，也到后岭去躲躲，天黑再回家。王阿妹担心老扣。老扣说："现在情况不明，警车也许不是来抓我的，村里都知道我外流了，朱富就算闯进来也没有看到我，你锁好门，尽管去后岭，找个坑塘趴进去，躲到天黑再回来，只要抓不到你，谁还能破门而入？"王阿妹也猜是朱富举报的，心里恨透了他。就锁上门，多套一件衣服，揣上两块煎饼，沿着弯曲而僻静的小路，左躲右闪，在后岭找个坑塘趴进去了。

王阿妹并没有躲到晚上，因为中午过了不久，她躲藏的地方就暴露了，发现她的正是朱富。朱富站在坑塘的边上，"嘿嘿嘿"地怪笑着。

王阿妹选择的是个较浅的坑塘，她在朝阳的地方摊开身体正晒太阳呢，突然的，她就看到上方一个怪影了——朱富的三块耳棉帽把脸都包了起来，脖子里还有一条怪异的女人的紫红色方巾。王阿妹一眼没认出来，以为遇到了鬼，加上对方嘴里发出的"嘿嘿嘿"声，吓得她怪叫着抱住了头。等她反应过来，偷眼再看时，发现对方正往坑塘里撒尿，一条黄线"哗哗哗"地滋在离她不远的地方，砸起一股小小的烟尘，对方还不要脸地抖着腿，说："晒吧晒吧，晒晒香。"王阿妹听出是朱富的口音了，又惊又纳闷，他怎么会追踪而来，还流氓地当着她的面撒尿？王阿妹不知底细，慌乱地看着他。朱富穿好裤子，开腔了："阿妹你胆子好大啊，看你把老子打的，老子没脸见人了，你快活了吧？说吧，这笔账是文算还是武算？"王阿妹从他的声音里听出了话外音，勉强笑一下，说："怎么算？由着你呗，文算也行武算也行。"朱富纵身跳进坑塘，踢一脚王阿妹的屁股。王阿妹缩缩身体，想爬起来，还没有直起腰，又被朱富踹个猪吃屎，重重地趴到地上。朱富也不说什么，纵身骑到她身上，把她翻过来，"哈哈哈"笑几声，掐住王阿妹的脖子说："先跟你武算，怎么样？老子把你掐死都没人晓得，你信不信？"但他并没有掐死她，而是解开她的棉袄了，两手在她胸部乱掐。王阿妹躲不过去，喘着气说："这算是……文的武的你一起算好了……"朱富也不说话，三下五除二就把她扒光了……

朱富四仰八叉地晒着太阳。到了这时候，朱富还没有把三块耳棉帽的带子解开来，还死死地捂着脸，把脸上的伤痕遮住。他懒散地眯眯着眼，嘴里哼哼着小曲："大奶子香啊小奶子香……"

塘壁上有一些碎小的石英，发着各种光。塘的底部，散落着一窝大小不一的石英，大的有拳头大，小的有鸡蛋大，大约是从塘壁下滚下来的，一些陈年的枯草，倒伏在石英石上。

王阿妹背对着朱富，整理身上的衣服，她听不得朱富的唱腔，在扣棉袄扣子时，错位了一个扣子，解了重扣，又错了，如此三番，才把棉袄扣好。王阿妹不想看身后的朱富那副享受的嘴脸，又似乎有话要说，待了会，没头没脑地来一句："是你把人叫来的？"她以为朱富听不懂。朱富不但听懂了，还自得其乐地说："是啊，老子在大队部，还陪他们喝酒了。"王阿妹没有闻到朱富身上的酒臭味，知道他又吹牛了，想套他的话，便说："喝驴尿啦？"朱富说："好说不好听，什么叫驴尿啊？你家酒都是你尿出来的？桃林大曲好不好？喝了六两桃林大曲，过瘾啊……狗日的王所长喝了一斤，醉了，醉得跟鬼一样，在大队部睡下了，我操他妈的，估计晚上还要陪他喝，看老子喝不死他！敢上鱼烂沟来逞能……差点把老子的尿吓到裤裆了。”王阿妹明知道他句句鬼话，还是附和道：“逞能？你不去大队打电话，他们能来逞能？能把你尿吓到裤裆里？”朱富哈哈大笑地说：“哈哈阿妹，你真好骗，我打屁电话啊……阿妹我给你笑死了，老子是逗你玩的，你也相信了……我跟你一样，也是看到警车才躲进来的。”王阿妹假装吃惊地说：“啊？这样啊……你又骗我……”朱富又开心地哈哈大笑了：“这回不骗你，这回是真的……老子刚才真是逗你玩的，哪有酒喝啊，估计他们在大队喝了，喝吧喝吧，醉死了拉倒！对你说啊阿妹，老子听说派出所的摩托车来了，就跑到后岭了，刚躲好，就看到你也上来了，你说是不是老天安排的？安排咱俩在后岭野战八百个回合……哈哈哈……没事了，警报解除了，老子看到摩托车开走了，要不，我才敢来找你啊，我操，在这里睡你才真叫舒坦……舒坦啊阿妹，对你说啊，晚上到我家喝酒——我请你，老子已经安排大嘴弄几个好菜了，庆祝一下——派出所的人扑了空，要庆祝啊。”王阿妹听明白了，派出所的摩托车走了。但她还是放心不下，老扣还不知道平安无事啊？王阿妹急于回村，急于回家，对朱富说晚上要喝酒也一时迷惘，什么庆祝啊，这有什么好庆祝的，明显假话吗，不知他又捣什么鬼，也许喝酒是假，报复是真，想想也害怕，她把他打成那个样子了，还请喝酒，鸿门宴吧？别是他自己不好打回去，趁喝酒时，让郝大嘴报仇，把她脸上也打成大花布，朱富可是什么事都能干得出的，刚才那种疯狂劲也不正常，比挖到大水晶还用力，就像捣蒜一样，恨不得把蒜臼都要捣穿了，明显就是泄恨么。王阿妹说：“喝什么酒啊？我有事，得回家了。”朱富说：“急什么啊，回家也是你一个人，这儿背风，还有太阳晒着，多舒坦啊，天黑后再走，不用回家，直接到我家喝酒。”王阿妹说：“不会喝，你自己和大嘴喝吧。”王阿妹说着就要起身。朱富一个挺身跳起来，大声说：“什么不会喝啊，喝酒还会不会，会吃饭就会喝酒，往肚里灌就行了……请你喝酒又不是喝药，就算是喝药，喝敌敌畏，送到医院抢救也来得及，怕什么？”王阿妹听出朱富话里的狠劲了，不敢吭声，也不敢看他。她感觉到了，什么喝酒啊，明显是个套啊。王阿妹不傻，决不能上这个套，不能去他家喝酒，去就死定了，就是不死也蜕层皮，王阿妹心里怕起来，有些央求地说：“我还是要回家……家里真有事。”朱富听她口气，又缓和地说：“家里有屁事啊？老扣又没在家挖水晶……早上也怪我，太莽撞了，不该弄坏你家门。”王阿妹心想，终于摊牌了，终于说起早上的事了，好吧，冤有头，债有主，该来的躲不去，该去的等不来，豁出去了。王阿妹也直说道：“早上的事怪我……我……我也是怕人家说闲话。”朱富说：“不怪你，我哪能怪你啊，你以为把我打伤了，我就怪你啊？错，怪我就是怪我，晚上请你喝酒，也算是对你赔不是。”王阿妹听出他话里的阴阳怪气了，他还是紧紧盯着晚上喝酒的事，心里越发地后怕。朱富转到王阿妹的面前，抱抱她，涎着脸说：“再坐下玩会么，瞧瞧太阳，一会就要落山了。”王阿妹只好再次坐下来。

突然响起一阵噪杂声，像是很远，又像是不远。

王阿妹紧张起来。

朱富也面色凝重，他看一眼王阿妹，说：“你别动啊，我望望去。”

朱富爬到塘沿，慢慢伸出头。

王阿妹哪能待得住，也爬到他身边，也慢慢伸出头。

起伏的辽阔的后岭，在渐渐西下的冬阳下一点也不安静，那些红的黄的高的低的坡的俏的地形，蜿蜒在四周，波浪一样涌动——其实涌动的是远处几个人，他们背着坑塘，向水库方向狂奔而去，在他们的正前方，能看到一个奔跑的小点点。

“哈，有人追兔子。”朱富说。

王阿妹没有看到兔子，她看到二水了。有三个人向着一个方向奔去，烟尘从他们的脚下腾起，像被搅动的雾岚。冲在最前头的，就是王二水。王阿妹看到二水，心里突然有了底气，感觉危险并没有那么大。离他们不远的地方，又有一个人，像从地底下钻出来似的，也加入到追赶的行列中。

朱富乐坏了，他“嘿嘿”地乐几声，说：“追兔子，傻不傻啊，追吧追吧，追到了孝敬我，晚上喝酒！”朱富头一缩，往后退时，顺手抱住了王阿妹的腰。王阿妹没有防备，脚下一滑，摔倒在他的怀里，和朱富一起滚到了塘底。王阿妹“哎哟哎哟”几声，就被朱富按在身底下了。朱富的脸贴着她的脸，嘴里呼呼喘出热气。王阿妹把头别过去，说：“起来起来起来……我要回家。”朱富说：“回什么家啊……正好……再来……”朱富说着，开始动手，王阿妹抓住他的手，试图撑开他。朱富却更来劲了，一边要去撕扯她的衣服，一边含混不清地说：“刚才都来过了……再来一回……”王阿妹没有听清他说什么，可能一旦做出某种反应，就一定要把这种反应坚持到底吧，她拼尽力气，又开始乱抓乱搔了，朱富受伤的脸上便被她接连打了几下。朱富的脸上虽然被三块耳棉帽差不多全遮住了，皮外伤被猛烈击打还是格外地疼。朱富突然恼羞成怒，甩手就给了王阿妹一耳光，嘴里继续说：“装什么装，又不是没来过……”王阿妹被他一耳光反而打醒了，突然觉得自己大祸临头，朱富要动杀心了，便手抓脚蹬，朱富被她打翻到一边。王阿妹跳起来，骑到朱富身上，两只手在朱富的身上乱打一气，顺手拾起身边一块拳头大的石英石，照准朱富的后脑勺猛砸几下。朱富一头砸到地上，一动不动了。

王阿妹傻眼了。

王阿妹轻轻喊道：“朱富……”

朱富没有任何动静。

“朱富……朱富你别装死啊……”

朱富还是没有声息。

王阿妹不敢碰他了。她扔了手里的石英石，往塘沿爬去。王阿妹爬到塘口，寻找那群追兔子的人。哪有人影啊。偌大的后岭，空空荡荡。太阳已经变红了，就要落山了。王阿妹回身又看一眼塘底的朱富。朱富像一只干死的青蛙，紧紧贴在地上。王阿妹双腿一软，瘫坐下来，顺着塘壁不由自主地滑到朱富身边……

塌　方

刚一擦黑，王阿妹就跑到家了。

王阿妹在小屋里没有看到老扣，轻轻喊一声，没有回应，又到堂屋喊一声，还是没有回应。王阿妹再次到小屋，在床上摸摸，床上除了一床被子堆在拐角，就是光脱脱的席子。王阿妹对着黑暗叫两声，摸到洞口又叫两声，还是没听到老扣的回应。王阿妹从后岭一路跑下来，黑天黑地，黑手黑脚，慌里慌张，人都机械了，腿麻木，心也麻木，似乎浑身上下都麻木了，一路上只想见到老扣，快见到老扣，老扣是她的主心骨，见到主心骨才能恢复知觉吧。可老扣还在洞里挖水晶——他不挖水晶又能干吗？都出人命了，挖水晶有鬼用啊。王阿妹不管不顾了，顺着洞口的简易木梯，下到洞里，朝深处喊："老扣……老扣……老扣你住住手，出来下……"洞里也没有声音，停顿一会儿，又喊："老扣你说句话啊老扣，想吓死我啊，不出声就想装死啊……出事啦老扣，救救我啊！"还是没有动静，反倒是响起她的回声，哭哭泣泣的回声。

王阿妹一屁股坐到地上，一点力气也没有了，老扣在这节骨眼上不见踪影，她感到巨大的绝望。她努力让自己平静下来，脑子渐渐活泛了，这天她离家太久了，是因为什么离家的？想起来了……老扣会不会被公安抓走啊？不可能呀，她早上出门时，门是锁上的，刚才还是开门进来的。

老扣没到别处，还在家里，还在地洞里。王阿妹心里确认后，在洞壁上的一个小洞里摸到一盒火柴，本来在小洞的旁边还挂着一盏马灯的。既然马灯不在，火柴在，那老扣一定是点亮马灯去挖洞了，可能挖累了，在洞里睡着了，也可能挖到大水晶，乐死了。王阿妹重新蹲下来，在竖井和地洞的连接处划一根火柴，往洞里望望。火柴的亮光太微弱了，只看见洞口大约一米远的地方。王阿妹在火柴熄灭时，又喊一声“老扣”，便顺着洞往里爬行了。王阿妹一只手在前边探着，速度很快，熟门熟路的，可没爬多久，到头了。不会吧，没遇到老扣啊。王阿妹伸手一摸，摸到一把暄土，赶快盘腿坐下来，掏出火柴，划亮一看，王阿妹心里大惊，塌方了，老扣被埋啦!

王阿妹心里也塌方了，大面积塌方了。刚才下山时，她是来求救的，现在她向谁求救呢？王阿妹呆坐了一会，才放声哭起来。哭声闷闷的，总放不开，哭得挺憋屈，挺窝囊。王阿妹的哭，让她清醒了不少，不能哭，得救人啊，把老扣救出来啊。王阿妹开始扒土，两只手插到土里，一把一把地扒，这哪里是扒土啊，这是撩土啊，像小时候在水库里玩水一样，就算能找到老扣，也到驴年马孵窝才能找到啊，到那时，还有老扣吗？王阿妹知道这样于事无补，趴到土上哭诉起来，号啕两声，诉说一声，诉说她命苦，诉说她死去的亲人，甚至王二水外流都成了她悲惨的记忆。但是，悲伤的哭诉在哭诉到王二水这里戛然而止，她想到了王二水。对呀，二水在家啊。王阿妹在洞里勉强地转身，爬出了洞。

王阿妹跌跌撞撞地跑到王二水家。王二水家大门紧闭。王阿妹推推门，门从里面闩上了。王阿妹用巴掌拍门，用拳头砸门，用脚踢门，用胳膊肘撞门，木板门发出“嘭嘭”“咚咚”“当当”的震荡声。如此剧烈的响声，王阿妹还是觉得不够响，怕二水听不见，她就一刻不停地拍打。

村子里响起狗叫声。狗叫声相互传染，一时间吠声一片。寂静的鱼烂沟像是遭遇浩劫一样顿时紧张起来。

王阿妹坚持不懈地打门，把王二水“打”了出来。

王二水的手电一照，看是姐姐，又气又急地问：“死人啦？”

没想到王阿妹真的应一声，又说：“地洞塌了，老扣叫埋了。”

王二水“啊”一声惊叫：“坑了，快去看看……”

姐弟俩一口气跑到小屋，跑到洞口。

但王二水比姐姐清醒多了，他拦住欲往洞里跳的姐姐，问：“多会塌方的？”

“哪晓得啊，你早上走后，我也去后岭躲起来了……躲了一天，回来天都黑了，没见到老扣，找了半天，才发现塌了……二水，你救救老扣啊。”

“姐，不是我不救，已经没救了，那么小的洞，塌了，就算没被砸死，堵在洞里也捂死了，谁敢进去救啊？不怕二次塌方啊？你想弟弟也死啊？”

王阿妹不说话了，两眼直直地望着二水。黑暗中，她望不见二水，她只听到二水的喘气声。王阿妹被二水的话吓住了。二水的喘气声让她觉得二水的存在是真实的，近在眼前的，但她还是伸出手，抖抖索索地摸了摸二水的肩，哭哭啼啼地说：“二水你不能死二水你不能死二水你不能死……”

王二水也束手无策，明知道老扣就在洞里，他也只能下到井底，拿手电往里照照，塌方大概在离洞口八九米远的地方，已经堵得严严实实了。王阿妹这时也清醒了，她对洞底的二水说：“别往里钻啊。”

王二水陪了一夜姐姐，也没有什么话说，反反复复就那一句话，人死不能复生，认命吧。王阿妹也是哭一会说一会，反反复复也是那几句话，老扣这个短命鬼，说死就死了，说死就死了，一句话都没留。王阿妹显然是糊涂了，她忘了后岭一个废弃的水晶塘里，还有一个被她失手打死的家伙。

再说朱富半夜被冻醒了，只感觉头脑昏昏沉沉的，后脑瓜更是隐隐地疼，动了动手，手还能动，动了动腿，腿也能动，看看四周，四周一片漆黑，再仔细看看天，天幕上大大小小的星星在闪烁。朱富慢慢坐起来，打了个寒颤，庆幸没被冻死，还慢慢回忆起白天的事了。

回家路上

以往萍萍都是周六晚上回家的。

昨天就是周六，萍萍没有回家，她有自己的小九九，想在夜里再去鬼市看看——根据王二水提供的信息，鬼市不是每天都有，一周两次，周二和周六。开学以来，她太好奇鬼市了，太好奇鬼市的那些人和那些交易了，她从王二水的片言只语中，只能大致知道鬼市的模式，要想完全弄透彻，还得进一步深入，所以，她想独自一人再去好好感受感受，最好能结识一两个熟人，比如水晶收购站的小陈，她认识他，上次只是在解放牌大卡车上照个面，要是能在鬼市再次邂逅，就算不声不响没有说话，也能通过观察知道一些鬼市的规律，如果能搭上话，说不定能知道他们交易中的许多细节。一周以来，鬼市、水晶、交易、王二水、水晶工艺品，这些支离破碎的词汇，常常互相交织、重叠、变幻，鬼市神秘的气氛和场景，水晶的各种传说和多年来发生在鱼烂沟村的无数离奇故事，王二水小时候的嘴脸，现在的言谈举止，常常交错、混乱地占满萍萍的脑海中，让她无法集中读书，让她的学习大打折扣，成绩不但未见提高，而且还逐渐下降，甚至某些考试之前常常产生厌学的情绪。萍萍明知道这是不好的预兆，要赶快改，立即改，可很多时候就是无法专注，想要集中精力，往往适得其反，满脑子更是充满许多怪异的想法，包括那些不期而至的怪梦。这些怪梦都和水晶有关。有一次，她梦见自己变成了水晶仙子，扎着两只漂亮的粉色翅膀，在水晶丛林中飞呀飞呀。梦醒后，她还对自己一双粉色翅膀极不满意，怎么不是白色或蓝色翅膀？她喜欢白色，更喜欢蓝色，最好是蓝色了。还有一次，她居然在鬼市被鬼抓住了。那是一个无头人，她当时正在和这个无头人交易自己雕刻的作品，这是一件非常漂亮的蓝水晶雕件，她给命名为“蓝精灵”，和她交易的家伙（无头人）讲话声音很熟，却不知是谁，萍萍很想知道他是谁，听了半天还是听不出来，对方只是对蓝精灵不停地抱怨，一会说雕工不好，一会说造型不好，一会说晶体有焦口，料子不好，简直就是一无是处。萍萍觉得他不懂，还来胡闹，烦了，不想卖给他了。没想到无头人更烦，伸手就要抢，不是要抢蓝精灵，而是伸出两只锋利的猫爪，把萍萍给抓住了。萍萍被吓醒了，出了一身冷汗，回味了半天，也不知为什么会做这个诡异的怪梦，鬼梦，无头人不就是鬼吗？难道她对水晶的各种幻想都是鬼事？更多的时候，萍萍不是在夜里做梦，而是做“白日梦”——胡思乱想，上课时想，下课时也想，想着自己如何搞水晶，想着如何在水晶加工上独创一套自己的工艺，还不停地修改这些幻想，完善这些幻想。更奇怪的是，这些幻想里往往都会出现王二水，出现鬼市，出现鬼市里的一副副面孔，甚至无厘头地出现过水晶收购站的小陈。萍萍就决定，周六夜里，一定要独闯水晶鬼市，亲自去体验一把，不入虎穴，焉得虎子。

但是，萍萍毕竟年纪小，半夜没醒来，一觉睡到天亮了。

萍萍看到外面蒙蒙亮的天，心里特懊悔，抬头看到隔壁床上一个不准备回家的同学已经坐在床头认真读书学习了，更是暗骂自己没用。

既然去不成鬼市，还是赶快回趟家吧。

刚出县中大门，萍萍又改变主意了，不行，去不成鬼市，去105矿的水晶收购门市部看看也行啊。她知道105矿东大门旁边就是水晶收购门市部，两年前她去过，老扣带她去看景的。那时候萍萍已经在县中念高中了，对学习没兴趣，看到周围同学人人苦学，人人勤奋，她反而想得很开，大不了回家种地挖水晶，非在一棵树上吊死啊？有一天，老扣给她送煎饼，顺便再带她逛逛县城的百货大楼，还要给她买双小白鞋。老扣因为起早赶路，王阿妹敲的几斤一级品花石还没来得及卖，便要先去105矿的水晶收购门市部把花石卖了，才能去给萍萍买小白鞋。萍萍跟着父亲，第一次知道105矿也有水晶收购门市部。105矿的水晶收购门市部比公社的水晶收购站要大得多，柜台要长好几倍，萍萍一进门市部就惊呆了，这里收购的水晶不但比公社的水晶收购站的水晶大，还更多，堆成了几座小山。从此之后，萍萍知道105矿东大门的边上，有个很大的水晶收购门市部，只是县中离105矿远，不能在中午或晚自习前跑去看看，又不在回家的路边上，几年来就没再去过，今天时间多，何不再去看看？

萍萍从学校门口的和平路向西急走，快靠近县城最热闹的海陵商场时，街上的人渐渐多起来，路边的一些摊贩开始了一天的叫卖，特别是那些卖早点的，小馄饨啊，大油条啊，鸡蛋饼啊，豆腐脑啊，都是她爱吃的，可她口袋里没有钱，只能闻闻喷喷的香味，看也不敢看，看了更馋，便昂着头，从这些好吃的摊点前快速走过，心里坚定地想，等搞水晶挣到大钱了，一定要天天来吃，从街这头，吃到街那头，一天吃一样，一个月不重茬。萍萍从县五金公司门口左拐，一直向南走，过了铁路天桥，拐了个弯，就是105矿了。萍萍几乎是一路小跑着来到105矿的，让萍萍感到奇怪的是，105矿的大门口还有两个穿军装的人在站岗。萍萍放慢脚步，小心从大门口走过，没敢往105矿的大院里望，便来到水晶收购门市部，门市部刚开门，还没有人来卖水晶。

水晶收购门市部里有一个长长的水泥柜台，水泥柜台的高度正到她的腰上，她站在水泥柜台外，看柜台里堆积如山的水晶，那些水晶真好啊，大的有笆斗大，小的也比她拳头还大，颜色深深浅浅的，都像水一样透明，像冰一样晶莹。萍萍真心喜欢这些水晶，真想过去摸一摸，她知道摸一摸是不可能的了，他们不会让她进去的。要想摸摸水晶，只有回到家里摸了，她知道父亲在家挖水晶了，挖了条通往南岗嘴的地洞，而且春节期间已经见了苗，或许这几天已经挖到更大更好的水晶了。但是，能挖到像窗户下边的那块吗？萍萍看到，柜台里的水泥地面上，靠墙根窗户下边，有一块她一定抱不动的大水晶，透明如镜，棱角分明，要是能挖到那么大的水晶多好啊。萍萍心里涌起一阵美美的感觉。门市部里有三个水晶收购员，居然有两个女的，有一个女的还特别年轻，看样子也不比她大几岁，正在端一只笨拙的茶杯喝茶。这让萍萍深感奇怪，怎么会有女的？她能看出水晶的质地？能知道水晶值多少钱？原来她顶佩服小陈的，小陈不得了，什么样的水晶，朝他眼前一亮，就能知道孬好，就能知道品质，就能知道一等品二等品三等品，甚至值多少钱都能一口说出来，这两个女的能有这本事吗？特别是这个年轻的，扎两根大辫辫，高鼻子圆眼睛，这么年轻就懂水晶，太厉害了。还是在寒假里，萍萍就听王二水吹嘘过，说他进过105矿的大院，参观过许多大水晶。萍萍相信他的话，不然，他怎么知道105矿的大院里有那么多设备呢？还说光是试验室就好几十个，还有许多神秘的车间和神秘的科研人员。让萍萍闻所未闻的是，王二水还说水晶可以种，就像种稻子种小麦种花种萝卜一样，把水晶种子种在一种特制的容器里，在适当的环境和温度里，这粒种子就能生长，经过施肥和浇水，就会长成水晶。当然，这种水晶比天然的水晶差远了，所以有一个专门的名字，叫人造水晶。对于王二水的吹牛，吹他外流的那些事，萍萍都相信，只有种水晶这个事，萍萍将信将疑。但是，现在，萍萍来到105矿门市部看了一会，看看那个年纪稍大的、戴口罩的女化验员，又看看那个年轻的高鼻子，都有白白净净的皮肤和平静的表情，她相信王二水的话了，她相信105

矿里发生什么都有可能是真的，不然怎么会有当兵的站岗。这次偷看，还改变了萍萍一个惯常的认识，她在一个相当长的时间里，都以为105矿是一个采矿的地方，就像鱼烂沟在后岭开的三个采石厂（采水晶石）一样，是组织一群人挖水晶石的单位，只不过鱼烂沟大队的采石厂是大队开的，而105矿是县里开的，不对，是省里开的。105矿大门上的牌子，写得明明白白，江苏省第105矿。当萍萍认识到，105矿不是采石厂而是一个水晶收购兼水晶科研的机构后，她完全相信王二水的话了。还暗暗钦佩王二水。觉得王二水真的不得了，外流这么长时间，刚一回来就敢到105矿，就知道这么多，将来一定能有大出息。不过她心里隐约地不服气，觉得风头不能叫王二水抢去，自己要比王二水还要厉害，做一个比王二水还有出息还要大的人物。这样想着，心里便小小激动一下，抬头看到洁白的墙壁上，贴着好几张宣传画，萍萍没看过这些画，很新鲜，仔细看起来，第一张上共有六幅小画，都是禁止非法开采水晶的画面，不许在林田、农田里开采，不许在水库边、排灌溉渠边开采，不许在山岭开采，不许在高压线下开采，不许在公路、铁路边开采，不许在重要建筑边开采。第二张是说地下矿产都是国家的，挖到上规模的水晶都要上交给国家。另外几张宣传画，都是水晶的各种用途，可用于国防啊、科研啊、工业啊等各个领域。看了这些图，萍萍知道王二水吹嘘的那些东西，都是从这里学到的，原来随处都可以学到知识的，萍萍后悔在县城这么长时间，怎么不常来看看呢？

从105矿的水晶收购门市部出来，萍萍行走在通往鱼烂沟的沙石公路上，腿上蹦蹦地有劲，心里也亮亮堂堂的。105矿的短暂经历，给她带来不一样的情怀，不一样的心境。她又做出决定了，索性多走几里路，到磨山街上的水晶收购站再看看。

比起105矿的水晶收购门市部，磨山的水晶收购站要小不少，收购的水晶和花石倒是不少，萍萍走进水晶收购站，一眼就看到有人在卖花石。这是一个四十来岁的妇女，衣着和口音和王阿妹几乎一模一样，萍萍不认识，但总是面熟。萍萍饶有兴味地看小陈在簸箕里验花石，用一个特制的木头耙子，搂动着花石。花石发出好听的声音。小陈把一些不好的花石挑出来，扔在另一个簸箕里。

“都是好石的，别捡啦。”中年女人说。

小陈没理他，继续扒拉着。

“陈会计……我又不是卖一年两年石的嘞……还捡还捡！”中年女人一嘴方言。

小陈还是坚持挑完，才给她过磅。

小陈是外地人，讲一口标准的普通话，他是不是听不懂当地女人的方言土语呢？不过普通话是敌不过当地方言的。看到这一幕，萍萍脸上荡漾着欢喜的笑容，走到另一边，看堆起来的一堆堆水晶，还有一堆堆花石，心里也像水晶一样亮闪闪的。花石分三大堆，分别堆积在三个水泥池里，萍萍能一眼分辨出花石的质地，东边那一大堆，是一等品，中间那一大堆是二等品，西边那一大堆白花花的，是三等品。萍萍小时候也敲了好几年花石了，她敲得都是三等品，她敲不出二等品来，那时候，她对敲石头的技巧还没有掌握好，对一块石头的角度啊，力度啊，大小啊，要细细地分辨，才能把花石敲好。如果现在再敲，她一定能把三等品敲出二等品来，把二等品敲出一等品来。

陆陆续续又进来几个卖花石的人。

萍萍看小陈忙忙碌碌的样子，就会想起鬼市里的那个小陈。萍萍有些错乱，觉得她看到的那个人，是小陈吗？黑更半夜的，就是看错了也有可能。但那个人确实就是小陈，说话的口气也是他，决不会错了。萍萍想了会，似乎理解了小陈的行为，他肯定是去鬼市赚外快的，谁不知道钱是好东西呢？他在水晶收购站工作，拿的是死工资，马无夜草不肥，人无外财不富。呵呵，萍萍在心里笑一声，这个小陈，倒有些意思的。萍萍知道，卖花石的人，不论男的女的，都喊小陈“陈会计”，没有人喊他小陈，更没有人叫他大名陈富有。就是在私下里，也都叫他小陈，或水晶陈。萍萍知道，在相当长的时间里，陈会计都是小陈的官方称呼。“陈会计，看看我这块石头。”“陈会计，卖花石啦。”“陈会计，我这可都是一等品啊，你怎么让我重新挑选啊？好啦好啦，你就当二等品收了吧。”“陈会计，你吃啦？”“陈会计还没下班啊？”大家都这样称呼他，他都是一脸和和气气的样子。要是谁跟他争执水晶的品质，那就是找死了，小陈可是中国地质大学的高材生，专门学宝石的，他高兴的时候，会口若悬河地把对方递过来的水晶分析得头头是道，滴水不漏，还说出水晶的分子结构和物理结构，让对方一句话都说不出来。这时候，你再跟他谈些焦口、棉、皮、杂质什么的，就显得小儿科了。鱼烂沟村不少人都听过小陈分析水晶那得意的口气，都是佩服他的。当然，大多数时候，小陈不怎么说话，机械地做他的工作。

萍萍在水晶收购站看了会，在准备离开的时候，心里还是疑惑地想，连水晶陈都去鬼市了，这鬼市的诱惑可见有多大啊。

“怎么要走啦？”小陈看到往外走的萍萍，“不卖什么也不招呼一声？”

萍萍看小陈一副正经的样子，不好意思地脸红了。

“你是不是鱼烂沟老扣家的小孩？好多年前，在公社大院见过你。”小陈说，“女大十八变，你那双蓝晶晶的眼睛怎么变黑啦？”

小陈还真记得自己。萍萍想，他为什么要提眼睛？他没听说她的假眼？还好还好，他没提上周去鬼市的事。

“回家跟你哥说声，就说我托他的事快点办，我等着急用……呵呵，不用脸红，我知道你不是王二水亲妹妹。”小陈也笑了，他的话并无恶意。

萍萍像是心里的大秘密被人揭破一样，羞愧地跑走了。

萍萍走在磨山的街道上。

离水晶收购站不远，就是公社大门了，现在，公社不叫公社了，叫镇了。什么时候改的呢？萍萍站在公社大门口对面的马路上，看着大门上挂着五块大木牌，看到磨山镇人民政府的大黑字，觉得世道真的变了。萍萍最后一次来这个大院，是在一个雨天，是和王阿妹一起来的，来找老扣的。大院还是那个大院，里面那个T形的水塘还在，人还是那些人，牌子变子，萍萍朝院子深处望望，看到有一两个人在走动。罗主任，陆宣委，他们还在院子里上班吗？萍萍没有久留，她该回家了。

大半个小时后，萍萍望到鱼烂沟村一字排开的村舍了。快到村头时，她看到大队部方向走来一个人，戴着一顶怪怪的三块耳棉帽，还少见地把帽耳朵系得紧紧的，脸看起来就被挤得很小了。他也望见萍萍了，隔着老远就喊："这不是萍萍嘛，星期天来家啊？"

萍萍听出来是朱富，对朱富装扮成这副模样很不解，随便地应他一声。

"老扣外流不在家，你回来还有什么意思？上了大学就不要回来了。"

萍萍觉得他的话不是什么好话，明显是挑拨她和王阿妹的关系的嘛。但萍萍知道父亲没有外流，也许朱富是在套她的话，便说："这是我家，什么时候都是家。"

朱富呵呵笑两声，说："真是好孩子。快快回家吧。"

萍萍就往家里跑去了。

萍萍看家里的院门上没有挂锁，知道王阿妹在家，便东西两头望望，见无人跟踪，便把柴门拍响了。柴门不像王二水家的楠木板门，拍起来发出木板的梆梆声。柴门的声音是沙哑的，哗哗的，像是在窃窃私语。萍萍并没怎么用力，门就开了缝。没上闩？怎么会没上闩？家里不是打洞挖水晶了吗？难道工程结束啦？出大水晶啦？萍萍慢慢推开门，一眼就看到王阿妹坐在磨嘴上。王阿妹居然没听到敲门声——她呆呆地勾着头，缩着脖子，身体团得像一枚风干的秋丝瓜，身上的衣服歪歪扭扭的，头发也像一堆乱稻草。萍萍进门的脚步声显然惊动了王阿妹，她身体动了动，懒懒地望着门口，散淡无光的眼睛疑惑地望着萍萍，仿佛不认识她似的。

“我回来啦！”萍萍说着，走近她，吃惊地问，“你这是……怎么啦？”

王阿妹眼睛突然睁大了，反而更加地空洞无神，她望着萍萍，愣了会，枯黑的嘴唇嚅动了一会，还是没说出话来。

“病啦？”萍萍问。

“你是……”

“我是萍萍啊……”

“谁？别诓我……”

“没诓，我就是萍萍！”

“诓我……”王阿妹的嘴唇不是嚅动，而是颤抖了。

“我是萍萍啊，你看……”萍萍把脸凑近她，“看看，是萍萍吧？”

“萍萍……”王阿妹盯着萍萍，喃喃地连说几声“萍萍”，便“哇呜”一声哭起来，从磨嘴上滑落到地上，瘫成了一团泥，眼泪鼻涕一大把，像受了天大委屈的小孩子。

第三部　婚姻

一九八一

时间跑起来比野驴还快，两年，确切地说是两年零两个半月，眨眼间就过去了。

萍萍连续参加了两次高考，都名落孙山了。她不是没找原因，第二次高考，就算父亲没有那个意外，就算父亲还活着，她也考不上大学，一来在高考前的大半年里，她已经分心了，二来，就是不分心，凭她的资质，也考不上大学。当然，父亲的那个意外，对她的打击是决定性的，从那之后到高考的三四个月里，她脑子完全变成另一副脑子了，读书学习成了她那段时间最艰难的事，甚至有一度，坐在教室里，两眼就发黑，一看到题目，脑子里就成了一团浆糊，考砸也就在所难免理所应当了。

现在是一九八一年的春天了。

清明刚过，树上的新芽迫不及待地往外钻，椿树枝上的大芽包像一只只欲飞的麻雀蹲在枝头，榆树上的榆钱绿莹莹的缀满枝条，柳树上的小猫小狗们更是蓬蓬勃勃招摇得很，还有散落在田头地边的种种杂树，都在尽展风情地把春色表现出来。萍萍走在村街上，也像春天一样满心愉悦。她已经不是两年前的萍萍了。两年前的萍萍还是一个高中生，确切地说，是高考复读生，脸上还有婴儿红，还是扎着两根大粗辫子的土气十足的乡下大妞。当然她现在还是乡下大妞，只是完全长开了，成了大人了，还烫了头发，是那种最时髦的大波浪卷发，像春天的花朵一样开放在头顶，喇叭裤紧紧地包住屁股，宽大的裤脚盖住了黑色高跟鞋鞋尖，一副夸张的大墨镜差不多遮住了半个脸，奇怪的是，她的墨镜不是鱼烂沟村引以为傲的水晶材质，而是在南方流行的蛤蟆镜，材质是化学品，轻得像一叶鹅毛，是王二水从广州给她带来的，据说在香港特别流行。萍萍这样一身装束，就是走在县城的街道上，也没人说她是乡下姑娘，就是走在鱼烂沟村，如果遇到外地人，也以为她来自城里——她成了一个十足的时髦女青年，朝气蓬勃，阳光灿烂，蓄势待发。

春天的村街上，万物生长，不仅是树木，随处都显出蠢蠢欲动、充满不安的元素，墙头上、石缝里会探出一两根青苗，灰色屋脊上的青苔也出现了绿意，甚至能听到泥土呼吸的声音，蓝莹莹的天空下，不时有小燕子划着人家的屋顶或树梢一掠而过。家家户户都关门上闩，似乎都藏着很深的秘密。在萍萍小时候的记忆中，人家的门户都是开着的，院子里一览无余，所谓夜不闭户、路不拾遗，大约就是说鱼烂沟村的吧。但是不知从什么时候开始，大约是十年前吧，或者更早，家家户户都关门上闩了，都在家里偷偷发起了水晶财，最没技术含量的生财之道就是敲花石。现在不用偷偷摸摸了，但关门上锁似乎成了习惯。如果不着急赶路，站下来，竖起耳朵听听，会有一些怪异的声音隐约而清晰地传来。这些声源不能确切地判断来自何方，空气里，田地里，墙壁里，树梢上，就像深夜老鼠的磨牙，或天空刮过的风，可以忽略不计——大家都听习惯了。

但是，有一种声音，萍萍能辨别清楚的，也是特别熟悉的，或者一直保留在萍萍的记忆中。这种声音时而像闷热夏季里的知了，一声连着一声，连绵不断；时而像月夜的蛙鸣，低吟浅唱；时而又像高音喇叭里的电流声，嘶哑难听。萍萍当然知道这时而混合、时而分流的声音不是知了声也不是蛙鸣了，更不是电流声，而是多种机器混合在一起的大合唱。

萍萍被声音牵引着，走到王二水家门口了。不错，王二水家传出的机器声特别些，也响亮些，像有一支庞大的交响乐队，演奏出别样的协奏曲。总之，对于萍萍来说，这种声音是亲切的，喜庆的，迷人的，甚至有种勾魂摄魄的魔力。另外，不得不说，现在的萍萍和两年前的萍萍相比，变成另一个萍萍了，这种变化，不仅是在性格上，还体现在外貌上——在时光的轮转中，萍萍像突然触动了什么按钮，往瘦里长了，脸瘦了，腰瘦了，腰肢出来了，圆脸变成了鹅蛋脸，走路也轻盈了，脚下像装了弹簧一样。说起来真是奇怪，有人喜欢长高，有人喜欢长胖。像萍萍这样，喜欢往瘦里长，还是少见的。萍萍不是一般的瘦。瘦得和当年的老扣有得一比了。在萍萍还是个胖姑娘时，村里那些快嘴快舌的女人会拿老扣打趣："你闺女又白又胖，八成不是你的种。"老扣哈哈一笑说："掺点假也正常，我不在意的。我也不介意你胡鸡巴扯，狗嘴吐不出象牙，可萍萍妈介意，萍萍妈别的话听不见，你这种话她可听得清楚，哪天她来跟你对质，你要想好怎么回她哦。"说俏皮话的女人听了，脸都绿了。萍萍妈死了好多年了，要是出来对质，还不是来拿她命啊。说俏皮话的女人吓得三天不敢出门。萍萍也争气，好像要证明给村里人看似的，几年后，确切地说是从高中毕业后，短短时间里吧，她就往瘦里长了，一路瘦下来，成了现在的样子了，苗条了，清瘦了。萍萍以为生了什么怪病，还在王阿妹的陪同下，去镇里的卫生院和县医院连续做了两次检查，结果什么病都没有，健健康康的。萍萍身体的变化，让鱼烂沟村和附近村子里的许多胖子有了期待，甚至有邻村的胖姑娘找萍萍取经。萍萍哪有什么经验传授啊。但不管怎么说，萍萍的变化还是引起许多人的吃惊，从萍萍的身上，看到了女大十八变的奇妙。和身体一起变化的，是萍萍的嗓音，粗嗓门变成了细嗓门，大嗓子变成了小嗓子，人也突然腼腆起来。村里的许多人都怀疑不是她了，怀疑谁把萍萍调了包，或者中了什么仙气。这种怀疑当然是可笑的，不值得推敲的。别看萍萍身体是往瘦里长，看起来弱不禁风，其实萍萍的内心却异常地坚韧，异常地强大，家庭的变故，不但没有把她击倒，拖垮，撕碎，反而磨砺了她的性格，也造就她成了一个懂事的姑娘。平日里，萍萍无论走在村街上，还是在王二水家的水晶制品厂里，她都很有礼貌地应答着村邻的问话。就说萍萍走在村街上吧，门口晒太阳的老人，看着婀娜又安静的萍萍，会问："谁家大姑娘？真俊。"其实，问的人也不见得不知道萍萍是谁，只是喜欢以这样的口吻来夸赞萍萍。于是，他们的目光会一直跟着摇曳生姿的萍萍，看着萍萍走进王二水家的大院。只是人们偶尔还会说起外流的老扣，说到老扣的一去无影踪，总会唏嘘不已。前年的某个时候，或去年的某个时候，有人会问萍萍："你爸有了信？"萍萍会微笑着摇摇头。其实萍萍和问话的人都心知肚明，父亲不会回来了，永远回不来了。关于父亲的音讯（行踪），早已成为萍萍和王阿妹姐弟内心永久的秘密，这个秘密和老扣被封存在地洞里一样，也被他们永久封存在内心的地洞里了。

萍萍在王二水家门口，突然看到村头骑过来两辆自行车。萍萍眼尖，认出了一个是朱富，一个是陌生人。萍萍知道大能人朱富带的人一定不会是一般人，便好奇地等他们一会。人还没到跟前，朱富就先跳下自行车，那个陌生人也跳下自行车。萍萍很有礼貌地跟他打招呼："朱老板回来啦？"没想到朱富不阴不阳王顾左右而言他地问一句："等谁？我可没看到二水哦。"萍萍的好心情便打了折扣，迅速想到错在自己，朱富是怕她打听商业秘密啊。朱富和陌生人脚不停留地从萍萍身边走过去了，更让萍萍想不到的是，朱富对陌生人说："外流鬼老扣的闺女。"朱富并没有防着萍萍，而是故意说给萍萍听的，他"嗤嗤"笑两声，又说："我们路上说的那个王二水……知道吧？"陌生人也发出怪声的窃笑。两个人就这么诡异地笑着，重新跳上了自行车，"扎扎哗哗"地骑走了。萍萍知道他们笑声里藏着的不怀好意，藏着的意味深长，便委屈地冲他们背影白一眼。过后想想，自己又笑了。

其实，萍萍能感觉到村里人对她的议论。这些议论又不是一天两天了，议论就议论吧，人多嘴杂，她也堵不住别人的嘴，也没必要去堵别人的嘴。萍萍望着两个人的背影，再次不屑地笑笑，心想，我就要和二水在一起，爱怎么嚼舌头就怎么嚼舌头吧，当心别嚼烂了就好。萍萍不生气，心里快乐着呢。

萍萍推开王二水家的院门。王二水家的院子里花红柳绿的，几个孩子叽叽喳喳在玩“抢板凳”的游戏，他们都是王二水水晶制品厂工人家的宝宝，两个男孩子两个女孩，五六岁的样子，他们把板凳夺来夺去的，夺到的一方，把板凳坐在屁股下，高声唱歌：

小板凳，
二尺高，
坐起来，
打水漂，
一个两个三四个，
五个六个七八个，
水漂漂到半山腰。

萍萍听了孩子们稚气的童谣忍不住发笑，孩子们太可爱了，把歌词改得怪怪的。八九年前，萍萍比这些孩子还大不少吧，至少十来岁了，也玩这个游戏，不是抢板凳，是拍小手，把小手拍得“啪啪”响，快乐却是一样的。看孩子们笑颜如花的样子，萍萍心里也乐，也回到了童年，想起了自己的童谣：

小板凳，

二尺高，
坐起来，
批林彪，
林彪说，
不怪我，
怪我儿子林立果，
林立果，
开飞机，
炸伤一只老母鸡，
老母鸡，
咯咯叫，
吓得林彪要上吊。

这个游戏流行这么久，如果不是这帮孩子，萍萍差不多都忘了。现在是什么时候啦？大家都在唱“八十年代的新一辈”了，“再过二十年……我们再相会，举杯赞英雄，光荣属于谁……”天啦，二十年还有多久才到啊？举杯赞英雄，多么让人期待啊。想想也是，这才几年，孩子们的儿歌都变了调。我们都是八十年代的新一辈了，从去年开始，大家都在唱这首歌。从前，从来没想过八十年代这个词，八十年代就像春风一样，一下子就扑到怀里了，报纸和广播里，天天都在说八十年代，大家都在满怀豪情地迎接八十年代了。听了现在的孩子们还唱着她们那个时候的儿歌，萍萍真的觉得很遥远很遥远了。萍萍还记得高考前夕，在复习政治的时候，常常对着复习资料琢磨，琢磨一九七八年十二月召开的十一届三中全会，她不仅看习题，她还把公报原文看了好几遍，从字里行间琢磨一些字词的意义和信息。萍萍那时候的理解力还不够，她只是感觉到变化的气息，强烈的气息，已经让她心里像春天的树芽一样，总有东西往外拱了。当她周日回家把公报读给王二水听后，又兴奋地告诉王二水，那个“三中全会”不得了啊，分析了国内国外的形势，还要叫大家搞经济，提高人民生活。搞经济，就是说你呢。萍萍说得很起劲，王二水却听不懂，疑惑地跟萍萍眨眼睛，觉得她的话和广播里那些人说的差不多，每句都像懂了，又都不懂。但王二水还是爱听萍萍说这些，觉得苗头确实和以前不一样了，至少没有那些没完没了的检查了，也没人要铲除“地下工厂”“地下车间”了，关键是，偶尔碰到镇里的人，碰到陆书记（陆宣委已经被提拔，当上镇党委副书记了），他们说话的口气也变了。王二水就会想起被埋在地洞里的老扣，觉得老扣可惜了，要是知道现在的政策，也许就不会死了。萍萍似乎感觉到王二水的所思所想，便也沉默了，沉默中怎么也忘不掉关于地洞的记忆。为了遗忘，便岔开话题说：“简单说吧，不怕你苦钱多了，你就是有金山银山也是你自己的了。”王二水说：“上面的政策，小孩子的脸，说变就变的。”萍萍说：“不变了，有本事你就显吧。”其实王二水知道萍萍的意思，他不过是要逗逗萍萍多说说话而已。萍萍识破他那点小伎俩了，知道他故意的，便不再跟他解释，告诉他另一个最为现实的事，“三中全会”原则同意一九七九年和一九八零年两年的国民经济计划安排，公社不是都改成了镇？王二水调侃她说：“听起来你像镇长啊，陆书记的职务给你当才好呢哈哈，我才不管什么计划安排了，只要让我搞水晶，说什么都行。”萍萍直截了当地说：“对了对了，你这么理解就聪明了，就是地下工厂可以转成地上了，你可以把大门放开来搞你的小工厂了，没人再查你了，没人再把你的产品没收了。”王二水说：“哈哈，说着玩的吧萍萍？我才不相信了，就镇里那帮孙子？他们放个屁都能吃回去，今天这样说，明天那样说，什么时候说话算过数？”萍萍说：“你怎么就狗眼看人低呢？不是镇里说什么，是国家政策。”王二水说：“我知道，上面的经都是好经，都叫歪嘴和尚给念歪了。算了算了，反正你是高中生，比我多识几个苍蝇爪子，有字吃字，无字吃力，你卖你的嘴皮子，我干我的水晶苦力，千句话当一句话说，老子可以爱怎么搞水晶就怎么搞水晶了，是不是？”萍萍说：“也不是，水晶是特殊矿种，国家还要管控。不过也许不久会放开吧？”萍萍又小声说：“你小工厂缺人不？我和你一起干啊？入你伙，行吗？”王二水说：“说了半天，我听懂了，你不就是要入伙吗？好，只要上面允许干，我们就伙起来，快马加鞭，振兴中华，实现四化。要是上面不允许干，我们也伙起来，偷偷摸摸，偷鸡摸狗，贼喊捉贼……也照干不误。”萍萍听了他一嘴的胡言乱语，笑眯了眼地看他，说：“那就说定了，说话不算话，裤子当小褂，考上考不上大学，我们都合伙。”

萍萍和王二水经历这次著名的对谈之后，反而把高考当成累赘了，盼着快考，快快了结。所以，高考一结束，萍萍就急急赶回村里，从家门口经过时，把书包从墙头扔进院子，直接就跑到王二水家了。王二水心中暗喜，觉得真是天意，老天爷真是懂事，把萍萍这样嘴一套手一套的能干姑娘安排在他身边。再说萍萍从小接触水晶，对水晶加工机械也不陌生，就像在自己家工厂一样，直接就上手了。

萍萍想着这些，感觉遥远又切近，时间真快啊。

工厂干活的女工，有一个是她小学同学，叫金艳，就嫁在本村，孩子已经四五岁了，已经在唱她们小时候的童谣了。

现在，萍萍看着这些孩子，在感叹时光好快之余，觉得自己不小了。金艳虽然比她大两三岁，人家儿子五岁了也让她顿生羡慕之情。萍萍笑眯眯地蹲下来，看着他们玩。其中一个男孩发现了萍萍，从一只三条腿的板凳上翻身站起来。可能是忘了板凳缺一条腿吧，板凳一歪，倒了，他身子闪一下，没站稳，跟着板凳，摔到地上，男孩顾不得疼，抱着屁股连滚带爬往大堂屋跑去——肯定是他妈派的岗哨。

萍萍把他抱住了。

萍萍摘下大墨镜，摸一下男孩的头，说："不认得姑姑啦？"

男孩还是抱着屁股，疼得直咧嘴，死劲点点大脑门，说："二水叔叔不在，骑车走了。"

这倒是新情况，王二水平时去哪里，办什么事，一般都要告诉她的，这次怎么说走就走啦？可能是急事吧。

萍萍放开孩子，走进大堂屋。

大堂屋成了名副其实的车间，七八台机器上都有人在聚精会神地干活，各种嘈杂声就是他们制造并汇聚在一起的。每每置身这样的环境，萍萍都有一种亲切感和满足感，也有一种成就感，虽然不是她的厂，从情感上她是把这个厂当成自己的。萍萍从墙上拿下一条帆布围裙，系在腰上，又取下一副帆布套袖，套到胳膊上。围裙上分布着一些水泽浸染的图案，又长又肥，几乎拖到脚面上了。刚才还是一个时髦女青年的萍萍，瞬间就变成一个成色很足的女工了。她坐到一切割机前，开动机器，开始工作了。现在的主要产品是项链和手串，需要的水晶原料都是边角下料，散乱地堆在一只油漆桶里。萍萍的工作，就是把这些边角下料切成一根一根均匀的水晶条，再把水晶条切成一截一截的小段，然后分给工人进行打磨、抛光、打孔，变成初级产品。这些产品可以直接销售给经销商，也可以把它串成手串或项链，变成正式批发商品批发销售。这项工作可以说是产品的源头，就像水之源一样重要，因为看似简单的一块晶体，外表的裂纹，内里的杂质，能做什么料，从哪里下刀，等等元素，都是有学问的。比如一块水晶，有的人能把它切割成十块钱的商品，有的人能把它切割成五块钱的商品，全靠判断力和经验了。此外，直觉和艺术感觉也很重要。这项工作本来是王二水做的，近年来他外边的事情突然多起来，就由萍萍顶上了。根据员工的反应，原石经过萍萍之手，更出料，能产生更多的价值。王二水干脆放手让萍萍干了。

晚饭桌上

直到太阳快落下了，王二水还没有回家。

干活的工人按惯例，向萍萍交了一天的产品。萍萍细心地验收下来，放他们下班了。他们有的是本村的小媳妇，有的是附近村上的青年，年龄都不大，好几个还比萍萍小，不少人都是萍萍招进来的——这一两年里，萍萍实际上承担的就是水晶制品厂厂长的责任，人员管理啊，产品质量啊，新产品开发啊，派活、收件、质检，都是萍萍抓。萍萍里里外外，跑前跑后，什么都干，有时是清洁工，有时是检验员，有时是保姆，销售产品时，还要做谈判专家，而王二水反倒是个负责销售的外勤人员了，就是平时在厂里，也是甩大袖，什么事不管，有兴趣时，就躲在自己的屋里雕他的工艺品——王二水把他家的西堂屋改成了自己的雕刻车间和仓库了。

当东堂屋里只剩下萍萍时，萍萍长长地伸了个懒腰，这一天，真累啊。萍萍感觉不对，抬头一看，屋里还有一个人，是打磨工杨娟。她不是下班走了吗？怎么又回来啦？萍萍惊讶道 ：“杨娟？”杨娟掠一下头发，欲言又止地说 ：“本来想跟王二水说的，他这几天好像很忙的，一露头就不见人影了。”萍萍说 ：“是啊是啊，他忙得……有事吗？”萍萍已经知道杨娟有事了，便走到她跟前。杨娟扑闪着一双大毛眼，忍了忍，还是说了 ：“也不算大事……我不干了，我明天到镇上的石英粉厂上班了。”萍萍说 ：“这是好事啊，成为镇办厂的工人了，我们想去还去不了呢，好事好事。”杨娟松口气道 ：“哈，跟你说就说对了，我不是怕王二水阴阳怪气的嘛，年前我来厂里干活，求过他好几回呢。我怕他说我这山望那山高。”萍萍笑道：“看你这话说的，人往高处走，水往低处流，你成了镇办厂工人，也是我们老同学的骄傲啊。没事，你放心去上班，等见着二水我跟他说声。”话说到这里，应该结束了，可杨娟还没有走，她犹疑着，一双夸张的大毛眼继续扑闪着，似乎要强调她的眼睛有多大似的，憋了半天，又说：“萍萍，我们是同学，我知道你和二水……你们的事……说句话你莫怪啊，二水……二水……二水……其实王二水……他挺好的……”萍萍看到杨娟的脸都红到了脖子里，“挺好的”肯定不是她最后想说的话，肯定是临时拉来替代的。萍萍想知道她替掉的那句，却看她一扭身，甩着屁股跑了。萍萍也没再喊她。萍萍知道她话里有话，但不知道是什么话。对于杨娟，虽然是他们的初中同学，萍萍平时也只把她当成一般工人对待的，而且，她的手艺并不好，粗糙得很，效率也不高，走了并不可惜，像她这样的工人，随便来个人培训几天就能上岗了。萍萍想了下，倒也没觉得杨娟和王二水有什么不和睦，相反，杨娟有时候还不问人前人后，跟二水开个玩笑，不俗不雅，都是能听得进去讲得出口的话，也便没多想，继续回到她的工作台边了。

萍萍把今天的产品倒在一个大大的柳匾里。灯光下，柳匾里一颗颗多面体的水晶珠珠，簇拥在一起，像收获的粮食一样。萍萍的手在“粮食”里划拉着，“粮食”发出好听的声音，也闪烁着喜悦的光芒。萍萍粗略地挑选几颗残次品，放在一边，等有空闲时，她再修饰修饰，打磨打磨，可以再利用的。萍萍如此细心、节俭，常常让二水觉得不屑，为此，还和萍萍发生过争执，说不值得劳神费时的，甚至觉得她太小气，没有大气魄，这种水晶珠珠，本来就不是一等水晶，要么是从前没人理会的“老花石”，要么是好水晶的边角下料，既不值钱又不短缺，随便花点小钱就能买来。但萍萍不这么认为，这些残次品也是经过一道道程序做出来的，经过了她的切割，工人的打磨、抛光、钻眼等一系列工序。仅就打磨一道工序来说，一颗不起眼的水晶珠珠，三十六个面，四十八个面，要反反复复磨多少次啊，还有机械损耗、人员工资等等，怎么随便就扔掉呢？每一颗珠珠都是有生命的，都浸透她和工人们的情感的，她对它们格外得亲。但王二水却体会不到这些，或者说没有用心去体会。她也不便多说，因为她和王二水还没到什么话都说的程度。

工作了一天的萍萍，感到一丝疲乏，但她还是把屋里简单打扫打扫，检查一下电源，查看一下机械，然后又检查一下电源，查看一下机械。她机械地重复，一方面是确实需要，另一方面是想磨蹭磨蹭，熬熬时间，等二水回来。

一直没有二水的影子，萍萍才锁了门，准备回家。

萍萍在院子里，还是朝西堂屋门口望望，门口当然没有王二水了，但门旁边的那棵月季悄然开了两三朵花，又给她找到磨蹭的借口了。这棵月季是一株老树，树干是灰白色的，老皮厚得裂了好多痕，春天时会一块块往下掉，看样子没有百年也差不多了，栽在一个青砖修的矮花坛里，花坛都被根系撑裂了几道口子。萍萍并不太留意这株月季。王二水家院子里的老树有好几株，这棵月季平时也不起眼，前几天还不惊不动的，甚至有没有花骨朵她也没有在意，突然就开了好几朵花了。可能是树龄太老了吧，月季花朵不大，也不肥嫩，却依然鲜艳。月季花让萍萍心生惊喜，便快步走过去。萍萍凑在花朵上嗅嗅，淡淡的花香清新怡人直扑鼻息。她索性揪一朵，想插到头发上，可她的大爆炸发型并没有插花的地方，便别到了衣襟上。萍萍欲回身离开时，看到西堂屋的板门上挂着一把锁，知道王二水没有回家。王二水已经不止一次连夜不归家了。萍萍看着冷冷的锁，刚刚被花香愉悦的心又归于平静，甚至有些冷寂和落寞。

锁好大门，走在黄昏村街上的萍萍，胸襟上别着一朵瘦小而艳丽的月季花，亭亭的，婀娜的。但没有人发现萍萍的脚步有些沉，缺了一点弹性和摇曳，眉宇间也多了些许心事。萍萍的心事随着黄昏溶溶的暗紫色，也开始洇漫开来，像一张水湿的纸，许多事也连绵而至。

萍萍家的院门还是柴门，仿佛多年未修一样，破得不像样子了。

萍萍到了门口，心里踟蹰着，不知道王阿妹今天的神智是否清爽。

地洞塌方，老扣被埋，王阿妹的脑子经历了巨烈的刺激，短短两年多的时间里，老了很多，脸似乎更弯曲了，按着现有的弧度发展下去，说不定哪一天下巴会圈到脑门上。而脑门上的皱纹也是又深又长，头发也灰白了不少。王阿妹也变成了一个沉默寡言、手脚迟钝的人，如果没有人跟她说话，她能一天不说话，能几天不说话，能一个月不说话，甚至连屁都没人听她放一个。就算有人跟她说话，她的回应也是短短的一两个字，"哼"一声，"啊"一句，或干脆一笑，一瞪眼，一扬眉，一张嘴，算是回答。王阿妹突然间变成一个惜字如金的人了。村里人自然知道是和老扣的外流不归有关，软心肠的人还为她一掬同情之泪。但随着时间的推移，到如今，已经没有人关心外流老扣的行踪了，王阿妹更不去主动提起，人们眼里的王阿妹，变成一个闲人，一个可有可无的人。敲花石这个鱼烂沟村家家户户传统的副业，也因为许多人家搞起水晶制品厂而消停了很多。王阿妹也只是偶尔为之——不是她不想敲，是没有合适的石头了，原来是敲花石的料，都被收去搞水晶制品了，敲出来的花石，还没有卖原料赚钱多，谁傻不拉几去敲花石啊。但一些大块的石英石中，还会包裹着一些花石，把它们剥离出来，还是比卖石英石要多值些钱的。如果王阿妹实在无聊想敲花石了，就从石英石里找些可疑的石头，大锤砸开来，看看有没有"石包晶"。大部分时间，王阿妹都在自家的农田里干活，在菜园里浇水，冬天和春天就在院门口的墙根晒太阳，把腿上晒得热乎乎的。差不多到时候了，就回家做饭。萍萍每天都要回家吃两次饭，中午和晚上。如果王二水碰巧没有出门，也偶尔来吃，只是每次都嫌姐姐的饭食难吃，比猪食还难吃，还赌咒发誓说下次饿死也不来吃了，可吃了两三回泡面，或在萍萍的邀请下，还会来吃，照例会把上次的话再说一遍。但萍萍不说，现在这个家，能有一口现成饭吃就不错了。萍萍要求不是不高，家里的格局就是这么个样子了，王家姐弟，加上她，仿佛临时凑起来的。有时萍萍会产生错觉，怪怪的错觉，这是谁的家啊？怎么像是她寄养在王阿妹家似的。

王阿妹的职能，仿佛只是烧一口饭了，而且也是烧最简单的饭菜。比如今天的晚饭就是“一锅煮”的咸米饭，是中午的剩干饭，加上菠菜，再放点油盐，开锅了即可。这样煮出来的咸米饭绿油油香喷喷的，是王阿妹最好的手艺了，相比其他饭菜，萍萍更喜欢吃咸米饭。萍萍到家时，王阿妹已经把饭装好在桌子上了。让萍萍感到奇怪的是，王阿妹还打来一盆清水，毛巾也放在水里了。萍萍也没说什么，洗手吃饭。

就萍萍和王阿妹两个人吃饭。

饭吃得很沉闷，王阿妹连声音都不敢吃出来——其实她根本就没有吃，只是拿着筷子挑，筷头上粘了一粒米，送到嘴里，而米粒在中途就掉了，只把筷头在嘴唇上碰一下，再在碗里挑，挑一片绿色的菠菜叶子，再送到嘴里。萍萍看她如此拘谨，也没感到反常，因她一直都是这样，只不过今天太夸张了而已。但王阿妹还是忍不住说：“胖丫……过晌来坐了会。”萍萍听清楚了，她在说胖丫，便等着她说下去。可她并没有说，继续毫无目的地在碗里挑着米粒，挑着菜叶，连筷子都不往嘴里送了。萍萍看她呆呆的样子，以为胖丫又来骂她了。胖丫经常转弯抹角骂王阿妹。王阿妹不是听不出来。王阿妹已经没有从前的心气和火气了，听出来也只当听不懂，让她骂骂好了，让胖丫讨个高岗子，自己占个洼塌子，觉得这也没什么不好。萍萍知道胖丫的为人，猜测胖丫没给她好脸色，便宽慰说："你别理胖丫，她就是有张好嘴。"王阿妹眉毛一挑，不像平时那样迟钝了，而是接口说："不，我要理胖丫……她说得对。"萍萍说："哦，说什么啦？"王阿妹直愣愣地看着萍萍，又一低头："……算了，我不说了，你去问问胖丫。"萍萍奇怪了，胖丫说了什么让她欲言又止呢？再去问胖丫真没必要了，爱说就说来听听，不说拉倒。萍萍便把咸米饭吃得呼呼啦啦起来。萍萍一碗饭吃完了，看王阿妹还在傻傻地看着自己，笑道："吃吧吃吧，饭都凉了。胖丫的话，不要当真的。"王阿妹脸一红，说："看她这回像是真的……"萍萍有些不耐烦了，把筷子往桌上一放："那你吭一声啊……什么说不开口的话，你憋死了不大紧，我还要干活呢！"王阿妹说："看看，急了吧……烦了吧，还骂我……胖丫要……要……要要要要要……要给我做媒。"王阿妹终于把话说出来了，长长地出口气，端起碗，勾着头吃饭。萍萍在王阿妹把话说到一半时，也觉得自己态度过分了，听到最后一句，还是大吃了一惊，胖丫是来给王阿妹做媒的。萍萍没想到王阿妹会这样说，会是因为这个事，难怪她开不了口了。萍萍心里一酸，同情起王阿妹来。这下轮到萍萍没心思吃饭了。

洗水晶

萍萍摸着黑，去王二水家。

刚才王阿妹在饭桌上的话，让她突然无所适从，不知怎么回答。现在她后悔了，王阿妹是在征询她的意见呢，她应该鼓励她改嫁啊？怎么不会说话啦？真是的。王阿妹这句话憋得太久了，能看出她开口时的艰难。只是胖丫的话能信吗？谁都不会拿这种事开玩笑吧？王阿妹的话，也给了她心灵上意外的撞击，产生莫名的惊喜，如果王阿妹改嫁了，到别的村落户了，那她就和自己没有任何关系了，她就不是继母了，她就只是王二水的姐姐了。萍萍突然紧张起来，心跳欢快起来，脚下带劲，匆匆急行——她要把这个信息告诉王二水。但是，且慢，且慢且慢，告诉王二水干什么？难道要挑明他们之间的关系了吗？挑明就挑明吧，早就心知肚明了。

王二水家大门的锁没挂在门上，说明他在家了。

萍萍“吱呀”一声推开大门，闪身进来，又闩上大门，便急急往大堂屋走来。

东堂屋是大车间，此时已经黑灯瞎火。西堂屋的窗户上，漏出白色的灯光来。萍萍已经听到雕刻机砂轮飞转的声音了。王二水这点特质挺好，喜欢的事还是愿意忙活的。

好像有暗号约好一样，萍萍刚到西堂屋门口，站到月季树下，砂轮飞转声突然停了。萍萍思虑着，如何对王二水说呢？说她姐姐要改嫁？他能听懂他姐姐改嫁对他们意味着什么吗？萍萍犹豫一会儿，刚要推门，听屋里响起别的声音了，陌生的声音，一会儿，又静得出奇，不知王二水又在搞什么鬼，便把耳朵贴在门缝上听听。这时，屋里传来一声嚎叫，像是王二水的声音又像不是。谁呢？萍萍心里一紧，想，屋里还另有他人？或是出了什么事？萍萍已经不是冒冒失失的萍萍了。萍萍变得什么时候都能沉得住气了——她想探探他到底在干什么，便悄悄推门，悄悄进屋，就像一个影子，没有一点声息。

西堂屋跟东堂屋的格局是一样的，也是三大间，正当门，两头房。西房里，就是王二水的雕刻间兼仓库。萍萍撩起门帘，看到王二水背对着她，站在一堆水晶石前，正在往水晶石上撒尿，嘴里自在地哼哼着什么歌，高低起伏很大，不像歌声了。萍萍还是听出来，他在哼《远飞的大雁》，老掉牙的歌了，跑调跑得也太远了。但是他一边唱歌一边撒尿还是让萍萍脸热心跳。萍萍在心里骂不要脸的王二水真是死不要脸。不过她没有躲开，而是放下门帘，身子一闪，轻手轻脚地躲到雕刻机后边，蹲了下来。萍萍不要听那“哗哗”声，捂住耳朵，眼睛又忍不住瞅过去，这有什么好怪叫的？

王二水没发现萍萍。他穿好裤子，把几块稍大点的、被淋上尿的水晶搬弄几下，挑挑拣拣，也不嫌脏地捡起一块，放到工作台上，还把脸贴上去，鼻子嗅嗅，仿佛什么美味佳肴等着他去品尝，然后才扭亮雕刻机上的台灯，对着灯光看起来。

恶不恶心啊？又不是浇水。萍萍想，皱起鼻尖，但她还是闻到屋里的一股尿味。平时萍萍也会闻到屋里的气味不正常，以为是化学药水的味，没想到是骚臭味。

灯是强光灯，萍萍的眼睛被晃一下。萍萍看到王二水举着水晶，对着灯光看，换着角度看，转着圈看，两只眼看，一只眼看，睁一只眼闭一只眼看，然后，盯一个角度不动了。萍萍站起来，悄悄凑过去，憋着气，也弓下身子，顺着他的视线望过去，水晶像一汪水，晶莹剔透，有一些少许的棉絮，云彩一样飘忽不定，还闪着七彩的光芒。真是一块好水晶。

萍萍的气憋不了多久。她急呼吸一口，鼻子里就迅速闻到一股浓烈的尿骚味了，同时呼出的热气扑到王二水的脖子里。王二水像是突然遭到袭击一样，蹦跳起来，手中的水晶掉到地上，在看到身边萍萍的同时，又忙不迭地捡起水晶，抱在怀里，仿佛怕被人抢走似的。萍萍看他如些狼狈，“咯咯”笑起来。

“妈呀！吓死我啊？啥时进来的？鬼影啊？妖怪啊？”王二水惊慌失措地说。

“想得美，我才不要吓死你这种人了。”萍萍看他怀抱尿湿的水晶，往后跳两步，伸开巴掌在鼻子下扇风，“就是鬼影，就是妖怪，吓死你！”

王二水松口气，把水晶放下来，才恢复正常 ：“别再吓我啦姑奶奶，啥时进来的？”

“昨天，今天，刚才……去年，今年，明年，忘了，哈哈，就是不告诉你。问你呀，什么声音啊？鬼叫一样。”

“什么？什么声音？”王二水眼珠子转悠着，试探地看着萍萍。

“装什么呀，几分钟前。”

“啥声音都没有，八成你听岔了。”

“听岔？”萍萍噘起嘴，嘟嘟着唇，想说他撒尿之前发出的声音，但她没好意思，换了个问法，“没开机器？”

“开机器干吗呀？”

“我听到有砂轮声刚才，以为你开的。”

“也许是吧，怎么啦？”

“没什么……这么多水晶啊？今天才进的货？”萍萍不想问了，她走到被王二水尿过尿的那堆水晶石前，感觉这堆石头挺好，单块的体量不小。可惜王二水太不着调了，居然往水晶上撒尿，真龌龊。水晶是有灵性的，更是圣洁的，他这样对待水晶，会遭到水晶仙子报应的。

“今天跑死了，走了好多家，才找到这个卖主，这家伙也算个奇人，把石头藏在自家茅坑里，好多年了，我嘴皮子说烂了，才卖给我……那个臭啊，我洗了半天也没用，还是臭气熏天。我操，天天要闻别人的尿屎味了，下次我要用石头时，还不如自己尿它一次，孬好还是自己的味道哈哈哈……”

萍萍这才理解王二水刚才怪异的行为了。

“你没闻到臭味？”王二水说。

“闻到了。我以为……你这屋本来就臭。”

“不会吧？呵呵，别看这堆石头臭，品质却不孬，能挑出几块好料子。你不知道啊萍萍，现如今，好石头越来越少了，也精贵了，价格蹭蹭往上涨。看样子，还会涨，不多买点储备着，以后怕很难买到好水晶了。”王二水说，“今天还听到一个大消息，你都不信，我也不信，但确实是真的，有人去海南岛弄来水晶了，还有人说要去西藏。妈的，外地怎么会有这种东西？水晶是我们鱼烂沟独一份啊，全世界都没有。再说了，就算外地有水晶，硬度也不好和咱鱼烂沟的比，你说是不是萍萍。”

萍萍倒是知道世界产水晶的地方不止鱼烂沟，不止后岭，但也是第一次听说外地水晶流进了本地市场，这种事也不值得大惊小怪，商品都全国流通了，水晶为什么不能？水晶的事，有的是机会说，她想和二水说说他姐。

“你几天没去你姐家吃饭啦？”萍萍先采取迂回战术，口气里有多种含意。

王二水第一次听她以这种口气说话。以前，说到她家时，都是“咱家”，怎么变成“你姐姐家”啦？我姐家也是你家啊。王二水一时没明白萍萍话里话外的意思，实话实说道：“在镇上买一块草牌卷两根油果子吃了，饱饱的。”

萍萍不想黏糊，干脆说："胖丫要给你姐做媒了。"

"啥？"王二水果然大嚷一声。

"胖丫想把你姐嫁出去！"

王二水不做声了。两人同时看一眼对方。脸色都严峻起来。屋里突然寂静极了，萍萍能听到自己的心跳，能听见王二水微微的鼻息声。

沉默一会儿。王二水突然笑一声。顿一会又笑一声，摇头说："胖丫真想得出来，老子也想把胖丫嫁了。"

"你姐和胖丫不一样的。"萍萍声音很小，"我觉得……胖丫没错。"

王二水继续望一眼萍萍。

屋里再次静默。

"算了算了，不说这个了，姐是大人了，我可管不了。"王二水推脱地说，他也隐隐意识到这个事也许不是坏事，对他和萍萍可能是个大好事。但在鱼烂沟村，做弟弟的，不太好意思参与姐姐的婚恋之事，特别是关于改嫁、通奸这类私情，弟弟怎么能说得出口？他显然没有想到萍萍今天会说这个话，想不好直接回答的话，先以这种口吻推脱，也不妨为好办法。

萍萍听了他的话，也理解他。萍萍的目的达到了，把该说的话说了，心情大为宽慰，这才轻松地把厂里一天的情况向王二水简明扼要地报告一番，不外乎收了多少产品，材料也差不多用完了，工人的状态还不错等等。"明天要结算工资了，有钱吧？"萍萍提醒他一个最实质性的工作，她知道王二水在工资结算和发放上，老是拖欠，每月总有几天，引起工人的怨言。萍萍为这事，没少跟工人解释，而她自己还多次只拿一半钱，有几次，甚至把自己的积蓄垫给二水发工资。王二水听了萍萍的话，赶紧接茬道："怎么不早说啊，今天买了上千块钱的水晶了，看看，就那一大堆，还钱？一个屁星都没有了，你是大好人，帮我跟工人解释解释呗。”萍萍已经估计到了，无奈地说：“又要我给你擦屁股啊。”王二水说：“你不擦谁擦啊。我可就指望你啊，萍萍，跟你说个事，这事我都想好久了，咱们合资吧？咱们一起搞厂子，现在搞水晶的人越来越多了，此地的水晶限采，资源会越来越少，手里有点货的人家都死死捂着，不拿出来，等着涨价。你看我今天跑了一天，小腿肚都跑瘦了，才在人家粪坑里挖点货回来。你以为我想要这堆臭货啊，我怕过几天，连臭货都没有了。要是我们联手，家里的事都由你来忙活打理，我专心在外搞货，销货，必定能成大事。就算我不在外跑，我也想做点高端产品——当年我在玉雕厂学的手艺，可不想荒废了。”萍萍觉得二水说得句句在理，她也早就有心篡权了，只是厂子是二水的，她管太多名不正言不顺，二水的话，正合她意，真是水到渠成啊。萍萍说：“合资可以，我可没有钱投。”王二水说：“不要你投钱，你出人出力就行。”萍萍说：“那你得听我的，不许给我掉鬼。”王二水说：“什么话讲的，我可是一直听你的呀，我什么时候掉过鬼啊。”萍萍说：“你同意听我的？”王二水跺脚捶胸地说：“吐唾砸窝子，说话算数，听你的。”萍萍说：“好，你还有多少钱，明天先把工资发了。”王二水哭丧着脸说：“姑奶奶，这我可办不到，今天磕笸底钱都拿出来了，吃块草牌还赊了账呢。”萍萍越说越强势了：“好，这次我先给你摆平，从明天开始，所有账务都要公开，现金由我保管。”王二水也不孬，头皮一硬，说：“说过了，吐唾砸窝子，你说了算。”

如此又具体协商些事，都是萍萍主导，王二水唯唯应承，到后来，王二水说：“原来这么多天，我都错了啊！”萍萍说：“谁说你错了，既然我入伙合资了，就得立规矩，以后按规矩办事，不乱。”萍萍怕说多了引起王二水反悔，就换个话题说：“这堆水晶太臭了，咱们动手洗洗吧。”王二水说：“不用了，我已经处理过了，以毒攻毒，臭上加臭，就不臭了。”萍萍哈哈笑道：“别不要脸了好不好，湿济济的，脏不脏啊？你不嫌脏，我可嫌脏，以后这些水晶还不要经过我的手啊？来来来，快去打水，我来洗。”萍萍把一只铁桶提起来，往二水手里一送。王二水提着铁桶：“脏什么？水晶是干净的……我刚浇了水。”王二水突然意识到什么，惊讶地说：“原来你什么都看到了啊？你还没告诉我多会进来的呢？敢偷看我浇水哈哈哈……”王二水拎着桶跑了。

萍萍嗔怒地吆喝他一句，真想在他屁股上踢一脚。一想，觉得王二水还是可爱的。这次谈话让萍萍心里特别愉快，说不上哪句话让她愉快，哪句话说到她心窝里，是关于王阿妹改嫁的话？还是谈定了合资的事？还是关于臭水晶？似乎都是。萍萍听着院子里压水井发出的“噗噗”声，忍不住向窗外望去。隐约的灯影中，王二水矫健的身影让萍萍心跳突然慌慌地加快起来。

王二水拎来一桶水，往那堆水晶旁一放，水花溅了出来。从王二水打水、拎水的动作上看，他也是快乐的。

“好啦，安排工作吧！”王二水说。

“嘻嘻，少来呀，讽刺我啊……你忙你的，我来洗水晶。”

王二水看着萍萍，绷着脸说：“萍萍我知道你人大心大，是干大事的料，真的，你将来一定能干大事。”

“有什么话快说。”

“哈哈，你洗水晶，我把这块石头整理整理，看它臭到什么程度。”王二水随手又把最先拿出来的那块水晶拿在手里。

“这哪是我指挥你啊。”

“你现在可以指挥啊哈哈，你安排我雕刻，安排你自己洗水晶。”

“好吧，你只剩一张嘴啦。”萍萍说，“不管你啦，干活啦。”

萍萍开始洗水晶，把被王二水尿过的水晶，搬进水桶里，拿过一把鞋刷子，像刷鞋一样刷去表面的灰尘。表面的灰尘很好洗，严格地说，这些水晶表面就没有灰尘，原主人藏在粪坑里，王二水买走时，已经在水里冲洗过了。这回的清洗，主要还是除去长期被粪便浸泡的臭味。萍萍一想到这些水晶的来处，就觉得恶心，但也并没有想象的那般恶臭，只是隐约地有股腐酸味。萍萍洗好一块放到一边，洗好一块放到一边。在萍萍洗水晶的同时，王二水也开始工作了。他把先前被他尿湿的那块水晶放在身上擦擦，又对着灯光端详半天，还拿卡尺量量，比划一会儿，才开始切割。水晶刚碰到飞转的砂轮刀，就发出尖锐而刺耳的“吱吱”声，这种极度夸张的声音在堂屋里盘旋，冲撞，直钻人心。萍萍虽然听惯了这种声音，在切割声响起时，还是激灵一下，回身看一眼王二水。萍萍看不见王二水的脸，他是背向着她的，弓腰曲背，聚精会神，脸的一侧被强烈的灯光照得煞白，另一侧，飞速旋转的砂轮片溅起的水花喷洒开来，在他耳畔的灯光里舞蹈，细密的、雾状的水珠洒在他脸上、脖颈里和胳膊上。萍萍看着，内心深处最敏感的地方被突然触动，觉得王二水的工作确实辛苦，在外奔波了一天，才采购到水晶，到家了，还得辛苦干活，连一口热饭、一口热水都没有。萍萍内心涌动着不知是同情还是怜悯的情感。萍萍想了一会儿，看了一会儿，看到水雾慢慢潮湿了王二水的衣袖，忍不住突口问：“你套袖呢？”看王二水并没有反应，这才知道噪声太大了，王二水根本听不见。萍萍知道他有套袖的，和自己放在东堂屋的那副套袖一起做的，不知被他抓当到哪里去了。萍萍看不见王二水的脸部表情，但她知道王二水一定在聚精会神地干活。这是一项要有体力又要有技术的活。体力就不用说了，技术可不是含糊的，一块水晶，经过之前的看、望、摸、观察，掌握这块水晶的整体构成，然后还得设计出要雕刻的内容，想好了造型，都不是容易的事。在切割过程中，手腕的力度要掌握好，否则晶体有可能破碎。同时还是个脏活、累活，要消耗很多体力。萍萍下意识地看看自己的手。萍萍的手上有许多细小的裂痕，这是砂轮和水晶强烈碰撞时被水流冲下的残渣侵蚀的结果。王二水的手也这样。一年到头，春夏秋冬，他们一双手长期被混浊的粉末水浸泡，开裂了一道道细密的口子，严重时都渗出了血来。

萍萍的目光从王二水身上收回来，继续刷洗水晶。萍萍懂水晶，水晶原石她懂，对于产品的开发，她也细心琢磨过。刚才王二水要和她合资，其实她早就在心里和王二水合资了。不久前，萍萍就萌生了开发新产品的想法，具体什么产品，她还没有想好，挂件、佩饰，或者别的东西，有别于王二水的摆件、手把件。她无意中看过一本旧杂志，是旧的发黄发脆的旧杂志，许多年前在上海出版的，上面有个浓妆艳抹的大美女，她的脖子里挂一个小坠坠，十分地妖冶好看，要是挂一件水晶挂件，晶莹剔透的，一定也华贵大方，品质非凡。但这恐怕需要精雕细刻才行。王二水的雕刻机已经老旧了，只能雕刻粗犷的产品，如果雕刻精致的小玩意，还要添置雕刻机才好呀。

萍萍的思绪特别活跃，堂屋里时断时续的“吱吱”声和机器空转声，并没有让她的思绪停滞或混乱，反而像注入了催化剂，让她的思绪飞翔起来。合资，所谓的合资，就是两个人合伙而已吗？有没有别的意思？说说可以，真要合资了，困难就大多了，因为萍萍是没有资金的。高中毕业后，她就跟王二水一起弄这间厂子了，王二水挣钱不多，她拿的也不多，加上自己也要穿衣零花，没存下什么钱，田里收的庄稼，买买化肥农药，也不剩几个了，又都在王阿妹手里。这几年，王二水和她家已经分不清是两家人还是一家人了。王二水也就王阿妹这一个亲人。萍萍如果有亲人的话，也就是王阿妹了。王阿妹现在的情形，也只能算是半个人吧？要不，让王阿妹搬回王二水家？院子里不是还有几间东屋吗？西屋也有，虽然塌了，也是能修补的。要是能让王阿妹住回娘家老宅里，都在王二水这边了，干不了大事，看看门，帮王二水一天做三顿饭也不错啊。不行不行，这样的话，自己又不方便了，总不能住王二水家吧？又有什么不能呢？也吃在王二水家，工作才方便了。不行不行，胖丫不是要给王阿妹做媒吗？真要做成了，自己住在王二水家算是怎么一回事？

萍萍一边想着，一边洗着水晶，一块一块地洗，完全忘了水晶上沾过王二水的尿了，完全忘了这些水晶的前世了，隐约的酸腐味也荡然无存。她擦拭着水晶上看不见的污质，开始关注水晶的质地了。

虽是春天，水还很凉，萍萍的手，经过长时间浸泡，感觉有些冰，冰到了骨头，冰到了神经。水晶也是冰的，刚一碰触时，能感到水晶的凉意，当冷水把萍萍的手冰到麻木时，水晶反而让人温暖了。萍萍习惯了这样的冷，她一块一块地看，似乎不是在洗，而是在欣赏了。她把先前洗过放在一边的，又重看一遍。地产水晶的手感好，滑而腻，腻而肉。萍萍举起水晶，就着王二水身边的强光灯，细心地查看。整体上，这堆水晶还是不错的，王二水眼力还是厉害啊，每一块水晶都不错，都能出料，有的还有奇石的潜质。萍萍想，如果能找到一块奇石、巧石，那就赚大了。萍萍拿起一块宝塔形的水晶，反复观看，隔着一层皮，就着灯光，她可以大致看到这块水晶的基本纹理，如果放在十年前，不，哪怕放在三年前，这都不是一块好水晶，体量虽然不小，内里的杂质同样很多，而且比较混乱无序，按照那时候的标准，这块水晶连一块镜片也开不出来。现在不一样了，镜片已经是低级产品了，而且费时费料。这几年，经过对水晶艺术品的初步开发，引起一些有心人的注意，他们也关注水晶工艺了，特别对一些奇石、巧料，更是偏爱和追捧。眼前的这块石头，里面有这么多包裹体，能不能看出象形图案来呢？

萍萍反复揣摩，在灯光下慢慢旋转这块晶体，一条从右上方飘逸而下的白色棉絮引起她的注意，这是什么造型呢？看出来了，这是一条龙啊，龙须龙首龙尾齐全，更让萍萍惊喜的是，两只有力的龙爪也栩栩如生。萍萍兴奋了，要把这个发现告诉王二水。她看到王二水还在全神贯注地工作时，便暂时收敛自己激动的心情，继续欣赏水晶里的这条白色飞龙，并试图有新的发现，果然，让萍萍叹为观止的奇迹出现了，她在顺着飞龙飞翔的姿势往下移动目光时，在左下端，是一个身穿古代服装的妇人，这块妇人图案的棉絮呈烟黄色，背向，仰视，似乎在张开双臂迎接天上的飞龙。萍萍脑海中立即出现一个现成的神话故事，小白龙探母。天啦，太神奇啦！

萍萍没有打扰王二水，她谨慎地抱着这块水晶，把它放到展架上。

靠北墙，有一个用几根角铁焊制的简易展架，展架上放着王二水雕塑的十来件商品，有一个笑弥勒佛，一个金蟾望月，还有几块景观石，所谓景观石，也是王二水的首创，就是把一块水晶的剖面切平，打磨抛光，把晶体里的象形图案充分展现出来，其中有几块还是萍萍发现的，比如“海底世界”“喜鹊登枝”等。王二水最早雕刻的那件水晶杯子也摆在一个不起眼的地方，现在看来是多么的笨拙了。萍萍刚刚发现的这块“小白龙探母”，比展架上任何一块摆件都漂亮，不仅是晶体里“小白龙探母”的天然造型活灵活现，这块晶体也透彻，而且体量大。当然，现在还看不出来。现在，这块晶体放在这里还有些不伦不类，等空闲下来，可以建议二水雕塑的。

有了这个发现，萍萍洗水晶的劲头更足了，更细心查看了。但是，直到把一堆水晶洗完了，也没有再发现一块有价值的水晶。萍萍并没有因此而失望，她知道这种好事也是百里挑一，很难遇到的，能有一块“小白龙探母”已经让她十分满足了。这时候，王二水的工作还没有完成，大料也才刚刚初现。萍萍把两只手放在腋下，焐焐，借点暖，便站在王二水身边，想看看他弄的这块石头是什么造型，原来就是简单的一个圆球。这个圆球的直径大概有十三四厘米。加工这个圆球切割下来的边角下料，散乱地堆在工作台上，有点碍事，萍萍便找来一个白铁皮簸箕，把这些边角下料收拾进簸箕里。萍萍在干这些事的时候，少不了会碰到王二水。萍萍倒没有介意，被连续触碰的王二水，看一眼萍萍，关了机器。

王二水看一眼一堆洗好的水晶，嗅嗅鼻子说："还臭。"

"死一边去啊，一点都不臭，一水为净。"

王二水看一眼萍萍的胸，那地方刚才碰到他肩膀了，磨蹭了好几下。萍萍外套里是一件红色的平领毛衣，毛衣隆起来了，把外套撑得紧绷绷的。王二水只敢看一眼就躲开了目光。

"……有事啊？"萍萍敏感地发现了他的目光，有些慌乱地随口问，问了就后悔了。

"没……没事……你洗的水晶，堆得真好看。"王二水走过去，拿起一块水晶，对着灯光看，又对着萍萍看，"好啊，好，好料子。"

"二分钱买头小毛驴——自夸自骑啊？"萍萍笑得腼腆，"哪有自己夸自己的？"

"我是夸你洗得好。"

"死一边去啊，要是水晶不好，再洗也洗不出好水晶的。乌木洗不出象牙。"

"你都两次叫我死一边去了，一边是哪边？嘻嘻，我和你是一边的。"

"谁要和你一边，死一边去啊。"萍萍也过来拿块水晶，学着他的样子，对着他看。水晶没有剥皮，不透，看不到对面。

王二水又换块水晶望她，还凑近了些，嬉笑着问："猜猜看到什么啦？”

“看到什么？”

“看到你啦！”

“瞎讲，我怎么看不见你……”

“我看到了，你穿红毛衣……衣袖上还淋了水，洗了一大堆水晶，你笑了，眼睛眯起来了，你不笑了，你噘嘴了，吐舌头了……”

“真能看见啊？你从水晶里看到我啦？”萍萍将信将疑，“别乱看啊，看眼里拔出来可别怪我……来来来，让我看看。我刚还挨块看了呢，怎么没看到这么透的水晶。”

萍萍不等王二水把水晶递过来，伸手就抢了。

这块水晶并没有什么特别之处，不大，形状也不美。萍萍把水晶挡在眼前，看王二水，只看到水晶里暗了下。萍萍就知道王二水刚才是胡扯了。萍萍奇怪王二水刚才的胡扯，居然都扯对了，她确实笑了，眯眼了，噘嘴了，吐舌头了。他怎么会猜得这么准呢？萍萍有点不服气地问：“你真看到我啦？”

“真看到了。”

“看到什么啦？”

“看你……看你好看呗。”

“怎么个好看？”

“像那个……那个……那个那个那个那个……那个了。”

“那个是哪个啊？那个什么啊？”

“我想想啊，鼻子挂在墙上啊。”

“你就挂墙上吧，说不对，当心掌嘴！”

“吓死我啦！”王二水夸张地说，“像女特务……你记不记得，我们小时候看电影，反特故事片，不，瓦尔特保卫萨拉热窝，里面那个女叛徒……”

“你说我是叛徒？”萍萍生气了。

“不是，像女叛徒那样好看。”

“我看女叛徒一点不好看，后来还被打死了。”萍萍说，“算了，狗嘴吐不出象牙来，不听你嚼蛆了，我要走家了。”

萍萍把手里的水晶往王二水手里塞时，碰到了王二水的手。

王二水并没有接她的水晶，而是说：“你手上都裂口了。”

萍萍把手缩回来，看手背上的裂痕，白的红的，横一道竖一道，密密麻麻。萍萍说：“还说我……你看你手……”

王二水的手都不像手了，手背上皱皱巴巴的，手指头上开裂的口子都渗出了血。

萍萍轻碰一下王二水的手背，说：“我给你买的歪歪油呢？怎么不用？”

“用了也没有……”王二水突然地逮住萍萍的手。

萍萍下意识地抽回手，马上就后悔了。王二水逮住她手的一瞬间，感觉浑身一热，脑子“嗡”一声，眩晕般地没了主张。她期待王二水再来逮。王二水没有继续逮，而是紧张地搓着自己的手。萍萍赶快把水晶放下来，说了声“走了”，便迅速迈动双腿。高跟鞋突然一歪，把脚崴了。萍萍“呀”一声惊叫，扶住了房门框，脚上不敢吃劲，脚脖子突然钻心地疼。王二水反应很快，赶快把一张凳子送到她屁股下。萍萍撑着门框坐下来，抱着崴伤的部位。萍萍咬着牙，忍着疼，心里怪着王二水。王二水说：“疼死了吧？来来来，我给你揉揉。”“不行不行，得用冰敷……拿块水晶来。”萍萍说，她参加过县中的运动会，知道扭伤、崴伤的应急措施，冰敷是最好的办法。现在哪有冰啊，倒是有许多水晶。水晶可以当冰用的。萍萍接过王二水拿过来的水晶，贴放在崴伤的部位，又叫王二水去打盆冷水来。

这个晚上折腾了很久。王二水不停地去院子里打来冰冷的井水，让萍萍泡脚，还不停地更换着水晶。王二水在跑前跑后的奔忙中，还取笑萍萍道：“你这江湖招数从哪学来的，管用吗？”萍萍不爱理他，只觉得疼痛感消解了很多，而且脚踝没有肿。但萍萍心里还是感激王二水的。

萍萍在临回家的时候，突然想起了什么，说：“跟你说啊二水，杨娟不干了，你知道为什么？”王二水说：“她会后悔的，镇里的石英粉厂，有什么好的，卖体力的活，也拿不了几个钱，请我都不去。”萍萍说：“你知道她要辞职啊？”王二水不屑地说：“她没掉腚我就知道她要放什么屁，还瞒得了我？不管她了。”王二水反常的态度，让萍萍多了份疑惑，萍萍说：“你怎么得罪人家啦？”王二水笑一声：“我？才没得罪她了，我根本不爱理她，早走早好。”萍萍又问：“她得罪你啦？”王二水更是夸张地说：“她敢，就她那丑八怪，敢得罪我？”萍萍对王二水的话越发的一头雾水了，既然没得罪，凭什么说话这么狠。

一场痛快的哭

王阿妹做了几样好菜。除了平时天天吃的米汤面饼，平时不离桌子的老红咸菜没有端上来，而是换成了一盘炒豆腐、一盘小鱼烧干菜和一盘小炒猪肝。炒豆腐是萍萍爱吃的，小鱼烧干菜是王二水喜欢吃的，而小炒猪肝是三个人都喜欢吃的。看来王阿妹对三个菜做了精心的准备。这天晚上的王阿妹，神志特别清醒，简直判若两人了。平时的王阿妹，也是一时好一时歹的，但像今天如此清醒，确实少见。

这么丰盛的晚饭让王二水和萍萍特别开心，离桌子好远就流口水了。萍萍朝王二水看一眼，意思是说，亏我叫你来吃饭吧？王二水也没说话，抢了板凳就坐下了。王阿妹的饭还没有装上来，王二水和萍萍就开吃了。吃着吃着，萍萍发觉情况不对了，发现王阿妹光顾看他们两人吃了，且面目凝重，心事重重。王阿妹发现萍萍看她了，举着筷子，在菜碟上并没有下落，目光想要躲着萍萍，眼里也有了闪闪的泪痕。萍萍心里一动，突然觉得，王阿妹这顿饭是不是别有用心啊？还是胖丫做媒的事？

果然，王阿妹说话了。王阿妹告诉萍萍和二水，几天前，胖丫给王阿妹做的那桩媒，今天人来了，在胖丫家见了面。对方是个老光棍，五十多岁，是财神庄人，父亲解放前是个大贼头，偷、抢、抬财神，无恶不作，解放时被政府镇压了，无兄无妹，有个八十多岁的老母亲。王阿妹说得轻描淡写，似乎在说跟自己无关的事。萍萍和王二水听了，都不说话，连吃饭的“叭唧”声都没了。萍萍和王二水都知道王阿妹的心思。她不是非嫁不可，她要是不嫁，就要耽误两个年轻人的大事了——村里人都这么说的。胖丫也拿这说事。虽然前几天萍萍知道胖丫做媒的事了，但是进展突然，萍萍和王二水都一时没了主意，不知道要怎么表达，祝贺吗？喜事，应该要祝贺，可这桩喜事似乎不值得祝贺。是要阻止她？也不能阻止，王阿妹还没到老不动的时候，虽然外人都知道老扣是外流失踪了，但王阿妹姐弟和萍萍都知道实情。可对方毕竟五十多岁了，五十多岁是多大？而且成分不好，虽然现在不唯成分论了，可他不是地主富农那样的成分。

“比你大很多吧？”萍萍还是要关心的，先从年龄说起，不失为好的开头。

“不多。”王阿妹说，“大点好。”

“大多少？”

“五十多？”

“多多少？”萍萍似乎对年龄特别在乎。

王阿妹不想说，她看二水一眼，二水也望她，眼神里也在关心对方的年龄。王阿妹低下头，小声道：“五十九岁，周岁，比我大不到二十岁……不算大。”

“那就是六十啊？老头子了。”

“可不，就是找个老伴……”王阿妹声音哽一下，低头抹了泪。

萍萍心里一酸，食欲无全了。

“吃，吃啊，萍萍……”王阿妹说，夹一块豆腐塞进嘴里，夸张地大嚼起来。

萍萍和王二水互看一眼，都没说话。

王阿妹拿筷头点着菜，含糊着说：“吃……吃呀，你们吃啊。”

“姐，这是你给我们做的最后一顿饭吧？”王二水说。

“……不是，怎么会呢，就是双浜大队，在水库那边，吃顿饭的时间我就能回来。”王阿妹又哽咽一声，还是忍着没有哭出声来，“……常回来做饭给你们吃。”

萍萍也哭了。

“你看，”王阿妹满脸泪水地笑着说，“萍萍你……萍萍你……哭什么呀？为姐高兴才对啊……姐也是为你们啊……萍萍，以后你也叫我姐了。”

萍萍一听王阿妹让她叫姐，哭得更伤心了。萍萍放下筷子，歪靠在王二水的肩上，任泪水滂沱地流，好一会才“哇”地一声，趴到饭桌上，号啕起来。

王二水手足无措地看着萍萍耸动的肩膀。他不知道萍萍会反应这么大。王二水也是心里难过，也不知为什么难过，可能眼泪是会传染的，他让姐姐和萍萍传染得难过了，听萍萍放声一哭，忍不住也哭了。他拍着萍萍的肩，毫无力量地劝道：“萍萍……萍萍……萍萍别哭了。”王二水也流泪了，也跟着呼呼啕啕地哭了。

王阿妹嘴巴还想做出笑的样子，还想劝劝他俩。可嘴一张，也哭了。

三个人抱头痛哭起来。

鱼烂沟村的春夜和往日的夜色一样，天很高，星很亮，春风依旧有点冷，空气中飘溢着花香。不一样的是多了连续不断的哭声。鱼烂沟的白天和黑夜经常发出稀奇古怪的声音，有机器声，有挖水晶时的铁锹铲土声，还会有村里的高音喇叭声，间或也有狗吠鸡鸣。无论是白天还是夜晚，无论是什么声音，都没有像今天这样两女一男此起彼伏的大哭声来得猛烈和真切，真的，这样的哭声还是第一次。哭声混杂在一起，没有一点约束和拘谨，敞敞亮亮地响彻、回荡在鱼烂沟村的上空。

附近几户人家听到萍萍家院里传来的哭声了，都好奇地纷纷跑出家门，站在门口听，相互窃窃私语指指点点，猜测是不是丁家出了什么事。更有敢于想象的，说是不是老扣有信了，有信也不是好信，找到尸首啦？

“阿妹，怎么啦？”一个老太推开笆门，走到堂屋门照在院子里的灯光中，伸头问。她身后探出好几颗人头。

王阿妹笑了，说：“没什么……”

“没什么？”

“没什么……开心……”

“开心？”

“开心啊。”王阿妹端起碗，“你们来一起吃？”

萍萍和王二水听到有人推门时，也止了哭声，擦了眼泪，这会也端起碗吃饭了。

“萍萍你没哭？”老太真是太固执了。

“谁哭啦。”萍萍笑着，冲门口的人说，“谁爱哭谁哭，来吃会啊阿婆？你看，我是笑的，嘻嘻嘻嘻……看到了吧，哈哈哈哈哈哈是不是在笑？是笑，不是哭！”

“贫嘴！好好吃，这孩子，越来越乖了。”被叫做阿婆的老太太笑眯眯地说，“鼻子脸上都是泪痕，还说没哭，还说笑，笑好笑好笑好……淘气鬼！”

有人在老太太身后还要往屋里望。老太对他们说：“没事，一家子吃饭，笑着笑着就哭了，哭着哭着就笑了。谁家没这样哭过笑过？哭哭笑笑才是一辈子，走走走，都走都走，都去挺尸去！”

王二水听了也笑起来。

于是一家三口都笑了。笑声稀里哗啦的，不比哭声动静小。

院里一群人在笑声中怏怏地回家了——笑有什么好看的。

院子里重新清静后，王二水大声说：“姐，我去拿瓶酒。”

“好呀，要喝一杯。”萍萍抢话说。

“去去去，去去去，快去买快去买，要好酒！”王阿妹学着老太的口气说，也乐了。

王二水跑出去买酒了。

萍萍和王阿妹又听到王二水在门口和邻居说话了。

“二水没事吧？”

王二水说：“有事，我买酒去！”

“不过年也不过节的，喝什么酒啊。”有人嘀咕着，声音渐渐小了，大伙一个跟着一个地散了。

王阿妹看着萍萍，红着眼，说：“萍萍我找到人家了，你不高兴？”

“高兴，”萍萍说，“高兴，可高兴了。”

可萍萍说高兴时鼻子又酸了。萍萍忍了忍，说：“高兴是高兴，可是……”

“我知道，人是老了点。”王阿妹说，“五十多岁了，我也不能找这样的人啊是不是萍萍？可好人上哪去找呢？我这样子……这条件。”

萍萍不知道怎么接话。

王阿妹也不说了。王阿妹不说话的时候是笑着的，她的笑很甜美，很温暖，很贴心，还有些羞涩，她在向萍萍传递信息，一个幸福的信息，让萍萍也能替她开心的信息。

萍萍看着她的笑，心里却暖不起来，也笑不起来。

“萍萍，你和二水要好好的，二水这孩子固执，外流那几年，把他心流散了，我也没少说他。”王阿妹伸出手来拉住了萍萍的手，动情地说，“萍萍，好妹妹，你是高中生，有知识有文化又好看又会说话，二水初中没毕业，算是个大老粗，我知道你和二水好是受委屈了……你和二水好是我们王家老祖宗修的德啊，王家祖坟上长了一棵旺蒿子，才招引来你这个大凤凰。王家上辈子要感谢你，下辈子也要感谢你！”

王阿妹很激动了，话都说错了还没觉得，下辈子是谁啊？王家一大家人，现在只剩王二水这根独苗了，王二水要是娶了萍萍，下辈子肯定也是萍萍的下辈子，当然要感谢萍萍啦。

萍萍也很激动。激动和悲伤一样，也会传染。萍萍很想叫她一声小娘（鱼烂沟风俗，喊后妈不像城里人叫阿姨，而叫小娘），第一次也是最后一次叫。从今往后，王阿妹作为长辈的身份正式结束了，以姐姐的身份正式亮相了。但萍萍实在叫不出口，萍萍憋了半天，才说："我也不知叫你什么好啊……"

"叫我姐啊。萍萍，叫我姐，你爸肯定不会怪你的，你爸在天上要是知道我们家这么多好事，一定会开心的。你爸是个想得开的好人。可惜你爸大好人就是命太短了，也没有得到好死！萍萍你叫我姐，叫我姐我才开心呢。"

"我知道，爸最喜欢我的……姐，那我就叫姐吧姐。姐，你到了那家后要常回来啊，这可是你的娘家啊姐……我们也就你这一个姐了，姐啊……"

"唉！"王阿妹爽快地应一声，眼泪又窜下来了。

仪式的完成

温柔的夜色，在王二水和萍萍的身边涌动。

他们此时正走在村街上。夜色阑珊，微风轻拂，人家的窗户里已经黑灯熄火，村庄处处都是影影绰绰的黑影，王二水和萍萍完全融入到周遭的环境里了。

这顿特别的晚饭吃得迟，消磨的时间也长，还喝了酒。王二水平时只和朋友相聚时偶尔喝酒。萍萍更是第一次喝酒。王阿妹也不胜酒力。但是三个人硬是把一瓶桃林大曲喝光了。萍萍头重脚轻，晕乎乎的，轻飘飘的，一脚深一脚浅，好像腿脚不是自己的了，好像是另外一个人附在她身上。这种感觉很奇妙，看天上的星，无数颗星星在交叉跑动，夜色中的树梢在旋转。这都是酒的后劲起的作用。萍萍喝第一口酒时，只是觉得喜事，要敬王阿妹一杯。一口下去，就是一条火线直往下窜，似乎要从她身体里穿过。但王阿妹看她痛苦的表情，笑着鼓励她，喝一口就好了，就不怕第二口了。所以她又和王阿妹喝了几杯。萍萍每喝一杯，都亲热地叫她姐。王阿妹应声脆响。这姐做得开心，酒也喝得开心。酒精的刺激，王阿妹不像平时那么迷糊了，脸色泛红，思维活跃，说话和烈酒一样有劲，还教训几次王二水，不过说来说去就一条，听话，听萍萍的话。王二水也喝了几杯酒，反嘴问："凭什么要听话？"王阿妹的理由又简单又霸道："凭什么？凭什么？凭人家是萍萍，凭萍萍是高中生，你是初中还没毕业，这一条够不够？"王二水也知道哄姐姐开心，大声说了"够"之后，还冲萍萍伸下舌头。萍萍也跟王二水伸舌头。两个人完全默契了。萍萍说："听就听，听话有什么了不起？听我话就对了，是不是姐？"王阿妹最喜欢听萍萍喊她姐，连说几个"对对对"。又喝一杯。萍萍也跟着喝一杯。继续说话时，萍萍舌头就团了，伸不直舌头了，也听不清说什么了。一瓶酒喝完后，萍萍还是要酒。王阿妹说不喝也不中，非闹着要，最后给她倒杯水，说是酒，她也喝了。然后站起来要走。王二妹问她干什么去。她说散步，又说买酒。"知道什么叫散步吗？散步……就是散个步。"萍萍说着，歪歪拽拽就出门了。王阿妹给王二水使眼色，推王二水去追萍萍了。

这场酒真是恰到好处，明里是庆祝王阿妹的相亲成功，还不如说是庆贺王二水和萍萍的挑明关系。多年来，虽然两个人心里都隐约知道对方的心思，也都知道自己的心思，但都没有说破。没有说破，又心照不宣，总之不是个事。如今，在王阿妹面前（相当于双方的家长），今天是头一次把关系明确了，萍萍和王二水心里都是甜甜美美的，都有着从未有过的欢喜。

"喝醉吗？"萍萍站不稳，几乎半依偎半靠在王二水的身上了。

"没醉没醉，再喝一瓶才会醉吧。"王二水酒量虽然不大，也是大过萍萍的。今天他虽然没有萍萍那么兴奋，看萍萍和姐姐开心，他也多喝了几杯，稍有些酒意，连微醺都算不上，脑子清醒得很，他让萍萍靠在自己的身上，萍萍没轻没重地碰一下挤一下，王二水怕她跌倒，只能紧紧扶住她的腰了。

"……就没醉嘛。"萍萍拽住王二水的胳膊，"我要散个步去，记得从前……有几个南京下放知青……记不记得？他们每天傍晚，都到水库边上散步……我们也去散个步……"

王二水听了萍萍说"散个步"就想笑。她把"散步"说成"散个步"，"个"和"步"还咬字不清，像经过嘴巴糊里糊涂嚼过一样，说成"散破裤"。王二水不敢笑她，知道她酒多了。他们相互依傍着，向村头走去，遇到人家的墙壁，还要靠上去喘口气。看来萍萍也没到醉到不省人事的时候，到了王二水家门口时，还知道靠在破门楼下的木板门上多歇一会儿。萍萍还拿一只脚后跟踢着板门，把板门踢得“咚咚”响。萍萍说：“这是谁家，也没人送口水给我喝喝。”王二水说：“管他谁家呢，我去打水。”萍萍乐了：“冷水啊，去，偷一碗出来。”这时候还要开玩笑，说明酒醉心没醉。王二水打开门打水去了。萍萍也没有跟进去，而是一屁股坐到高高的门槛上。王二水一个闪身，就端来一碗凉水。萍萍接过来，一口气喝了。“好水，鲜甜，舒服啊，走，散步个去！”她又把“散个步”说成“散步个”了。萍萍嘴上说“散步个去”，却仍坐着没动。王二水只好陪她坐，以为萍萍坐会就累了困了，没想到越坐越清醒，又要了一碗水喝了之后，已经酒意全无，沉默了一会儿，起身向村外走去。

王二水锁了门，赶上她，说：“真要散步啊？多新鲜，从前只听说过南京的那些下放知青才敢在半夜里散步，咱们农民还散什么步？”

“不散你回吧，我一个人走走。”萍萍说。

“不行吧，到处都是坑塘，跌下去危险的。”王二水说。

“那就散吧。”

“好吧，散个步去。”王二水学着萍萍的口气。

萍萍嘻嘻笑道：“你也学不像。我头脑壳子晕乎乎的，就是想走走，你陪我到水库边吹吹风去，呵呵，就是散个步么。”

萍萍的声音里隐含着特别的东西。恋爱期间的男女，相互的感应最为准确，王二水能感受得到萍萍话里的弦外之意。他和萍萍一起走在黑夜里的鱼烂沟村，走在村街上，春夜的特殊气味，春夜万物生长的声音，曼妙而奇特。身边就是萍萍。萍萍清醒时，反而离他远了。但王二水知道心很近。

“这是土狗鳖家。”萍萍小声说，还停下来。

王二水也看到了，土狗鳖家的后窗里，像有灯光。

“听说他家有水晶。”萍萍声音更小了，“土狗鳖老实人，你没找过他？”

“外流刚回时找过……我们去土狗鳖家看看如何？听说他家水晶可多了，我要跟他谈谈，买点备用——或许他还不知道水晶涨价了呢。”

萍萍说：“你以为土狗鳖傻啊，他不是早就放出话来，本村的人一块也不卖吗？”

王二水说：“那是以前，现在也许他想卖了。卖了才是钱，留在手里只能算石头。”

萍萍知道土狗鳖在鱼烂沟村算个特别的人家，前些年大家偷采水晶时，他也偷采。别人挖到好水晶、次水晶，大多处理掉了，好水晶卖好价钱，次等水晶敲花石了。土狗鳖没走这条路，挖到好水晶也偷偷卖了，挖到次等水晶或老花石，就在院子里堆着，垒鸡窝，砌猪圈，盖茅厕，都用这些石头。后来地产水晶越来越值钱，好水晶越来越少，特别是近几年许多人家都在搞水晶加工，水晶用量越来越大，他就把院子里乱扔的水晶，归整归整，到处藏，听说挖了好几个地窖，床底下也藏着水晶，一家人就睡在水晶上。有一年，朱富到他家看过水晶，不知什么原因，土狗鳖和朱富弄僵了，产生争执，还差点动手打架，土狗鳖之后就放出话来，家里的石头，就是烂了，也不卖给鱼烂沟的人。后来很长一段时间，真的就没人再问过他家水晶了。萍萍觉得土狗鳖的话，多半是气话。但这么多年能坚守自己的气话，说明这人不孬种。萍萍就说：“理是这个理，人家就是不在本村买卖，谁也拿他没招，不过你说的也对，再好的石头，在手捂着，也不是钱。看看去，他要敢卖，咱就收点！”

王二水说：“我也是这意思。姐叫我听你话的，咱们去跟土狗鳖商量商量，多说点好听话，多存点料，省得将来到处狗颠疯一样买石头。”

“今天就跑累了吧？”

“昨天今天都跑了，看了几家的料，还不如那天一堆的臭石头，土狗鳖家的水晶都是以前的老货，说不定能有好东西，巧石啊奇石啊什么的。”

“嘘，小点声，叫他听到会抬价。”

“隔远呢。”

“那可不好说，有人天生顺风耳朵。”

“好吧，”王二水小声感叹说，“今天看了一家石头，都不透气，还死要价，真是坑害人啊。”

“要是能把土狗鳖说通了，咱都买来，打包价，不怕他不动心。”萍萍野心勃勃地说。

“好！萍萍你真行，打包价，好啊！”

有了目标，萍萍和王二水就“嚓嚓”地往土狗鳖家走。土狗鳖家的屋，和一字排开的鱼烂沟村主体房舍隔着一段距离，孤零零的。屋后有一片竹林，鱼烂沟村许多人家的屋后都有竹林，土狗鳖家屋后的竹林更大些。如前所述，鱼烂沟村的夜会有许多声音响起，这些声音王二水是熟悉的，萍萍也是熟悉的。可现在，他们俩什么声音都听不到了，听到的，都是对方走路的“嚓嚓”声。“嚓，嚓，嚓，嚓”，一步一步的，是王二水的脚步声，“嚓嚓嚓嚓”，脚步声相连的，是萍萍的脚步声。还有对方的喘息声和心跳声，都能听到。也不知是路不平，还是夜不平，还是脚下打晃，王二水的肩膀时不时地会碰一下萍萍。萍萍以为那肩碰过来就不走了，可只是碰一下，就逃离了。萍萍就紧张起来。长时间的紧张，让萍萍的心脏有些憋得慌，有些疼。萍萍轻声说：“二水。”

王二水听到有人叫他，声音特别陌生，像从天上传来的，像从地里传来的，像从小竹林里传来的，像从夜的深处传来的。谁呢？谁叫我？

“谁？”王二水说。

“什么？”

“好像有人叫我。”王二水说，其实他知道刚才是萍萍的声音，也只能是萍萍在叫他。王二水就回过身，张开双臂，抱住了萍萍。王二水在抱之前，并没有想着要抱她。他心里似乎什么都没想，是一片空白。就像这黑夜一样，什么都模糊的，甚至连模糊的感觉都没有。王二水抱住萍萍的身体时，才紧张起来。紧张得不得了，手都不知要放到哪里了。

萍萍被他紧紧抱住了，一口气没有喘出来，喘了半截就断了，咬断了。想问王二水要干什么时，王二水的一双手就准确地逮住她了。

从竹林边吹过的风，带在春的讯息和竹叶的馨香，迅速灌进她的怀里，她已经浑然不觉了。她叫王二水逮住，就没有一点力气了，她咬断的那口气也没了，心里更是疼一下，腿软，想往下瘫。王二水一不做二不休，两只手泥鳅一样钻进她怀里。王二水太粗暴了，太野蛮了。她太喜欢王二水的粗暴和野蛮了，一种从未有过的快乐电流通遍她的全身，心里的疼痛突然消解了，开始大口地喘气，身体却真的瘫了。她好不容易想撑住腿，想迎合他，人却一点力气也没有了。

后来，他们就互相在对方的身上解开了埋藏心底许久的谜团了。开始是王二水很粗鲁，甚至粗暴。而萍萍很轻很慢，甚至谨小慎微。后来王二水很轻很慢很谨小慎微，萍萍反而粗鲁粗暴起来。王二水抱起了萍萍，从土狗鳖家旁边走过，沿着村南的大沟，往水库边去了。

水库边的坑塘里，两个黑影跳了进去。

王二水嘴里含混不清地说着什么，满嘴都是气流。

萍萍听到他说什么了。他说“萍，萍，萍，萍，萍，萍，萍，萍，萍，萍”，就像喘气一样。

这是一个旧坑塘。水库边像这样的坑塘有很多。他们本来要去土狗鳖家的，到土狗鳖家看水晶的，糊糊涂涂就到水库边了，就到坑塘里了，就成现在这个样子了。

萍萍也紧紧地抱住他。萍萍感觉到他的颤抖，感觉到他绝望般的喘息。

……

不知过了多久，萍萍平静下来了，她看到天上的星星布满在一个黑洞洞、深悠悠的圆圈里。星星密密的，在交头接耳。萍萍知道现在的位置，不错，一个多年前留下的水晶坑塘里，她正躺在底部。这是一个很深的坑塘，怎么跳进来的，似乎记忆模糊了。如果是白天，让她再跳一次，打死也不敢了。她身边还有一个人。她知道那是谁。萍萍还知道，他们共同完成了人生一个重大的仪式，这个仪式伴随着各种声音。没有人听到一个挖晶人遗弃的坑塘里响起连绵不绝的嘈杂声。此时夜色已深，在荒岭野地，在不远处的水库边上，萍萍是否该铭记？就在刚才，坑塘的塘壁上有粉末状的碎土屑掉落下来，他们浑然不觉，躺在自己的衣服上，紧紧地缠绕在一起。现在是多久啦。二水怎么不说话？他明明在喘气，还有他的心跳，萍萍听得真切。不，也许那是自己的心跳吧。萍萍感觉冷了。土地的凉气已经浸透衣服，水一样洇在她的后背上，身上也似乎披一层凉水。她想穿起衣服，想伏到一个可靠的、温暖的怀抱里，可身边这个人怎么没有一点反应？好吧，你不动，我也不动。这时候，这个坑塘，简直就是人间的天堂，就是幸福，就是人生，是整个人生。

塘壁上又有碎土末掉下来，发出一点声音。

“这个塘里一定出过水晶。”王二水说话了，声音平静。

“好冷……”萍萍说，终于动了动。萍萍感觉身上盖了衣服，伸手摸了摸，不像是自己的衣服，“二水你不冷？”

萍萍这才伸手去够王二水。王二水只穿一件单薄的衬衫。萍萍这才知道她盖着王二水的外套。

两人忙忙乎乎各自穿好衣服。

萍萍偎在二水怀里，说：“你怎么知道。”

“什么？”

“你刚才说这塘里出过水晶。”

“是啊。”二水肯定地说，“大水晶，值钱的大水晶。”

萍萍知道二水话里的意思了，无非是要表示这是一个不一般的坑塘。

“这个塘很吉利，我们要记住它。”二水又说，“萍萍，咱们明晚还来。”

“怕是找不着了。”萍萍说，“你呀，要来你一个人来，我可冻死了，再说，明晚也没有酒啦嘻嘻。”

“找着，一定会找着的，这塘里有我们的气味。”

“嘻嘻，你呀，尽说真话——我也闻到了，好闻的气味，香香甜甜的。”萍萍声音美美的，“对呀二水，这么好的地方，一定特别，非常特别，还不如带工具来这塘里继续挖，也许真的会有大水晶。你想啊……我觉得这是个吉利的塘子，一定是水晶大神带我们来的，才让咱们在这里干坏事。”

王二水在她耳边小声说：“好事，不是坏事。”

“坏事！坏事，就是坏事！”萍萍撒娇地说。

“水晶大神不喜欢坏事的，水晶大神都喜欢好事……”

萍萍捂住王二水的嘴了：“坏事就是好事，你嘴巴真臭啊，坏事是好事都听不懂，水晶大神一定听懂了，大神大神你听懂了吗？听听，听听，大神说话了，水晶大神说它听懂了。”

水晶坑塘里响起畅快又暧昧的笑声，在夜色里更为神秘。

但是，当他们从坑塘里出来时，却发生了意外。萍萍和二水都知道这个坑塘是个很深的塘子，边沿陡，而且直径窄，大约不足两米吧。但没想到会这么深，至少有两米多，如果凭一个人的力量，根本爬不出去，再加上沿口土层松软，无法用力，王二水试了几次都没有爬出去。萍萍最后是踩在二水的肩膀上，“打马蹬蹬”才爬出来的。萍萍是爬出来了，王二水连蹦带跳爬了几次还是没有成功。萍萍吓他说：“反正你也出不来了，干脆把你留在这里吧，我回家找把叉来，让你挖水晶，怎么样？”王二水并不害怕，反而开心地说：“好啊，把锅碗瓢盆也端来，埋锅造饭，长期住下得啦。”说归说，二水还是借助萍萍的拉拽爬出了坑塘。

夜里发生的事

“土狗鳖家还去吗？”回村的路上，萍萍问。

“为什么不去？去，看看土狗鳖搞什么鬼。”

“天都要亮了吧？这么晚，他家该睡觉了。”萍萍说，“亮灯就去，不亮灯就不去。”

“离天亮还早了，你看看，天上三星还没偏西，最多小半夜。”王二水说，“土狗鳖要是挺尸就算了，要是没挺尸，就去跟他喝一杯，这家伙好喝酒。”

萍萍和王二水的话快速欢畅，处在极度亢奋中，血液里就像长江滚滚东去，就像黄河之水天上来，浩浩荡荡奔腾流动的全是欢乐和激情，还有盲目的好奇，说话的腔调都变了似的，就是那些不明就里和莫名其妙的情话，现在也是那么得贴切，和此时的心境十分契合。他们一会儿手牵手，一会儿相互拥抱，一会儿又停下来亲吻、抚摸，再抚摸、亲吻。他们虽然摸着黑，却能准确地找着对方，不仅摸到对方的身体，也感受到对方的激情和火热而跳动的心。他们走走停停，停停走走，话也是天一句地一句，东一句西一句，有一句没一句。鱼烂沟村的夜，也因他们的欢乐而变得年轻、浪漫，甚至也透露出无知和恍惚。

王二水和萍萍相互纠缠着从村中穿过，来到土狗鳖家屋后。让他们惊喜的是，土狗鳖家的后窗里果然透出暗黄色的灯光。王二水和萍萍突然变成一个地下工作者，神神秘秘，鬼鬼祟祟。

直到这时，他们内心的小火炉才稍稍降一点温。

土狗鳖家屋檐后的竹林黑黝黝的，在夜色中更显鬼魅，如果是在冬天，会有大群的麻雀落在林子里歇脚。现在是春天了，麻雀已经在屋檐下找好了自己的家，或在为自己的家而忙碌。竹林子里没有麻雀的酣睡声，却发出一丝丝虫鸣，声音细弱而持续不绝。王二水和萍萍脚步很轻，没有惊动虫鸣，更没有惊动了土狗鳖家的人。

在他们逼近窗口时，突然响起争吵声。争吵声一高一低，一长一短。深更半夜的，怎么会有争吵声呢？能听出来，大声喊叫的正是土狗鳖。土狗鳖是大嗓门，平时说话就爱伸直脖子驴喊马叫，这会儿有人争吵，"嗡嗡"的更响了，还带着回声。那个小声说话的是谁呢？哀求一会解释一会，似乎并不想把事情闹大，似乎努力在把大事化小，小事化无。王二水和萍萍听了一会儿没听出来，不像他们熟悉的人。

王二水和萍萍心里又疑惑又好奇。

王二水挡住萍萍没让她往前走，而是自己沿着墙根，蹑手蹑脚走到土狗鳖家后窗外。

土狗鳖家的后窗蒙着塑料薄膜，屋里摇曳着浑浊的灯光，朦胧而昏暗，虽不能完全看清屋里的景象，由于隔音效果差，能听得清他们的说话：

"你以为我土狗鳖瞎眼啦？你以为我不识货？我可是挖了几十年水晶啊。实话告诉你陈会计，你就是说到天上，我这两块水晶也不卖！"

"我出的钱可不少啊。"

"知道，你出这个价我知道，是真心想买的价。可我说过了，不卖！"

"为什么不卖？你一直都是卖水晶的啊？"

"就是不卖！陈会计你少费口舌了，说多了也白说，说多了也是屁话！"

“土狗鳖你现在有胆子啦？敢这样对我说话？”

“喝多了喝多了，来来来陈会计，再干一杯！”土狗鳖口气软了，声音依旧很高，“你都要离开水晶收购站了，还找水晶干吗？”

“不是离开好不好，是水晶收购站收不到水晶了，矿里要撤回了。我不想回矿里，我想自己干点事，你们这地方出水晶，人杰地灵，我跟着沾仙气，不走了。”

原来他们在喝酒。王二水听出来了，和土狗鳖说话的是水晶收购站的陈富有。

萍萍也悄悄摸着墙走过来了，她靠在王二水的肩膀上，也想听屋里的说话。王二水握住萍萍的手，带把劲，示意她别说话。于是两个人继续偷听：

“我喝好了，不喝了。你再考虑考虑，咱们合作这些年了。”陈富有的声音。

“不用考虑，我土狗鳖知恩图报，再说我也不敢跟你陈会计作对，是不是？你在我困难时收我不少水晶，我家这几间大瓦屋还多亏了你，不是你收我水晶，我也盖不起来。陈会计你要理解我，我真的没有好货了，都是砌墙头的料子了。我只有这两块了，我得有个镇家之宝是不是？我这宅子这么抬举我，给我带来财运，我要是都卖光了，老天爷会劈了我的！”

“那你卖一块行吧？你这两块水晶有大几百斤，卖一块，留一块，照样镇住你的宅子。”陈富有的声音突然抬高了。

“陈会计，你就别缠我了，反正不卖。”土狗鳖的声音像是在央求了。

话说到这里，萍萍也听出来土狗鳖和陈富有说的是什么事了，但是小陈的声音变化大，如果不是土狗鳖满嘴“陈会计陈会计”地叫，光凭声音根本听不出来，可能是喝酒的原因吧。但萍萍还是很吃惊了，陈富有到土狗鳖家来收水晶？半夜到土狗鳖家收水晶，听话听音，肯定不是公家收的，肯定是个人收的。萍萍早就知道这个水晶陈一直在偷偷搞水晶，几年前还看到他在鬼市上交易。那他现在……天啦，他要买土狗鳖家几百斤重的大水晶，那要值多少钱啊？萍萍早就知道陈会计不是一般人，现在更对他刮目相看了。

“小陈，”萍萍咬着王二水的耳朵说，“水晶收购站的陈会计。”

“别说话。听一会儿。”王二水在她手上又带把劲。

萍萍知道她多说了，二水可能早就听出来了。

他们听到土狗鳖的老婆也帮腔了，她不是帮土狗鳖说话，而是帮陈富有。土狗鳖老婆骂两句土狗鳖，大声说：“土狗鳖你念念陈会计的好，卖就卖一块，破水晶是你命啊？你看这些年陈会计对咱家多好，水晶不过是块石头，人情大于天，土狗鳖你让我当一次家，卖一块给陈会计，咱也不多收钱，那个小的，三千块，不算多吧。”

“妇道人家，懂什么？镇宅之宝必须是一对公母才有灵气！死去挺尸！”

“一嘴鬼话，水晶还分什么公母？”

“闭嘴，再乱讲我把你嘴缝起来！”土狗鳖生气了。

“陈会计你喝水，喝酒伤身体。”土狗鳖老婆说，“我家土狗鳖就这种人，嘴巴像粪坑，心是软的，你从前帮过我们，他对你感恩不尽的。”

屋里没有声音了。

王二水咬着萍萍的耳朵说：“土狗鳖家绝对不是两块水晶，土狗鳖家绝对还有很多很多大水晶。”

“你怎么知道？”萍萍说。

“打鼓听声，听话听音，听出来的。”

“那他为什么不卖？”

“你要想想陈会计为什么要买？”王二水精明地说，“想想，陈会计为什么要买土狗鳖的水晶？”

“为什么呀？”

“想想。”

“不想，你说。”

“陈会计是什么人啊？”王二水明知故问。

“水晶收购站的会计啊，谁都知道。”

“这就对了啊，别看陈会计年轻，他可是水晶专家啊，他偷偷跑到鱼烂沟收购水晶，半夜三更的，为什么呀？肯定有原因啊？肯定水晶要大涨价啦，他收回去就赚大发啦。怎么样？我早就判断水晶要涨价了，明天我也要找土狗鳖，把他家好货掏出来。”

“陈会计都不卖，他能听你的？”萍萍说。

“鸡有鸡道，狗有狗道，我自有办法？”

“说听听来。”

“不能说，当心叫屋里人听到。”王二水说，“你在这里看着点，我去去就来。”

萍萍一把拽住王二水，贴到他身上：“去哪里啊？人家害怕的……”

“没什么好怕的，我不走远，他们还要吵一会儿，陈会计没弄到水晶不会甘心走的，趁他们还在较劲，我趁机去捞点小稻草。”

小稻草萍萍懂，就是捞点小便宜。萍萍以为王二水是要去土狗鳖家插一杠子，买他的大水晶的，就放他走了。

萍萍一个人躲在土狗鳖家的后窗下。

屋里沉默一会儿，又开始说话了，照例还是争执，照例还是土狗鳖和小陈高一声低一声地讨价还价。现在的情形完全反过来了，是陈会计强行要买，土狗鳖央求陈会计不买了。萍萍真敬佩小陈，真敬佩他有耐心，真敬佩他能磨。萍萍心里有些向着小陈了。萍萍一直喜欢水晶收购站，连带着也崇拜陈富有，她从小就多次卖花石给水晶收购站，尽管一次都没得到他的关照，他也都是公事公办，萍萍还是向着他，觉得土狗鳖护着大水晶真不应该。有些事儿真是怪，她和小陈一点关系都没有，却带着明显的倾向性，希望土狗鳖的大水晶让一块给小陈。

萍萍听了会，悄悄抬起头，透过塑料薄膜，向窗户里看。灯影里，萍萍看到，小陈的轮廓很清晰，依然是精干的样子。他声音很有力道，向土狗鳖讲他的道理。土狗鳖呢，显然没有了底气，虽然还在拒绝，似乎马上就要妥协了。

怎么还不见王二水进去呢？萍萍乐观地想，也许王二水进去插一杠子，土狗鳖的意志就会瓦解，就会有意想不到的结果——两块大水晶都卖了也有可能，哈哈，正好，每人一块。

还不见王二水的影子。

他上哪里捞稻草啦？萍萍有些焦急了。

约摸过了十几分钟，或者二十几分钟，王二水出现在萍萍身边了。王二水是突然出现在萍萍身边的。夜黑，紧张，加上萍萍在听屋里人的说话，没有注意到王二水的从天而降。

"妈呀，吓死啦！你是鬼啊？"萍萍用气声呵斥道。

王二水用屁股抵一下萍萍，迅速向黑夜里隐去。

萍萍跟着紧走几步才摸到王二水身上背一个东西，沉沉的，是一只蛇皮口袋，口袋里是硬硬的石头。一定是水晶了。绕到竹林另一边了，萍萍纳闷地问："哪来的？"

"别管，快走。"

没想到王二水身上背着半口袋水晶，还走得这么快。萍萍在他的拖拽下，趔趔趄趄地跟在他身后。但萍萍一点也开心不起来。王二水做贼了。王二水一定是偷了土狗鳖家的水晶了。土狗鳖家的院子里到处都堆着水晶，他肯定趁着土狗鳖两口子专心对付陈富有的当口，摸进院子下手了。萍萍知道王二水有许多东西都来历不明，平素也常常鬼鬼祟祟，现在居然当着萍萍的面偷水晶。萍萍心里憋屈，跟一个小偷在一起，自己也像一个盗窃犯了，萍萍真想把王二水拽回去，把水晶还到土狗鳖家院子里。可王二水正在兴头上，正在得意中，怎么会听她的？萍萍觉得不能这样了，自己要改，王二水也要改。以前，对王二水家来路不明的东西，她只是心里有数，不太好意思说，现在两人的关系突飞猛进，已经水乳交融了，已经是一家人了，要好好说说他了。

回家的路很短，不像来时那么长了。萍萍忧心忡忡，心里的路突然很长。

王二水感觉不到萍萍的心思，很兴奋地撞进院门，撇开萍萍，快步如飞地钻进了大堂屋里。萍萍情绪低落，本想不跟他进屋，脚步沉重地走在院子里，犹豫一会儿，还是跟进去了。她看到气喘吁吁的王二水迫不及待地从蛇皮口袋里掏出东西来，果然是水晶。王二水一块一块地拿出来，堆在地上。和那堆“臭”水晶紧挨着。萍萍突然觉得，那堆臭水晶也许不是他从人家的粪坑里买来的，说不定也是偷来的。萍萍看他新偷来的水晶，一共三块大的，几块小的，一眼就看出来，不是好料子，都是砌墙头的货。萍萍懒得瞅一眼，这都是什么东西啊，要是放在几年前，扔在路边都没人捡的，绊在脚下都碍事的，最多当成石英，卖到公社的石英粉厂，打成石英粉。萍萍知道土狗鳖家的鸡窝、鸭窝、猪圈，都是这种石头砌的，王二水如果潜伏进去，随便拾，还顺手偷了人家的蛇皮口袋。王二水连这种石头都偷，而且敢当着她的面，萍萍心里的憋屈渐渐化成了气愤。

“萍萍，去舀瓢水来，我要看看。”王二水喜形于色地指使着萍萍。

萍萍冷冷地看着他，没搭理。

王二水这才看到萍萍的脸色。王二水也不管萍萍了。爱生气就生吧。他抱一块大个子水晶，去墙角大水缸里，把水晶放水里湿一下，又抱到工作台上，对着台灯看起来。

萍萍深深地叹息一声，对王二水很失望。这种失望，就像突然而来的洪水，很迅猛、很真切地掩面而来。她不想再看王二水沉浸在看水晶的快乐里了。她怕对王二水的失望进一步扩大，扩大到厌恶的程度。

萍萍悄悄走出了大堂屋。

空旷的院子冷冷清清，萍萍突然感到很冷，打了个寒战。萍萍在院子里站了片刻，脑子里显现的，都是王二水，一会儿是他做贼时的样子，一会儿是刚才在水库边坑塘里不顾一切的激情。她不知道哪一个是真实的王二水。两个王二水在她心里交替着，都让她厌恶。她怕这样的影像刻在脑子里，抹不掉而折磨她，便想尽力地忘却。她仰脸望望黑黝黝深悠悠的天空，看密密麻麻的星星。风正从水库边吹来，带着水汽，也吹动了院子里的花香。但一回身，还是王二水家窗户里漏出的灯光，她知道王二水在那里看水晶，水晶的魔法已经锁住王二水的心智了。萍萍看到窗户上那个暗影，多么陌生啊，刚刚发生在坑塘里的快乐和欣喜，激情和放纵，仿佛发生在很久很久以前，仿佛她需要的就是一个人，一个影子而已，极端地说，也许当时是谁都行，是谁她都可以接受。萍萍心里滋生一丝危险的情绪。她感受到这种情绪了，很可怕的情绪，失落，失望，失败，无地自容。她甚至都没有希望王二水能向她解释。她没有再看那抹影子，就让他成为影子好了。

萍萍走在村路上，脚步沉重，心情比脚步更沉重。

推开破败的紫笆门，发现家里的灯亮着。

萍萍进屋一看，王阿妹坐在床头。王阿妹神情特别，比往日更加呆若木鸡了。

王阿妹望着进屋的萍萍，过了一会儿才吃惊地“啊”一声，小声道："怎么回来啦萍萍？"

萍萍倒奇怪了，每天晚上都回来的呀，是不是今天太晚啦？萍萍没有接她的话，而是问她："没睡？"

"吵架啦？"

萍萍觉得她问多了，不想说。

"这个二水，真不懂事，这么晚还让你回来，猪脑壳子。"

萍萍听懂了王阿妹的意思，更不想回答她。萍萍看她收拾好的一个包袱，还有几件她自己的东西堆放在一起，纳闷地说："你这是……"

王阿妹望着萍萍，眼里渐渐闪着泪花，伤感地说："这是姐在家里最后一晚了……明天我就……明天我就嫁了……"

萍萍愣住了。王阿妹这句话太突然了。

旅行结婚

快乐和伤感总是相伴而行。对于萍萍来说，幸福来得太突然——她和二水结婚了。

尽管王二水偷水晶给她带来莫大的羞辱，尽管，王阿妹所谓的“嫁”，不过是拎着一个包裹到了一个陌生的村庄和陌生的人家，没有烟花爆竹，没有笙箫管笛，更没有洞房花烛，草率得还不如孩子们过家家。但萍萍还没来得及为王阿妹悲伤，就被巨大的幸福冲淡了。她要结婚了。王阿妹“出嫁”的当天，王二水就跟萍萍说，要去领证结婚。王二水对偷盗土狗鳖家的水晶绝口不提，就像没有发生一样，也没关心萍萍头天晚上离开时为何不快乐，更没去关心他“改嫁”的姐姐。萍萍和王二水的年龄都够拿结婚证的了，他俩就到村委会写了介绍信，去镇里领证去了。

民政助理是个五十多岁的中年人，秃顶，包金牙，脸上还有几个白麻子，眼睛永远都是鬼鬼祟祟的。他看萍萍和王二水进来了，明知故问道：“办什么事？”

“拿结婚证。”王二水说。

“今天什么好日子？拿结婚证？”民政助理看看王二水的手，又看看萍萍的手。王二水和萍萍都两手空空。民政助理拉开大抽屉——抽屉里全是糖果，他对萍萍和王二水说：“先吃块喜糖——这都是拿结婚证的新娘给的喜糖，你们挑两块，挑呀，不客气的。”

“……我们不吃。”萍萍说。

“哈哈哈……”民政助理推上了抽屉，大笑着，又抽开另一个抽屉，拿出一盒烟，取出一根，说，“你们不吃我吃啊，喜烟来一根？”

萍萍和王二水知道了，民政助理看他们的手，不是他们的手有多漂亮，也不是他们的手有多粗糙，而是在提醒他们，拿结婚证怎么不带喜烟喜糖？也太不懂事了吧？萍萍说：“我们也带了喜烟喜糖了，这就去拿啊。”萍萍说完，拉了王二水就出去了。出门后萍萍才责怪说：“你傻瓜啊？没听出话音？走，去二商店，买糖买烟去。”

萍萍和王二水来到街上。镇政府大门对面就是第二商店。萍萍和王二水买了一斤高粱饴，一斤花生牛轧糖，一斤大白兔奶糖，一斤小儿酥，又买了四包大前门香烟。

重新回到民政助理办公室时，民政助理看一眼堆放在桌子上的一大堆喜糖喜烟，露出闪闪发亮的金牙笑了，脸上那几颗大白麻子里也溢满了笑，喜滋滋地说：“喜糖四包，喜烟四盒，事事如意啊，好好好，介绍信户口本都拿出来吧。”

民政助理说话间，把桌子上的一堆东西掐进纸箱——刚刚冒出来的空纸箱。

民政助理先看王二水的户口本，翻都没翻就放下了。

王二水心里一虚。

民政助理看一眼萍萍，又拿起萍萍的户口本，摞在王二水的户口本上。不知为什么，萍萍也心虚一下。

民政助理把两个户口本往桌边推推，说：“介绍信呢？”

其实介绍信就在他手边。王二水赶快指一下。

“看你两人不大啊，年龄够吗？”民政助理看都不看。

“够了，有户口本……”王二水说。

“户口本算个屁啊，不能改啊？”民政助理的脸说变就变。

萍萍说：“介绍信。”

“开张介绍信还不是便便的。”民政助理说着，两眼贼溜溜地看着萍萍的腹部，问：“你们一个村的，是不是未婚先孕？”

萍萍脸腾地红了。

王二水说：“没有。”

“没问你。”

萍萍说：“没……”

“没怀孕急什么急？”民政助理眼睛一直没离开萍萍的腹部。

萍萍下意识地收收小肚子，喘气都紧张了。

王二水听了民政助理的话，眼珠子一转，说：“有可能……怀了。”

民政助理目光上移，盯住萍萍的眼，等着萍萍说。

萍萍也觉得王二水很聪明，便点点头。

民政助理突然厉声说：“未婚先孕，要罚款。”

萍萍知道上了民政助理的套，又羞愧又愤怒，几乎是逃出民政助理办公室的。

走在大街上，萍萍腿发飘，心发虚，怀没怀孕真的不知道。民政助理的话太毒了，眼睛也太毒了，把什么都看穿了。王二水推着自行车，从身后赶上来。王二水不停地骂民政助理，骂他骗了喜糖和喜烟，还不给拿证。萍萍知道骂也没用。萍萍也在心里骂，骂了会好受些。王二水骑上自行车，载着萍萍回鱼烂沟村。路上，萍萍和王二水还在说结婚的事，议论了民政助理，议论他嘴里的金牙和脸上的麻子，议论他收的那么多糖果和香烟，还说，结婚证不给拿，怎么不把喜烟喜糖退啦？王二水还羡慕当民政助理真好，一辈子不缺糖吃。到最后，王二水说：“反正镇里来过了，到民政上拿过结婚证了，没拿成不打紧，村里人都知道我们来拿证的，是要结婚的，就相当于拿到了。”萍萍想想也对，让王二水在路边的小商店又买几斤水果糖，准备回家发给水晶制品厂的人，相当于公开宣布了。王二水说："大白麻子吃了咱的喜糖，他敢说没吃？敢说吃到狗肚啦？吃了就等于发证了。""又是撒谎啊？"萍萍小声嘀咕一句。不过她心里头是认可这个谎言的，那个事都做了，不是结婚是什么？萍萍想到这几年时髦的旅行结婚，就提议别搞仪式了，家里房子也没收拾，自己家的小院子破破烂烂的，房子也矮矮小小，不适合做婚房。王二家倒是有大堂屋，可开了工厂，也是乱糟糟的。如果旅行结婚了，时髦赶上了，还省了钱，出去旅游两天，回家搬到一起住就名正言顺了。萍萍便把头伸到二水的腋下，说："我们旅行结婚去。"王二水想都没想就大声叫好，脚上也带了劲，把自行车蹬得飞快。萍萍又问："到哪里旅行结婚啊？"王二水说："你定。"萍萍说："哪里都不去，省点钱，就到县城转一圈，住不住都行。"王二水哈哈大笑了："不住不好吧？不住一晚，算什么旅行结婚，让村里人笑死了。"萍萍说："笑什么啊，意思意思就行了，家里那么多事。"

两人回到家里，发了喜糖，还把王阿妹请回来吃顿好饭，就准备旅行结婚的事了。

几天以后，选了个好日子，两人就穿上新衣，安排好厂里的工作，骑车去了县城。对于旅行结婚的目的地，萍萍真的没有任何要求。在她看来，两人睡在一起就算结婚了，如果较真，那天夜里在村东的水晶坑塘里，就算入了洞房。婚床就是大地，罗帐就是大天。再去好地方旅行一圈，比如上海北京南京海州什么的不是不可以，只是太费心费时费钱了，真心没那个必要，关键是，以王二水和她家目前的情况，真的没必要大操大办婚礼，难道不是吗？王二水家只有他一个半痴不傻的姐姐，她自己家更是一个亲人都没有了，婚礼办给谁看？谁又在乎呢？她和王二水一商量，二水也同意，就到县城去玩玩，在招待所住一晚，也没人知道去了哪里，万一有人问起来，就说去了海州玩了趟，到新浦公园看了猴子。

王二水赞同去县城旅行结婚，还有一个目的，就是要去陆书记家。陆书记家住在县城一招后边的一条巷子里，两间黑砖黑瓦的平房，一个小院，院子里奇怪地种了一株水杉。王二水去过，陆书记还是陆宣委的时候，就跟朱富去过，朱富送给陆宣委一副香港镜架子的水晶墨镜，被陆宣委当场退回了。陆宣委说我一个镇干部，戴一副墨镜，像什么？小流氓啊。当时朱富和王二水还在陆宣委家吃了顿晚饭，王二水还说，以后到陆宣委家来，认准这棵水杉就行了。陆宣委很好客，很欢迎他们来玩，一点也没把他们当生人，就像是老朋友似的。这次经历给王二水留下非常好的印象，要是能交上陆宣委这样的干部，一定必有大用。现在，陆宣委成了陆书记，他更想巴结巴结了。更现实的心愿是，他也想到镇里的石英粉厂去上班，跟随杨娟的脚步——当然，这是绝对不能让萍萍知道的秘密。凭他的关系，要想到石英粉厂成为一名镇办企业的工人，几乎不可能。但如果陆书记打一个招呼，立马就能实现，陆书记分管的恰恰就是镇办企业啊。只是这事要想瞒过萍萍可不容易，总不能萍萍在场时说吧？否则，萍萍一眼就能识破的。但是二人是一起到陆书记家的，又怎么能不在场呢？见机行事吧。王二水想，觉得，如果真能到石英粉厂上班，就能和杨娟在一起了。王二水和杨娟之间不是没有事，萍萍的感觉是对的，只是无论如何让萍萍想象不到罢了。那还是杨娟刚进水晶制品厂上班不久，王二水一天在路上遇见了杨娟。杨娟正好傍晚时下班回家，王二水也正好从镇里回村，杨娟步行，王二水骑自行车，二人便在后岭的三岔路中间站下说几句话，这三岔路，一条通镇里，一条通鱼烂沟村，一条通杨娟所在的杨墩。两人说了几句玩笑话，话语投机，不一会便眉来眼去，各人动了心思，黄昏来临时，王二水要送杨娟回杨墩村。杨娟说："不用，我几步就走到了，你快回吧，当心丁萍萍望眼欲穿哦……嘻嘻嘻嘻本来就瞎了一只眼，再望穿一只你就得服侍她一辈子了。"王二水最怕人家说萍萍的眼了，那是他自己作的妖，只能收留萍萍了。但杨娟的话，他非但一点不反感，还有一丝快乐。他说："你以为萍萍真望我回家啊？她才无所谓了。"杨娟奇怪说："哦，那丁萍萍图你什么？"王二水信口开河道："她图我厂子，我回不回她才不爱管呢。"杨娟"咯咯咯"笑了。杨娟的笑和别人不一样，别人"哈哈哈"，到她嘴里就成了"咯咯咯"，其实她平时说话也带着水汽，嘴里像在吐泡泡。杨娟笑一阵，说："好吧，给你个机会，把我送到杨墩村头，正好天黑，也没人看见。"王二水调过车头，跳上了自行车。杨娟一手抓住王二水的肩，就力一纵，坐到后座上。杨娟跳上去就搂住了王二水的腰，她搂得极其自然，极其大胆，比萍萍大胆多了。萍萍到现在坐他自行车都没有像杨娟这样大胆，杨娟整个人几乎是紧紧贴在王二水的后背上了。王二水身上顿时燥热起来，明显感觉到杨娟肉鼓鼓的胸脯。王二水心里发紧，话也不敢说，可每当自行车有微小的颠簸，杨娟胸脯对她轻微的撞击，他就像过了一次电，心里麻酥酥的。没骑几步，天色已暗，前边正路心遇到一个黑影，黑影很大，他看不清，龙头本能地一耍，想躲过那个黑影，未曾想自行车一下摔倒了，连人带车大掼在路上，杨娟更是着着实实趴到了那个黑影上。那个黑影不是石头也不是烂泥，而是一大坯湿湿的牛屎，在杨娟的撞击下，正四溅开来。王二水顾不得摔疼的腿，连自行车都没扶，就来扶杨娟。杨娟已经知道自己趴在一坯牛屎上了，臭烘烘的牛屎还喷到她的脸上，喷到她眼上鼻孔里嘴唇上，她"哇"一声就哭了，翻身躺在一边，凄惨地抽泣着。王二水手足无措了，面对一身牛屎的杨娟无从下手，最后还是拽几把路边的草，给杨娟揩去脸上的牛屎。几把草怎么能擦得干净呢，当时在岭上，路沟里也没有水，王二水只好脱下自己的外套，小心擦拭。在擦拭过程中，王二水好多次碰到了杨娟，特别是在擦她胸部的时候，更是避免不了。但杨娟没有拒绝他，任他一下一下在胸前抹擦，王二水感觉杨娟并不反对，在他擦拭的时候，还顺着他的节奏把胸脯往前送，王二水更是得寸进尺，张开大手摸了她。王二水就是这时候看到杨娟冷冷的眼神的，暗夜中，杨娟的眼神冷峻而锐利，像两道冷箭射过来。王二水的手离开杨娟的身体，拿衣服在鼻子上闻闻，“哈”地一笑，说：“臭死了。”杨娟说：“我看了丁萍萍就恶心，她图你厂子，你图她什么？图她少一颗眼珠子？说呀？”王二水第一次听杨娟如此咄咄逼人的话，不知如何回答。杨娟又用鼻子笑一声，恶毒地说：“你们两人合不到一起，就算结婚了也要离，我可以挖颗眼珠子跟你打赌。”王二水不想说这些了，他没想到杨娟态度拐这么大个弯，和她以前的说话完全不是一个口气了。王二水喜欢听她欢天喜地有一句没有句地闲扯，喜欢听她话里话外真真假假的打情骂俏，突然这么严厉的话，让他无所适从。正好这时候响起急促的脚步声。王二水跳起来，推起自行车就跑了。杨娟也跟着起来。王二水跳上自行车。杨娟也心照不宣地跳上去。杨娟的坐姿还和先前一样，两条胳膊圈住王二水，身体紧贴着他。骑不多远，后边响起粗俗的怒骂声：“作死，才将还看到一坯热牛屎，转眼就被狗吃了，日你家祖宗！”杨娟听了，快乐地大笑起来。王二水也知道这是拾粪的老头子，大约看到牛屎才回家挎粪箕的，没想到一大坯牛屎变成了牛屎雨，拾不起来了。自行车可能哪里摔坏了，“轧轧哗哗”的乱响声和杨娟的笑声一样快乐。和杨娟的这次巧遇及经历，一直引诱着王二水，王二水也多次想和杨娟进一步接触，进一步探寻她胸前的秘密。王二水至少有两次在院子里“巧遇”下班的杨娟，要骑自行车送送她，都被杨娟拒绝了。这不但没有阻挠王二水，反而激起他对杨娟身体更多的想象。更让王二水没想到的是，杨娟突然就不干了，突然就到镇里的石英粉厂上班了。杨娟是通过什么关系到镇里的石英粉厂的呢？没见到杨娟的面，他是无论如何不知道的，也许是厂长，也许是哪个副厂长，也许是镇里的某个领导。不过他这次能有机会去县城，找找陆书记，一句话就能也让他成为石英粉厂的工人了。镇办厂的工人，比自己搞厂好啊，名声好听，牌子响亮，工作轻松，关键能和杨娟在一个厂子里了。王二水心底里有了这个秘密之后，心就不安定了，就时不时地飞到镇里的石英粉厂了，梦想着和杨娟成为同事了。

几天之后，王二水和萍萍旅行结婚开始了。

两人临出门时炸了挂鞭，算是跟村里人宣布一下。但是这挂鞭“噼里啪啦”响到中途时断了，只好重新点一次火才炸完。中途断“响”，被鱼烂沟村的人视为不好的预兆。王二水和萍萍倒是不懂这些，欢欢喜喜骑着自行车，出村了。别看王二水和萍萍的关系一直稳步发展，他们二人还很少共骑一辆自行车出门，少有的几次，萍萍都是规规矩矩地坐在后座上，连二水的衣服都不扯一下，更不要说像杨娟那样揽着他的腰或两条胳膊圈住他贴紧他了。而这一次，王二水觉得身后的萍萍离他太远了，不太像是旅行结婚的，倒像是两个不相干的人了。当骑行到通往县城的沙石公路上时，王二水说：“萍萍，我在县城里看到谈恋爱的人骑自行车时，女的都揽着男的腰的。”萍萍就笑了，说：“不要脸呗。”王二水也只好自嘲地“哈哈”笑两声，心里自然想到了杨娟。

县城的海陵路上一条僻静的小巷，叫邮电巷。萍萍和王二水从巷子里往南急走。走出巷口，向右拐，就是县委第一招待所了。此时已经更深夜静，小巷里灯光暗淡，明显的电力不足，红眼夜猫一样。王二水走在前边，身上背着那只黑色人造革包，人造革包沉甸甸地趴在屁股上。王二水的身子就歪到一边了。王二水身后，跟着萍萍。萍萍的影子和王二水的影子随着灯光的移动忽长忽短。王二水走得快，萍萍离他有两三步的距离。两人几乎都是小跑着的。巷子里落了许多柳树毛，棉絮一样，跟着他们的脚飞动。右边这道长长的红砖院墙，就是一招的东墙。王二水和萍萍走得急，就是要去一招住宿的，而且王二水的自行车就放在一招门旁的车棚底下，放这么长时间了，也不知还在不在。还好，从邮电巷拐过来，就望到一招东门边的自行车棚了，车棚里的灯光比小巷里的灯光亮多了，王二水的长征牌加重自行车很显眼地停在灯光下，车大杠上包裹的红绿相间的塑料带熠熠生辉。放心了，王二水和萍萍的脚步慢下来。王二水才腾过嘴说："陆书记不得了，才当副书记几天啊，又提拔到县里当主任了。"萍萍说："我怎么觉得县委办主任没有镇党委副书记官大啊？"王二水说："你外行呗，镇里的官再大，也是镇里的，陆书记也不傻，给他小官他能要啊？"萍萍终究还是不太明白。不过她也不想明白，她对王二水很不满意，几乎是责问道："陆书记问你那些话，是什么意思呢？他问你那么多，都是水晶加工厂的事，问我们几台机器啊，多少工人啊，都生产什么产品啊，销售渠道啊，将来打算啊，资金回笼啊，工商管理费啊，税收啊，你都说些什么呀，我都急死了，你的话，没有一句让我听着舒服的，不是侃空就是撒谎，要么就驴唇不对马嘴，真不知道你是懂还是不懂。"王二水说："在陆书记面前能讲真话？陆书记的官都当到县里了，他是什么意思我能晓得，先乱说一通，把他绕晕了拉倒。"萍萍撇撇嘴："人家陆书记没晕，你自己晕了。我看陆书记的话是为咱好，咱们厂确实该有个名字了，也该有个商标了，厂名和商标，就像孩子一样，有名有姓才会给人留下深刻记忆。"王二水很不屑地说："陆书记就是想鼓励鼓励咱，你还当真啦？你是高中生，厂名就交给你了，我才不爱捣鼓这些破事了。"王二水的话让萍萍很失望，以前他不太关心自己的厂子，甚至许多事情撂挑子给萍萍，萍萍还觉得他不过是懒大病，是想干大事情，没功夫侍弄些小来来，加上成天在外跑跑颠颠，也辛苦的。现在越来越觉得，王二水做事，是蜻蜓点水，这个干点，那个干点，什么都尝试尝试，什么都不去深入，赚钱也这样，赚到了就赚到了，赚不到也不去想想为什么。萍萍还想起傍晚时，陆书记在院子里和王二水喝茶，萍萍在厨房帮陆书记爱人摘菜，听到他们说话声突然大起来，还听到陆书记在训斥王二水。王二水开始还呵呵傻笑，接着便不做声了。萍萍问："陆书记骂你了吧？"王二水说："他敢，他当他书记，凭什么骂我？我也不欠他的。"萍萍说："你就是嘴硬，陆书记刚提拔到县里，要不是今天是星期天，人家才没时间在家陪你喝茶呢，你说什么把陆书记得罪啦？我都听见了，陆书记把你训得像鬼迷一样，光听到你傻笑了。"王二水不敢说话，当时的情况他也没想到，他不过是跟陆书记表示不想搞水晶制品厂了，太辛苦，赚钱也没有以前好赚了，厂子太多了，产品质量参差不齐。以前偷偷摸摸搞地下工厂，刺激，好玩，现在放开了，大家都干反而没了兴趣了，所以想到镇里的石英粉厂上班，请陆书记给打个招呼。陆书记听了，狠狠批评了他。王二水先是讪笑几声，觉得陆书记批评得有道理，便不敢作声了。萍萍这回一问，以为她听出了其中端倪，就满嘴跑火车地说起了大话："陆书记训我？他到县里当干部了，天高皇帝远，管不到我了，我怕他骂？你没听到我后面根本就不理他啦？其实也不是训我，我们两人对政策的看法有分歧，他官大，嘴大，无理占三分，我不理他是给他面子，是想在他家里吃顿饭。"萍萍最听不惯王二水这种死要面子活受罪的话了，气不打一处来，但想起今天毕竟是个特别的日子，看看他，把要喷他的话强行收了回去，说："去一招登记住宿吧，天这么晚了，不知有没有房间呢。"王二水还想解释什么，看萍萍已经往一招大门口走了，便赶快去推车了。

一招的服务台前，空落落的，没有一个人。王二水和萍萍进来时，柜台后边只露出半颗脑袋。王二水咳嗽一声，那颗脑袋才冒上来。

“住宿？”矮胖的中年女服务员看看王二水，嘀咕道，“这么晚才来？”

“来晚了。”王二水的话里透出歉意。

“介绍信。”中年服务员看到了跟进来的萍萍，脸色立马布满狐疑，“一起的？”

王二水应一声。

“男女不能同住。”女服务员口气生硬，“什么关系？”

“旅行结婚的。”王二水说。

“旅行结婚？听口音是东南荡来的，哪个乡的？到县城来旅行……还结婚？”女服务员的嘴角露出一丝诡黠的、得意的微笑，像是当场戳穿了他们的谎言。

王二水没敢接对方的话，而是在人造革包里找介绍信，在包里翻了半天没找到，又把两个夹层翻找一遍，嘴里念念有词：“介绍信呢？怪啦，介绍信呢……萍萍你包里找找。”

萍萍背一个小包，紫红色的。萍萍明知道小包里没有介绍信，还是找了下。

“到底有没有啊？”服务员狐疑地瞅一眼萍萍，胸有成竹地说，“别找了，找不出来的，装模作样，这种把戏我见多了。”

没有介绍信，倒不是大事，只是被人家这样看待，萍萍心里受不了，她再一次怪王二水了。是王二水去大队开一张旅行结婚介绍信的，他居然弄丢了，或者根本就没开。萍萍也怪自己粗心，听信他的话，没有检查一番。好在，萍萍的小包里有一张上次领结婚证的介绍信，她拿出来，小声说：“我有。”

萍萍把介绍信恭敬地递上去。

服务员伸出肥嘟嘟的手，把介绍信接过来，嚅动着肥厚的嘴唇，断断续续读道：“兹介绍……东海县……鱼烂沟……丁萍萍……领结婚证……这是什么？这个没用的……有结婚证也行。”

“没带。”王二水这次回答干脆，因为原本就没拿到结婚证。

服务员不断打量萍萍，又打量王二水，也不说话，只把萍萍递上去的介绍信放回到服务台上。

“我们旅行结婚……手续齐的……忘带了，您看……您看，能不能给我们住一晚？就一晚。”王二水几乎是在央求了。

“门口停的自行车是你们的吧？”服务员盯着门口露出半个前轮的自行车问。

“是。”王二水说。

“骑自行车回去吧——各回各家，各找各妈，别疤眼照镜子自找难看，这么近的路，还旅行结婚，骗鬼吧。”服务员收拾旅客登记簿，划拉着桌子上的东西，对萍萍说，“看着像老实人，撒谎都不会，姑娘家，不要上坏人的当，知错就改，改了就好，犯一个错误不可怕，怕的是不改正错误……要住也行，你一个人住，你介绍信有公章，能证明你。”

服务员把萍萍的介绍信抽回去，又冷又硬地说，“只能安排你一个人住宿。”

“他不能住？”萍萍问。

“不能。”

王二水咧着嘴，呵呵笑着，说：“同志，我认识县里的陆主任？”

“谁是陆主任？”

“县委办公室新上任的……陆主任啊……原来我们镇的陆书记，我跟他沾点亲戚。”

也不知是王二水的话起了作用，还是服务员动了恻隐之心，在王二水和萍萍共同央求下，服务员同意萍萍住在招待所里。王二水没资格住，但可以借一条被子，睡在接待室外的走廊里。走廊里当然没有床，只提供一张芦席。

“说清楚了，要被收容遣送了，我可不负责任。”服务员从里间抱出一床被子扔给王二水。

王二水千恩万谢，抱着被子到接待室外的走廊上。

萍萍一边抱怨，一边帮王二水整理走廊里的地铺，嘴里不停地说：“活该，活该。”

收拾好后，王二水坐在被窝里。萍萍坐在另一头。走廊不宽，一侧是冰冷的墙，一侧是马路的人行道。王二水看马路边路灯下隐隐约约的梧桐树，灯光下的树叶变成一个一个明暗模糊的影子，自嘲地说：“不错，不错，这个院子好大，萍萍……有被子很好啊……水库边的水晶塘子里，还什么没有呢。”

“嘴巴真欠，什么话都说。”萍萍狠狠蹬他一脚。

“哈哈……你坐一会赶紧去招待所睡吧。”

“我不想去了，屋里有四张床，空了三张，还收五块钱一晚，太贵了。”

“你不去也要花五块钱啊，算什么账？我想去还去不了呢，这服务员真是死脑壳子，四张床空了三张，硬要拆散咱们……萍萍，咱们这就是新房了。”

“别臭美啦，睡吧。”萍萍往被窝里钻钻，说，“我陪陪你，焐焐脚也好。”

王二水心里暖融融的，把枕头扔给她：“给你个枕头。”

“你不枕啊？”

“我有包。我枕包，安全。”

王二水也拱进被窝了，他抱住萍萍的脚。萍萍的脚冰凉冰凉，都这个季节了，还这么冷，就像两砣冰块。王二水知道萍萍有这个毛病，萍萍说过，就是夏天里，她的脚也是冷的。萍萍的冷脚，一度还引起王二水的猜想，觉得她是不是有特异功能。萍萍当然没有特异功能，她一年四季的冷脚，就像是两支冰棍，只是不能像冰棍那样化在嘴里。王二水把萍萍的脚放进腋下，那儿是身上最暖和的地方。萍萍的脚也像是麻雀找到了家，坦然而舒服地不动了。同时，萍萍的脚立即冰透了他的毛线衣，让他的心收一下。跑了一天，萍萍的脚上散出异味。王二水觉得自己的脚应该更臭，他是汗脚，不动都出脚汗，也是一天跑下来，一定是臭气熏天了。王二水就把脚往后缩，却叫萍萍逮住了。萍萍嘟囔一声，也把他的脚往她腋下拉拉。王二水说："我脚臭。"萍萍没管这些。最后是，两个人各抱别人的一双脚，睡了。王二水睡不着，王二水抠抠她的脚，说："你快回房间吧。"萍萍说："你再给我焐会。"王二水便听话地焐紧她的脚了。

萍萍在王二水鼾声响起时，也睡了。

天一蒙蒙亮，王二水发现萍萍还在脚头，心里一热，同时又冰凉了——他发现头枕在水泥地上，包没有了。人造革皮包就枕在头下的，居然没了。昨晚临睡时，王二水还这样想着的，包是宝贝，是命，就算是头没了，命没了，包也不能没。因为包里是王二水带来的一大包水晶项链，是从整个产品堆里精选出来的，准备天亮到水晶市场去出售的。可人在命也在，包却没了。王二水在发现包丢了的瞬间，心忽地漏了，空了，然后才是慌慌地狂跳。包里除了水晶，还有三件他花工夫打磨的工艺品，一个是"如鱼饮水"，一个是"打虎上山"，还有一个是"蛟龙戏水"，这三件工艺品是他目前的镇厂之宝，是从几十块水晶石里挑出来的，经过他设计、切、割、磨、雕，直至抛光，才完成的，价值他估计有五六千块钱左右，昨天晚上还在陆书记面前炫耀过，还得到陆书记的夸奖。可不惊不动的，没了。王二水抽身坐起来，四下里打量，不仅是包没了，他和萍萍的鞋子也不见了踪影。王二水的心"咚嗵"一声从悬崖突然坠落了。

王二水想让自己平静，可他突然想哭。王二水真哭了，"哈哈哈”的，像笑。

王二水的哭声惊动了萍萍。萍萍也醒了。萍萍爬起来，问他：“怎么啦？”

“包没了……”

“啊？”

天已经微亮了，有清洁工人在扫街。

伤

萍萍怀孕了。

秋天是收获的季节。萍萍的收获是肚子鼓起来了。萍萍的身体变化很大，肚子又尖又圆，挺下去老远。村里人看着也喜，问她几个月时，她就说几个月几个月。问她的人都会吃惊地说，才六七个月就这么大啊，都要临产似的，双胞胎吧？萍萍嘻嘻地乐着。

比萍萍的肚子变化还大的是王二水。一年多前，王二水在一招的门廊里丢了包和鞋之后，一蹶不振，什么都不想干了，在家懊悔，出门也懊悔，懊悔这次无厘头的旅行结婚。没过多久，全村人都知道他们的笑话了，这叫什么旅行结婚啊，跑到大马路上睡一夜，还不如在后大岭转一圈了。王二水越闲越懒，有时在县城里混一天，跟熟人喝酒，身上有钱了，就请别人，没钱了就让别人请他，整天都是一身酒气。也会到水晶市场去逛逛。水晶市场有卖水晶制品的，有卖原石的。水晶制品越来越漂亮了，水晶原石却越来越差了。水晶市场是个露天市场，原来是县供销社杂品公司的院子，简单一改，就成水晶市场了。水晶市场也没劲，不经逛，水晶和水晶产品突然变成了青菜萝卜了，摆得到处都是，水泥柜台排了好多排，堆满花花绿绿的水晶制品，逛市场的人也像菜市场买菜一样讨价还价了。什么事情，一旦公开，就不好玩了。他十分怀念从前的鬼市、黑市，人人心怀鬼胎，所有交易都偷偷摸摸，多刺激啊。玩久了，心就散了，他和萍萍也貌合神离了。萍萍忙，没空理会他，偶尔理会几句，他也不听，说多了还吵架。他也只有在没钱的时候才找萍萍，拿了钱就没了人影。好在萍萍的水晶制品厂还能正常运行，一来多亏了储备大量的水晶，二来水晶市场的货品流动也顺畅起来——都是上门收购货品了。眼看萍萍的肚子吹了气一样蓬勃发展，王二水决定去找杨娟。

杨娟不爱理他。在石英粉厂院墙外的石桥上，杨娟扶着一辆二四式轻便自行车，问他："从哪里来？"王二水说："在县城玩一天，没劲。"杨娟说："镇子里更没劲吧。"王二水说："镇上有你啊。"杨娟呸他一声，轻蔑地说："听说丁萍萍大肚子啦。"王二水骑在自行车上，一只脚撑着桥栏杆，说："你怎么知道？"杨娟说："同学说的。"杨娟穿紧身的喇叭裤，屁股勒得像苹果，披肩的长发，直挂在腰上，还抹了口红，和在王二水家干活的那个杨娟完全成了两个人，就像电影上的明星一样光彩夺目。王二水说："县城流行溜旱冰，哪天我请你去溜冰啊？"杨娟说："没时间，要上班。"王二水说："上班有什么好玩的。"杨娟说："哪像你啊，家里有老婆给你苦钱。"王二水喜欢听这话，很得意地抬高声音说："你信不信杨娟，我也能到你厂里当工人。"杨娟听了王二水的话，眉毛一挑，兴奋地说："真的呀？你要能来上班太好了，石英粉厂我们就有三个同学了。"王二水说："还有谁？"杨娟说："吴小丽啊，吴小丽也在石英粉厂，还是我介绍来的呢。"王二水想起初中时那个踢他一脚的小个子黄毛丫头，有些不屑地说："她呀，你介绍她，怎么不介绍我？"杨娟说："谁知道你要来石英粉厂啊……你真想来还不是便便的，找罗主任，他是镇工业公司一把手，找他，一句话的事。"王二水说："罗主任我知道，可我的面子怕不行吧？"杨娟更兴奋了："不行有我呀。刚听罗主任讲，石英粉厂要扩大生产，再上一套生产设备，正缺人……好吧，看在老同学的份上，我再去求一次罗主任，说好了，事成之后，你要请我去县城溜旱冰。"王二水看着杨娟，话里有话地说："行啊杨娟，罗主任那里你都能走得通，什么亲戚啊？”杨娟说：“老亲……你别乱想啊，是我干爸。”王二水心里有数了，拍着胸脯保证说：“杨娟，你要把我弄到你们厂，我天天请你去县城溜旱冰看电影。”

就这样，王二水告别了县城的浪荡生活，成了镇办企业石英粉厂的一名工人。

对于萍萍来说，王二水的即时转变，还是让她满意的，毕竟是上班了，不用她天天想着他在干什么了。

萍萍怀孕这段时间里，她就把淘汰的那些劣质水晶和工人切下来的边角下料，堆放在那间废弃的、只剩下墙框的西厢房里。萍萍知道这些东西暂时没有用，如果细心挑拣，也许能敲成三等品的花石。但现在谁还有时间敲花石呢？萍萍的习惯节俭，让她有一种直觉，这些东西也许将来会有用场。半年多下来，这些水晶垃圾就堆了一大堆了。

这天，院子里阳光很好，满满一院子都是阳光，照在各种物件上。萍萍刚送走县城来的一个水晶产品批发商，坐在院子的石台上歇歇，手心里卷着一叠人民币，那是批发商刚刚结的货款。这些进进出出的批发商，有的骑自行车，有的骑摩托车，有的是熟客，有的是生客。萍萍的原则是只做熟客，熟客最多拖欠几天货款，不会被骗。萍萍的产品规模不算大，经不起骗的。就是熟客，也有不讲信用的人，比如镇上一个外号叫排骨的水晶商，拿了她四五次货，一直没结款，她就不再跟他做生意了。萍萍托别人带话给他，让他结款，到现在都没有露头。好在她知道他在县城水晶市场的摊位，有空要去找他的。还有本村的朱富。朱富的生意越做越大了，家里有厂，听说在县城和磨山镇上和别人合伙搞了两三个厂，水晶批发市场也有摊位，生意做到了全国各地，光是上海，就有好几家大商场里有他的柜台。不过朱富做生意不规矩，在萍萍这里赊账拿货，不但价压够狠，结款周期也长，事实上从来就没有结清过，每次都留着大尾巴，这不，算上前天刚刚拿走的一批货，光是朱富就欠她一千多块了。萍萍还听说，喜欢喝酒的郝大嘴，戒酒了，一心一意在家收钱，说数钱比喝酒更痛快。这让萍萍想起了王二水，觉得他真是扶不起的阿斗啊。

萍萍了解外界的主要窗口，也和这些批发商有关，从他们的言谈中，以及自己的经营中，觉得也该在县城的水晶批发市场租一个摊位，一来可以了解市场行情，二来也能直销自己的货品，赚更多的钱。可惜她手里没人，最得力和可靠的人鬼使神差去上班了（就是不上班，也不能信任王二水的），王阿妹脑子又不灵光，她自己大肚子行动不便，如果委托别人管理工厂，自己去批发市场租摊位，又怕两头都管不好。好在，磨山镇上也要搞水晶市场了，那样的话，也许能去租一间。

车间里的机械声嘈杂而刺耳，这是她熟悉又亲切的声音。让萍萍聊以欣慰的是，厂里的七八个工人还算老实可靠，如果政策没有大变化，这样下去也还挺好。

萍萍被阳光簇拥着，突然感到肚子里的小家伙在踢她。萍萍最近摸到一个规律，只要自己一思考，就会惊醒肚里的小家伙，小家伙不是踢她，就是挥舞小拳头。萍萍伸手摸摸肚子，脸上泛起幸福的微笑。

王阿妹进来了。

王阿妹知道萍萍怀孕后，经常回来。王阿妹没怀过孕，没生过孩子。但知道怀孕生孩子是大事，所以三天两头来照顾萍萍，给萍萍带些青菜萝卜什么的，有时还带来烧好的菜。来了就帮萍萍做事，什么事都做，连衣服都帮萍萍洗。萍萍有时候还留她在家里住几天，她也更乐意。每当这时候，萍萍都要和王阿妹聊很久。

王阿妹看萍萍坐在院子里晒太阳，脸上露出一丝笑，也不多话，就忙活了。农村的事都这样，勤劳人满眼都是活，懒汉什么活都找不到。王阿妹闷不吭声地这里抓一把，那里扫扫地，还到车间里去清扫地面，带了一簸箕碎垃圾，水晶皮、水晶碎末。王阿妹已经看到存放在西厢房墙框里的那堆水晶垃圾了，就把簸箕里的垃圾也倒上去。水晶垃圾发出碎裂般的“哗啦”声。王阿妹没有立即离开，而是站立一会儿，还伸手捡起几块看看，然后又蹲下来，继续捡几块大的看，当然都是实在不能用的死石头了，但也找了几小块，放进了簸箕里，发出轻微的“当”的响声。萍萍也没有注意她，知道她闲不着，就挺着大肚子去车间了。

等萍萍从车间出来，在此起彼伏的“吱吱嚓嚓”声中，听到有敲花石的声音。真是久违了。只有王阿妹才会想得出敲花石的。萍萍循声走去，果然看到王阿妹坐在那堆水晶垃圾边，屁股下垫一个蛇皮袋，腿边的簸箕里有小半下水晶的残料，不是一块斜小的三角形，就是一个薄皮片，或是一粒残珠，总之是出不了料的小晶体，细心剥皮，也能敲出花石来。只是这么碎小的花石，要花多大功夫啊。王阿妹看萍萍走来了，停下手里的活，跟萍萍咧嘴呆笑一声，说：“扔了可惜，敲了看看，不巧也能值个块儿八角的。”萍萍说：“歇会吧，这么小的晶体，会敲坏手指的。再说水晶收购站都不正常收购了，常常关门上锁，听说年底就没了。”王阿妹再次呆呆地咧下嘴，连笑的模样都没有了，但她肯定是跟萍萍笑笑的。王阿妹“笑”一下之后，又敲起来。

天都擦黑了，工人下班都一会了，王二水还没有回家。王阿妹把饭收拾在桌子上。桌子上只有一碗饭。她催萍萍趁热吃，自己却不动。萍萍知道，她是在等王二水。萍萍说：“你也吃吧，别等二水了，他没大魂，谁知道什么时候回家。”王阿妹抱怨道：“二水真是的，怎么把你一个人扔在家呢？家里现成的活不干，要去做什么倒头鬼工人，脑子八成坏了。看看这天，都黑定了，还不见人影，一屁长的路，这么经走啊？”其实王阿妹的抱怨也没有道理。石英粉厂是早上八点上班，到镇上小十里路，七点一过就得出门。下午下班是六点，稍微耽搁一下，就要到七点之后才能到家。当然，王二水大多数时候都是很晚才回来，不是加班，就是和朋友喝酒——当工人之后，王二水应酬越来越多了，好多狐朋狗友，三天两头喝，每次喝酒回家，都要吹嘘一通，又跟谁谁谁喝了，谁谁谁又喝醉了，谁谁谁苦到大钱了。萍萍听烦了，懒得听，任他自得其乐。但她从不在王阿妹面前抱怨王二水，很多时候还帮王二水说话。萍萍看王阿妹一直竖起耳朵，知道她是听村上动静的，就说："二水上班也辛苦的，还要跑来跑去，都这会儿了，说不定又在外喝酒了，咱们先吃吧。"王阿妹听了，也只好依萍萍，起身去锅里装饭了。

王阿妹起身时，老是躲着萍萍，避着什么，萍萍就知道了，王阿妹脖子里或胸脯上，一定又青一块紫一块的了。萍萍心里酸酸的，说："老不死的又打你啦？"王阿妹在喉咙里"哼"一声。萍萍听得真切，那声"哼"像一声哽咽。萍萍这才看到王阿妹的手腕上也有伤，几块紫痕里都渗出了血丝。萍萍说："这个老剁头的，他也不怕二水去打他？就他那死形色，还生一张打人的手？"王阿妹说："萍萍你可记住我的话，千万别跟二水讲。"萍萍说："我不讲，明天我去找他，问问他凭什么打人。"王阿妹脸都吓青了："……别呀……那我就不活了。"萍萍听了王阿妹的话，想起王阿妹当年也是嘴一套手一套的泼辣女人，这些年历经磨难，硬生生把一个鲜蹦活跳的人，变成一个窝囊废了。萍萍看着她耳膛根的一块青，这次真的被老光棍打得不轻。萍萍曾问过王阿妹，老光棍为什么老是打她，老是没轻没重地把她往死里打。王阿妹吞吞吐吐也没说完全。但是从王阿妹吞吞吐吐的片言只语中，萍萍能大致知道其中的原因。老光棍身体不行了，做不了那个事，又特别想，不分场合，不分白天黑夜，一有空就动手，做成做不成都要打。老光棍心毒手也毒，专照王阿妹私处打，王阿妹被打急了，就求他打她的别处，他便在她肩上、脖子里、胸脯上、胳膊上、大腿上，凡有肉的地方，又是拧又是揪，他把王阿妹的肉揪起来，转一圈，嘴里还笑哈哈地说："一拧一转，不拧紫疙瘩不算。"于是，王阿妹身上的瘀肿就一块一块的了。

"老不死的是不是人啊？"萍萍心里不好受，"真是禽兽不如。"

"不管他。"王阿妹的口气轻描淡写，把饭端到桌子上，"吃饭吃饭。"

"告他坐牢去。"萍萍哪有心思吃饭啊，"你要下得了狠心，就去告他。"

"算了，他也没多少活头了，我躲躲不就行啦。"王阿妹低头吃饭了。

萍萍这顿饭吃的不是滋味。

这天晚上，直到夜色已深，王二水都没有回家。

萍萍倒是习以为常了，很快就进入梦乡。王阿妹却难以入眠，她就睡在萍萍的脚头，能听到萍萍均匀的鼾声。别看王阿妹样子呆傻，心里明镜一样有数，王二水成天不归家，不是什么好事，照这样下去，小两口也过不长。但她不敢说，也不愿想，忍着难以言说的悲伤，眨巴着眼。

王阿妹的伤，不仅在皮肤，还有内伤。

卖花石遇到的

两个女人并排走在路上。路是砂石路，“村村通”新铺的路，其实就是在原有的路基上铺一层细碎的沙子。沙子在两个女人的脚下唱着歌，“嚓，嚓，嚓，嚓，嚓，嚓，嚓……”歌声很平稳，脚下也很稳，一步一步的。有毛驴车或手扶拖拉机从她们身边超过去，赶车人或开车人都要看一眼两个女人，左边的是大肚子，姿态像一只散步的大鹅，四平八稳地摇啊摇啊摇啊。右边是个高个子，大长脸，天生一只大虾腰，挑着一副担子，走路更是怪异，像鸭子一样撇着腿，两腿之间能钻过一头肥羊，一叉一叉的。奇怪的是，看起来极不稳当的两个人，却给人有稳当的感觉，可能是她们一直把步态、节奏保持得太一致的缘由吧。有人认出来，大肚子是鱼烂沟村的丁萍萍，挑着担子的也是鱼烂沟村的，现在是双浜一个老光棍的老婆了，叫王阿妹。

有个别开手扶拖拉机的调皮鬼，会在她们身边拉一下离合器，让手扶拖拉机减速，大声说：“上车啊？”

萍萍朝他们摆摆手。

王阿妹摇摇头。

她们看到，毛驴车上拉着石英石，手扶拖拉机上也是石英石，他们都是后岭四周村子上的，是把石英石卖给镇上的石英粉厂的。

萍萍本来不想来镇上，自家厂里的事虽然按部就班，井井有条，不亲自照管总归是不放心的，再说随时还会有拿货、还款、催账的批发商呢。不过她不来也不行，这几天王阿妹把那堆水晶垃圾翻尸倒骨一样地倒腾一遍，连天带夜，居然被她敲了一竹匾花石。只是这些花石太小了，就像一个个瓜子壳，如果放在几年前，水晶收购站的陈富有一定不会收。可现在不同了，短短几年时间风气大变，没有人敲花石卖了，陈会计也许会网开一面，收下王阿妹这几斤花石。对于王阿妹这几天出人意料地敲花石，萍萍也没少操心，她多次劝说王阿妹，别这么费神敲这点小石头了，眼睛都惊花了，也卖不了几个钱，不差这十块八块的。王阿妹不听，一会说没必要浪费，一会说闲也闲着，干点总比不干强，日进分文，强比坐吃山空。萍萍知道劝说也没用，看着她愚公移山一样地把一大堆垃圾精选一遍。而在这几天中，萍萍也没有去找那个老光棍问罪，更没劝王阿妹赶紧回家——她也想王阿妹在家陪陪她，因为王二水居然一直没照面，算下来，他没回家已经五天了。五天可不是一个短时间，他还能天天加班？如果不是加班，他干什么去了呢？在不在厂里呢？萍萍心里其实比王阿妹更急。王阿妹要去卖花石，萍萍就自告奋勇和她结伴了。萍萍说："我要去石英粉厂找找二水。"王阿妹知道萍萍的心，她说："姐也这样想的，找回来不让他去上班了，这个剁头的，多少天不归家啦？"

中午的阳光暖洋洋的。路上有雾气样的光线在闪动。路边的秋庄稼已经收齐了，冬小麦也出齐了苗，大片大片的田野绿汪汪的。不远处的水库边，有逮泥螺的小船，船上的人也会看两个走路的女人。两个女人也互相看着。王阿妹看萍萍，萍萍看王阿妹，两个人的心情不一样。王阿妹是看萍萍的肚子。萍萍的大肚子在王阿妹的眼里真的很美，像一口锅盖在腹部，圆润、自然、自豪。王阿妹眼馋，几次下意识地看自己的肚子。自己的肚子平平的，也许这辈子都不会鼓了。萍萍是看王阿妹的腿，她叉腿的、艰难的行走姿态，萍萍每次看，都会想到一个字，疼。王阿妹的身上有很多地方一定很疼，萍萍就想到那个变态的老光棍，想着王阿妹当初的出嫁真是太匆忙了，连带着让自己和王二水也匆忙地结了婚。萍萍看王阿妹费劲地走路，同情她，几次向王阿妹把担子要过来挑。王阿妹不给。王阿妹说："乱讲，你是大肚子，怎么能挑担子呢。"其实担子里只有几斤花石，不重，用不着夸张地挑着。王阿妹坚持要挑个担子，是要在镇上的商店里给萍萍买东西。王阿妹毕竟比萍萍大，知道月子里要用好多东西，趁现在得闲买来家，放心。

十里的路不长也不短，萍萍却越走越累，这是她大肚子以来，头一次走这么多路，萍萍一向不怕走路，从前在县城读高中，路更远，每周都要跑一个来回，也没觉得累。就是这条路，萍萍也曾多次行走。那时候多好啊，脚下多轻啊，腿上多有劲啊，感觉就是一路小跑着的，感觉就是行走如飞的。萍萍开始在心里抱怨王二水了，不是王二水五天不归家，她才不要走这些路了，也不会让王阿妹来卖那几斤破花石了。

好在，终于到了。

镇上的水晶收购站果然关门上锁。刚过晌午，怎么会关门呢？萍萍感到奇怪，王阿妹也感到奇怪。她们在门口猛拍紧闭的大门，把大门拍得"咚咚"响，响声很大，屋里却一点动静也没有。问旁边五金商店营业员，营业员告诉她们说："今天不逢大集，水晶收购站不开门。你们哪个村的？好久没来水晶收购站了吧？就算逢大集，开不开门还两款呢？"萍萍问："为啥啊？"五金店的营业员说："为啥？你说为啥？谁现在还来卖水晶卖花石啊？都搞水晶去啦！有水晶也不卖给公家了，那才值几个钱？再说，陈会计没心思工作了，人家自己发自己的财，谁还为公家干事？"

萍萍和王阿妹商量着，既然水晶收购站不开门，那就去石英粉厂吧。石英粉厂在山南，还要走二三里路。王阿妹说："萍萍你在这儿等开门，我去石英粉厂找二水。"萍萍也想去，可她确实累了，在水晶收购站门口的台阶上坐下就起不来了。王阿妹去也好，缓缓自己的心情，不然，看到二水，心一急，气一冲，会责问他的。但萍萍还是说："莫跟二水急啊，问问清楚就行了。我等他自行车带我回家呢。"王阿妹说："你不用护着他，我知道怎么收拾这个小狗吃的。"

萍萍在王阿妹走后，估算着，大约十来分钟，王阿妹就到石英粉厂了，半个小时，王二水就能在她面前了。没想到半小时很长，萍萍看了几次手表还没到半个小时。街上人不多，满街都是太阳。萍萍小心地解开外套，让太阳晒晒肚子，晒晒小家伙。正是十月小阳秋，太阳很好，虽然隔着毛衣，还是把肚皮晒得暖暖的了，身上也散发出好闻的阳光味，小家伙大约也晒舒服了，安安静静地睡大觉。

快一个小时了，王阿妹一个人回来了。

"二水呢？"

"没找着……没找着石英粉厂。"王阿妹带着哭腔自责道，"真死没用啊，问好几个人，人家指给我，我都没找着……这个破厂子，藏到哪里了啊……"

萍萍叹息一声，嘴上不说，心里也怪王阿妹没用，那么大一个石英粉厂，就在山南的大路边，怎么会找不着？萍萍看王阿妹一头的汗水，安慰道："等卖了花石，我和你一起去。"

说话间，"咣当"一声，水晶收购站的大门从里面拉开了。

开门的正是陈富有。

"谁拍门的？"小陈问。

"谁也没拍啊？"王阿妹说，"陈会计你怎么才开门？"

"刚才有人拍门。"

"我……"萍萍老实地说，"我们拍门的。"

陈富有看一眼萍萍的肚子，又看一眼装花石的蛇皮口袋，脸上浮着一丝笑意，那笑意还变化着，起伏着，说："你本事大，敢拍我的门……拍门干什么？进来吧进来吧，进来说。”

“卖花石。”王阿妹说，和萍萍一起走进水晶收购站。

“卖花石？”陈富有惊讶了，“新鲜，卖花石？不是水晶？我看看来。”

王阿妹就把蛇皮口袋里的花石展露出来，细碎的晶体，真是很不起眼。

陈富有皱皱眉，踢一脚地上的蛇皮口袋，说：“都什么时代啦，还敲这个，你们看看，我这屋里都空了，还卖什么花石，家里有水晶石吗？”

萍萍已经发现了，偌大的水晶收购站里空空荡荡，原来堆积如山的水晶，一块也没有了。盛花石的水泥池还在，里面胡乱扔着扫帚、铁锨、笆斗等工具，水泥柜台上的台秤也不见踪影，柜台里的大磅秤显得冷冰而孤独，墙上贴的水晶宣传画，有几张耷拉着，落着灰尘，结着蛛网，显得陈旧而不适时宜。通往后院的门半开着。院里有人说话，井台上一个女人在洗涮着什么，一排平房里有几颗人头映现在窗户里，一种嘈杂而熟悉的机器声传来。萍萍知道了，水晶收购站已经成为水晶制品厂了。这就是传说中陈会计的水晶制品厂吗？

“家里有水晶石吗？”陈富有又问。

“有也不卖。”萍萍说，萍萍一下子特别反感陈富有了。

“拿来看看嘛！我出高价。”陈富有的眼睛在萍萍的身上打量着，突然夸张地指着萍萍，“你不是鱼烂沟丁老扣家的闺女……”

“你认错了。”

“不会错，不会不会，不会认错……你结婚啦？脸上这么多雀斑，我上哪里认啊，莫怪莫怪，莫怪哦？你家怎么会有花石卖？你们村的王二水跟我是朋友，前天还一起喝酒的哈哈，他在石英粉厂干得很欢啊……莫要怪我不收花石，是矿里不收了，水晶收购站被矿上撤销了，这块地方现在归我承包，不过水晶还收的。”陈富有说完了，继续看着萍萍，想了想，又说，“你家一定有水晶，老扣当年可是最先吃螃蟹的人啊，懂水晶，我跟他打过交道，老狐狸呢，家里能没陈货？”

萍萍越发反感陈富有了，不过对他和王二水一起喝酒又忍不住问：“你说你前天和王二水一起喝酒的？”

“是啊？怎么啦？”

“她就是二水媳妇……”王阿妹抢话说了。

“啊？不会吧？”陈富有大吃一惊，“你是王二水媳妇？怎么他……”

萍萍看着对方的脸，他确实是吃惊的，吃惊之后，就浮现出疑惑之情了，随即就诡异地笑了，没有说完的话，似乎也没必要说了。

“就这几斤花石，收了吧？”王阿妹以为找到关系了。

“不卖了。”萍萍捡起地上的蛇皮口袋，拉着王阿妹走出了水晶收购站。

陈富有还站在门空里望着她们过了马路，才关上水晶收购站的门。

“去哪里啊？”王阿妹问。

“山南，石英粉厂。”

萍萍感觉受了污辱。这种感觉瞬间占据了萍萍整个心间。王二水没有失踪，他还和陈富有一起喝酒了。他们会说些什么呢？从陈富有的表情上能看出来，还有他欲言又止的话，萍萍都知道王二水变了。王二水的变，她是知道的，她原来觉得他的变，不过是懒，不过是没有定性，主意多，什么都想干，什么又干不好。后来到石英粉厂上班，她觉得他还会变，不是变坏，是变好，毕竟集体企业和个体作坊不一样，受约束多。但，陈富有的话和面部表情说明一切了。

突然迎面响起自行车的铃铛声。铃铛声一迭连声地响个不停。和铃铛声此起彼伏交错响起的，还有两个女孩尖叫般的大笑声。

来势凶猛的自行车吓得王阿妹后退一步，她拉一下萍萍，让萍萍往路边靠。

自行车飞一样从萍萍身边蹿过去。萍萍看自行车前大杠上坐着一个女孩，后座上也坐着一个女孩，长发都飘飞起来。自行车太快了，路又不平，车轮的颠簸起伏让两个女孩"哦哦啊啊"地尖叫着。

"二水……"王阿妹惊诧得声音都变调了。

萍萍也认出来了，王二水的自行车上，载着两个时髦的女孩，前边大杠上的女孩被王二水两条胳膊圈在怀里，长头发飞到了王二水的脸上，另一个女孩坐在后座上，紧紧抱着王二水的腰。萍萍认出坐在大杠上的是杨娟，坐在后边的女孩，萍萍没看清楚，不知道她正是初中同学吴小丽。

王阿妹以为自己眼睛看错了，问萍萍："是不是二水？"

王二水居然没有发现萍萍和王阿妹。他们正是从石英粉厂方向骑来的。他们是去哪里的呢？萍萍和王阿妹愣愣地立在路边，看着转眼就变小的自行车还有车上的三个狂鬼消失在街道的拐弯处。

王阿妹在看到萍萍恍惚的神情后，确认真是二水时，还冲即将消失的自行车大喊："晚上赶快回家二水你个剁头鬼……听到没有呀——回家——"王阿妹的声音由小变大，最后变化成直着嗓子嚎叫了，尾音拖得很长很长，拖到最后成了哭声。

回村的路上，王阿妹不停地骂王二水，什么话都骂，剁头的，狗吃的，忘恩负义的，死不要脸的。她的骂，其实是安慰萍萍。萍萍不要听她的骂，也不要这样的安慰。萍萍身太累，心也太累，脑子更是乱成一团乱麻，此时最想安静会了，脚下的迈动只是机械的。

烦心的事接踵而至，萍萍被耍了。耍她的人远在天边，近在眼前，就是常来她家赊货的朱富。萍萍从镇里刚到家，累，加上遇到王二水和两个女孩坐在一辆自行车上，风骚地骑行，心里的失望是彻底的，便上床躺着了。但萍萍并没有崩溃，王二水的多天不回，似乎给萍萍心理上带来一个缓冲的时机，让萍萍重新认识了王二水。

就在萍萍给自己寻找心理平衡时，朱富来了。朱富前几天刚拿了货，萍萍以为他是送钱来的，没想到他来跟萍萍要工艺品。朱富新买一辆大摩托车，风光地在院子里停好，就大声喊萍萍了。萍萍听是朱富，便从床上起来，到院子里跟朱富说话。朱富说："红红火火啊萍萍，看到你家小作坊热热闹闹，我心里就踏实了——这样子的，这个这个……上海那边，有几个玩家，想要一批水晶球，我已经弄到几个了，估计你家也有，不怕好啊，直径不少于十五个厘米，价格你说了算。"萍萍强打精神，说："我家不做这个的。"朱富说："啊？不做啊？我怎么听二水说家里有啊？好吧好吧，没有就没有，我去去别人家，忙着啊。"朱富着急忙慌就发动摩托车了，调了车头，骑上去，又说："对了萍萍，上次那一千六百块钱货款，给二水结去了啊，对你说声，别忘把账销了。"萍萍还没来得及追问，朱富的摩托车"轰"一声，冲出了大门。萍萍这才觉得朱富此行的真实目的，并不是要什么水晶球，是通知她一声，账让二水结清了。萍萍知道王二水的特性，早就跟朱富说过，厂里的账谁都不能结。朱富如此这般，是故意坑害人的。

如果说朱富的行为，不过是耍她一下（在朱富的眼里，他们毕竟是一家），那接下来两个熟练工的离职，简直就是釜底抽薪了。那是下晚班时，两个工人嗫嚅着跟萍萍要结算工资，萍萍说没到结算工资的时候啊。两个工人这才实话实说，她们要到县城的一家水晶加工厂工作了，那里的工资高。萍萍没法，只好结账让她们走人。

金艳又回来了。金艳在家吃完饭，想想，觉得有话要跟萍萍说，就悄悄来到萍萍家。她到屋里跟萍萍说了会悄悄话，说想了半天，觉得还是要告诉萍萍，那两个离职的工人，是被朱富挖走的。朱富十几天前就找过她俩了。她俩一开始也没答应，后来朱富又许了高工资，还要教她俩新技术，她俩才动心的。金艳说："朱富也拉我了，我说，本乡本土的好，不想跑远。我瞧不惯朱富那张嘴脸。"萍萍想想，觉得她俩也没错，凤凰落高枝，谁不想往高处飞？但，萍萍还是感谢了金艳。

遗失的蓝晶

王阿妹坐在大门槛上，等王二水回家。

王阿妹天没黑就去村头望了几次，天黑就坐到了门槛上。王阿妹目光呆傻，蓬头垢面，痴等的姿势像一尊雕像。

金艳走后，萍萍劝王阿妹说："别等了，他不回来的。"

"我喊他回的，那么大声，他听着了，应我了。"王阿妹固执地说，黑暗中，她的身影像一根弯曲的青秸秆，说话时都没有动一下。还是在回村的路上，她就说傻话了，她说她在镇上跟二水讲好了，二水也答应回家的。萍萍知道她气糊涂了，陪她在身边坐会。王阿妹说："萍萍你回去歇着，我一人等就中了。他回来我要骂他的，把他衣服扒了，用皮鞭子抽，蘸凉水抽，把他绑起来，凌迟，罚他跪在床头，跪上一天一夜，看他还敢和两个小妖精来往。"萍萍怕王阿妹真气疯了，就顺着她的话说，还想着被皮鞭抽的感觉，想着凌迟是怎么回事，想着王二水会跪在床头？想着他是怎样和两个小妖精来往。萍萍想着想着就不愿意想了，可别的事又想不起来，都是散状的，无根的，进不了她的脑子里。

萍萍也坐到王阿妹身边了。萍萍说："别等了，二水回来我告诉你。"

"不，我要看着他向你认错。"

"他要不回呢？"

"不，一会就回了，我知道，二水最听话。"王阿妹的话异常平静。这可不是好兆头。

王阿妹不像先前那样用咄咄的狠话骂二水了。她的平静反而更让萍萍担心。萍萍只好贴她近一些地坐着。王阿妹搂住萍萍，小声道："前边就是河，不远就是水库，萍萍你可不能跳啊，肚里还有小乖呢。"萍萍没想到王阿妹会这样胡思乱想，她说是等二水的，还不如说是看住萍萍的。王阿妹的话，倒是让萍萍也胡思乱想了。胡思乱想也会有情节和故事，萍萍想到自己跳进河里，自己会游泳，要是淹死就算了，要是淹不死，淹急了，游上来，肚子里孩子淹死了怎么办？萍萍又想，凭什么自己死啊？王二水干坏事，该惩罚的应该是他王二水，把王二水淹死才对了。王二水也不能死。王二水要是死了，孩子一出生就没有爸，多难过啊。等孩子长大了，跟她要爸爸找爸爸，她怎么说啊？萍萍自己从小就没有妈，她知道亲人的缺失对孩子的影响很大的。那就照王阿妹说的去做，把王二水扒光了，用鞭子抽，没有鞭子就用皮带抽。皮带上有铜扣，会把他抽坏的。还是让他跪吧，让他跪在床头，冻他，饿他，困他，让蚊子咬他，让苍蝇叮他，那也不行，多难受啊。萍萍天马行空地想着，还想到了杨娟，还有另一个女孩。杨娟怎么会那么贱呢？初中念书时看不出来啊，初中念书时还爱流鼻涕呢？另一个女孩是谁？也是石英粉厂的吗？按说，和两个女孩在一起，不会有事的。可杨娟和另一个女孩会那么没有家教吗？她们和王二水干什么去的呢？五天来他们一直在一起吗？还是去县城看电影下饭店？杨娟一点也不漂亮，大扁脸，他们会好吗？另一个女孩料想也不漂亮，说不定像杨娟一样丑，丑死了。下午看到他们骑行一辆自行车时，还是上班时间，他们或许是去办事的吧，为厂里办事。对呀，穿过镇子上的街道，就是通往县城的公路了。他们是去县城办事的吗？为厂里办事完全有可能的，办完事看场电影更有可能。这几年都有好看的电影，《小花》啊，《少林寺》啊，她都听说了，好多人都去县城看了。

“萍萍你去睡吧，明天还有事呢。”王阿妹又说话了，“你要是睡不着，要是气不过，你就骂我，打我。你就当我是二水，爱怎么打都行，往死里打，我习惯了，吃得住打。”

萍萍说：“不打你，也不打二水，更不去跳水库，我还有肚里的小乖呢，还有这片厂子呢。”

王阿妹流泪了。王阿妹说：“好妹妹，姐替你看好门户，去睡吧，天凉了。”

萍萍便回屋休息了。

王阿妹跟进来，坐在萍萍身边。两个女人也不说话，一个坐着，一个躺着，都在静静地等着什么，听着什么。村里有狗吠声，远处有玩耍孩子的喊杀声，她俩都听得真切，就是有人从大门口走过，也听得清清楚楚。突然响起自行车铃铛声，王阿妹一哆嗦。以为是王二水了。

萍萍说：“不是的，他的车，我听得出来。”

“我去看看大门。”王阿妹说。

“闩上了。”萍萍说，“睡吧。”

“不急。”

“姐，”萍萍犹疑着，说，“你打不过他？”

“打得过，”王阿妹知道萍萍说的是谁，“我不打他。他打我就像抽烟，一天不打就不舒服。我要是打他，我不舒服。”

萍萍不说话。萍萍一时没有咂透王阿妹的话。

王阿妹说：“不是怕他，是可怜他。”

萍萍轻声说：“姐你坐过来……”

王阿妹就上床坐在她身边。王阿妹摸摸萍萍的脸，感觉萍萍的脸上湿湿的，萍萍流泪了。王阿妹就让萍萍的脸靠在自己的身上。两个女人相拥着，都没有话。不过两人心里都在想着一个人，都在想着王二水。王二水此时在回家的路上呢？还是和两个年轻的女孩在一起？任凭萍萍和王阿妹怎么样想，都是不知道结果的。

梦开始的时候，这一天就结束了。

萍萍和王阿妹都做梦了。萍萍出现在王阿妹的梦里。王阿妹出现在萍萍的梦里。两个梦交错着，互补着。萍萍梦见王二水回来了。他是悄悄潜进家门的。他把自行车停在后岭上，两个面目模糊的女孩一个坐在前杠上，一个坐在后座上，跟王二水撒娇，跟二水要宝贝。王二水让她们等着，就悄悄潜进家门了。王二水进家后，先去了东堂屋的厂里，找了一圈，什么宝物都没有拿到，又到西堂屋来。萍萍正在睡觉，她看到二水进屋了，也知道他是来取宝的，她要阻止他。可她就是动不了。她喊身边的王阿妹，又根本说不出话来，张大喉咙也出不了声。萍萍急啊，眼睁睁看着王二水钻进他原来工作的雕刻间，还听到橱架上响起“哗啦哗啦”声，一定是把橱架上摆放的水晶摆件拿走了。萍萍拼命喊逮小偷啊逮小偷啊。可王二水出来时，还是抱着一堆东西，故意绕进萍萍的房间，对萍萍挑衅地笑，扮鬼脸。就在这时候，萍萍看到王阿妹从一个地方冲出来，抱住了王二水的腿。王二水拔腿就跑，王阿妹死死抱住不让他走。他就踢她一脚，王阿妹惨叫一声。萍萍被叫声惊醒了。萍萍听到身边的王阿妹“呼哧呼哧”地喘气。王阿妹惊恐地说：“……啊，我做梦了，梦到二水了。二水要带我走，我不跟他走，他就踹我……萍萍你不帮我，在一旁傻傻地看。”萍萍也回忆着刚才的梦，梦里也有王二水，他确实踢她了。萍萍感到这个梦好奇怪。

天一亮，萍萍发现王阿妹不在身边，细听，王阿妹已经在院子里忙了。萍萍听到打水声，扫地声，眯盹一会儿，便也起床了。萍萍睡眼迷离地从窗户里看一眼院子里的王阿妹，夜里的梦重又出现。萍萍想了想，便到王二水的工作室，王二水好久不到工作室干活了，那台雕刻机上的许多地方生了水锈，像一堆破烂。地上、橱架上，成了名副其实的仓库，堆得东西越来越多，越来越杂，她也懒得整理了。萍萍看屋里没有大变化，不像被王二水洗劫偷盗过，心里踏实些。但还是下意识地到橱架上翻看看，她发现二水早期练手的那些雕件太粗糙太笨拙了。但是她没有发现那个水晶杯，那个最早雕刻的水晶杯，简直太可笑了，像一个蠢女人在蹲坑。萍萍不知道怎么会有这种奇怪的想法。萍萍还想起她那只精致的旧匣子，还有匣子里的五颗彩色水晶球。萍萍心里突然有种怀旧的冲动，匣子，水晶球，那是她少女的梦想和青春的记忆啊。她耳畔渐渐响起知了般的噪音，那是一种冰冷、坚硬、刀削般锋利的噪音，父亲瘦小的身影在黑暗的小屋中，在噪音中模糊闪现。萍萍晃晃脑袋，父亲的影像消退了，噪音却还在回旋着，不断扩大着空间，仿佛也在削割她的脑颅，闷闷的，硬邦邦的，带着刺，带着寒意，她脑袋的四壁就像有无数只知了，声音越来越大，一圈一圈连绵不绝，父亲的身影变成她自己了，她开裂的小手在打磨机上灵巧地旋转着，细细的水流在她手指上漂移，手里是她迫切想要的水晶球。她有了第一个水晶球，紫晶，多么漂亮的紫色水晶球啊。她又有了黄晶，多么罕见的黄色水晶啊。她又有了茶晶，茶晶倒是不稀奇，但她这块茶晶却特别得茶，温润中透出肉色。后来她有了一枚白色水晶，这是鱼烂沟村常见的水晶，纯洁透明得让人心慌。当她想拥有一块蓝晶球时，费了她太多心思了。蓝晶是如此地让她魂牵梦萦，还多次梦见她毫无记忆的母亲，母亲身穿海昌蓝大襟褂子的影像，不知为什么成为她心里标准母亲的造型，这加重了她对蓝晶的渴望。蓝晶在她千呼万唤中终于出现了，而她，也在蓝晶出现时长大了，突然悟出了生活和生命中一些自然的节律。但成长的代价就是在艰难得到后轻易丢失了。萍萍不知在什么状态下，不再珍惜她的匣子，还有匣子里的五彩水晶球，这一套儿时可以当游戏玩耍的水晶球，轻易就从她生活中遗失了。当时空转换到现在时，当她脑壳里被巨大的噪音控制时，五色水晶球在她脑子里交叉跑动起来。

萍萍走向大门时，王阿妹问："做么去萍萍？"

"去家看看。"

"去家？一大早去有事？等等我。"王阿妹一副不放心的口气。

"不用你去，我去拿点东西。"萍萍扭头跟王阿妹笑笑，意思让她不用担心。

王阿妹还是犹疑地看着她，甩甩手上的水，跟她一起走了。路上还说："也好久没家去了，都不知什么样子了。"

萍萍被她说得心动一下。

萍萍和王阿妹到了家门口，发现这个熟悉的家，变得陌生了，笆门的木框朽断了，芦柴腐烂了，坍塌在门空里，摊成一堆，上面有邻居家鸡鸭狗爬过的脏迹，落着鸡屎和鸭毛，散发一股异臭味，院子里的荒草已经枯黄，还有几棵小树苗，在草丛里出挑地招摇。萍萍突然有些伤感，家已经不成家的样子了，是什么事如此之忙，连自己的家都懒得回来？如果不是突然想起少女时代的玩物五色水晶球，也许她不会想起来回家看看的。是啊，自从和王二水旅行结婚以来，除了从门口经过时不经意地往院里瞅一眼，她居然一次都没有正式回来过。

萍萍本想移开摊成一堆烂草的笆门，却发现笆门根本不能移动了。

王阿妹倒是干脆，她轻拨开萍萍，飞起一脚，尘埃四溅，许多碎屑杂末在早晨的阳光里飞舞，腐臭味也随之泛滥。王阿妹还不罢休，又一连几脚，给萍萍踢出一条道来。王阿妹更像古戏里的先锋，一马当先，在前开道，她趟开院子里膝盖深的杂草，引着萍萍来到东堂屋门口。萍萍再次驻足凝视，那两扇她同样熟悉的板门，在她眼前摇摇欲坠了，门上的铁锁更是锈成一块铁砣，萍萍拿出钥匙，捅了半天，才把锁打开。屋里的景象更让萍萍目瞪口呆，当门地里也长出了一棵树和几棵蒿，可能是屋里背阴和避风的缘由吧，树和蒿还一反常态地青枝绿叶，只是在它们的枝杈间，那些陈年的蛛网，昭示了岁月的蹉跎和时间的更迭。萍萍小心地躲开那棵病态的树，谨慎地走进了房门，一股潮湿的霉味直扑鼻息，还有躲藏在屋里的飞虫碰撞在她脸上。更让萍萍吃惊的是，里间的地上，有两堆盗土，一看就是老鼠的杰作。萍萍稍微适应一下屋里的光线和气味，开始在简单的家具上寻找。王阿妹也跟在萍萍身边，问："找什么啊萍萍？"萍萍说："不找什么，看看。"王阿妹在一只坏了一个缺口的土缸盖上发现几本高中课本，她掸去上面的灰尘，拿起来，问萍萍："这个要吗？"萍萍接过来看看，放下了。萍萍什么也不想要，她只想找到那个匣子，还有匣子里的五色水晶球。可在她视线所及的地方没有看到那只匣子。屋里并没有几件摆设，除了那口土缸，还有一个老式的柜子（她曾用它当写字桌，在上面写作业），一个奇丑的土坛和一只高板凳。萍萍立在床面前发呆，她想起多年以前，那只木匣会放在她的枕头边，半夜醒来都会伸手摸摸，当作宝贝，感受水晶球的光滑和硬硬的冰凉，还会在凌晨，拿着一只球，对着窗户外的阳光看，她不记得是什么时候对水晶球不在乎的了，为什么就突然不在乎呢？现在想来，真不可理喻啊。水晶球已难觅踪迹，不知遗落在何方了。萍萍伤感地蹲下来，想看看空旷的床底。床底下有一堆更大的盗土，盗土上黑乎乎的一层像是老鼠粪，散发难闻的骚臭味。萍萍差点被熏倒。王阿妹扶起萍萍，手上带把劲，示意赶快出去。

萍萍随王阿妹来到院子里。王阿妹小声说："看到那堆土了吗？还有气味，不是老鼠干的，是大东西搞的鬼。"萍萍知道什么是"大东西"，"大东西"就是黄鼠狼，传说黄鼠狼会到人家空房里入住，有灵性，不能惹的，千年后会成精，"千年黑，万年白"就是形容成精后的黄鼠狼的外貌的。萍萍从王阿妹的表情中看出她很惧怕"大东西"，有惹不起躲得起的意思。黄鼠狼不会偷盗水晶球吧？萍萍马上否定这个不着边际的念头了。在王阿妹去锁门的时候，萍萍又朝王阿妹住过的西堂屋门口走两步，看到杂草已经堵住了门，一个巨大的蛛网几乎把门空笼罩了，蛛网上有许多昆虫尸体的壳子和羽翅。有一些声音在萍萍的耳畔回响，“唧唧唧”“吱吱吱”“嘁嘁嘁”“丝丝丝”“吱吱吱”，交错不断，循环往复。萍萍从小就对声音敏感，常常半夜里被声音闹醒，随着时间的推移，年岁的增加，她知道有些声音是怎么回事，但同时，她也发现，耳朵里听到的声音，几乎都可以用不止一种方式来进行解释。实际上，就算是在白天，就算是在光天化日之下，也几乎可以用不同的方式来加以理解，比如当她感觉声音是某种机械发出时，实际上来自树上，当她感觉某种声音是地下发出时，实际上正是雕刻机发出的。萍萍对什么声音都见怪不怪了。但在破落而寂寥的院子里听这些声音，萍萍感觉是某种幻觉，并不真实，因为当她想细听时，纷乱的声音又渐渐微弱，直至完全消失。于是，父亲老扣各个时代、各个时间的身影便次第从眼前闪现，还有他亲切的咳嗽和不断在夜间出没的脚步声又渐渐响起。

王阿妹站在萍萍身边了，她扯一下萍萍的衣袖。

“要进去看看吗？”萍萍望着那个门洞。

“不……”王阿妹只简单地吐出一个字，或者说半个字更为恰当。

萍萍听懂那半个字，王阿妹不想去，怕勾连起往事吧。萍萍看着陌生的门洞，心底泛起涟漪，那间屋里，也曾住过她父亲和母亲，不仅母亲面容模糊，连父亲的音容也记不清晰了。萍萍轻声嘟囔一句。只有她自己听到来自内心的声音，她是在叫一声“妈妈”。萍萍的心里没有一丝力量了，她迈动双脚，绊着倒伏的枯草，向门口走去。在这个院子里，她遗失的，不仅是五色的水晶球，不仅是那枚心爱的蓝晶，还有好多好多东西。她走出大门口，恋恋地回身，看向那几间低矮的草房。萍萍心里不忍，眼睛瞬间模糊了。在模糊的泪眼中，萍萍看到那棵槐树了，离墙很近的这棵槐树上，不知什么时候爬上了一棵瓜蒌，瓜蒌吊在槐树的枝干上，悬垂在半空，大部分瓜蒌都黄了，好看的金黄，也有个别青绿色。槐树也突然间苍老了，她小时候槐树也小，枝干软软的，枝青叶绿，她骑坐在枝丫里玩耍，父亲也曾把她从树干上抱下来，又抱上去。如今她已经认不出是哪根枝干了。这是母亲栽的树，母亲说是救命树，可是，这棵树谁的命都没救……萍萍不忍再想，扭头离开了。

第四部　市场

街划子

十年后，王二水回想起自己的人生之路时，怎么也绕不开那次简单而又不同寻常的县城之行。不过是被两个老同学对他毫无意识的“绑架”，不过是看了一场露天电影，没想到却改变了他以后的人生。

那天的县城确实非同一般，露天电影院是两场电影连放。在工人文化宫露天篮球场的边上，有一个封闭的大院，那就是露天电影院了。在院墙外，贴着漂亮的电影海报。王二水他们看到海报时，离天黑还早了，而电影放映时间是在晚上七点半。在手绘的大海报前，三个欢天喜地的年轻人热烈议论着，他们对《小花》的海报特别喜欢，因为此前看过这部电影，便讨论着故事情节来，还争论着到底陈冲漂亮，还是刘晓庆漂亮，争论的结果当然是不了了之了。另一场电影是他们没有看过的《瓦尔特保卫萨拉热窝》，海报上是一个大鼻子竖上天的外国人。杨娟看了会，说：“丑死了。”吴小丽说：“恶心好不好？瞧那鼻子，太下流了。”杨娟不怀好意地笑笑，说：“你自己想得下流了吧。”吴小丽说：“要死了你，我要下流，你比我还下流哈哈哈……”王二水在她们讨论时去存自行车了，回来时，看杨娟和吴小丽两人红着脸在说笑，问：“你们说什么鬼话？是不是讲我的？”吴小丽说：“是又怎么样？”杨娟说：“吴小丽说你下流。”吴小丽“呸”了杨娟一声，说：“你个嚼舌根子的，自己说的话老往我身上赖。”王二水看着两个女孩羞涩的样子，知道她们共同隐藏着一个秘密，便打岔道：“时间还早了，我请你们喝汽水去。”杨娟说：“喝什么汽水啊，我想溜旱冰。”吴小丽也起哄道：“喝汽水，溜旱冰，都要。”王二水说：“你们会吗？别摔了仰八叉，跌坏了屁蛋蛋啊。”吴小丽说：“摔就摔，不亲自尝一口，怎么知道梨子的滋味呢。”杨娟更是快乐地哈哈大笑了，她重复着王二水的话：“屁蛋蛋……哈哈哈。”于是他们穿过一条马路，来到县人民大会堂门前广场上的旱冰场。可能是周六吧，旱冰场上有好多人在溜，栏杆外还围了许多看景的人。王二水三人也挤在栏杆边，看县城里最时髦的男女青年在旱冰场上潇洒地展示自己美丽的姿容，有的溜得很棒，也有不是太老练的。一个穿方格喇叭裤的长发青年，身材瘦高，一看就是旱冰场上的王子，他留着小胡子，戴着太阳镜，速度既快，动作又规范，像一只展翅的山鹰。在他身边，有几个和他不相上下的男女，和他几乎保持同样的姿势，他们形成一个小团体，风一样一圈一圈地从王二水和杨娟、吴小丽面前滑过。他们三人都没有溜过，显然被眼前的阵势吓呆了。杨娟和吴小丽都表情惊讶地看着为首的山鹰，杨娟由惊讶，渐渐转变成庄严、凝重。吴小丽则在惊讶之后，露出一丝讥讽而不屑的微笑。王二水表情变化最为复杂，惊讶、惊叹、羡慕、自卑、鄙视、嘲笑，当他看到一个胖女孩摔倒在坚硬的旱冰场地上时，不知为什么，他心里特别得畅快，希望那只飞翔的山鹰也折断翅膀，撞到栏杆上。王二水最先觉得溜旱冰没意思，有什么意思呢？一大群疯子，在众目睽睽之下撅着屁股，弓背虾腰，转大魂。王二水拉一下杨娟，又去拉吴小丽，把她俩拉出了人群，王二水说：“没意思，走，请你们吃面去。”

每人吃一碗杂烩面，就去看电影了。

电影《小花》，他们一点都不陌生，不仅是几年前看过了，每天早上和下午下班时，厂里的高音喇叭里都会唱《小花》的主题歌《妹妹找哥泪花流》。王二水很喜欢听，早就跟着学会了唱，还唱给萍萍听过。现在，在工人文化宫露天电影场里，当这首熟悉的主题曲响起时，王二水心潮澎湃，再次被影片感动了。第二部影片《瓦尔特保卫萨拉热窝》开始时，王二水看得认真，但越看越一头雾水，弄不清哪个是真的瓦尔特，哪个是盖世太保。而且坐在杨娟另一边的吴小丽，会把头从杨娟的面前伸过来，不断地问他哪个是好人，哪个是坏人。王二水也不敢说。但吴小丽显然以为王二水都懂，还是不停地问。杨娟就欠起屁股，把吴小丽让过来，还说："烦死了烦死了，过来过来，让你靠着王二水——你不就是想挨着二水坐吗。"吴小丽可能得到了满足，也可能是看懂了电影，换到中间坐时，反而不说话了。但在看到广场屠杀时，吴小丽还是惊悚地挤靠一下王二水，而且，她的胳膊，靠在王二水的胳膊上就再也没有分开。王二水心里有种异样的紧张和快乐，后来就更紧地贴住她了，虽然隔着衣服，王二水还是能感觉到吴小丽血液的流动。王二水的心思便不在电影上了，谨慎地摸到了吴小丽的手。吴小丽的手很小巧，很温柔，两人的手互相握着，吴小丽还用用力。王二水担心他们鬼祟的举动让吴小丽那边的杨娟看到，他悄悄地看看，两人的手紧紧藏在两人的腿之间，隐蔽很深。

糊里糊涂的，电影结束了，他们没看懂电影上的劳特尔计划，真假瓦尔特到最后也还是一笔糊涂账。王二水倒是在这时候想起了萍萍，他已经几天没回家啦？王二水记不得是三天还是四天或者是五天，反正是好久没回了。说真话，第一天不回家，怕不好跟萍萍说，第二天不回家，也有点不安，当第三天开始时，他就无所谓了。现在偶然想起家里的萍萍，对萍萍的印象，只剩下她丑陋的大肚子了。王二水当然没觉得这样的想法有什么不好，以他目前对萍萍的认知，就是羞于让杨娟、吴小丽知道萍萍大肚子了。

在回去的路上，两个女孩不像来时那么活泼，那么精神，那么亢奋，可能是《小花》看过几遍了，已经不新鲜，也可能是被《瓦尔特保卫萨拉热窝》弄糊涂了，抑或是回程的路上黑得伸手不见五指，有些害怕了，竟一声不吭。骑行到黑石岭时，王二水还想到这儿离家不远了，下了岭，沿着水库边的路向北，就是鱼烂沟村了。杨娟也突然想起什么，“咯咯咯”一笑，说：“二水你要是有胆，把我和吴小丽带回家算你本事大。”王二水也不示弱，说：“我敢带，就怕你俩不敢去。”杨娟问后边的吴小丽：“吴小丽敢不敢去？”吴小丽说：“你敢我就敢。”杨娟在前杠上就又“咯”一声，说：“我不敢，会被丁萍萍吓死的。”吴小丽只见过初中时的丁萍萍，不像杨娟，曾在王二水家工作过，她不相信地问：“丁萍萍有那么丑吗？不就是一只眼残了吗？”杨娟说：“你后来没看过，没有发言权。”王二水不想听她俩谈论萍萍，就转移话题说：“看两场电影真累，你们累不累？”吴小丽贴在王二水的背上，撞他一下说：“讲你家丁萍萍了吧？好吧好吧，不讲了。”

很快就到了磨山镇上了，穿过磨山镇，向南一拐，就是山前了。出了镇，又骑行了一会儿，拐上了通往石英粉厂的山路。这段路不好走，崎岖不平，坑坑洼洼，吴小丽把王二水抱紧了。自行车的颠簸，让吴小丽不停地撞击王二水。吴小丽说：“唉，王二水，问你啊，你结婚那么早干吗？”王二水含糊其辞地“啊”一声。吴小丽又说：“你这一结婚，把杨娟都气跑了。”杨娟大声说：“嗨嗨嗨，别扯我啊，是你恨人家早婚吧？”吴小丽哈哈大笑说：“杨娟你这人就是不诚实，不帮你了。”杨娟也大笑道：“稀罕你帮。”王二水心里只顾乐了，他最喜欢听两个姑娘说这些真假难辨、争风吃醋的话了。离厂子越来越近了，王二水把自行车骑得飞快。杨娟手里的手电筒在夜色中的山路上摇晃不定，一束苍黄而微弱的光线，给黝黑的山路制造出诡异而神秘的气氛。坐在后边的吴小丽欠了下屁股——她一个姿势保持太久了，想活动一下。巧的是，前杠上的杨娟也感觉两腿发麻，需要晃动一下屁股缓解缓解，两人不在一个节奏上，加上自行车正行过一个大洼坑，龙头把一耍，连人带车冲到路边的荆棘丛里。荆棘丛十分严密，低矮而老气横秋的树上生满尖尖的刺，坚硬而锋利，冲进荆棘林的三人都摔倒了，最惨的是杨娟，她坐在前大杠上，荆棘像无数根鞭子一样同时抽在她脸上，瞬间就成了大花脸，火辣辣地疼。跟着倒霉的是王二水，他的脸也好不到哪里去，一根断枝把他腮帮戳破一个小洞，差点把腮帮戳穿。吴小丽相对就好多了，一来在她前边有王二水给她挡着，二来她有时间差从后座上跳下来，当然，她也重重地跌在地上，屁股正好垫上了一块三尖石，扎得她钻心地疼。

他们艰难地走进厂里，回到各自宿舍，各人查看伤情去了。杨娟朝镜子前一站就伤心地哭了，她成了大花脸。杨娟真够可怜的，坐王二水的自行车，竟吃了两次大亏，头一次是扑在一坯热牛屎上，这回更是惨不忍睹，花了脸，要是留下疤痕就毁容了。杨娟忍不住号啕大哭起来。住在隔壁的王二水听到哭声，赶快过来安慰。他脸上的那块伤虽然重，但只有一个小洞，将来好了，最多变成一颗大麻子，而杨娟的脸上成了大花布，将来什么样子真不好说了。面对杨娟的大花脸，王二水也束手无策。王二水又去看吴小丽。吴小丽宿舍的门紧紧关着，窗玻璃上的布帘也拉起来了。王二水敲敲门，问："怎么样？"吴小丽气急败坏地大声说："不要你管！"王二水想了想，只好讪讪地回自己宿舍了。其实吴小丽进屋就查看了自己的伤势，她屁股上有一块巴掌大的青肿，可能垫到了骨头，从屁股一直牵连到大腿，都是胀胀地疼，疼得她动都动不了了。

有些东西是有定数的。人生拐点不知道会出现在什么时候。有时候人们会刻意去创造这种拐点或定数。而大多数人是在无意中被这些拐点或定数缠住了，怎么也脱不开，有的还会牵累终生。这些拐点也许是幸福的根源，也许是罪恶的祸首，就看各自的体会和修行了。可以说，王二水和两个女同学这次县城之行，为他此后十年的动荡生活埋下了种子。在杨娟和吴小丽受伤最初的几天里，王二水成了她俩的护士。他还不知道，他一连多日不归家，王阿妹正等着他回家兴师问罪呢。他更不知道，在他连续一个多月没回家后，萍萍因为操劳过度而早产了，生下了不足月的儿子。

十年后的王二水有了一个绰号，叫“街划子”。

王二水不是一条街，是一个人，却有个街划子的绰号，“街划子”，就是吃街的人，也恰如其分地体现了他现在的生活行状。现在，水晶市场完全放开，在磨山镇上，早就建起了一个水晶专营市场，各种水晶制品、水晶工艺品琳琅满目，应有尽有。王二水像一条自由自在的鱼，游走在水晶市场里，他已经完全不是十年前的王二水了，和十年前的王二水简直判若两人了。

如前所述，王二水早年在镇上的石英粉厂上班，和杨娟、吴小丽成为同事，由于两个女孩的受伤，闹得厂里厂外尽人皆知，沸沸扬扬，也闹得他不敢回家了。后来萍萍的早产，让他更觉内疚，更是没脸回鱼烂沟，没脸见萍萍了。厂里一时成了他的庇护所。但是好景不长，好好的石英粉厂，转眼间又发生了翻天覆地的变化——卖了。王二水还不知道怎么回事，“东海县磨山镇石英粉厂”白底黑字的大牌子，就变成了“东海县富有石英砂厂”的铜牌子了。磨山是一个镇名，而富有是一个人名，这一变，意味着他由镇办企业的职工，变成一个私人企业的职工了。“富有”，就是陈富有，就是水晶陈，就是水晶收购站的小陈，就是当年大家都尊称的陈会计。王二水心里不快，原来离开自己的小厂，到镇办企业上班，图得就是一个镇办企业工人的名声，现在屁都不是了，早知道这样，还不如当初不到石英粉厂当工人了。如果不当镇办厂的工人，他也和陈富有一样，是一个私营企业主了。也许企业规模比陈富有小些，但地位也许不比他差，也许能和萍萍和睦相处。

懊悔归懊悔，在工厂换了主人后，王二水还继续在富有石英砂厂工作。又过几年，因为偷同事吴小丽的一块水晶，被厂里开除了。本来，偷一块普通的水晶，也没必要开除一名有经验的老职工。问题是，吴小丽的这块天然水晶是老板陈富有送的，而且不是一般的水晶，是非常奇特的水胆水晶。更奇特的是，这块水晶的形状非同寻常，可以说非常独特——形、神酷似男性生殖器，而且不是单根，是一套，包括两个栩栩如生的蛋蛋。这如何像话？这不是等于把厂长陈富有和吴小丽的关系公开化了吗？所以，开除一个王二水也就合情合理了。

王二水离开富有石英砂厂，在一个阴晦的春天的早晨，突然消失在人们的视线中。这一消失就是三年。三年里，没有人知道王二水干什么去了。王二水少年外流过，也许他身体里流动着在外漂泊的血液，外流成了他的家常便饭，说走就走。也许他觉得因偷盗被一个私营老板开除而颜面扫地，在外躲一躲。三年里，王二水杳无音信，就连萍萍和王阿妹也不知道他的下落。同样毫无预兆的，王二水又在一个秋天的早晨回到了磨山。他没有回鱼烂沟村，也没有和萍萍和王阿妹联系，而是直接到水晶大市场里，租半截柜台，做起了水晶制品批发的生意。但王二水的心气和脾气早变了，要胆量没有胆量，要资金没有资金，不是做生意的料子了，加上柜台小、投入少，生意做不起来，批发商品都是一些不值钱的手链、项链、耳坠和一些不起眼的吊坠等小饰品，干了大半年，混一口饭吃都困难，抽烟只能抽两块钱一包的一品梅，连五块钱一包的绿南京都抽不起。在这样半死不活的状态中，时光的机器悄然催生了他的第一根白发。王二水也三十多岁了。

人穷志短，就是说王二水的。熟悉他的人会拿他开心，说："二水，转街啊，找到好水晶没有？"王二水环顾左右，敷衍着说："还没有……"对方说："找到好水晶，别忘了给吴小丽送去。"王二水晓得别人的意思，就“嘿嘿嘿嘿”地笑两声，说：“找到也不送给她，送给你老婆。”对方也快乐地笑了：“还是给小丽吧，她需要啊。要不，就送给你老婆，二水找到老婆没有？”王二水继续“嘿嘿”地笑，说：“这年头，别的不好找，找个把老婆还不是容易的事……我有人……哈哈哈，不能对你们说……来根烟抽抽。”对方扔一支烟给他。王二水知道人家拿他取乐，得了烟赶快溜走了。水晶市场客商多，本地的，外地的，内行的，外行的，南来北往，人头攒动，买卖双方讨价还价争争吵吵，唾沫星乱飞，王二水很适时地出现在他们身边，很专业地听，很专业地看。王二水摸爬滚打多年，善于听话听音，听出门道后，瞅准机会，看是不经心地插一两句话，往往起到事半功倍的作用，或者这边说两句，那边说两句，两边都圆场，两边都讨好。生意成交了，买卖双方都感谢他。那些老板手头都不错，信奉“宁得罪君子不得罪小人”的道理，敬他一支烟，再给他一张十块或二十块的票子。王二水也不计较多少，有粉就为白，有钱赚就开心，这样一来，王二水干脆就把半截柜台也转让出去，成了专业街划子了。

最喜欢喊他街划子的，是水晶市场开烟酒杂货店的小老板杨娟。杨娟是在王二水失踪期间离开富有石英砂厂的。杨娟在富有石英砂厂也不得志，罗主任调离磨山镇后，她就不得志了。可笑的是，杨娟还会把她这个干爸挂在口头上，自以为是，自得其乐，自艾自怜，以为陈富有还会像原来的厂长那样哄着她，把她当成掌上明珠，其实陈富有打内心里最瞧不起她了，把她调到碎石车间，这是个又苦又脏的活，明显是逼她不干的。倒是吴小丽，小巧玲珑，小家碧玉，一副淘气可爱的小模样。吴小丽把杨娟的处境看得很清楚，把握时机地在陈富有面前表现了自己。而杨娟在碎石车间没干多久，便识相地辞了职，又降低标准，嫁给本镇一个退伍军人。退伍军人是个老实人，叫丁加贵，退伍后什么都不会做，守着父母开间杂货店。也幸亏这个杂货店，让杨娟有资本在水晶大市场卖烟酒了，也顺带销些次等的手串、项链等杂品。丈夫骑着三轮车，在市场给人送送货，也会在杂货店帮着看看门脸，小两口的日子消消闲闲、平平淡淡。如果不是王二水失踪三年后突然归来，杨娟的小日子还是平静如水波澜不惊。王二水的归来，仿佛是在提醒杨娟也有过当年青春的悸动和疯狂。当然，她也知道王二水当初和丁萍萍并不是真正的结婚，甚至连同居都算不上，只不过是挂着结婚的幌子偷情而已。杨娟因此而小小地后悔过。但这种后悔来得快去得更快，杨娟面对现实生活，早已安之若素、泰然处之了，没有什么事情再让她心慌意乱惴惴不安了。但，时间一久，也架不住王二水天天在她眼前晃悠，王二水就像一颗石子投进河里，水面上总会荡起波纹的。就这样，王二水就和杨娟粘乎到一起了。又是一晃，杨娟的眼角都爬上鱼尾纹了。

这天，王二水晃悠了半天，从富丽堂皇、人头攒动的新水晶大市场里，转悠到原来的老旧露天市场，直接往杨娟的杂货店来了。他老远就看到杂货店的窗口里，趴着杨娟。杨娟也看到王二水了，她向外探探身体，看着走近的王二水，说：“王二水，街划子，今天钓到鱼啦？成天看你在市场里转大魂，哪有那么多鱼好钓？你还欠我一包烟钱哦，今天要清账了吧？要包什么烟？”

王二水脸上挂着干涩的笑，那笑容分明是告诉杨娟，真没钓到鱼。王二水心里想，钓到鬼鱼啊，来钓你，你就是鱼。

王二水喜欢听杨娟说话，两条腿好像不是自己控制似的，有事没事就拐过来了，站在店外撩她几句。王二水每次都来对了，杨娟不是老远就撩他，就是故意趴在窗口冲他笑。窗口就像一副画框，杨娟就是画框里的风景，这幅风景对别人可能平凡而一般，对王二水就是风光绚丽精彩诱人了。

王二水把一张五块的票子拍到柜台上，说：“来包绿南京。”

“这是上次的账。”杨娟收起了钱。

“不会吧杨娟，太狠啦，欠你五块钱还记得啊？好好好，人瘦被人欺，马瘦被人骑，老子是光棍走别道去了，再欠你五块好了吧。”

“不好，我又不是你的银行。”

王二水只好又掏出一张五块的。

“敢抽绿南京啦？五块钱哦？还是抽黄一品梅吧，省三块钱，中午吃碗青菜面。”

“你瞧不起我啊，那我还要抽紫南京的。”王二水说着，又添上一张十块的票子。

杨娟把十块钱退给他，扔一包绿南京在柜台上：“开句玩笑的，烟还有什么孬好啊，一个味，钱多钱少有关系吗？”

“你的意思是，女人就没有丑俊啦？男人就不用挑嘴啦？”王二水撕开烟盒，弹出一支烟，郑重其事地说：“你笑话我抽不起好烟还是笑话我讨不到老婆？”

“真能扯啊哈哈哈，你当年也是鱼烂沟的大名人，闭上眼睛都能逮到好女人……是你自己不争气好不好？”杨娟似笑非笑地说，不知什么时候，她眼下边和鼻子附近长一窝细小的雀斑，笑和不笑的时候，那些小雀斑反应是不一样的，不笑的时候，死形塌眼，一笑就闪闪发亮，媚惑人心。

王二水爱听这话，开心地说：“巴结我了吧，算你瞧得起我，我堂堂王二水，也做过大事情的，也牛逼过的。杨娟你做生意不是不晓得，风水轮流转嘛哈哈哈，我算过命了，好运气就要来了，人不走时，喝水都塞牙，人要走时啊，跌倒还能捡块金子，我就不能像庄毕凡那样，撒泡尿滋块值大钱的水晶出来？”

杨娟说：“你是说我们初中同学庄毕凡？”

“就是他，还有哪个敢叫这个名字。”

“庄毕凡是命好，人家还讨了钱寡妇哩。”

“你咋就晓得没有寡妇在等我？”王二水说，“万一哪天丁加贵要死了呢？我就娶你。”

“嘻嘻嘻，哈哈哈，你是做梦结婚想美事啊，不想说你了都，你一边晾着去吧，加贵死了我守寡……就你，还要捡块金子，你认得金子，金子认不得你啊。”但杨娟感觉他和往日说话不太一样，又是庄毕凡钱寡妇，又是金子，话里有话，莫非真是风水轮流转？便说：“绕什么弯弯绕啊，谁不知道你王二水有一套，发财别忘老朋友就好，还等着吃你的喜面呢。”

王二水心里美美的，抽着烟，两眼望着天，不可一世的样子。王二水心里自卑，不敢看杨娟——他看到杨娟领口里露出的风景了，杨娟的脖子里挂着一块紫晶小坠，链子是黄金的，紫晶也很高档，这根项链应该是一级A货，挂在杨娟的颈部非常匹配，紫晶嵌在深深的乳沟里，那儿才是A货呢。王二水吃不准杨娟，加上口袋里实在寒碜，算上钢币也掏不出二十块钱来，所以他惧怕杨娟颈下的风景，还是继续装吧。王二水不由得便把眼睛往市场里游移，东看看，西看看。

杨娟不知道他看什么，跟着他目光也往市场里看，突然就直了神，眼里放着光，悄声说，“看看看看，看看那谁呀？陈富有嘛，身边那个女人，不是吴小丽啊。”

王二水也看到了，看到陈富有身边跟着一个女人，大头大脸大屁股，确实不是吴小丽。王二水说：“陈富有算什么东西，有钱就出来吓人啊，还怕他不成？”

“谁说你怕他啦，”杨娟羡慕地说，“都说他最有钱，石英砂厂挣得都是小钱，富有水晶工艺品开发有限公司才是摇钱树呢，听说他二十年前在水晶收购站当会计时就开始搞水晶了，藏的天然奇晶，够开一个展览馆了，好多人都去参观过。”

王二水不屑地说："屁，也没有好货，都是那些年在水晶收购站贪污的，他那点底细我还不懂？呵呵呵，除了一块水胆水晶……"

"又来了，"杨娟脸红了，那堆雀斑顿时生动起来，"呃，你偷吴小丽水胆水晶……要送给谁呢？"

"送给你！"王二水呛白道。

"哈哈哈，好啊，以为我不敢要啊哈哈哈，吴小丽真是出大名了，陈富有真是的，什么不好送要送那东西，不是表明自己没用吗？"

"不一样，你没玩过，你不懂。"

"呸，骚包呗！"

王二水嬉皮笑脸地说："空了我去偷来，给你玩玩。"

"玩你个头啊，死一边去，谁没见过啊。"

"你看看，落后了吧？不开放了吧？没情趣了吧？"王二水说到兴头了，什么话都敢开涮了，"真纳闷了我，就你这副眼光，有一百个我也跟你离了。"

"呸，你呀，有女人离吗？我还有离的资本，你呢，就剩一张臭嘴了，天天叮在别人身上，好好搞搞自己好不好？地下工厂都搞过了，黑市都拼过了，那可是真本事啊。"杨娟的这些话倒是真的，甚至有些恨铁不成钢的意思，"看看眼面前，是人是鬼都能挣钱，遍地都是店，遍地都是厂，遍地都搞批发，你该把你本事拿出来，搞搞地摊货也比你这样晃来晃去有出息，街划子好玩吗？跟你这些年，我都觉得没劲！"

王二水不喜欢听杨娟的话，陈富有和那个大头大脸大屁股的女人让他好奇，他背着身跟杨娟摆下手，迅速走了。

五百万

王二水走在新建的水晶大市场里。和旁边那个露天水晶市场相比，这个市场更大，有数万平方米，还有一个超大的地下停车库，共有四层营业面积，几十部电梯，数千个店面，店里店外忙碌的老板既熟悉又陌生，年轻的朝气蓬勃，年老的精力旺盛，女的干净利落，男的容光焕发。王二水从他们的精品店面前经过，老板们看他一眼或不看他一眼，大家的表情都是熟视无睹，那些年轻而美丽的营业员更是不拿他当回事了。确实，水晶市场里的事情，于他都可有可无了，更直白地说，都没有他的事了，和他一点毛关系都没有了。他只能在露天市场和大棚市场里，到处晃悠晃悠，卖卖嘴皮子，说说俏皮话，做做街划子，成了靠吃市场的小混混、小无赖、小泼皮，和地痞流氓差不多了。没有人知道王二水从前曾经是一个有理想的青年，也曾经是吃过“螃蟹”的人。有时候他也会停下来，审视一下来路，只是浅尝即止而已——他才懒得去深入反思了，既费脑筋又无实际效果，弄不好还增加无尽的烦恼。如果说什么人给他留下印象，就是杨娟和吴小丽了；如果说，什么事给他印象最深，那就是吴小丽和她的那枚神奇的水晶了。

在和杨娟、吴小丽共同共事的那段岁月里，王二水是快乐的，快乐的昏头昏脑，浑浑噩噩。他整日沉浸在那种无根的盲目快乐中，也悄悄地觉得吴小丽比杨娟可爱。的确，吴小丽在石英粉厂的工作中变化很大，越长越漂亮，越长越滋润，越长越出挑，在以后的工作中和下班后，他常常和吴小丽混在一起，一起出行，一起爬山，一起去县城看电影、吃小吃，为了掩人耳目，还特意带上杨娟，他把杨娟当成大电灯泡。这事不久就让萍萍知道了。萍萍早产了，在家做月子，是王阿妹到厂里找到他，叫他赶紧回家。王二水无所谓，他已经觉得萍萍可有可无了，或者在他心目的，萍萍已经崩塌了，萍萍就像身上的肿瘤，像癌症一样折磨他的身体和神经了，在王阿妹找到他时，他正要和吴小丽、杨娟去县城玩，被王阿妹拦住之后，王阿妹跟他大吵起来。王二水觉得没面子，当着吴小丽和杨娟的面，奚落王阿妹，奚落姐姐嫁了个老光棍，奚落姐姐是个天生挨打的货，还顺带奚落了萍萍。王阿妹愤怒了，责问他有没有心？有没有肺？王二水不听她的责问，骑上车跑了。王阿妹这回真伤心了，回家也没有隐瞒萍萍。萍萍眼神直直地看着怀里的早产儿，不想哭了，也不再抱怨他，对他彻底放任了。萍萍对他的放任不管，其实是一种绝望。王阿妹对弟弟也是恨铁不成钢，说也说了，骂也骂了，她要做的，就是和萍萍一起，把他们的儿子拉扯大，也许等儿子长大了，王二水也就会懂些好歹了，就会好好过日子了。于是回过头来再劝萍萍。萍萍知道王阿妹用心良苦，人也可怜，加上早产的儿子太让人操心了，就真的不再管王二水了。没想到天有不测风云，早产儿子三四个月之后，王阿妹在一次回家拿粮食时，被老光棍打伤了。老光棍打她的理由太多了，王阿妹长时间不回家是一大理由，王阿妹挣钱贴补萍萍又是一大理由。这一回打重了，失手打断了王二妹的坐骨神经，把王阿妹打成了终身残疾。王阿妹告了老光棍。因为他们是未婚同居，政府不承认他们的事实夫妻，老光棍被判了十年徒刑。王阿妹坐着轮椅回到娘家的。王阿妹的娘家没人了，唯一的弟弟天天不归家，废掉了。好在王阿妹经过一段时间的调养，身体有所恢复，能够生活自理了，离开轮椅可以自由行动了，一心一意帮萍萍照看孩子，好在能维持家里的生意。

再说王二水自由以后，过了一段自由自在的神仙日子，恰逢镇办企业改制，好好的镇办企业变脸成了民办企业，他喜欢的吴小丽转身投进了陈富有的怀抱，和王二水一点关系都没有了。在接下来风起云涌的水晶大开发中，陈富有施展拳脚，左冲右突，风生水起，以富有石砂厂为依托，又成立几个公司。王二水以为自己和陈富有有老交情，会得到他的重用，没想到陈富有并不把他看在眼里，也或是知道他难堪大用，还是在石英砂厂干他的老本行——粉碎工人。此后的事，如前所述，他偷了吴小丽的水胆水晶，被陈富有彻底甩了。在水晶开发利用领域，以王二水早期的资历，他本该是第一个吃到红利的人，无奈由于自身原因，硬生生地被生活淘汰了。所以，现在的王二水，左思右想，觉得都怪陈富有，冤有头，债有主，王二水把怨恨都记在陈富有的头上了。

王二水看到陈富有和一个胖女人一冒头，凭着敏锐的嗅觉，便跟踪了过去。可明明看到他们从高大的玻璃门进来的，怎么一眨眼就没了呢？大市场就像个大迷宫，王二水没转几圈就晕头转向了，好在他知道陈富有的门店在哪里，二楼八区八号，靠近电梯，是二层的最佳位置。王二水便上了二楼，来到“富有水晶精品店”。精品店里的两个营业员，一个在整理柜台，一个在擦拭展品柜。在店中央，有一个独立、密封的小型玻璃展柜，里面展示一个直径约三十厘米的水晶球，灯光从玻璃柜的顶端打下来，照在旋转的水晶球上。这个水晶球是时下里最好的发晶，细如牛毛一样的包裹体，在剔透如镜的水晶体里，显得摇曳生姿，整个水晶球，越发得华贵而珍稀。目前，各种颜色的发晶球体，市场里很多，家家门店里都有，但陈富有的这枚发晶球却更为奇特，在灯光变幻下，不停旋转的球体里的发丝，也在变幻着不同的颜色，一忽儿是金黄的，一忽儿是赤红的，一忽儿是翠绿的，一忽儿又是烟紫的，共有七种不同的颜色，因此，他的这枚发晶球，标价是一千万元。王二水知道这些标价都是虚高的。每每看到这些虚高标价的水晶球，王二水就会想到他曾经毁坏的无数水晶，就会想，如果放在现在，他那些水晶要值多少钱啊。这会儿王二水来不及想这些，他一进陈富有的精品店，两只眼睛就滴溜溜转。在擦拭展柜的营业员看是王二水，便继续擦拭。另一个营业员不认识王二水，赶快笑脸相迎，得体地问："先生要点什么？"王二水知道陈富有没来，也不答话，屁股一调，走了。营业员得体地说："先生慢走。"王二水还暗自发笑，学着营业员的腔调在心里说"先生慢走"，又在市场里急吼吼地到处奔跑几趟，没看到陈富有，就没了兴致，快快不乐地回到了露天市场。

杨娟的小杂货店是他抬脚就到的地方，诺大的市场，也只有杨娟还是旧人，还能说上话。杨娟知道他白跑一趟，心里畅快着，隔着老远就笑话道："舔到屁味啦？真有你的，还好意思去找人家陈富有。"

"有什么不好意思？是他不好意思吧？"王二水看到地摊市场那边围了一圈人，肯定有好事了。王二水眼睛放亮，跟杨娟招呼都不打，一路小跑着去了。

杨娟朝王二水的后脑勺翻翻白眼，不知哪里不开心，嘟囔道："破街划子，你那点鬼心思，当我不知道？想钱想疯了，敢不理我，哼，再想吃我小甜饼，没门，切！"杨娟知道她嘴里嘟囔的和心里想的不是一回事，又怕心事被别人看了去，就去货架上理货了。

街划子就是哪里有事哪里去，哪里热闹哪里去，有巧没巧都要去，不管倒忙正忙他都要帮，好事坏事都有他的份。所以，真正的街划子，哪里都不讨好，谁都不喜欢。不过王二水例外，王二水的名声，不是靠街划子起来的，追远了，是他有早年的底子，另外就是他当年敢偷吴小丽的水胆水晶。他偷吴小丽的水胆水晶，其实就是揭陈富有的底。陈富有是谁啊？腰比笆斗还粗的暴发户，他跺跺脚，地球都要抖三抖。可王二水不吃陈富有那一套，照样把他送给吴小丽的水胆水晶偷了，当时可是轰动全镇的大笑话啊。因为陈富有一直是水晶界的大名人，这样轰动的大笑话，还一直在圈子里流传，可谓是经久不衰，到如今，好几年了，还是大家茶余饭后的笑料。因此，连带的，王二水也就成了“街划界”的人物了，大人物小人物都会给他面子。

王二水跑到越聚越多的人堆里，扒开人群，看是新挖的一堆小毛石。虽然是一堆不起眼的杂水晶，孬好也是地道的东海水晶。如今的东海水晶可是比恐龙还稀有啊。王二水钻到里层，眼睛一瞄，就看到不少水晶贩子和水晶加工厂的老板在看水晶的成色了。那个卖水晶的老农民也看到王二水了，心里有了底，大声说：“你们都别抢，这是我家菜园里挖出来的，我都挑过了，没有好石头，就这堆货，要买一锅端，不零卖。”一个胖子说：“我就要这一块不中啊？”老农民说：“不中不中，好的你挑走了，剩下的我卖给谁啊。”王二水不知是冲老头还是冲水晶，说：“死石头还能值活石头的钱啊？小石头还能值大石头的钱啊？你开个价。”对方说：“老价格，一百二十块钱一斤。”王二水说：“不值不值，这样吧，我也不少给你，一百块钱，全要了。”王二水把别人手里的石头都抢下来，嘴里一边说“要了要了”，一边扭头找圈外的一个人。他对一个秃顶男人说：“刘老板，一百块，行吧？”那个叫刘老板的秃子说：“行行行，二水的话，哪能不行，帮我称吧二水。”老农民嘴上不说话，心里有数，这是个行价，不亏。刘老板心里也乐，他已经盯上其中的一块石头了，这是块巧料，这一块巧料如果成了，其他石头就是废品也大赚了。

自然的，王二水帮刘秃子做成了买卖，他过后从刘秃子手里拿到一百块钱了。这一百块儿相当于好处费，也相当于佣金。按行规，老农民要出给他十块八块的。可一转眼，老农民不见了，王二水也没去找，知道跑不了他，哪天碰上了，再跟他要。

王二水拿到一百块钱，满意又有些不满意，满意是他今天有了收益，不满意是他觉得刘秃子亏欠了点，他算了一笔账，一堆小毛石共十二斤四两，四舍五入，他把四两舍了，等于为刘秃子省了钱，又压了老头的价，为刘秃子省了二百四十块钱，刘秃子怎么说也应该给他一百二十块钱啊。给一百，虽然不算少了，可明显是吃了二十块钱的亏了。

刘秃子看出来王二水有些不满意，也不露声色，把他叫到一边，眯着细眼睛，小声说："二水，晚上我在新世界大酒店摆一桌，请你喝酒。"

王二水看着天生色眯眯的刘秃子，心里有数，没有人会无缘无故请他喝酒，特别是像刘秃子这种势利商人，便酸文假醋地拿劲道："我忙得很，哪有时间喝酒啊。"说完，又害怕秃子不托他办事了。秃子也摸透他那点小伎俩，给他面子说："再忙也要吃饭嘛。"王二水赶快舔着脸说："有事吧刘老板？尽管吩咐。"刘秃子说："也不瞒你，我昨天找你一天都没找到你。"王二水说："不对吧？昨天一天都在市场里的，不信你问杨娟。"刘秃子说："我知道你跟杨娟不错……是这样的，"刘秃子声音更小了，"我有个朋友，上海人，大老板，过几天要来，他喜欢收藏奇石，天下的奇石无所不有，可就是缺一块……你知道的，你王二水也不是没本事的人，以前你不是把吴小丽的那块水晶弄到手了吗？能不能再搞出来？钱的事，你不用想，如果你能从陈富有手里买出来，我不少给你好处，要是买不来……嘿嘿，你知道我意思吧？凭你的身手……"王二水盯着刘秃子看，判断他的话是真是假。"给你这个数。"刘秃子伸出一个巴掌，又翻一下。王二水惊讶道："五万？"刘秃子摇摇头，说："五万是能买出来的好处费。""五十万？"王二水眼里发出绿光，"这他妈弄不好要坐牢的，我可不敢偷啊。"刘秃子又摇摇头。"五百万啊！你别骗我……"王二水声音有些颤抖，"好吧，老子试试……试试。”刘秃子面色严峻地说：“天知地知，你知我知，晚上喝酒别忘啦！”王二水心里“嘭嘭嘭嘭”地狂跳，激动地说：“不不不不……不喝了不喝了。”刘秃子拍他一下，给他降降火，说：“少喝点，谈谈事。”王二水平静一下，不放心道：“真是五百万啊？”刘秃子说：“一分都不少。”王二水眼珠子转了几圈，差不多都要转出眼眶了，还是觉得事发突然，语无伦次地问：“你有五百万……”刘秃子继续拍他肩膀，给他减压：“二水，你有东西我就有钱，放心吧，我是买的呀，到时一手交钱，一手交货，怎么样？”王二水心里不踏实，但也只能这样了。刘秃子又反复叮嘱道：“生意不成仁义在，还是那句话，只要不是偷来的……知道了吧？你知我知，天知地知，一定不能声张，就像肠子一样，烂也要烂在肚子里。”王二水拍一下胸口，说：“晓得……我给你的货，都是正道。但是……”刘秃子等着他继续说。王二水“但是”之后，便不说了，他想知道那块破水晶有什么好的？不就是长相怪异的晶体里有一颗水胆吗？水胆水晶虽然稀奇，也不至于值五百万啊，莫非是江湖上流传的水晶形状吸引了他们？可那个所谓的形状，是他虚夸出来的啊，哪有那样的形状啊，所谓的一套男性生殖器，不过是他拿来恶心吴小丽和陈富有的，当然，也不是一点根据没有，但硬往那上扯，确实没有道理。刘秃子看王二水吞吞吐吐的，以为他胆怯了，继续给他鼓劲道：“怂啦？男子汉大丈夫，一言既出驷马难追！”王二水热血上涌，瞪一眼刘秃子：“你才怂了，等我消息，五天之内，搞定！”刘秃子又叮嘱道：“咱是守法经营，我可不收赃物啊。”王二水说：“有赃物也轮不到你，你就等着吧。我知道你老刘板和陈富有尿不到一个壶里，要不，你才不找我了，是不是？赃物，你把我看成什么人啦。”

王二水有了这个新目标，兴奋了。五百万啊，什么概念？发大财的节奏啊。有了这笔钱，就翻身了，做主了，牛逼了。刚刚小赚一百块，王二水觉得这点小钱算什么啊，毛毛雨啊，请顿小客都不够。王二水仿佛看到五百万就在他面前等着他了，脸上笑嘻嘻的，走路都不会走了，脚下老是绊蒜，心里想，至少晚上还有一顿美餐。

王二水知道，不知从什么时候天始，一些有钱人开始玩一种叫“景石”的水晶原石了。所谓“景石”，分两种，一种是象形水晶石，就是长相酷似什么，就命名什么，让人产生联想。另一种是晶体里边包裹有美丽风景的石头，这些风景形象各异，像什么的都有，有的是风光山水，有的是树木花卉，有的是走兽飞禽，有的是昆虫鱼虾，有的是自然奇观，有的是人造景点，你想有什么就有什么，不想有的也是五花八门。有些无聊文人还给这些景色命名，什么“大漠孤烟直”、什么“小桥流水人家”、什么“黄河之水天上来”、什么“多少楼台烟雨中”、什么“桃花潭水深千尺”等等等等，王二水知道他们都是胡诌乱扯，都是乱点鸳鸯谱，有没有道理只有天知道。但是，让王二水难受的是，不是这些奇晶景石本身，而是，这些人不过是拾他的牙慧，当年他外流时就从玉雕厂知道了，搞地下工厂那些年，他也尝试过，而后来，他更是搞了许多类似的东西，比如他第一件作品，就是雕一个水晶杯子，后来也雕刻过其他好多所谓的景石，都扔在一个破橱柜子上了。那时候的景观石还没有形成市场，只在个别水晶加工户当中玩玩，要是能够坚持下来，光是这一项，就可能赚大发了。但世界上真是没有如果，想当年，这种所谓的“景石”，他不知破坏有多少块了，他看着不顺眼的，就随便切切割割了。经他手毁坏的没有上万块石头，也有大几千块了。没想到眨眼间，这些早年间无人问津的烂花石，变成了香饽饽，人人去争抢了，连见过大场面的陈富有，也在他公司里搞了个什么奇晶陈列室。王二水也曾跟杨娟吹牛过，说什么狗屁奇晶艺术啊，都是屎，他早就玩过了，他要是坚持玩到现在，还有他们的份？对王二水的吹牛，杨娟一直深以为然，觉得他的话不假。但问题就在这里，你玩再早，没有坚持，就什么也不是了。王二水也知道自己的吹牛毫无意义，吹再大的牛，也不能当钱花。这回好不容易等到这个机会，真心不能放过啊。只是他不知道，那块水胆水晶还在吗？如果在，还在吴小丽手里吗？毕竟这些年下来了，每个人变化太大了，吴小丽也早就结婚了，丈夫叫葛文章，是镇里的小车驾驶员，媒人就是陈富有。如果水胆水晶不在吴小丽手里，那就还在陈富有的奇晶陈列室里，弄出来会很费心思的。

巧 遇

就像五百万已经到手一样，王二水在市场上乱蹿，挺着胸，叼着烟，感觉和以前不一样了，獐头鼠目，左顾右盼，看什么都觉得小了，那些水晶精品店的橱窗里摆放的精美水晶艺术品，在他眼里都成了儿童玩具，几千几万甚至几十万的钱还叫钱吗？和水胆水晶的价格怎么能相比？王二水明知道那块水胆水晶不会摆放在“富有水晶精品店”里，但还是先上这儿来踩踩点。到了二楼，他又改变主意了，刚刚来过，这么短时间又来，会不会引起怀疑？王二水便躲在另一家店的柜台边，悄悄打量着陈富有的精品店，守株待兔，他感觉陈富有和那个大头大脸大屁股的女人终究要到店里来的。年轻的胖女人可能是大客户，陈富有带她在水晶市场里参观也是有可能的，说不定，胖女人也是为那块水胆水晶而来。想到这里，王二水心里一个激灵，是啊，既然刘秃子都知道这块破水晶值这么多钱，精明透顶的陈富有怎么会不知道？说不定胖女人开的价比刘秃子还高呢。王二水紧张了，担心水胆水晶不是他的菜了。再一看，从他面前走过的人，都像和水胆水晶有关似的。

突然，从他面前走过的一个人面相好熟，再一看，是萍萍。

王二水和萍萍早就没有往来了。近年把，王二水也回鱼烂沟村几次，看看儿子。开始萍萍还不同意。王二水托村里人找过萍萍。萍萍也托人带话给他，儿子最需要爸爸时，爸爸不知在哪里了。现在儿子大了，念三年级了，突然来了个爸爸，会严重影响孩子的学习。王二水又去找王阿妹。事到如今，王阿妹心里还是向着弟弟的，她哭鼻抹泪地跟萍萍讲情。萍萍心软，只好同意让他和儿子见面了。萍萍怕场面受不了，见面时便不在场。后来听说，儿子淡漠得很，对这个陌生人一点不热情，说话也是一嘴外交辞令。这让萍萍感到奇怪，想象中父子抱头痛哭的场面没有出现。为了不影响儿子学习，他们约定，只允许王二水周日下午回来看儿子。可王二水并不能遵照执行。不能遵照执行不是看多了，而是看少了，三四个月也摸不准看一次。所以，十岁的儿子对他一直存在陌生感，冷淡多于热情。其实严格算起来，从和儿子相认以来，他一共和儿子见面没有几次，也没有和儿子一起吃过饭，没有和儿子一起玩过。对于王二水的这种行为，萍萍和王阿妹并没觉得有多么失望，可能是本来就没有期望吧。常年坐在轮椅上的王阿妹，照例还是天天帮萍萍打理小工厂，磨珠珠串项链，知道王二水已经废掉了，不能指望了，心里反而坦然了。萍萍更是忙得不可开交，她在水晶市场没有门店，秉承的还是传统的经营方法，靠产品挣点薄利。这样过了一阵子，王二水觉得这儿子认不认也没有多大意思，王阿妹和萍萍不冷不热，和儿子有限的几次见面，儿子也是连玩都不爱跟他玩，有什么劲呢？便不再有去鱼烂沟的热情了。

萍萍的突然出现，王二水觉得有些说话的资本了。以前没有深入交谈，是自己穷光蛋一枚，让人瞧不起，不能给儿子经济上什么补贴。现在不一样了，有了五百万，腰突然粗起来。他跟着萍萍追几步，撵上了萍萍，夸张地笑两声，说："真巧啊，正想星期天回家看儿子呢，在这里遇见你了。"

萍萍没有正眼看他，拎着一个黑色大塑料袋，径直向前走。

"送货去的？"王二水知道萍萍的大塑料袋里一定是她厂里加工的产品，各种手链项链很多，他跟上萍萍，继续说，"最近市场里发晶坠走得快，价格也贵。"

萍萍不知道他葫芦里卖的什么药，继续快走。

“发晶又涨价了，你要是进材料没钱，我可以借给你，要多少都行，三十万二十万你尽管开口。”王二水看萍萍继续不理他，就停下来冲萍萍背影说，“不收利息。”

萍萍拐个弯，上了去三楼的电梯。王二水还朝电梯上看，看萍萍旁若无人地随着电梯上了三楼。瞧不起我。王二水心想，等哪天我真借二十万给你，看你还拿不拿。王二水知道萍萍的水晶制品厂有七八个工人，资金周转一直都不太顺，有钱才能进到好水晶，进到好水晶才能生产质量好的产品，质量好的产品才能赚到大钱。这个道理王二水是懂的，他知道如今的市面上，纯粹的本地水晶已经基本没有了，大量的外国水晶涌进全县各个水晶市场，水晶价格越来越高，许多小的加工企业越来越艰难了。

王二水开始做起了美梦，如果拿到五十万，也去一趟南美的巴西，或者去一趟马达加斯加，搞一批水晶回来，到那时，哈哈，老子成了水晶大王，看谁还不理我。

王二水朝三楼电梯又望望，早已不见萍萍的影子。他知道，找萍萍没有一点用，水胆水晶不在萍萍手里。吴小丽才是重点。

王二水吐掉烟屁股，靠在休闲区的栏杆上，又掏出一支烟。关于抽烟，王二水又想起了吴小丽和杨娟。王二水原本不抽烟，进厂后才学会抽烟的。当时和他一起抽的，还有吴小丽和杨娟。也是吴小丽鼓励王二水买的烟，他买的第一包烟还是外国烟，叫万宝路。当时吴小丽老在他耳边说，哪有男子汉不抽烟的。王二水买的第一包烟，吴小丽和杨娟每人都抽一根，她俩煞有介事的样子，惹得王二水非常喜欢。可两个女孩最终都没有学会抽烟，而王二水却上了瘾。所以王二水有时候没钱抽烟，会在心里恶毒地骂一顿杨娟和吴小丽，在杨娟的杂货店赊烟也是理直气壮的。有一阵背时，身上真的一分钱没有了，没有饭吃还能忍，没有烟抽就很难受了，连赊烟杨娟都不赊了。他知道萍萍供货的几家水晶店，就假装在那几家店门口闲转，果然就“巧遇”了萍萍。萍萍交了货后，他在楼梯上跟着萍萍，趁熟人少或没有人注意时，跟萍萍要十块钱。萍萍不理他，不停步也没有话。楼梯上的人时而多时而少，生人熟人都有，王二水也不怕丢人现眼了，不停地央求萍萍，从要变成了借，只借十块钱。萍萍赖不过他，有时会给他十块，有时给他五块，到最后只给他两块钱。两块钱，这哪里是钱啊，就是蔑视啊。王二水想到这里，心里奇怪地酸楚起来，把烟狠命地吸几口，觉得这五百万,一定要弄到手，水胆水晶一定要弄到手。可是，那可是水胆水晶啊，如果不偷不抢，怎么能弄到手呢？想来想去，还是从吴小丽这里下手容易些。

奇特的水胆水晶

吴小丽不是水晶圈里最漂亮的女人，但，却是公认的最有姿色和品位的女人。走到哪里都能赢来许多目光。吴小丽长一张鹅蛋脸，皮肤是玉色的，像一种稀有而名贵的水晶；长长的睫毛，让一双媚眼灵动而飘忽，就像水胆水晶里那颗忽悠晃动的水胆；桃花红的嘴唇更是丰满而性感。身材虽然不高，由于穿着适宜，加上高跟鞋搭配，也显得苗条修长，和她一张漂亮的脸蛋恰好匹配，行走的姿态更是摇曳、丰富而又妖娆。所以，无论什么时候，吴小丽都是众人关注的焦点。王二水没有想到，当初和杨娟一起进城玩耍、看电影、吃小吃时，吴小丽并未显得多么得特别，除了性格活泼，还没有杨娟好看。但是，自从陈富有成为石英粉厂的新主人后，吴小丽在陈富有的滋润和庇护下，迅速十八变，变得让许多人认不出来了。陈富有就像一个园艺大师，他把吴小丽这棵不起眼的小弱苗，培育成一株色彩鲜艳的观赏花卉。吴小丽的变化，不仅让王二水、杨娟等老熟人目瞪口呆，连她自己都不敢相信。漂亮女孩的人缘也是双刃剑，一般是两个极端，好或不好，首先和她决裂的是杨娟，此后她又和王二水断绝了往来，与之相反的，想和她亲近的人也趋之若鹜。此后相当长的一段时间，她的美誉被人持续吹捧，自己的虚荣心也持续膨胀。当陈富有赠她的水胆水晶被王二水偷了以后，她成为人们街头巷尾热议的焦点，男人们都想赠她点什么，从八十岁老头，到二十几岁青年，都怀着五花八门的心思。女人们呢，虽然眼馋她，又觉得她太贪心，有陈富有这把大红伞，还要弄个水晶宝贝来享受，太不知足了。

让人没想到的是，王二水的名声也响亮起来了，有一度还迅速蹿红，实际上也是托了吴小丽和水胆水晶的光。当然，他付出的代价是被陈富有开除了，还差点被公安局拘留。为此，吴小丽心里还有些过意不去。吴小丽对王二水有过心动，她也是最早知道王二水和丁萍萍假结婚的少数人之一，少年时是同学，现在是同事，因为一块破水晶，就形同陌路，甚至是仇人，总觉得自己亏欠了王二水。“偷盗”事件尘埃落定、王二水失踪后，吴小丽也经常反思，想起她和王二水在一起的种种好处、种种快乐，也常常纠结于心。是啊，当初他们有幸成为同事时，是多么得欢天喜地，王二水干体力活，天天在石碾下翻铲石英砂，虽然辛苦，却在工作之余甚至上班时和她们玩闹。吴小丽是在磅房工作，简单说就是司秤员，化验师验过的石英石、出厂的石英粉，都是经她手称出斤两的。平时工作也不忙，躲在磅房不出门，王二水和吴小丽很难照面。但王二水总能找到理由和吴小丽说话调情。如果不是镇办企业改制，如果不是陈富有接手石英粉厂，他们的友谊多半还会这样继续下去。

改变是从什么时候开始的呢？

有一次，王二水端着一只大茶杯去找水喝，在车间没有找到开水，就在室外的水龙头上接一缸冷水，正巧叫吴小丽看到了。吴小丽在磅房无聊，她看到王二水，推开窗户，大声说：“二水，喝生水啊？过来，过来，我这里有开水。”这时候，陈富有已经是厂里的新主人了。陈富有已经找吴小丽到办公室谈了几次话，有意提拔她到新成立的精品展示部当主任。吴小丽不傻，从陈富有的口头语言中和肢体语言中，她知道陈富有不仅仅单纯为了提拔她当精品展示部的主任，还有其他更为玄妙的东西。吴小丽开始也从内心里警惕，甚至稍做了抵挡，怎奈陈富有太不是一般人了，吴小丽的警惕和抵挡都是徒劳的，她最终还是在陈富有的办公室里，成了他的猎物。这时候的吴小丽还是矛盾的，对王二水甚至有些歉疚，这种歉疚虽然也是无厘头，至少说明她内心里曾经是认同过王二水对她的情感的。当她看到王二水接冷水时，就喊他了。

王二水听到吴小丽在叫他，就端着茶杯去了。王二水的茶杯，不是一般的茶杯，是当初他尝试雕刻的水晶杯，刚到厂里上班时，从家里带来的。他开始也没用，觉得这个东西笨头笨脑，粗制滥造，怕人笑话。前几天他喝水的搪瓷茶缸被载有一车石英粉的手推车压成了一块纸片，只好把它从床底找出来，洗洗，当喝水杯子了。

“这么大水晶杯呀？”吴小丽被王二水的大茶杯吓住了，她好奇地盯着茶杯看，说，“你这是哪里的料啊？人家拿水晶当宝贝，把水晶雕件摆在家供养，你倒好，这么大的水晶杯子带在身边喝水，不怕打碎啦？要是叫人偷去就可惜了。”

“这种料子，谁当宝贝啊？你是说陈老板吧？听说他弄了一大堆破烂，不过那些破烂里也许有宝贝——他狗日的毕竟是从水晶收购站熬出来的。”王二水自以为是地歪着头说，“也真是怪了，什么破烂货，到了陈富有手里，就成了真宝贝。呵呵，我这个杯子，是我自己弄着玩的，不比玻璃好多少，不值钱。”

“你狂啊，这么大水晶茶杯还不值钱。”吴小丽惊叹道。不过吴小丽不喜欢王二水评论陈富有的口气。陈富有藏的那些水晶，她是见到的，不仅多，也好，确实吓住她了。

“不是狂，我真没把它当好东西。”王二水得意地笑笑，眼睛盯着吴小丽看，说：“陈老板都没敢用水晶茶杯吧？”

“我怎么晓得。”吴小丽讨厌别人问她关于陈富有的话题，王二水问了也不行，她也不开心，她把脸一冷，心里想，好事不出门，坏事传千里，她被陈富有召见的事，她和陈富有在办公室里的事，怕是早已传遍全厂了，杨娟不是已经跟她阴阳怪气了吗？不是已经爱理不理了吗？王二水是不是也话中有话呢？王二水算个屎啊。像他这样的嘴脸，一抓一大把，损失个把王二水，比损失一只苍蝇也差不了多少。她突然想起陈富有的话，那个王二水，怎么老往你那里跑啊，防着他点，这小子手脚不干净。吴小丽当时觉得陈富有所说的“手脚不干净”，并不是指小偷小摸，也就没上心。这会儿看王二水，越发觉得他真的不干净了。

吴小丽虽然冷了脸，王二水并没觉得她的话不中听，倒了杯热水，一边看着水晶杯一边走了。水晶杯子确实笨拙而丑陋，不过盘在杯子里的龙形图案，在水的映衬下，看起来像真的一样在腾飞。

吴小丽从窗户里看他的背影，突然感觉他走路的样子真难看，后悔喊他了，管他喝什么水了，就算喝了一零五九，也药不死的。她被陈富有召见几次，大家都知道了。王二水往磅房跑，难道就没人知道？陈富有知道了会怎么想？好吧好吧，下次不理他了。

但是，王二水却不知天高地厚，没感觉到吴小丽的冷漠，他变本加厉，每天都要端着水晶大茶杯，到吴小丽的磅房倒杯热水喝，仿佛吴小丽那儿就是他的茶炉房，有时候上午，有时候下午，有时候上午下午去倒两次水，甚至一个上午倒两三次也有过。倒完水还不走，还要云山雾罩海吹一通，还要一屁股坐在吴小丽唯一的椅子上，喝几口水，把水喝出“呼呼”的声音来。那把椅子，吴小丽刚擦过了，很干净了，绣花的椅垫子也是新换的，让他一屁股坐脏了。有时候，热水瓶里刚好有一缸水，吴小丽还没来得及倒出来，就让他倒走了。吴小丽真心烦他了，不仅说话不冷不热、不咸不淡，还直接撵过他。不知是真不懂还是假不懂，他硬是没感受出来，有时还说：“小丽，我怎么觉得你跟以前不一样啦？”吴小丽没好声气地说：“才觉得啊？你不来倒水就是我烧高香了。”对吴小丽的讨嫌，王二水依旧浑然不觉，依旧抬脚就来。吴小丽拿他实在没招了，总不能直接不让他进屋吧。没过几天，吴小丽担心的事还是发生了——陈富有发现王二水不正常的行为了。

陈富有在办公楼上，偶尔会从窗口向外眺望。厂子不大，他所在的二楼，基本上能俯视全厂。有一天，吴小丽刚从他办公室回去，他便站到窗口，向磅房方向眺望，想再看看吴小丽，这一看，就看到王二水端着茶杯向磅房去了。王二水到磅房倒水，他也听工人说起过，知道王二水是阴沟里的泥鳅——翻不起大浪来，同时他也相信，吴小丽这只小天鹅，是不会理会王二水这只癞蛤蟆的。但吴小丽刚刚从他这里回去，他一方面意犹未尽，另一方面看有谁会在偷窥他们，当然也想到了王二水，会不会让王二水看出什么端倪来？或者闲谈中扯出什么。陈富有当然不怕别人偷窥了，更没把王二水放在心上了，他想知道，吴小丽不想到新成立的精品展示部工作，会是谁给她撑的腰，会不会和王二水有关系？完全有可能是王二水，他们是初中同学，说话肯定方便随意，就是王二水给吴小丽出什么馊主意也不算意外，说不定，吴小丽不愿到新成立的水晶精品展示部上班，而且态度很硬，就是王二水使的鬼。陈富有觉得，不怕一万，就怕万一。他决定和吴小丽摊牌。

有一天，毫无预兆的，陈富有就到磅房来了，还给吴小丽带一件水晶原石。这块原石可不是一般的水晶，是十分罕见的水胆水晶。水胆水晶是水晶中的奇品、上品、珍品、精品，怎么说都不过分，因为数亿年形成的晶体里，藏有一滴水，这滴水要存在多少年啊，也是数亿年啊，这是一滴什么样的水，可以任由发挥想象的，可是真正的“水精”啊。如果这块水晶的晶体足够大，外形足够漂亮，就是精品中的精品了。多少年来，民间都把这种水晶当宝物，传说能收藏到这种宝物，不仅可以去灾避难，还能延年益寿，永葆青春。不过这块水胆水晶稍稍欠缺的是，晶体形状不太美观，是个L形，除了形状，晶体还是透彻的，那滴水也鲜活灵动。别看陈富有在生意场上呼风唤雨，在朋友间来往通达，到吴小丽这里他自然就矮三分，成了狗熊。陈富有感觉吴小丽虽然没见过大世面，但骨子里天生就有一种优越感，女人特有的优越感，在男人面前自然形成的优越感，特别是像陈富有这种爱偷腥的男人，她既不卑不亢，又高傲自信，有自己的主见。就从陈富有想叫她做精品展示部主任这件事情上，她就表现出和别人不一样的思维，不拒绝，也不迫切，给了好处当然很好，不给了也不在乎。因此，她给陈富有的印象，倒不是陈富有玩弄了她，而是她掌控了陈富有。所以陈富有在她面前，并没有强势感，反而有求于吴小丽了。他到了磅房，看到吴小丽正往杯子里倒水。可能是暖壶里的水刚刚被王二水倒走吧，只倒了小半杯，而且是壶底里的水，有些混浊。陈富有就说："这么艰苦啊小丽，说一声啊，等会我让办公室给你配套饮水机，方便又健康，咱小丽这么精贵的身体，怎么能喝这种水呢。"吴小丽说："好啊，你大厂长，总经理，董事长，想怎样就怎样。"陈富有开心了，又说："过两天，我要接待大客户，在县委一招摆一桌，你到时候去给我撑个场子。"陈富有是灵机一动才这么说的，并没有大客户的影子，只不过是想进一步拢住吴小丽，他看吴小丽"上套"了，说："不过你这身衣服不行，还有鞋子、发型，都得重新调整下。这样吧，明天，你跟我去一趟城里，大采购，改变改变你的形象。"吴小丽心里乐着，嘴上却说："真麻烦。"陈富有说："不麻烦，坐我新买的专车。"吴小丽嘴一撇，表示不屑，又说："工作谁干啊？"陈富有说："傻了吧，工作算个屁啊，你漂亮了，就是我工作做好了。"吴小丽觉得话到位了，看陈富有手里拿一个报纸团，说："屙屎看报纸，假积极啊。"陈富有哈哈大笑了："什么屙屎看报纸啊，我屙屎从不看报纸，这是高级东西，送给你的。"陈富有说着，打开报纸，露出了水晶。吴小丽瞟一眼："什么呀，丑死了。"陈富有把水晶拿起来，竖在吴小丽眼前，说："看看，看看，水胆，看到没有？"吴小丽看到晶体里的水胆了，说："不就是一滴水，拿大奶子吓小孩子，谁没见过。”陈富有吃惊地问：“你见过？”吴小丽说：“听说过，中了吧？”陈富有说：“给你的。”吴小丽说：“稀罕。”陈富有说：“去灾避难，美容美颜哦。”陈富有就把水胆水晶放到工作台上了。吴小丽说：“真要是好东西，你敢放这儿？不怕被偷啦。”陈富有说：“不怕，谁知道你这里有这么稀罕宝贝呢……”就是这时候，陈富有想到了王二水，“不过也不好说哦，你那位老同学，你是了解的，他可是懂水晶的。”这时候，吴小丽还是本能地利用了王二水，拿他打压陈富有道：“小瞧人了吧，王二水什么好水晶没见过？他会要你这种破石头？人家喝水都用水晶杯子，别门缝里看人啊。”陈富有说：“他小鸡没长毛时我就认识了，我当然知道他……好了好了，不说他了，他牛，敢用水晶杯子喝水，那是冒充，还不知是什么烂货了。”吴小丽说：“那也不见得，好东西都在不起眼人的手里，光他们鱼烂沟，你知道还有多少好东西？”陈富有明知道吴小丽的话有道理，也不想再说王二水了。他又强调明天去县城的事，约好早点走，到县城吃早饭，就离开了。

陈富有走后，吴小丽把他的话在脑子里又过一遍，觉得陈富有是嫌她不会打扮，便拿出镜子照照，镜子里的一张脸，确实有些草率了，确实应该打扮一下了。吴小丽对着镜子发了会呆，想想如果一身时髦的新装，再烫了头发，出现在一招的酒宴上，那是什么样的感觉呢？吴小丽期待起来。这时候，王二水推门进来了。

王二水的突然闯入，打破了吴小丽的白日梦，她没好声气地说：“你鬼啊，进门也不吭一声。”王二水“哈”地一笑说：“要是鬼就好了，就能上天入地了。我来倒杯水喝。”吴小丽说：“对你说啊，这是最后一次，下次就没有你喝的了，有多远滚多远。”王二水没理吴小丽的茬，他给水晶杯子里加了水，逮眼一看，桌子上的水胆水晶引起了他的注意：“噫，这什么鸡巴玩意？”吴小丽心里小得意一下，说："你不是什么都懂吗？也有你不认识的。"王二水有些得意又有些阴暗地说："谁说我不认识？我都说得明明白白了。"吴小丽说："明白什么呀，我都没听懂。"王二水说："你没听懂是你脑袋叫驴踢了，要我再说一遍？鸡巴玩意嘛，我以为陈富有会送你什么好东西呢，原来就送这么一根。"吴小丽脸腾地红了，她没想到王二水会这么坏，这么下流。王二水拿起水胆水晶，继续调侃道："看看，像不像？"吴小丽翻他一眼，假装不懂地说："像什么啊？"王二水看她脸上还没有消退的红晕，知道她装的，就更加露骨地说："像陈富有的家伙啊。"吴小丽虽然感觉被人揭了疮疤，但看王二水拿着水胆水晶的角度，还有形状，还是忍不住哈哈大笑了。王二水也乐了："还是全套的呢。"吴小丽踢了王二水一脚，伸手抢过水胆水晶，骂道："你去死吧！这是水胆水晶，看看，看看，水胆，你眼睛瞎啦？"王二水说："我管它什么水胆了，我看它就是那个，水胆是什么？陈富有没说？水胆就是精子啊，哈哈，明白了吧？等你玩腻了也借给我玩几天啊。"吴小丽真是恨王二水了，又是踢他，又是抓他，还要咬他，把王二水赶出了门。

王二水知道过分了，但说过了感觉很痛快，很解恨，浑身舒畅，既然吴小丽变成了别人的菜，说什么都无所谓了。但他的杯子遗忘在吴小丽桌子上了，现在去拿不太妥当，怕吴小丽生气了不让他进门，不慌，等吴小丽消消气，再去要回来。王二水想得太简单了，第二天他去磅房时，磅房的门关得紧紧的——吴小丽不在。近午时，再去看，还是不在。王二水不知道，此时的吴小丽，正和陈富有出入在县城的各大商场和百货大楼里。王二水以为吴小丽出什么事了，没想到晚上吃饭时，已经准备辞职的杨娟告诉他，吴小丽一大早就跟陈富有走了。王二水知道了，吴小丽已经不是他们一类人了，她不仅变身，马上就要变脸了。而且杨娟的辞职，也让王二水始料未及。王二水问她为什么辞职，她也不说，只说不想干了，微笑也不自然。杨娟突然的决定，也感染了王二水。王二水从前没想过辞职，在厂子换了主人的时候，还害怕被辞退呢，和杨娟、吴小丽也议论过，当时最怕失去工作的，恰恰就是杨娟，原因可能是罗主任调到别的乡镇了，大红伞罩不住她了。后来大家都没被辞退，大家也就都心安理得。杨娟原先的工作是化验员，颐指气使的。陈富有入主后，她还和以前一样，一点不收敛，嘴里还会说罗主任怎么怎么样的。不久，她就被陈富有调到碎石车间了，这是厂里最重的工种，虽然也有女人，但她总以为被贬了，工作就没了劲头。这会儿要辞职，可能与自己被贬而吴小丽得宠有关系。杨娟不愿意说出真相，王二水也理解，谁个不要点脸面呢？王二水不知出于什么心机，把陈富有送水胆水晶的事告诉了杨娟，还添油加醋，把那块水晶描述成活灵活现的生殖器，听得杨娟脸上红一阵白一阵，连声说，没想到没想到，这个吴小丽，变成这种人了。当天晚上，王二水就撬开了吴小丽磅房的门。王二水的初衷，是要拿回自己的杯子。奇怪的是，杯子居然不在磅房里。磅房分两部分，一部分是地磅，在室外，另一部分是紧挨地磅的小房子，通常说的磅房，就是指这间小房子。小房子也分两部分，里间和外间，外间是看秤的地方，门一般都是带上的，也就是吴小丽工作时的岗位，里间有一扇门隔着，是吴小丽休息的地方。磅房的工作是阶段性的，一天只忙两个时间段，即早上和晚上，其他时间，吴小丽都在里间值守，在桌子上整理流水账。王二水每次来打水，都是在里间，他的水晶杯子也是放在里间办公桌子上的，怎么会没有了呢？莫非被吴小丽带回宿舍？有可能，她不是对水晶杯子感兴趣吗？她觉得喜欢，拿到宿舍欣赏去了，也有可能拿给陈富有欣赏去了。好吧，你欣赏我的水晶杯子，我就欣赏你的水胆水晶。王二水一眼没看到水胆水晶，就随手拉开办公桌上的一扇柜门，水胆水晶果然在柜子里。王二水拿出来，就近在灯泡下看，别看水晶的形状不怎么样，那颗水胆确实太美了，特别在灯光映照下，黄豆粒大的一颗水胆，闪耀着光泽，宛若一颗宝石熠熠生辉。王二水紧张起来，心跳一阵狂蹦，他能听到敲鼓一样的“咚咚”声。水晶对于他来说，就像吃腻了的一道菜，再好吃再名贵，看了就想吐，没想到这颗水胆，又勾起他的初心，又让他爱不释手，他不由自主地就带走了。

三天后，吴小丽回来了。回到厂里的吴小丽像变了个人，头发卷成了波浪，脸色好看了，衣服洋气了，尖头高跟皮鞋的细鞋跟有五寸高，挺胸收腹，每一步都走不稳似的。此时厂子里已经流传陈富有送一块奇怪的水晶给吴小丽了。吴小丽和陈富有的一同外出，似乎给这个传言增加了可信度。吴小丽开始也没发觉水胆水晶的遗失，也没有注意别人对她的指指点点和流言蜚语。但当她发现水胆水晶遗失时，还是大吃一惊。她蹲在柜子前，出了一身虚汗，明明就放在柜子里的，还用一张旧报纸盖着，突然就不见了踪影。磅房的门窗都装有防盗网，没有发现被盗的迹象。她又看了下咬链，发现咬链被撬过了。谁还知道磅房里会有一块值钱的水晶呢？不言而喻的，肯定是王二水了。吴小丽立即告诉陈富有。陈富有大惊失色，他来到磅房，看到撬痕很小，沉默片刻，说：“像王二水的手艺。果然不出我所料。”陈富有让吴小丽在他办公室的套间里坐着，派人叫来了王二水。他要让吴小丽听听，让她知道王二水是如何偷窃的。

“陈总叫我？”王二水站在陈富有的豪华办公室里的门空里，虽然强作镇静，还是极不自然，腿脚都感觉没地方放了。

“进来。”陈富有对他招一下手。

王二水朝前又走两三步。陈富有的办公室太大了，走了两三步，离他仿佛还是很远似的，只好又走两三步，而且一双脏脚在锃亮的地板上留下几个脚印。

陈富有扔一盒中华给他，说：“二水，你来我厂里几年啦？”

“有几年了。”王二水接过飞来的烟，感觉气氛不对。

“我接了厂子，对你怎么样？”

“好啊。”

“二水，不是看在我们交情不错的份上，我就不要你了，可我不要你了吗？你这几天做了什么？想想，自己知道。”陈富有口气不愠不怒，却咄咄逼人。眼睛紧紧看着对方，他看到对方眼珠子转了转，有些胆怯了，陈富有的声音也有了些温情：“二水，我也不报警了，我要是报警，肯定要拘留你。我能看着你被拘留吗？我不计较，把东西还回来，咱们一笔勾销。”

王二水连想都没想，就说：“我哪里想拿那块水晶啊，我是找杯子的……我杯子丢吴小丽那了……杯子我也不要了……那块水晶……我埋在石英砂里了……这就去拿来。”

“好，我等你。”

王二水一路小跑着，跑到一个装石英粉的水泥池里，从一个角落挖出了水胆水晶。

就在他抱着水胆水晶返回陈富有办公室时，陈富有没有信守诺言，他打通镇上派出所熊所长的电话。熊所长先问要不要判王二水几年。陈富有说关他几天吓吓就可以了。

就这样，王二水被关了几天。几天后出来时，他被富有石英砂厂开除了。不久，镇上的人都知道，王二水失踪了。

吴小丽

这天，吴小丽下班后，拐到菜场去买菜。

菜场在水晶大市场的屁股后边，菜场的人，不论卖菜的，还是买菜的，都认识吴小丽。吴小丽一走进菜场，比最新鲜的时令蔬菜还引人注目。

吴小丽的丈夫葛文章是镇政府小车驾驶员。葛文章能为镇领导开车，也是陈富有跟镇长打的招呼。陈富有表过态，他让葛文章先安心开二年车，然后想办法让他干副镇长。吴小丽和葛文章都相信陈富有的话，他有这个能耐。他要办的事，没有办不成的。吴小丽有一个习惯，每天都要在吃饭前打电话给葛文章，问他回不回来吃饭。葛文章每次都实话实说，要说不回来吃饭，就是外边有饭局，吴小丽就随便对付着吃点了，有时一份凉面就打发了自己。葛文章要说回来吃饭，她就想方设法到市场买点好菜，不怕费事地给他做顿可口的饭菜。吴小丽刚才打过电话了，知道葛文章晚上回家。吴小丽便拐到了菜场。路上，她想好了，准备买一斤小米虾，炒青椒，买半只酱猪耳朵，再炝一个糖醋萝卜丝，都是葛文章爱吃的小菜。

吴小丽刚到菜场，被王二水盯上了。

自从刘秃子出价五百万要买那块奇特的水胆水晶，王二水一夜没睡觉。五百万可不是小数目。可五百万是个多大的数目，他也没想过，没有概念。他觉得，虽然赶不上陈富有那么牛（民间流传，陈富有的家财，如果换成钱，是好几个亿了，失火也够烧三天），至少赶得上刘秃子了。他在被窝里算过账了，按照他现在的收入，如果他能活到一百岁，够他苦五辈子的，五辈子啊。因此他做梦都梦到了五百万。五百万向他发出了“咯咯”的笑声。王二水拒绝不了五百万的微笑，天没亮就爬起来，骑上自行车，到石英砂厂的大门口转一圈。石英砂厂的大门已经不是他离开时的大门了，现在的大门富丽堂皇，他都认不出来了。他真希望那块水胆水晶又让陈富有重新赠给了吴小丽，那样的话，他就可以利用老同学的关系，接触吴小丽，偷回水胆水晶，五百万就进他的腰包了，他就可以天天抽十五块钱一包的紫南京了，就可以到三红休闲屋去找小姐了，还可以到新世界大酒店去包房间，听说那里的小姐比三红休闲屋要贵一倍。最关键是，有了五百万，他就可以在萍萍面前牛起来了，可以跟萍萍讲条件了。但这个念头也只是一冒头，就后悔了，真有五百万，萍萍算什么呢？应该更不理她。不行，不理她是便宜了她，应该让她后悔，哈哈，他想看到萍萍知道他有五百万又得不到五百万的样子，要是看到萍萍哭吃抹泪地跟他复婚，真是太痛快了。

王二水神情亢奋，在富有石英砂厂门口徘徊好久，直到有人上班了，才离开——他怕被陈富有看到。虽然他现在不怕陈富有，但他接下来的行动，可是怕的。王二水也没有走远，他不想走远，他要一心一意等到吴小丽。王二水躲到吴小丽上下班的必经之路上，等着吴小丽。果然，在街上行人渐渐增多时，他看到吴小丽骑着自行车过来了，身影还和以前一样，还是那么熟悉，都这些年了，似乎一点没有改变，她吃了什么仙丹？吴小丽没有让他多看几眼，一晃骑过去了。他看到吴小丽就放心了，就感觉有十分把握了。近午时，他又来了。他看到下班路过的吴小丽。中午不是最佳时机，他没有冒冒失失跟上去。毕竟，他和吴小丽好久没有说话了。他要瞅准一个好时机。王二水觉得吴小丽下午下班的时机最好。王二水就在吴小丽下晚班的时候，跟了上去。王二水心里怪怪的，看到吴小丽的风姿卓越，看到吴小丽撅着屁股骑行的样子，觉得时光要是回到了十年前多好啊。

王二水跟着吴小丽，一直跟到了菜场。

吴小丽买了菜，往菜场门口走，一抬眼，看到了王二水。王二水张着嘴，正傻笑。

吴小丽愣一下，认出了他。

“买菜呀小丽？”王二水的口气特别亲切。

“买菜。”吴小丽的话不咸不淡，心里也在纳闷，并且有种不好的预感。她走到停车场，把菜放进车篮子里，推动自行车。王二水推着自行车一直跟着。吴小丽用眼睛的余光看到他了。吴小丽内心不祥的预感渐渐放大，觉得今天在这里遇到王二水，绝不是巧遇，干脆停下，笑容可掬地问：“王二水也买菜？”

“我不买菜，我是一个人吃饱，全家不饿。”王二水说，“你跟我不一样，你急着回家弄饭是不是？我也没啥话要说，我就是跟你说大老板陈富有，我昨天在水晶大市场看到陈富有了，这家伙太不地道了，身边还跟着一个女人，我还以为是你……当然不是你了，她跟你一样漂亮，不不不，她比你漂亮比你胖了很多，我差一点认错人了。”

王二水说完，看吴小丽的反应。

吴小丽嘴巴一撇，不知道要怎么说。

“那是谁啊？”

“我怎么知道？”吴小丽说，“你看到鬼了吧，不就是屁股大嘛。”

“你不知道我知道啊。”王二水心中暗喜，“不仅屁股大哦。”

吴小丽其实想到了，知道王二水说的那个女人就大屁股女孩小任。吴小丽显然不想跟王二水讨论那个小任，那个小任哪里是人啊，简直就是狐狸精！吴小现鼻子一酸，控制不住地想哭。吴小丽还是没哭，哭给王二水看算什么啊。但吴小丽说："不爱听不爱听，我看你比姓任的还讨厌。"

王二水说："不错，我就是说小任。她就是小任，大胸大屁股的小任。不过我可是好心哦。"

"稀罕！"吴小丽知道王二水说的没错，她不光屁股大，别的地方也特别大，就像是人造的一样。她是不久前刚刚进厂的化验师，只知道姓任，是陈富有专门到人才市场高薪引进来的大学生，也有人说是派出所熊所长推荐的，听说所学专业正好是宝石鉴定。吴小丽知道陈富有的德性，他花那么多钱，哪里是引进人才啊，他就是引进一个大屁股。吴小丽很瞧不起这个小任，觉得她到处都是假的，如果吴小丽是天然水晶的话，那小任就是人造水晶了，因为她连头发，都染成了橘红色。男人真是怪了，都喜欢人造的。果然，小任一进厂就受到陈富有的宠爱，到哪里都带着，参加这个会那个活动的，俨然成了半个主人。吴小丽自然就受了冷落，她曾责问过陈富有，被陈富有好好骂了一顿。吴小丽不甘心就这样让姓任的独占了好资源，有一天快中午时，她又去陈富有的办公室。吴小丽一进陈富有的办公室，就闻到一股特别的味了。吴小丽对陈富有的办公室太熟悉了，包括气味，陈富有的办公室突然有一种从前没有过的青草香，她就知道有情况，便朝套间里瞅，她知道小任肯定在。她也熟悉套间的格局，她跟陈富有幽会时，套间里最为隐蔽。陈富有知道吴小丽来者不善，他先发制人地说："不好好上班，乱跑干什么啊？精品展示部近来工作起色不大啊。"吴小丽不拐弯地说："我就不能来看看你啊？你从前不是常让我来吗？我就是不来，你不也是常打电话叫我吗？你什么时候想了，打个电话我就来……你现在有小任了，就把我忘了……"吴小丽说着说着，哭了。陈富有最受不了女人来约束他，特别是用哭这种蠢笨的方式。陈富有皱着眉，声音不高，却是厉声地说："你看你成什么体统，哭哭啼啼的！"吴小丽也不输给他，恶狠狠地说："你莫要把眉头皱得跟卵皮一样，你还能吃了我？你别看姓任的比我年轻，别看她奶子大，别看她屁股大，我看过她面相了，她心里不善，是个狐狸精，勾魂鬼！"陈富有说："你教训我？也不睁眼看看我是谁？当初我安排你到精品陈列室，费了多少口舌。人家小任，我安排什么干什么，无条件执行，你有什么资格干涉？给我滚出去！"吴小丽就哭着走了。吴小丽想一走了之，不在他厂里干了，可她心里舍不得走，还有葛文章的副镇长也没当上，只好干生气。好在事隔不久，陈富有又打电话让吴小丽陪他到温泉去洗澡。洗澡时，吴小丽学乖了，不提那个小任了，吴小丽也找回了从前的一些感觉。可陈富有老是不经意就说小任是如何地有文化，如何地有知识，还如何地心细、有教养。吴小丽真不能听陈富有夸小任。陈富有夸小任，不就是说吴小丽粗俗嘛，不就是说吴小丽没有教养嘛，不就是说吴小丽不如小任嘛。这还倒罢了，陈富有有一次还当着吴小丽的面在电话里跟小任调情，还撒谎说他在外地。小任盯陈富有这么紧，吴小丽真想把小任撕成烂布条，扎成拖把，天天拿它拖地。但是吴小丽对陈富有，是恨也不是爱也不是，有时候恨得咬牙切齿，恨不得把他也撕成烂布条，有时候又爱得心花怒放。有一次，陈富有睁着眼睛说谎。吴小丽明明看到陈富有上楼的，可吴小丽打电话给陈富有，陈富有居然说在路上。吴小丽忍住怨气，问他在哪个路上。他说在去西安出差的路上。吴小丽没有揭露他的谎言，而是直接到了办公楼上。吴小丽在楼下就闻到了草香味，知道他们又厮混在一起了，吴小丽要把他们找出来，处心积虑要弄他们难看。可吴小丽找遍了三层办公楼，都没有找到他们。吴小丽知道他们一定躲在什么地方了，不是陈富有办公室的套间里，就是三楼几间休息室、小会议室的某一间里，可那些房间都上了锁。小任的办公室倒是开着门，青草香袅袅绕绕的，屋里却又没有小任，这就更说明问题了。吴小丽楼上楼下跑了好几趟，心里光是恨，却也不敢声张，不知道他们躲在哪里享乐去了。别乐死啊，别走火入魔啊。吴小丽恶毒地想。

吴小丽骑着车，不想小任的事，可满心都是小任。而讨嫌的王二水还是紧紧跟在她身后，他的破自行车“轧轧哗哗”的，十分烦人。吴小丽骑到镇政府门口时，差点被一辆小货车别到路边绿化带里。想想，都是王二水惹的，他真是个丧门星！他还跟在后边。他要干什么？他不会借钱吧？听别人说过他，在水晶大市场瞎混，有一顿没一顿的，活该！吴小丽又心软地想，他要是真好意思开口借钱，一分钱都不借，但可以给他一百块，不用他还，就算打发要饭的得了。

吴小丽在家门口支好车，转头看，王二水没了影子。吴小丽没看到王二水反倒觉得不对了。这家伙突然出现，突然说起小任，什么意思呢？无风不起浪，王二水不会无缘无故提起小任这个骚丫头的。王二水跑来提小任，不是故意要惹她添堵，而是真有事。吴小丽知道王二水不是好人，但相比于小任，她更愿意听听王二水说什么。王二水要是真能帮她赶走小任这个骚丫头，倒是要佩服他的，从前因为水胆水晶的事而惹下的麻烦，可以一笔勾销。可该死的王二水怎么没影子啦？如果再露头，就算请他回家吃顿饭，让葛文章陪他喝杯酒也值了。

吴小丽心里怅怅的，摘菜洗菜也没了劲头。

就在吴小丽努力想忘了王二水时，他又鬼一样突然出现了。

吴小丽住镇政府分配的两大间平房，有一个红砖小院，厨房的南山头连着院墙，窗户正对着街道。吴小丽感觉窗口有张脸，正恐怖地笑。吴小丽被吓一跳，看是王二水时，她有些气恼了，她用勺子敲敲玻璃，说：“要死呀，鬼鬼祟祟，干什么你！”

“你开开门。”

“干什么？”

“你开开门么，我还能吃了你！”

“我不开门，你说。”

“你不开门我怎么说？”

“你说，又不是听不见。”吴小丽突然又不想让他进家了，没有出去开院门，而是把厨房的窗户打开，说：“我在做饭，有话快说有屁快放！”

“嘿嘿，是这样子的……水胆水晶的事……都这些年了，我也没向你道歉……我来向你道个歉……小丽，咱们是老同学啊，能有多大仇？以前相处也不错。这里有个大误会，他们把你误解了。哪天一起吃个饭，算我正式道歉。”

“道什么道歉，我可担当不起。”吴小丽希望他能说小任的事，真没想到他要道歉，都这些年了，不是没话找话嘛。吴小丽气恼地把玻璃窗关上了。

王二水站在窗外边，嘴里嘟嘟囔囔不知说些什么，手还跟吴小丽比划着，一会儿握着拳头，一会儿伸一根手指，还做出轮子的造型。吴小丽只当没看到他。不过吴小丽从王二水的嘴型上，听出来他好像在说水胆水晶。这排红砖平房住的几家人，都在镇政府上班，也有水晶大市场的管理干部，吴小丽怕他越说越多，又把事情扯乱了，只好冒险又打开窗户说：“文章一会就回来了，你能不能不在这里嚼蛆捣鬼啊？我空了去水晶大市场找你说话，你快给我死远远去。”

王二水说：“好好好，还是水晶的事，那块水胆水晶，卖给我啊？有人出了好价钱，让我来跟你谈的。”

又是水胆水晶，吴小丽怒不可遏了，还说是来道歉的，这不是故意来惹气生吗？但吴小丽还是先哄他走为上策，软和了口气说：“明天上午，见面再说，啊？不能聊了，我锅要照看，文章一会就回了，再见再见。”

王二水把话说到了，加上天已落黑，只好讪讪地走了。

吴小丽还是把锅里的青椒炒白虾给炒坏了。吴小丽灭了火，装出糊了的菜，心里的火更大，怎么放他走了呢？水胆水晶？王二水不是重提以前的破事，是要买水胆水晶，我哪有水胆水晶卖啊，那块破水晶……妈的，后来就再也没有见着，说是像那个东西，还没认真看看就被陈富有藏起来了，连精品展示部都没有。

酒后的话

葛文章每次回家，身上都有难闻的汽油味。

吴小丽有洁癖，闻不得他身上汽油的臭味，闻了就头晕。从前，吴小丽在葛文章一进家门时，就让他赶快脱了外套，然后把外套塞进洗衣机里，或者挂到卫生间。发展到后来，一进家门就脱衣洗脸，成了葛文章的习惯。葛文章几乎被吴小丽改造成一个整洁、利索的人了。但是，人的习惯是慢慢养成的，日久天长，吴小丽不但没有改变葛文章，反而习惯了他身上的汽油味。

现在，葛文章和身上的汽油味一起回家了。葛文章还“哼哼”地哼着歌，从街上一直哼进院子，又从院子一直哼到屋里，葛文章看到桌子上摆着青椒白米虾，嗅嗅鼻子，说：“好菜啊。”葛文章朝椅子上一坐，跟吴小丽要酒喝。葛文章平时酒量不大，在家很少喝酒，在外边，虽然常常陪领导喝，其实只是做做样子，也不敢喝，因为，他手里有方向盘，身边坐着镇领导。

吴小丽听他夸青椒白米虾，凑过头来说：“糊了没看出来？”

葛文章拿筷子夹一只小白虾在嘴里，吧唧着嘴说：“这点糊算什么，拿酒来。”

“你在外喝酒，还没喝够啊？今天怎么要喝酒啦？”吴小丽说着，不由自主拿手扇扇风，觉得他今天身上的汽油味特别重。

“青椒白米虾，酱猪耳朵，还有糖醋萝卜丝，都是我爱吃的小菜，不喝口酒对不起你好手艺，也亏了我的胃——反正今晚也不出车。”葛文章夹一条酱猪耳朵送到嘴里，继续吧唧着嘴说，“好吃，唔唔唔唔唔好吃。”

“好吃吧？”

“好吃。”葛文章说着，又回到院子里，把外套脱了，挂到晾衣绳上。

葛文章这个细小的动作，没有逃过吴小丽的眼睛。觉得葛文章好乖。

“你说不出车，那可不一定，要是镇长晚上有事呢？”吴小丽说，“镇长可是说有事就有事的人啊。”

“镇长说了，没事。”

吴小丽高兴了，屁颠颠地到酒柜里给葛文章找一瓶绿汤沟。

葛文章说：“不喝绿汤沟，低度的没劲，有红汤沟没有？”

“两样啊？”

“你不懂，老子不喜欢绿字头的。”

吴小丽懂。绿汤沟的绿字，就是绿帽子的绿，葛文章是触景生情。好在家里酒多，吴小丽就不露声色地又给他换一瓶红汤沟。

葛文章“滋滋咂咂”喝了几杯，吴小丽劝他说：“差不多行了。”

“没事，多喝两杯高兴高兴。”葛文章又喝两杯，挺享受的样子，“今天是个好日子，庆贺庆贺，来，你要喝一杯。”

吴小丽把这一切都看在眼里，猜不透葛文章何以如此开心。吴小丽联想到王二水说过大屁股小任的事，莫非葛文章也知道陈富有和大屁股小任粘到了一起？有了大屁股小任，陈富有就会放过吴小丽了。葛文章一定这样想的。所以他说今天是个好日子，所以要请她也喝一杯。吴小丽心情复杂地偷看一眼葛文章，葛文章脸像猴腚一样红润润的，连鼻子都红了，像极了一根红萝卜。葛文章一直对酒精过敏，虽然常喝，但每次都像上了色一样带着记号。今天这场酒，如果是在外边喝的，吴小丽一点也不多想，在家还罕见地喝成这样，肯定有隐情。吴小丽小心了。

喝完酒，葛文章坐在沙发上看电视，小饮一口茶，突然对吴小丽说："跟你要块水晶。"

吴小丽一时没反应过来，看着葛文章，嗫嚅道："什么……么……"

"要块水晶……一块水晶，瞧你，吓成这样？"

"没听懂……"

"别装跟大马队（傻瓜）一样，谁不知道你有块水胆水晶？"

又是水胆水晶。王二水查号水胆水晶还情有可原，葛文章怎么也查号啦？吴小丽不知道他葫芦里卖的是什么药，他是真要水晶呢？还是故意找茬？吴小丽心里转了十八个弯，也没有想好应对的话，只好草草了事地说："那……找找看……"

"什么找找看？我有个朋友，他要……他出大价钱。"

吴小丽明白了，葛文章和王二水害同一种病，都是冲着水胆水晶来的。水胆水晶又怎么啦？吴小丽看葛文章不像是找茬，也不像开玩笑。葛文章的眼睛鼓鼓着，红红的脸上有一副憧憬的下流般的表情。吴小丽觉得葛文章的话像真话，说不定真有人对那块水胆水晶感兴趣。葛文章在镇上开车，接触人多，信息量大，那些有钱人什么点子都有，什么事情都能发生。王二水在水晶大市场混，同样也会听到风声。想到这里，吴小丽心里稍稍踏实些，看来王二水和葛文章都是为水晶来的，便轻描淡写地说："一块破水晶，值什么钱，说不定人家逗你玩的。"

"靠得住的朋友，"葛文章神秘地伸过头来，"咱们要发大财啦。"

"可是，那是陈富有的水晶。"吴小丽感觉脸上火突突的，肯定脸红了。她怕葛文章看到她的脸红，别过了脸说："酒味真大。"

葛文章看着吴小丽，更下流地搓一下鼻子："都传疯了，水胆水晶在你手里。”

“你见过啊？”

“你能舍得给我见啊？”葛文章终于露出酸劲了。

吴小丽讳莫如深地轻叹一声，很为难地说：“就是一块普通的水晶，确实有颗水胆，造型很一般，不是他们嚼舌根的那样……”

“哪样我不管，有人出大价。”

吴小丽又像叹息又像无奈地说：“那时年轻，也没觉得一块破水晶会值钱。”

“说你笨吧……笨死了，陈富有的东西，能不值钱？他能收藏不值钱的东西？我说你啊……真的不在你手里？”

“不在，还给他了，就是没还，咱也不能卖别人的东西啊。”

葛文章听吴小丽话，觉得有门道，赶紧问：“到底还没还？”

“还了，王二水亲自送给他的，王二水还叫派出所关了几天，人都被逼得外流了，差点死在外边，你不知道？装什么蒜！”

葛文章被吴小丽将一军，脸皮更厚了，想了想，又说：“真是难得的好机会，那块水胆水晶，值大钱的，想想办法，能不能再把它搞出来？”

“不敢说，陈富有那种暴发户，拿水晶当宝贝，谁不晓得？小气的不得了，抠门到家了都。”吴小丽没想到葛文章会这么说，让自己的老婆去搞那种造型的水晶，等于鼓励老婆重新去投怀送抱，不是自己羞辱自己吗？吴小丽胆量也壮起来，努力撇清自己说，“王二水偷那块破水晶被关了好几天，我要是偷，说不定会被判刑的。”

“哈，真要进去了，我去看你。”

“看我算屁啊？没安好心，忙活半天，让你吃好喝好，都喂狗了。”

葛文章突然笑了。

“笑什么。”吴小丽心里有些发虚，“跟你说，我搞不来什么水晶，值多少钱都搞不来。”

葛文章脸上的笑更加怪异了。

吴小丽受不了葛文章的样子，正想跟他吵，桌子上的电话机响了。

葛文章去接了电话，连说了几个“好”。葛文章挂了电话往外走，对吴小丽说：“镇长叫我去接他。今天这话，只当我没说，你也只当没听。你晓得我意思吧？”

“不晓得。”吴小丽生气了，“喝酒还敢开车？”

“没喝多，能开。”葛文章在院子里穿衣服，自言自语地说，“这个镇长，说好跟小任唱歌去的，说好不要我接的……”

吴小丽听他说到小任，问：“镇长跟小任在一起？”

葛文章打个酒嗝，说：“谁说的？我可没说。”

吴小丽说：“我听你说镇长要跟小任唱歌去……文章，你可要离小任远点，这女人可不是凡人。”

葛文章心里一惊，想着吴小丽的话，恨自己多说了半句。

吴小丽在葛文章走后，呆坐在沙发上，觉得今天吃了葛文章的下风。她想不起来问题出在哪里。难道那块水胆水晶真的值钱啦？莫怪王二水一直跟着她，也打听水胆水晶的事。真是命啊，还是绕不开这块破水晶啊。吴小丽心里纠结，不是她要如何去把水晶弄到手，而是葛文章也被水胆水晶套进来了。不过也有一件事值得开心，镇长和小任也勾搭到一起了。那么小任和镇长的事，葛文章也就知道了。从葛文章这里，也能多了解小任的事了。吴小丽想着，思路有点乱，她突然担心，葛文章和小任不会有什么吧？吴小丽随即又否定了自己的想法，觉得自己太敏感了。

刺　激

王二水趴在小杂货铺的柜台上，跟杨娟手舞足蹈地说话。

正是五月末的天气，草啊，树啊，都在疯长，花儿也在竞相开放。王二水心思和花儿草儿一样，除了不停地疯长，还生出许多枝枝蔓蔓来。他在水晶大市场里转了几圈，像鱼儿一样游来游去，像鸡一样寻寻觅觅，像狗一样到处找屎，可他没有任何收获，就来到杨娟的杂货店了。

王二水本来只想买包烟说两句话就走，可他趴在柜台上就起不来了。他看到柜台里的杨娟，坐在凳子上，低着头在穿项链，王二水一眼就看到杨娟衣领里的风景了，那是乳沟里的小吊坠。王二水记得那个小吊坠是紫晶，怎么又变成墨晶啦？都好看的，都是小精灵，都足以让王二水心旌摇荡了。王二水临时改了主意，不买烟了，买烟多没劲啊，跟杨娟套套近乎："杨娟，穿项链啊？帮谁家加工呢？"杨娟头都不抬，说："还有谁家？刘秃子家，刘秃子小气死了，穿一根项链，只肯付一毛五分钱，反正我也没事，带着苦点，强比坐吃山空。"杨娟是在拐着腔说王二水，其实，她也不是有意要说王二水，就这么一带，话就带出来了。王二水听不出杨娟含沙射影的话，倒是杨娟说到刘秃子刘老板，让王二水想起了五百万块钱。王二水眼睛盯着杨娟洁白的胸沟，跟杨娟说着说着就牛了起来，说着说着，就好像五百万已经揣进他的腰包了。王二水掂掂脚尖，睁直了眼，试图再看深一点。王二水反常的举动引起杨娟的注意，杨娟伸伸脖子，白一眼王二水。王二水说："没劲死了，我昨晚去新世界大酒店洗桑拿，那里的小姐像拦路的蚂蚁一样多，绊在脚下到处都是。”杨娟不相信地一笑：“洗桑拿啦？绊了几个小姐？怎么没把你绊个狗吃屎？”王二水说：“还真摔一跤。”杨娟说：“我说你走时嘛，一跤跌屎上啦？该你吃一口呗。”王二水嘿嘿道：“也没意思，三天两头洗桑拿，不新鲜了。我考虑着，过了五月，就是大夏天了，水晶大市场就要热闹了，旅游人也多了，我想盘个门面，大一点的门面，要做就做大生意，小来小去没意思。”杨娟穿好了一根项链，抬起头来，吃惊地说：“好狗不吃回头食，你要做生意？你要盘间门脸子？发财啦二水？是不是挖到大水晶？我知道二水，你这个街划子就别瞒我了，你看你口水都流下来了，你看你眼里都放绿光了，你家鱼烂沟的那份老宅子上，还没人挖过，你是不是天天夜里偷偷在挖啊？二水你笑了，二水你一准挖到了，二水别小气啊，我要吃你的喜面啊。”杨娟的话，让他突然想起老扣来，想起死在地洞里的老扣，呛白杨娟道：“亏你想得出来，我会去老宅上挖水晶？老宅子已经没有我一根麻毛了，我真要去挖水晶，丁萍萍还不把我剁剁喂狗啊。”杨娟开心地笑了：“都说王二水不要脸，看你蛮要面子的吗？”王二水“嘿嘿”两声，似笑非笑的，看杨娟的胸窝也稀松平常，脚又痒痒了，便掏出一张五十的票子，说：“来包金南京。我不抽黄一品梅了，不抽绿南京了，也不抽紫南京了，我抽金南京了，不过三十块钱一包，也不是抽不起，来一包。”杨娟把嘴都张圆了，她抽着气说：“我亲妈妈呀，王二水你狗日真发财啦！”杨娟站起来拿烟找钱时，让王二水好好后悔了一下，真是口气吹大了，口袋里总共只有这张钱了，怎么吃起了金南京？日子不过啦？杨娟把一包金南京递到王二水的手里，她另一只手里捏着一张二十的票子。可她并没有把二十块钱搁在柜台上，而是又放到钱箱里了。“二水啊，我早就说过，咱磨山这地方，谁都不能笑谁穷，不知道什么地方有水晶，说不定跌倒都能捡块水晶，街西的庄毕凡，我们老同学，不就是撒泡尿尿出来一块茶晶？眨眼发了财，能气死你！二水啊，你跟老同学实话实说，是不是挖到啦？”王二水弹出一根金南京，叼在嘴里，心里还惦记着没有找零的二十块钱。可话说到这个份上，要是伸手要那二十块钱，也显得太小气了，不像有五百万的人了，何况眼前这个老同学，似乎好久没跟她搞一腿了。王二水狠狠吸一口烟，说：“你家加贵挖这些天，不会空手吧？”杨娟“咦”一声，说：“你怎么知道我家加贵挖水晶啦？”王二水说：“你那点心思，没转身我就知道你要放什么屁了。”杨娟又快乐地笑几声，说：“他啊，大半年了，都快一年了，除了几块死石蛋，卖了三五百块，就没见苗，说出来不怕你笑话，他夜里做一个梦，梦见一只白色的狐狸，跑到我家床底，打个滚，变成一汪水，他就认定我们家院子里有条水晶龙，那汪水就是水晶，他就白天在铜器厂上班，晚上挖水晶了。”王二水说：“也不能说你家加贵就不对，磨山这鬼地方，虽然没有鱼烂沟出的水晶多，也是出过大水晶的，水晶就像鸡丢蛋，这里丢一个，那里丢一个，你咋就知道你家院子里没有丢一窝蛋？要是能挖到水晶，也能卖个几十万了，眨眼就发了财。”杨娟肥嘟嘟的嘴再喜圆了，她夸张地“乖”一声，说：“几十万啊，我亲妈妈，怪不得你王二水敢抽三十块钱一包金南京嘛，你就是抽红中华也抽得起啊。王二水，你要多来看看我啊，多照顾老同学生意啊。”王二水说：“好说，我闲也闲，没事常来跟你插呱。”

市场大门外突然熙熙攘攘起来。

王二水扭头一看，精气十足地离开柜台，狂颠着跑去。

杨娟在身后追上一句：“常来啊小狗吃的。”

王二水跑到大门口，熙熙攘攘的人群果然是生意纠纷的事，几个外地人，在地摊上花十块钱买一个手串，有人鉴定，说是人造晶，便找摊主麻烦。摊主说，十块钱买的水晶就是人造晶，又没说是天然水晶？外地几个人想想也是，也就不再纠缠了。

王二水白跑一趟，没划到半点油水，又回来到杂货店了。“妈的，几个外地佬，十块钱还想买地道东海水晶，美死自己了！”王二水说着，看到杨娟放在柜台上的两只手了。杨娟不串项链了，可能工作时间长了，手腕有些酸，趴在柜台上活动手腕，捏捏手指。王二水看着杨娟细细长长的手指，心突然一热，伸手就逮住了杨娟的手。王二水的手骨节粗大，黑乎乎粗刺刺的，他一点也没犹豫，就把杨娟的手抓在手里，说："我给你看看相，相相你家加贵多会能发财。"杨娟把手向前送送，让他逮得舒服些。王二水心里就“嗵嗵嗵”狂跳，像擂响了一面战鼓。王二水说："杨娟你你你你手指真细真长……"杨娟鼻子里“哼”一声，娇气地说："还真细真长呢，都老了，皮挂挂的了。"王二水说："手指细细长，家有抓钱郎。"杨娟说："还抓钱郎，屁了，你抓到钱，别忘了老同学就行。"王二水说："咱们谁跟谁啊……"王二水不敢相信杨娟的手会这样软，这样滑，这样凉爽，王二水心里的那面战鼓越来越急，他含混不清地说："我我我今晚还要去新世界洗洗桑拿，晚上就在新世界住下了……"杨娟抿着唇，羞涩一笑，说："你呀，就是烧包不好，有钱也不会花。"王二水听懂杨娟的话，嘴上说“是是是”，心里麻煞煞的，油煎一样焦急地说："我到你店里坐坐……"杨娟脸一冷，把手抽回去，身体离柜台远了点，坚决地说："不行，你狗胆也太大了吧？你不要脸我还要脸呢，滚噢，有多远滚多远！"王二水说："滚到你床上嘛，又不是没滚过。"杨娟趴到柜台上，朝市场各个角落望望，说："晚上来，市场关门时，你别走。"王二水说："晚上？你要急死我啊？"杨娟说："就是。"王二水只好说："好吧。"杨娟笑笑，又换个话题说："问你啊，你那天追人家陈富有，摸听到那个大腚女人是谁啦？"王二水说："管我屁事啊，大腚女人叫小任，大学生哦，是陈富有引进的人才。"杨娟就脸红地说：

“还人才，贴身用的人才吧，吴小丽真倒霉。我这话搁这儿，不出半年，吴小丽就被陈富有甩了，小丽也够冤的，不年轻就没资本了。唉，我说老同学，你要是也能弄一块有造型的水晶给我玩玩就好了，是不是水胆无所谓。”王二水心领神会：“你是说像陈富有送给吴小丽的那种？假的有什么意思，我身上有真的。”杨娟一边嘻嘻地笑一边骂道：“你这种人不死有什么活头，说着说着就下道了，嘻嘻，我还不知道你那几个部件？非说出来呀，不要脸是不是？你除了几个破零件，还有什么？有本事也带我去潇洒一下啊。”王二水听懂杨娟的话，也刺激了王二水，可上哪里去弄钱呢？他再次想起吴小丽的水胆水晶了，觉得时间真不等人啊，跟刘秃子说好五天之内的，现在都过来三天了，还没个影子。他决定去见见刘秃子，听听刘秃子有什么高见，顺便，也跟他先支点钱。临走时，他跟杨娟说：“想潇洒还不是便便的，过几天带你去上海玩几天……那是过几天的事，今先搞死你！”杨娟哈哈笑着说：“看你本事啦！”

露一手

刘秃子的工作室在水晶一条街上。如果不是被杨娟刺激，王二水不会来到刘秃子的工作室的。

水晶一条街比水晶大市场晚建，去年刚刚竣工，商铺倒是不少，但开门营业的不多，不少商铺都是紧闭门窗，高大气派的玻璃门上，写着“吉屋招租”“出租门面”等字样。王二水知道鱼烂沟村有几家水晶加工户也在水晶一条街买了门面房，听说朱富也在这里下手投资，不是买一间，而是两间。王二水知道后摇摇头，觉得朱富那种人，也能发财，这年头，真他妈没有秩序了。王二水走在人迹稀少的水晶一条街上，两边乱望，也真奇怪了，和水晶大市场只隔二三百米，就这么冷清了，路上除了新栽的一棵棵香樟树，还有绿化带里的常青植株，一眼望去，没有几个人，请去饭店吃一顿都不够坐一桌。王二水很失望，水晶市场繁荣昌盛，才能浑水摸鱼啊。又想，这年头，大家都想钱，想钱都想疯了，以为有了街，有了门面，有了商品，就能挣到钱了，哪能那么容易？我操，还是自己这样要快，白手拿白鱼。

刘秃子的工作室在十字路口左侧，是个大开间，楼上楼下的结构，楼下是门店，楼上是工作室。门店布置的不像水晶大市场那些店铺，玻璃柜台一个紧挨一个，各种水晶商品随意堆积。刘秃子的门店里，倒像是个接待室，靠墙是几个红木橱柜，摆着他亲自雕刻的水晶艺术品，品种不少，所有艺术品都蹲在一个与之匹配的红木架上，显得精致而珍贵。店堂中间布置一圈沙发，茶几上的紫砂茶具也很考究，墙上张挂的几幅字画，透出了主人的用心和品格。王二水一进来，就感觉不一样的气场，仿佛自己也变得珍贵起来，文艺起来。他只来得及放眼一看，就看到从里间出来一个雍容华贵的肥胖女人，涂脂抹粉，衣着奢华，王二水认识，她就是这里的女主人，刘秃子的老婆，外号“胖富婆”。

“我来找你家刘老板。”王二水知道这些富婆势利眼，怕被赶走，先发制人地说，“我们要谈一笔大单，老刘呢？也不出来迎接我？”

刘秃子的老婆当然认识王二水了，她睁着熊猫眼，打量这个街划子，将信将疑地说：“老刘跟你谈大单？”她把“你”字咬得很重，很明显地不屑一顾。

王二水已经听到楼上工作室传来抛光机的“沙沙”声了。他太熟悉这种声音了，知道刘老板在工作室里，不等胖富婆找借口撵他，就往楼梯口走，不跟自己客气地说：“我上去了，等会下来喝茶啊，我不喝红茶，春天了，给我来杯明前云雾。”王二水“噔噔噔”上了二楼，生怕慢了半步被富婆拽下来。“明前云雾？”胖富婆疑惑的嘀咕声差点让王二水笑出声来。

刘秃子的工作室虚掩着门，王二水不敲门就进去了。

刘秃子看到王二水，愣一下，被他的突然造访懵住了。但还是立即停止工作，惊喜地问：“搞到啦？”王二水知道他问的是水胆水晶，便高深莫测地说：“差不多了。”刘秃子满意地点点头，又不放心地说：“差不多是差多少？”王二水说：“差不多就是差不多了。”王二水也不急，他环视一眼刘秃子的工作室，这间工作室不小，各种机械设备越来越小型化了，好几种机械都固定在一个大的工作台上，刘秃子只要欠欠屁股，就能从这个凳子上，挪到另一个凳子上，操作不同的机械了。王二水有些久违的亲切和喜欢，他迅速扫视一眼这些设备，基本上都能叫出这些设备的名称和用途，心里不自觉地痒痒起来，想动动这些机械。刘秃子看他眼睛乱看，干脆说："没什么好看的，这些都是精密机械，你看不懂。"这种话，王二水就不服气了，看不懂？操，老子玩的时候，你还没听说过呢。但还没等他吹牛，刘秃子又问："差不多到哪一步啦？货在谁手里？陈富有还是吴小丽？答应出手了吗？要价多少？"王二水回答不出这些问题，他继续环视这间工作室，看到刘秃子身后的橱架上，摆放着许多半成品，只放眼一看，他就知道这个刘秃子不像他外表这么粗糙，手上还是有活的，圆雕、浮雕、透雕、镂雕都很娴熟，甚至还有一件链雕半成品。只是他的工艺比较简单，刀法简练，通常在晶体上留下较大面积，虽有疏可跑马、密不透风的特点，但不够逼真精细。王二水心里暗笑，真不知谁不懂了。刘秃子问过之后，等着王二水回答，看王二水心不在焉的样子，还以为他城府很深，水胆水晶基本有把握了，就热情地说："下去，泡茶喝。"

王二水随着刘秃子又到楼下茶几边坐下，屁股还没坐稳，刘秃子的PP机响了。刘秃子从裤腰上拔出BB机一看，赶紧拿出大哥大，躲进套间里打电话了。刘秃子老婆刚才就是从那间屋里出来的，她知道刘秃子忙了，赶紧替换刘秃子，给王二水泡茶，还略带讥讽地说："王老板抱歉啊，没有明前云雾，将就喝杯铁观音吧。"王二水说："随便。"茶还没泡好，刘老板就匆匆出来说："有点急事，先去一下，二水你先喝喝茶，等我啊。"王二水听到门口发动摩托车的声音了，只"轰"一声，响声就小了去。王二水站起来，自作主张地说："参观一下老刘的工作室。"富婆说："你不是刚下来？老刘的工作室不许闲人去的。"富婆的话里明显有防范王二水的意思。王二水已经抬脚去了。富婆也不好硬拦，从刘秃子的口气里，知道他们还要谈事，也只好陪着他上了楼。

王二水直接坐到工作台上，他拿起一块刘老板准备雕刻的水晶，翻来覆去地看。这块皮色特点鲜明的石料，晶体不错，大约比鹅蛋略大些，关键是，小端有一块青皮，向大端蜿蜒过渡，到腰部，青皮的边上，生出一块黄皮。看情形，刘秃子本想作为巧料，雕一件圆雕作品的，没想到刚刚开了头，就被王二水的到来打断了。王二水审视一会儿，猜不透刘秃子想做成什么作品。富婆站在王二水对面，担心地说："小心啊，别碰了，值钱的。"王二水像刘老板一样很懂行地说："要是圆雕结合浮雕，可能更出彩。"富婆听不懂专业术语，像个监督一样地看着王二水。王二水不仅手痒，心也痒了，他在手边的一堆雕刻刀具里翻找。这些刀具都很专业，除了普通的雕刀外，还有铲底刀、长臂凿、扒剔刀、小锯刺、勾型刀、微型钻等等，可谓一应俱全。富婆看他在一堆刀具里扒拉着，警惕地问："干什么？不能乱动啊，赔不起的。"王二水自信满满地说："还能干什么？指导一下你家老刘，不是我赔，我是要收学费的，告诉你啊，这件东西他想做成圆雕手把件，想法挺好，呵呵，你知道什么叫圆雕？说了你也不懂，立体、逼真、生动、传神，还有什么？反正就是能从不同的角度看到作品的各个侧面，不知道了吧？不过这块料子有些特别，看看看看，这块黄皮，看到了吧？老刘他不懂。"王二水的话很自信，像报了仇。他选好一把刀，拿过那个红木印床，把水晶夹进去，又把刀卡进微型电机里，开始动刀了。富婆虽然紧张，听他的话句句在理，加上刘秃子关照王二水别走，只好任他下手了。

王二水虽然多年没干了，但基本功还在，这些年又一直在水晶行业里沉浮，耳闻目染各种水晶艺术品，加上年少时在玉雕厂学到的知识和技法，经过这些年的沉淀，手上功夫不降反升，在刘秃子如此好的环境里，还有比当初可手一百倍的电动雕刀，简直是得心应手了。他灵敏、熟练的动作，让提心吊胆的富婆脸上露出了笑意。

刘秃子也架势，一个电话出去后，居然两三个小时才回来，这段时间，王二水手不停歇，各种雕刀轮番上，居然把一个手把件雕得有模有样了。

“人呢？”刘秃子一进门就大声问，“王二水走啦？”

“在楼上。”富婆冲楼下喊。

刘秃子一边上楼梯一边说：“怎么不喝茶？别怠慢二水啊。”

刘秃子一看王二水在雕东西，大吃一惊，叫道：“住手！放下！坏啦！”

王二水笑眯眯地说：“就要好了，我给你搞了个龙飞凤舞。”

但是，刘秃子不等王二水话落，就冲过来，抢下王二水手里的工具，拿起雕件，哭丧着脸说：“什么龙飞凤舞啊，俗不俗啊，这是有人特制的踏宝如意貔貅，来料加工啊，我拿什么赔人家啊？你成心来害我啊？都弄成这样了，改都改不了啦！”

王二水满心不服气地说：“哪对哪啊？踏宝如意貔貅？别糟蹋好料子行不行……”

“好了好了，下去喝茶……”刘秃子哭笑不得地把雕件往身后橱架上一扔，又对富婆说，“你呀，我就少说一句话，怎么让二水乱动呢？”

富婆也懵了，她跟刘秃子翻翻白眼，没好气道：“你一死就半天，怪我啊？”

重新坐定后，重新泡了茶，刘秃子摇头晃脑地叹息着，还对一块好料子叫王二水糟蹋了而心疼不已。但因为有求于王二水，也不好发脾气，只是心有余悸地说：“你胆子太大了二水，这是技术活，不是你这样的人冒充大马队的……好了好了，算你好佬，我认栽行了吧？说吧，那件货，顺利吧？”王二水像富婆一样跟他翻眼，真想跟他吹吹当年在玉雕厂的学艺经历。但刘秃子心急火燎地说：“说说，我都急死了。”王二水说：“急什么啊？心放肚里好了，货在吴小丽手里——她说能搞出来。”刘秃子松口气 ：“好好好，值了，毁我一块料子值了，妈的！”王二水其实心里没底，不知能不能搞出来。刘秃子又说 ：“吴小丽可靠吧？”王二水笑一声 ：“我们关系……我们是老同学，这点小破事，算屁事啊？刘老板，这事都办到这个份上，你该付点款了吧？”王二水终于摊牌了，这可是他今天唯一的目的啊。刘秃子到底是生意场上的人精，他给王二水续上茶，示意一下，自己也小饮一口，说 ：“按说呢，以咱们的交情，付点款也行，但这事特殊……因为上海的大买家也没给我付款，所以……”王二水急不可待地说 ：“我又不要多，三百五百就行。”刘秃子一听，知道了，他不是来要定金的，是缺零花钱，同时也意识到，他先前的话并不靠谱，只不过是为三五百块钱做铺垫才如此吹牛皮的，这钱更是一分不能付了。

借　钱

王二水很懊恼，本来十拿九稳能从刘秃子那里支点钱的，磨了那么长时间，一分钱都没捞到。临走时，王二水发狠说："现在找吴小丽，拿水晶去。"但王二水知道吴小丽那里一时两时也没有水胆水晶，零花钱的事，还得想办法。王二水想起发了横财的庄毕凡，决定到庄毕凡家碰碰运气。

王二水一想到这位老同学的名字就好笑，真是什么样的爹妈都有，帮儿子起这么一个名字，太搞笑了。水晶大市场里，经常有人拿庄毕凡的名字开玩笑，说你装就装呗，还装逼？装逼也就罢了，还装逼范？顺带着，大家七嘴八舌又讨论起那些稀奇古怪的名字，水晶市场里有个女老板，姓孙，叫孙直琦，大家都叫她生殖器，还有一个姓季的老板，叫季深伟，大家就喊他计生委了。大家哈哈大笑一阵后，就拿王二水的名字开涮，王二水，你名字也够厉害啊，女人都是水做的，你搞了二水，就是命里要有两个女人啊，两个女人都叫你给忘了，忘二水哈哈。王二水也跟着笑，忘不忘暂且不说，命里有两个女人倒是听起来怪爽的。

庄毕凡家住在街西，是一幢二层楼房，有一个院子，院墙有三米高，三米高啊，就算是大名鼎鼎的陈富有，他家的院墙也不过两米八，他庄毕凡狂死了，敢跟陈富有叫板。不过他还是没有陈富有牛。陈富有住三层高的楼，院子也比庄毕凡家大三四倍。王二水跟庄毕凡借钱，也是有集没集赶一集，因为庄毕凡一向小气。但王二水实在没有别的招了。果然，庄毕凡鼻子一歪说："哪个借些钱给我才好了，我穷得擦腚眼都用石头蛋子。”

王二水觉得庄毕凡不地道，想当初，庄毕凡还是光棍汉的时候，常跟王二水混，也只有王二水还记得这个老同学，他也视王二水为大恩人，跟王二水要根烟抽，跟王二水到小酒馆去混吃一顿，十足一个小街划子。后来庄毕凡在黑石岭一个废弃的坑塘里，一泡尿滋出一块十八点五公斤重的茶晶（又说是紫晶），那是早年间挖水晶遗留的坑塘，这样的坑塘，和后岭上的坑塘一样，很多，大大小小深浅不一，都是历年遗留下来的，有的有上百年历史了，平时是没人去挖。庄毕凡从黑石岭经过，一时尿急，跳到坑塘里撒尿，居然让他捡了个大宝贝。凭着这块水晶，庄毕凡不但盖了楼房，还娶了状元巷人见人爱的钱寡妇，人模狗样过起了小日子，从糠箩一步跳到米箩去了，不但和王二水拉开了十万八千里的距离，竟敢和陈富有平起平坐了。

王二水没想到庄毕凡是条翻眼狗，不恋旧情，还拿话损他，拿话阴他。王二水没有办法，跟庄毕凡翻翻眼珠子，说：“庄毕凡你不借钱给我也不能这么说话，你能尿泡尿滋出来一块茶晶，我就不能拉屎拉出来一块水胆水晶？不就是二百块钱嘛，哪天你要是知道我有五百万了，你不要吓出一腚屎来哦！”

庄毕凡要说也是见过世面的人，一听王二水话里有话，心里虚一下，不过他马上又觉得，王二水不像是个有五百万的人，王二水张嘴才跟他借二百块钱，王二水要是敢借两万三万，算他王二水腰粗。庄毕凡心里有了数，他笑笑说：“你发你的财，我庄毕凡喝西北风也不跟你借钱花！”

话说到这里就算说绝了。

王二水离开庄毕凡家的高墙深院时，还听到庄毕凡跟钱寡妇说：“这个小街划子也不像有五百万的人，才借两百块钱，他要敢借两万三万，我还相信他一时缺钱来跟我转把手。”

王二水听了庄毕凡的话，觉得他的话是屁。

王二水走在街上，像一条挨饿的流浪狗，一时没了着落。眼看着太阳就要被西边的屋顶挡住了，两手还是空空的。

一分钱难倒英雄汉，就是说王二水的。王二水现在特别需要钱。王二水早上口袋里还有五十块钱，没想到一包烟花了五十。本来他只想抽黄一品梅，最多抽五块钱一包的绿南京，可一不小心，买了包三十块钱的金南京，按说应该找回二十块钱吧，可杨娟没找。杨娟没找也不能跟杨娟要啊。要是再跟杨娟讲究二十块钱，那还是人吗？现在，王二水口袋里只有一毛钱。一毛钱，还是钱吗？情绪低落的王二水，掏出一毛钱，往马路上一扔，算是跟钱做了了断。王二水想想，决定还是从刘秃子这里下手。

王二水找了个公用电话亭，拨通了他家里的电话，还好还好，正是刘老板接的电话。

“刘老板你好我是二水。”

对方的声音突然小了：“这么快？到手啦？”

“还没……快了……正在去小丽家……刘老板，我总不能空手去吧？得带点礼物。”

“那是，这才是办事的……哎呀，真不巧，我马上要去城里，你还是找别人想想办法吧，再见啊。”

王二水走在街道上，黄昏的太阳跟他一样无精打采，他就像秋霜里的丝瓜，就像咸菜坛里的腌茄子。王二水不觉就走到了上泉路，从上泉路拐过去，就是下泉路了，陈富有的富有石英砂厂就在山前的下泉路上。王二水熟悉那里，熟悉那里的角角落落，特别是在磅房里偷过一块造型奇特的水胆水晶后，还改变了他的人生。现在，这块水胆水晶不知在陈富有家地下室的保险柜里，还是在他水晶精品陈列室里。总之，这块水胆水晶在陈富有手里已经是铁定了。王二水的脑子里，一会儿想着水胆水晶，一会儿想着陈富有，一会儿想着吴小丽，一会儿想着杨娟，还有刘秃子，还有五百万块钱。王二水的脑子里比较乱，他想把思路理清楚。可他理不清楚了，越是理不清楚，王二水越着急，他骂自己脑壳子里进水了，哪里是进水啊，简直就是一脑壳子大便。后来他还是把思路理清楚了——先从陈富有那里弄来水胆水晶，然后把水胆水晶交给刘秃子，从刘秃子那里拿来五百万，就这么简单。再然后，想干什么就干什么，至少杨娟会服服贴贴听他的了。

要命的是，想到杨娟，杨娟就迎面从自行车上跳下来，“嘻”地一笑，说：“说话不算话，裤子当小褂。”

“谁裤子当小褂？谁说话不算话？”王二水看到杨娟牛仔裤紧紧地包着性感的屁股像一只大苹果，恨不得立即带杨娟走。

“你不是要带我去潇洒吗？走啊？”

“走就走，潇洒走一回……你现在去哪？”

“还能去哪？回家。”

“这么早？”王二水吃惊了，“店不开啦？”

“开店急什么，回家换身衣服就回。”

“这身衣服就漂亮啊。”王二水眼睛在她身上不停地扫瞄。

杨娟看到王二水的眼神了，索性挑逗地说：“内衣也要换，还要洗个澡，我喜欢身上香喷喷的。”

王二水心里像猫抓一样难受地说：“你换好衣服到店里等我，你每天晚上不是九点才下班吗？咱们不是说好的吗？”

“是啊，有时到九点半，有时到十点半，市场只要有人，我就多营业一会。回家早也没意思。”杨娟一边说一边媚媚地看着王二水，说，“反正等你就是了。”

王二水心里既迫切又难过。迫切是美人就在眼前，难过是口袋里真没钱。这好比狐狸见了树枝上的肉，只能眼馋。王二水每次遇到过不了的坎时，就会想到萍萍。这回再次想到萍萍了。对，趁天还没黑，去一趟鱼烂沟村，十点之肯定能返回来的。王二水主意一定，对杨娟说："说好的事，哪能变呢，你在店里等我，不见不散啊。"

从磨山通往鱼烂沟的这条路，对于王二水来说，曾经是那么得熟悉。现在也熟悉，但已经不是他熟悉时那样熟悉了。不一样了。倒不是砂石路变成了柏油路，也不是路旁的树木高大了许多，是心情变了。什么东西变化都不怕，心和情要是变了，就是根本上变了，什么都会跟着变的。王二水把自行车骑的飞快，路上有车辆从他身边超过，或和他擦肩而行，他都顾不得看一眼了。他想在天黑前赶到鱼烂沟。他要不要脸地、大着胆子跟萍萍借钱，他知道，也许借不到钱——不是十借九空吗？但万一借到呢？他当然不能说借钱去和杨娟约会。他已经想好了策略，就说有一笔投资，只需要两万块钱，十天之内就能赚五百万。不能说五百万，五百万又不是给他的，那是整块水胆水晶的价格，他能得多少好处还不知道呢，十万八万总归有的吧？他吸取跟庄毕凡借钱的经验，宁可借多，不可借少。借多说明本事大，借少只能说明自己无能。另外，他还要把借钱的声势弄得沸沸扬扬，高调地让鱼烂沟村的人知道他心里还是想着萍萍的。王二水一路骑行一路想，暮色苍茫中看到鱼烂沟村模糊的影子了，到了村头，天就黑了。

鱼烂沟村许多人家都盖了楼房，几乎三分之二人家都搞水晶，或自己开个小工厂小作坊，或在镇里的水晶大市场搞经营。夜色中的鱼烂沟村灯火通明，村街上还有一排造型别致的路灯。路边人家的门口停着许多辆摩托车，还有停着面包车、小轿车。王二水的破自行车很旧了，零件换了又换，属于原来的老部件只有一条大杠了。王二水突然自卑起来。本来对谎言就没有多少信心，再看自己如此寒酸，一阵羞愧之感涌上心头。唱大鼓书上说的“无颜见江东父老”是不是这种感觉呢？当自家的老院子渐渐靠近时，不想进家门的感觉愈发地强烈了。既然回来了，还是碰碰运气吧。记得有一次，萍萍不是发了善心，假装掉了十块钱给他吗？也许这次还能假装掉一百呢。有一百就够了。

院子的一棵树上装了一盏灯，是以前没有过的，灯光不太明亮，但已经让老院子生机勃勃了。老堂屋里没有人头攒动，也没有各种机器声交相鸣响，说明工人已经下班了。倒塌的西厢房早已修好，成了王阿妹的家。院里还有新建的一排房子，是用塑胶板搭建的职工宿舍。有两个女工在院子里走动，从这间宿舍，走进另一间宿舍。王二水放好车，在大门口犹豫一会儿，还是走进了院子。他本想悄悄从西厢房门口经过，不让王阿妹看到。但西厢房的窗户里透出的灯光，还是让他不由自主地向里看一眼。这一看不要紧，吓了他一跳。王阿妹不是坐在轮椅上，而是躺在床上，正在输液。姐姐病啦？这是王二水第一个印象。怎么病啦？这是他第二个印象。真是不吉利。这是他真实的感受——王阿妹的病会冲撞他接下来即将到嘴的好事的。迟不病早不病，真是的。王二水心里不爽，甚至有种怨恨。他看到王阿妹苍白而灰暗的脸了，看到她一脸的病态了。王二水不想看，仿佛多看一眼，自己也会感染上病了。王二水目光移动中，看到离王阿妹不远的地方，萍萍和儿子正在写作业。儿子在写着什么，萍萍也在写什么。一张小小的写字台上，是两个人头挨头的背影。王二水知道儿子已经小学三年级了，叫丁文团，这个名字真是奇怪，不姓王，跟妈妈姓丁也就算了，丁文团，不知道是什么意思。萍萍还是高中生呢，识文解字的，给儿子起这么个名字，真是亏欠了儿子。看看人家陈富有，这名字，多响亮，多发达，富有，果真就大富大贵了。对呀，儿子可以叫丁大富嘛，丁大贵也不错，大富大贵，将来比陈富有还发达，自己说不定还能沾上儿子的光，就不会为这点小破钱操心了。王二水想入非非间，病床上突然响起咳嗽声。王二水紧张一下。他不知道为什么紧张——突然就紧张了，骤然的，紧张的开关就在心里起动了。果然，咳嗽声惊动了写作业的母子俩。儿子歪头看过去。萍萍也欠身问一句什么。王阿妹嚅动一下嘴唇。王二水听不到他们说什么。他们说话声，比咳嗽声弱多了。王二水看到萍萍起身，给王阿妹倒一杯水，放在床头，又俯身跟她说几句，仿佛是安慰或者询问，之后又看看吊水瓶里的药水。王二水突然意识到，姐姐病得不轻。

王二水不敢、也不想再看下去了。他怕被萍萍发现。借钱的事突然变得不重要了，至少暂时不重要了。

王二水悄悄退出大门时，突然听到儿子清脆的读书声。儿子的读书声让他打了个软腿。

一个小时以后，王二水出现在新世界大酒店门口。他是故意从这里路过的。这个繁华而热闹的地带，会遇见一些意想不到的熟人，特别是这个点，喝酒吃饭的人该结束饭局了，桑拿捏脚的人，也该来了。在这里遇到的熟人都是有钱人，只有遇到有钱的熟人了，借钱的机会才更多。但是，或许是被新世界大酒店闪闪烁烁的灯光所吸引所迷惑，王二水作出了一个重大的决定，决定对陈富有的水胆水晶实施盗窃。如果说，第一次盗窃水胆水晶，不过是一念之差，那么，这一回，可是处心积虑要去实施了。他简单地想，如果选一个月黑风高夜潜入陈富有的地下水晶宝库，偷走那块水胆水晶，是不是人不知鬼不觉呢？这个想法让王二水热血沸腾起来。损失一晚杨娟不要紧，只要拿到水胆水晶，就不是只拿五百万的佣金了，而是实实在在五百万了，就可以随时得到杨娟了。杨娟，你要生气你就生气吧，老子只允许你今天一个晚上生气，要不了多久，你天天晚上就笑了，哈哈，你就笑了杨娟！

“二水，什么事这样高兴？”

王二水听到有人跟他说话。

王二水侧身一看，竟然是葛文章。葛文章摇肩晃脑地过来了。王二水这才看到，不远处，停着镇里的小轿车。

这葛文章的来龙去脉王二水是熟悉的，不过一个给镇长开车的驾驶员，也老资老位地叫他二水了，二水是他叫的吗？不叫王老板也就罢了，至少称个王师傅吧？妈的，他如果不是娶了吴小丽，最多还是一个跑三轮的，连屁都不是。陈富有就是摸中他的死穴，亲自做媒，把吴小丽撮合给他，这才有了他现在的人模狗样。也正因为有吴小丽这层关系，王二水觉得葛文章这时候出现，也挺有意思的，对呀，何不跟他借钱？他是个死要面子的人。王二水便多了一个心眼，说：“高兴的事情多了。”

“发财啦？”葛文章敬一根烟给他。

“也算不上发财，”王二水胸有成竹又有些自鸣得意，“不过快了，发财是迟早的事。”

“哟，那咱得早点巴结巴结二水啊。”葛文章有葛文章的心思，他觉得王二水一定知道陈富有那块水胆水晶藏匿何处的。当他一看到王二水出现在新世界大酒店门口时，就从小轿车里钻了过来，准备等送完镇领导后，请王二水喝啤酒。这两天他一直在蓄谋水胆水晶的事。那天他从吴小丽那里套话，最终没有满意的结果后，他就想到王二水了。葛文章看一眼腕上的手表，说：“二水，镇长在里面摆了两桌，陪县里来的客人了。这样，我先点两个菜，给你弄瓶酒慢慢喝着，等我送走领导，回来咱哥俩好好干几杯？来来来，别客气，不是外人。”葛文章握着王二水的手，热情地把他拉进了酒店大厅。

这真是意外之喜。有人请，有酒喝，王二水巴不得啊，如果喝多了，还有借口不跟杨娟见面，明天跟杨娟解释起来也牛气。再者，如果跟葛文章借钱成功，还可以按原计划进行。王二水客气道："我本来不准备喝酒的，我天天喝顿顿喝都喝残废了，尿里都一股酒味，不过你文章请我，我也不能打你面子是不是？就陪你喝两杯！"

"好嘛，这才是哥们。"葛文章说。

服务员们非常熟悉葛文章，一直把他俩引进一个包间。坐定以后，葛文章叫服务员拿两包烟，紫南京的。王二水从口袋里掏出一盒只吸了两根的金南京，不露声色地牛气道："拿什么烟啊，不用了，我有！"

"哟喂，感情二水真的发财啦，金南京抽起来啦？"葛文章立即改口，"好好好，不拿紫南京了，拿两包金南京来，看来，不提高档次还不行了哈哈。"

服务员也知道，这桌菜是记在镇长那两桌客人头上的，也特别殷勤，烟酒菜很快就上来了。

葛文章给王二水满上酒，说："二水你先喝，我要开车，滴酒不能沾的。"

"开车也没意思，太少喝酒了，要是我，宁愿做领导，也不愿开车。"

王二水的话不知什么逻辑，葛文章一时没弄明白。不过他也不想弄明白。他请王二水喝酒，是要套他的话。葛文章看着王二水几杯酒下去了，觉得火候差不多了，才开口说："二水这酒还不错吧，我就喜欢喝红汤沟，味道正。"

"那你该来一杯。"

"我哪里不想来一杯啊，我要不是开车，不喝醉不算数的。"葛文章说到这里，有些伤感地叹息一声，说，"一醉解千愁啊。"

“你葛文章给镇长开车，吃香的喝辣的，有什么好愁的，而且……而且，有陈富有帮忙，将来做个镇领导，也算熬出了头。”

“看看，骂我了不是？哈，老子不在乎的。”葛文章苦笑笑，点上一支烟，摸一下梳理整齐抹上发乳的头发，“二水是不知道啊，谁家没有难念的经……算了，不说了。”

王二水自知多说了半句话，不该提陈富有。他也知道葛文章为什么伤感，一定是想起头上的绿帽子了。王二水不知道怎么安慰他，他端起酒杯说：“我敬兄弟一杯，不说了，干！”

葛文章干杯后，摇摇头，说：“什么水胆水晶，真他妈……算了算了。”

王二水不笑了，正色道：“确实是水胆水晶，但不是他们传说的那样……我是亲眼见到的……”

“老子倒是想看看。”葛文章说，“二水，你能搞出来？”

王二水吃了一惊，莫非葛文章也知道那块水胆水晶有人出价五百万？两人可不要想同心啊？刘秃子会脚踩两只船？还是上海的大买家分了两条轨？既托了刘秃子，又托了别人？明一手暗一手？虽然坏了江湖规矩，也是有可能的。要是葛文章真受人之托了，倒可以将计就计。王二水心中暗喜，说：“呃……嗯……搞出来也不难，一块破水晶而已。”王二水讳莫如深地笑一声，自倒一杯酒，觉得是时候了，说，“文章，不瞒你说，我最近在水晶一条街弄个门脸子，花了一大笔钱，现在手头有些紧，你那边能借我三万两万转转手……先给我万儿八千也行，我过不了三五天就还你。你要看看那块水胆水晶……我理解老兄啊，我来给你办，保证妥妥的。”

葛文章也目标明确，哄住王二水，水胆水晶就有戏。听了王二水的话，明知道他是敲诈，也心甘情愿，毕竟万儿八千，相比五百万，只是个小数目啊。葛文章便摸摸口袋，遗憾地说：“不好意思二水，真人不说假话，我身上没带那么多钱，只有三千块钱，是人家托我办结婚证的，你先拿去花。”

王二水接过钱，心里突突地跳，真没想到事情是如此顺利啊。

办公室里

现在，“富有石英砂厂”又变成“富有硅微粉有限责任公司”了，换汤不换药，石英粉还是厂里的主要产品，只是分的更细了，工艺更先进了，从前主要是给国内各大玻璃厂供货，现在的供货面更广，主要以出口为主，新产品遍布全球五大洲。至于水晶制品，特别是水晶工艺品的开发，公司反而不像别的企业在持续扩张，而是往回收，以精品为主，向高端迈进。

吴小丽的工作也和厂里的形势一样，几经变化。她在水晶精品展示部工作好好的，又被陈富有派回去磅房了。陈富有起初还以为吴小丽不愿意，安慰她，承诺工作一段时间后，选好合适的人选后，再重新安排。其实吴小丽一点也不介意，介意又怎么样呢？吴小丽的性情已经收敛了很多，不愿意再抛头露面了，何况，现在的磅房，经过维护和调整，室内室外的工作环境已经相当不错了。

这天，吴小丽在磅房里上班，她透过整洁的窗户，基本能欣赏到全厂的厂况，左边是漂亮的人工湖，是在从前一个水塘的基础上改造的。湖岸边的树绿花红，还有一排观赏水柳。在一棵棵水柳树中，还分布着石凳、石桌、亭榭等点缀，可供职工休闲。从另一侧窗口望出去，又是另一番景象，堆积着山一样的石英石，石英堆旁边是一个工作大棚，许多工人在那里砸石头；另一边是打好的洁白的石英砂粉，像雪山一样洁白。在石英砂粉的后边，是轰轰作响的粉碎机房。从早到晚，吴小丽两侧都是两种不同的风景，一边是公园一样的休闲区，另一边是工作区，如果向休闲区看去，自己仿佛不是在磅房上班，仿佛是公园里的工作人员。如果向生产区望去，不是听到机房的轰轰声，就是听到砸石头的噼噼声，其实很多时候，这两种声音一直交织在一起，构成一种特殊的旋律。

但是，吴小丽这几天的心情不一样，休闲区的美丽风光引不起她半点兴趣，工作区的嘈杂，反而在她心里横冲直撞，让她心里纷乱如麻，各种心事重重叠叠，翻江倒海。这么说吧，虽然她眼睛看着工作区，耳朵听着工作区的声音，心却在休闲区。在休闲区人工湖的后边，是厂里新建不久的办公大楼。厂长陈富有就在楼上的一间奢华的办公室里，还有化验师小任也在楼上上班。吴小丽心里有事，起因并不是那个小任。吴小丽清楚得很，她迟早会在陈富有那里失去宠爱，甚至觉得这一天来得有些迟了。这是生活的必然，不是这个小任，还有另一个小任，总之，取代她的人多得去了。不知什么原因，化验师突然重要起来，仿佛是杨娟离开时开始的吧，厂里一直为化验师的事操心，男的女的招了不少，都没有满意的。从前，厂子还是镇办企业时，大家觉得这个岗位可有可无，成了私有后，这个岗位变成了厂里的核心岗位之一。最后换的这个小任，陈富有不仅仅只是看好人家的大乳房和大屁股吧？人家可是这方面的专家啊，吴小丽可不想成天泡在醋坛子里。让吴小丽心事重重的是，先是王二水找她，后是葛文章的反常，都是关于那块水胆水晶的。特别是葛文章，他语言中含沙射影地提到她和陈富有的关系，什么意思呢？男人也是琢磨不透的。不过，吴小丽把葛文章的反常，和王二水的反常联系起来，心里有了些明白。王二水大谈水胆水晶，绝不只是想借机调侃她，戏弄她，肯定还有别的意思。吴小丽没想到，这么多年下来了，这块水晶再次成了焦点。莫非是这块水晶出了事？失盗了吗？或者突然升值？升值是完全有可能的。吴小丽想来想去，确定了，一准是这块水晶值大钱了，有人打它的主意了。吴小丽几次想去问问陈富有，旁敲侧击问问水胆水晶究竟出了什么事，顺便也探探陈富有的口风，因为当初，陈富有确实是把这块水晶送给她的，没错，是送的。如果不是王二水横插一杠子，这块水晶还在她的手里。后来怎么没再要回来？派出所当成赃物查出后，直接还给陈富有了。其实，既然陈富有已经赠送给她了，按照程序，应该还给她才对。时过境迁，现在说这些话还有什么用呢？要想再拿到这块水胆水晶，怕是比登天还难了。但，也不是不可努力一把。吴小丽三十出头了，已经不是不谙世事的小姑娘了，也算是曾经沧海，找找陈富有，试试他的心，水晶水胆就是试金石，如果陈富有把水晶还给她，说明她在陈富有心里的地位还在，如果不还，那就结束了。总之，弄个明白，也比不了了之成为一笔糊涂账要好。

当吴小丽笑容可掬地走进陈富有宽敞的办公室时，有种装模作样的感觉。

陈富有新搬办公室后，吴小丽来的次数不多，有限的几次，都是陈富有约了才来，为此，在一次颠鸾倒凤后，陈富有还问过吴小丽，是不是不愿再来啦。吴小丽不傻，当然说不是。这次来办公室，是小任进厂后，吴小丽第一次来，也是主动来。

陈富有的桌子上摆着好几块大小不一的水晶。

陈富有埋首在桌子上，左手托着一块不规则的石头，右手拿着放大镜，在特制的台灯下细看。陈富有可能是太专心了，居然没有发现吴小丽走了进来。吴小丽看只有陈富有一人，也没有马上打扰他的思路，而是停了下来，不远不近地看着陈富有。陈富有头发刚剪洗过，人倒是精神，不过那几根稀疏的胡须和精明过人的眼睛，依然给人聪明过头城府不足的感觉。吴小丽早已习惯陈富有的样子了。在陈富有放下那块水晶，正欲拿起另一块水晶时，陈富有身后的套间里突然传出“嘻嘻”的笑声。当然是女人的笑声了。笑声持续不断，跌跌撞撞，飞花乱坠。陈富有还和从前一样，喜欢带套间的办公室，休息、开会方便。这间办公室更是大，一头连着小型会议室，一头连着休息套间。吴小丽听到套间里的笑声，一下知道套间里是谁了，正是小任。吴小丽酝酿已久的好心情突然消散得一干二净。吴小丽正想表示点什么，那笑声像洪水决堤一样冲出来。随着笑声一起冲出来的，是一个穿红色裙装的胖女孩。吴小丽见过小任几次，远近都见过，说不上她是漂亮还是丑，首先她皮肤就很特别，浅栗色的，很紧，有光泽，五官怎么看也算不上美丽，嘴巴阔而大，眼梢都伸到眉骨里了，可放眼看去，又不难看，似乎还很有味道。至于她的身材，就不用说了，胸脯和屁股都特别肥大，又是蜂腰，就更突出了臀和胸。不需要比较，小任夸张的身材让吴小丽的小胸脯小屁股无地自容。小任颤抖着笑跑出来，一抬眼，看到了吴小丽，也愣住了。小任夸张的笑和突然冲出来的动静，也打扰了陈富有的专注。但陈富有第一眼看到的不是小任，而是吴小丽。陈富有、吴小丽、小任三人都同时处在尴尬的境地。小任愣神之后，脸红了，她并不知道吴小丽是陈富有从前的相好，以为是陈富有约来谈工作的，她自责地跟陈富有和吴小丽轻声道："我走了。"小任不是重新回到套间，而是从吴小丽身边出去了。吴小丽感觉一阵花香从身边飘过，斜着眼看小任的屁股和蜂腰，面露惊疑之色，她立马知道，陈富有被新口味彻底迷住了。陈富有稍微愣神之后，感觉吴小丽来者不善，是来找茬的，心里立即不悦，表面上仍保持原来的状态，重新拿起一块水晶，煞有介事地说："什么事？怎么不说一声就进来啦？"吴小丽听出来了，"什么事"并不重要了，重要的是后一句，"怎么不说一声就进来啦"。吴小丽听出来，她在陈富有的心目中，已经可有可无了，既然这样，开口要那块水晶，也不一定不是机会，有付出，就应该得到回报。吴小丽用女人的逻辑猜度对方。但吴小丽心里还是有些怨气的，想起小任没来之前，陈富有身边虽然也有别的女人，还不至于绝情，从来没用这种口气说话。吴小丽本想堵他一句："从前没有事，不是也常来，还是你叫我来的呢。"但吴小丽话到嘴边又咽回去了，不知怎么心头一软，突然伤感起来，眼泪唰一下就涌出了眼眶，委屈地说："你把我家文章忘了吧？还指望你帮一把呢，总不能开一辈子车啊。"原来是这样，原来并不是因为醋意大发，陈富有心里的怒气已经消了大半，回到以往的习惯中，自信地说："事情要慢慢来的小丽，放心，我说过的话，是要兑现的，要不了两年，也就年把半年左右吧，我让葛文章换岗，就是不当副镇长，也要当个助理员什么的，好了吧？过来，过来过来，到这边坐，站那么远干什么啊，坐下聊会嘛。"吴小丽就到他隔着办公桌对面的椅子上坐下了，她近距离看着陈富有，觉得陈富有的自信十分盲目，说的话也像要官腔，甚至是缓兵之计，因为她已经听说了，现在，上面的政策很严，把一个普通老百姓提拔成国家干部几乎不可能了。吴小丽说："我听文章说了，镇里可能要调整领导班子，书记镇长都要调整，新来的领导还不知道是谁呢，文章的事八成是凉了。"这是个新情况，陈富有还没听到要调整班子的风声，吴小丽说的，也比较靠谱——葛文章毕竟是领导身边的人，只是他跟现任镇领导如此熟悉，怎么一点没听透露呢。陈富有灵机一动地撒谎道："调整领导班子的事我知道，放心吧，新来的领导是我朋友，文章的事更是一句话啦。"吴小丽本想撒个谎言，给陈富有施加点难度，没想到他将计就计，觉得如此周旋下去也不是个事，干脆直说了。吴小丽委屈地"呃"一声，说："也不光是文章的事，还有我哩，小任她有什么好的，你别上了她的当，她是大学生，能在你这里干一辈子？还不知安了什么心了，哪天脚一踏，拐骗了你的东西，跑了你都不晓得，哪有我牢靠把实，什么时候都在你眼皮底下，你想做什么，还不是一句话？"陈富有喜欢听吴小丽这些话，也开心地乐了："那是那是，你是招之即来，来之能战，战之能胜哈哈哈，不过你们俩各有优势，小任呢，有知识，有学问，我带她出去能增加富有公司的品位，就说前几天，我和销售科的朱科长带她去洛阳一家大玻璃厂去签合同，本来只签一年的供货合同，人家看在小任的面子上，硬是签了三年，而且每年递增，怎么样？小任本事不小吧？”吴小丽感觉话题越说越偏了，要赶快扭回来：“你就吹吧，小任还能日天啦？吹吧吹吧，天上一头牛在飞，为什么在天上飞，原来是你在地上吹，你把小任都吹成什么样子了，胸脯那么大，屁股那么大，都是你吹的吧？你除了小任，就是水晶，我怕你都把我忘了，你是不是也给小任送水晶啦？”陈富有说：“在富有公司，送块水晶也是正常的。”吴小丽觉得时机来了，终于可以单刀直入地说：“可是送给我的水晶又让你要回去了。”陈富有一头雾水了：“是吗？有这回事？不可能啊？”吴小丽说：“你就装吧，你忘了我可忘不了。”陈富有说：“我天天这么多事，哪能件件都上心呢？提醒我一下，差你的水晶一定补给你。”话说到这种份上，也没什么遮遮掩掩的了，吴小丽害羞地说：“就是……就是给王二水偷走的那块……形状像你那个……”陈富有哈哈大笑起来，身体在椅子里下陷很深了。吴小丽看他笑得变形的脸，也快乐地紧跟一句：“今晚你要请我吃饭。”陈富有把一双脚放到桌子上——这是他最放松也是最得意的时候，更是乐不可支地问：“那还不好说，想吃什么？”吴小丽知道他想听什么，直接说：“吃你！”吴小丽一语双关的话，让陈富有兴致大增，他抽回双腿，从椅子上一跃而起，走过去关上了办公室的门，回过身是小跑着到吴小丽身边的，他轻巧地来个公主抱，把吴小丽抱在怀里，往套间里去了。陈富有是用脚，把套间的门关上的。

约莫半个小时，激情后的陈富有、吴小丽又双双回到办公桌前后，二人还保持原来的坐姿，只是位置调了下，陈富有坐在吴小丽的座位上，吴小丽当起了临时老板，她看着面前几块看不清质地的水晶，拿起一块，看一眼，觉得陈富有也和这些水晶一样了，即便是切割打磨，雕刻抛光，也不一定看清水晶的品质。但刚才吴小丽陷在套间的席梦思里，在和陈富有缠绵时，瞥见炫目的风景了，地板上，橱架上，到处都是水晶雕刻艺术品，而且不需要细心打量，就知道这些作品的分量了，不敢说价值连城，也足以让人震撼啊。而沿墙堆放的几十个纸箱里，肯定也是这些水晶艺术品了。陈富有把家底子都拿出来了。新办公室吴小丽也来过，那时候这些宝贝可能还在他的地下室里，是什么时候搬上来的呢？刚才小任的浪笑，也是因为这些水晶吗？显然的，她当时正在一个一个拆开这些纸箱呢，小任躲在套间里，可能就是协助整理这些艺术珍品的，这是多大的信任啊。吴小丽不是妒忌小任，她是越发地觉得，自己马上就会没有地位了，是时候要回那块水晶了。

吴小丽把水晶举在眼上，看陈富有。这是块不透气的水晶，什么也看不清。

“到新世界吧，”陈富有还是想着吃，“那里新来一个厨子，会烧驴鞭。”

“不去，弄不好会碰到文章，还有镇里的干部，不想看到那些人。”

“行，那就去乡下，鱼烂沟小鸡店，吃鸡，放养的小草鸡，又嫩又香。”

“鱼烂沟？那不是丁萍萍家嘛，鱼烂沟小鸡店？这都什么店名啊……行啊，吃什么都行，我听你摆布还不成……你又弄不少好玩的水晶啊？我还想玩玩我那块水胆水晶呢。”

“水胆水晶？”

“忘啦？”

“不敢给你玩了。”

“没人再偷了，我自己玩。”

“忘了放在哪里……有可能搬上来了。”

吴小丽知道了，“搬上来”，就是在套间里，在那几十个纸盒里，等着小任整理呢。

“再送我……玩几天。”吴小丽说，“那回还没看清，就被王二水偷了。”

“要玩就玩我吧。”陈富有一本正经地下流着，“真的比假的好。”

“哈哈，都要……你别送给小任了吧？”吴小丽担心地说，“她也喜欢的哦。”

陈富有听到她把后一句说得很重，知道她不是因为暧昧，是贪财，便装糊涂道：“才不送给小任了。她还没资格。”

“没资格？不懂。”吴小丽放下水晶，翻看桌子上一叠名片。

“小任一个外地人，怎么能和你比呢？”陈富有突然警觉起来，想起这两天请小任帮助整理藏品，她也问过水胆水晶。陈富有没有在意，以为她不过是听到社会上对那块水晶形状的传言，便说没那么象形，如果不是有颗水胆，什么都不是。小任听后，倒是更好奇了，“咯咯”地笑一会儿，不依不饶地向陈富有求证，听说像驴的那个。陈富有还逗弄了她，问那个是哪个。小任就说了。小任还是比吴小丽腼腆多了，她没说像驴鸡巴，而是用了生殖器这个挺书面的词。事隔这么久，吴小丽也旧话重提，打探那块水晶，什么意思呢？如果说小任想看看，只是出于好奇，那么吴小丽呢？她们是不是还有别的目的？

门外走廊里突然传来脚步声，接着是一男一女两个人的对话。

“陈总不在？”男人的声音。

“……啊，我刚来……敲门试试啊。”女人的声音，“笃笃”的敲门声随即响起。

“进来。”陈富有只是嘟囔一声，仿佛喉咙里有口痰没咳出来。

门被推开了，小任探进半个身，说：“陈总，我几时再来整理东西。”

“等通知。”陈富有很官方地说，他也看到走廊上站着的副总了，“李总进来。”

李总进来了，他看到吴小丽坐在老板的位置上，心里有数，说：“一个小事，空了再说。”

小任和李总相继离开了。门是李总带上的。从他们的话中，吴小丽听出来，小任一直在偷听，如果不是被李总撞上，她还会偷听下去。陈富有当然也知道小任的行为了，他联系到她也对水胆水晶有兴趣，突然觉得，这两个女人都很危险。

吴小丽继续看那些名片，看上去很无聊，其实内心一直在翻江倒海，吴小丽潜意识里感觉陈富有会把水胆水晶送给小任。有一张名片很特别，在姓名位置是：夜色撩人，情牵女人香。边上还有几行小字：流浪欲望都市，挣扎寂寞长夜，玩味身体物语，感受缠绵激情。吴小丽还没有消化这张名片的意思，陈富有就突然站起来，说：“走，请你吃小草鸡去！”

突然事件

吴小丽在陈富有办公室的那段时间里，王二水也正躲在杨娟的杂货店，和杨娟说悄悄话呢。

杨娟细细地喘息着，就像细细的鼾声。可王二水略微有些紧张，他从葛文章那里借来的三千块钱，已经所剩无几了。昨天晚上从新世界大酒店回到杨娟的杂货店，果然杨娟还在等他，脑子一热，给了杨娟两千块。杨娟哪里见过这么大的钱啊，就任由王二水摆布了。这不，刚才又大手大脚把剩下的也花差不多了，一眨眼，又成了穷光蛋。

王二水今天本来不是要和杨娟亲热的，他习惯性地来水晶大市场转转，看看能不能碰上生意。他在杨娟的杂货店里随便说说话，说着说着心里就热起来了，说着说着，杨娟就把他拉到货架后边。烟店货架后边有一张小床，两人迫不及待就亲热起来。王二水一边亲热一边紧张，他怕杨娟跟他要钱。杨娟越是急火急燎的，王二水越是往后缩。王二水感觉杨娟对他太好了，这种好让他生了疑心，女人口袋都是无底洞，多少钱都装不满，因此他就先发制人道："我今天没去银行提款，身上没什么现金，不然我带你去吃特色菜，沙河口小草鸡啊，水晶肘子啊，随你挑，想吃什么吃什么，可今天不行，改天吧，改天我一定请你好好吃一顿。"杨娟细细喘喘地骂道："狗眼看人低，口口声声没钱没钱的，以为我是跟你要钱啊，以为我见钱眼开啊？老同学嘛，吃点喝点无所谓，又不是吃不起！"王二水心里涌起一股豪情："那是，我王二水是不会亏待朋友……”杨娟伸手捂住王二水的嘴。果然，有人在敲柜台。

“谁啊？”杨娟问。

“买包烟。”

“来啦。”杨娟的手在王二水的脸上带一把，出去了。

王二水以为杨娟卖完烟还会进来的。可杨娟没再进来，而是隔着货架跟他说话。杨娟说：“天真短，一眨眼，天就要黑了，一天真不经过，你说是不是好日子过的，把天都过短啦？”

“是哩。”王二水说，心里犯着嘀咕，猜不透杨娟又要说什么。

“你看夏天说到就要到了，我这手脖子上光裸裸的，难看死了，二水你带点心，给我弄副手镯玩玩，不要太贵的，比金子银子好点就行啊。”

王二水头皮发麻了，金子银子还嫌便宜，那要什么东西啊？这五百万还没个影子，路上就铺钱了。王二水觉得不能再等了，事不宜迟，夜长梦多，要想从刘秃子那里拿到钱，必须要从陈富有那里搞到水胆水晶。没有水胆水晶就什么也没有。

杨娟把手伸在王二水眼前晃晃，说：“看看，光裸裸的，我不嫌丢人，你还丢不起人了，人家要问起来，我还能说二水没给我送？”

王二水故作轻松地说：“千万莫这样说，不是作害我王二水吗？我考虑下啊，看什么料子合适你，还有式样也重要，这手镯是戴在你手上的，要不送个像样子的，人家会笑话我王二水没品位是不是？”

杨娟说：“那是，那是……不过我真无所谓的。”

王二水从杨娟杂货店出来时，天已经黑了。

王二水就像霜打的茄子，走路没一点精神，人似乎矮了半截。杨娟说无所谓，其实就是有所谓。有所谓的杨娟，如果没有镯子，以后还会理他吗？连杨娟都不理他，谁还会理他呢？他决定再去吴小丽家，只有吴小丽才是他的救星，只有从吴小丽这里，才能找到突破口。

从水晶大市场一带的新街道拐去磨山镇的老街上，要不了几分钟，放个屁就到了。老街和新街不一样，天一黑就没了人，天一黑就全是柔和的街灯和影影绰绰的街影，何况夜色已经很晚了呢，因此，王二水有些形单影只。王二水一边走一边谋划着心事，一边走一边坚定着信心，如果在吴小丽那里还是没有收获，他要在今夜采取特殊行动，去富有石英砂厂，潜进陈富有办公室里。陈富有喜欢加班。如果陈富有还在加班，直接向他摊牌，买那块水胆水晶。因为这块水胆水晶，陈富有亏欠他很多，被派出所关了几天、三年流浪不归、甚至丁萍萍和他彻底决裂，都和这块水晶有关。如果不是这块水晶，他还是厂里的职工，吴小丽或许就不是现在的吴小丽了，不会嫁给葛文章这种人了，有可能他和吴小丽结婚成家，过起了美满的小日子。都是这块该死的水胆水晶，改变了他的人生之路。王二水的心思像路灯一样漫漶着，油纸一样洇在他心里，熬人啊，心里也生出极端的想法，如果陈富有不在办公室加班，他也要进入他的办公室。根据他对陈富有的了解，那块水胆水晶不是在他家地下室里，就在办公室里。陈富有喜欢在办公室弄个大套间，大套间里有精美的橱柜，用来展示他的水晶珍品，这些珍品，一来是装饰，二来是向重要顾客展示他的收藏成果。如果能进入这个大套间，就是找不到水胆水晶，顺手牵羊地拿走一两件东西，怕也是人不知鬼不觉啊。这样的想法还是吓他一跳，风险太高了，弄不好要坐牢的，算了算了，还是找吴小丽。王二水满心希望能从吴小丽那儿得到实质性的进展。

吴小丽家还没到，就被一个人影吸引住了，东张西望，鬼鬼祟祟，谁啊？庄毕凡？怎么会是他？庄毕凡的突然出现，改变了王二水的主意，不去吴小丽家了，跟踪庄毕凡，狗日的庄毕凡也是财神爷啊。

开始他以为庄毕凡是一根树桩。细一看，藏在一个阴影里的树桩突然张牙舞爪浑身带刺了，像鬼一样。王二水不怕鬼，能捉个把鬼玩玩，照样能发财。但当鬼影突然变成一个人影时，王二水凑近去看个究竟，原来是庄毕凡。他不是张牙舞爪装神弄鬼，他在整理一件工具。这家伙要干什么？王二水还没想明白，就看他沿着一溜墙根，走了。他个子矮矮的，走得飞快，像驾着夜色在飞。王二水觉得庄毕凡不对劲，有情况，他一泡尿能滋出来一块紫晶，成了暴发户，这会儿是不是又发现了什么宝贝？水晶这个东西就是奇怪，有的人找了一辈子也找不到一块像样的水晶，有的人随便踢块土，随便尿泡尿，就能发大财，而且水晶也是救富不救穷，简单说，就是越有越有，越富越富；越没有越没有，越穷越穷。这种规律，早就被验证过了，所以，庄毕凡夜深人静带着工具急行，一定有事，一定发现了宝贝，跟踪庄毕凡，说不定会有意外收获。

庄毕凡溜兔一样，王二水眨眼就看不到他了。路灯下的街道被各种树影、屋影弄得影影绰绰，支离破碎，一些违章建筑也随处可见，这里多出一角，那里拐出一块，蹦蹦跳跳的庄毕凡在这些碎影中时隐时现，王二水一卖呆，人就没了。王二水心急啊，撒开脚丫子向前奔去，前边是一个临时搭建的铁皮屋，王二水跑过也没看到庄毕凡。但有一条影子，狗尾巴一样钻进了旁边的三营巷。也只有这条狗尾巴像庄毕凡了，他急走几步，也一头拐进了三营巷。三营巷是去水库大堤最近的路，从水库大堤向西走，不多远就是黑石岭，岭下那条北上通往鱼烂沟的路，王二水太熟悉了，从小到大，不知走过多少回。就算不是步撵，就算是骑自行车，从镇上到鱼烂沟，或从鱼烂沟到镇上，他偶尔也会从三营巷经过。三营巷是一条明清老街，石板铺就的街面坑坑洼洼，街边老房子也破败不堪，有的多年失修，东倒西歪几近坍塌了。近年水晶经济发展太快，各地水晶商贩云集，住宅需求大增，已经搬出去另盖新宅的房主又把旧房子简单修补一下，租给了外地商户。庄毕凡往这里钻，是不是又要出手水晶啦？王二水盯着前边的黑影，一直看他钻出了小巷，一弓腰爬上水库大堤。王二水有些后悔，早知道他要去黑石岭，还不如骑自行车了。又想，不对，庄毕凡没骑自行车，他也不能骑，否则就暴露了。细细的月牙散淡着薄薄的弱光，水库大堤在夜色中沉睡着，一望无际的水库里黑糊糊一片浩瀚无垠，星光点点在水面上，幻影重重，神秘莫测，夜风悄悄吹来，带来清新而凉爽的水汽。王二水知道，水库西北岸，就是鱼烂沟村了。水库大堤很短，没走多久就是黑石岭了。王二水恍然大悟，庄毕凡是去黑石岭的。这就对了，他在黑石岭滋出过水晶，捡到过宝贝，说不定他还有宝贝，说不定他就去拿宝的。对，跟上他，没错。

王二水紧紧跟着庄毕凡。庄毕凡走在路心，“沙沙沙”很快，手里有一把红眼手电，亮一下，熄了，又亮一下，又熄了。王二水不敢走路心，路心的沙土会发出声音。他走在大堤路边上，路边生长着密密匝匝的虾须草，踩上去很软，而且大堤的缓坡上生长着许多小杂树，万一被庄毕凡发现，他就一头钻进杂树下趴着，装妖装鬼随便装。在庄毕凡一闪一灭的灯光中，王二水看清他的装备了，原来是一把短柄钢锨背在身上——他把钢锨当成枪了，系上绳索，斜背在背上。一手拿手电，一手拎着一把钢叉。王二水“别别”地心跳，庄毕凡的装备告诉他，这家伙果然有目标了。

走过水库大堤，上了岭，庄毕凡并没有顺着大路走，而是走上了一条小道。小道崎岖，蜿蜒，越往深处走，越艰难，到处都是大大小小的坑塘和盗出来的土堆、乱石，一些低矮的荆棘和杂草遍布在脚下，一脚实一脚空地走着，王二水差点被绊倒。这是后岭最荒芜的地方了，如果不是跟踪庄毕凡，有人在这里藏两千块钱他都不来取。不远处庄毕凡的手电越来越像一星鬼火，几乎垂直在他脚下，更像是从地上冒出来的地光。但是，走着走着，光突然没了。王二水一愣神，停下来，睁大眼睛望，前边除了黑还是黑，微弱的月光把前方的黑映衬得像一个巨型的黑洞。王二水不敢走了，竖起耳朵听，什么都听不到，又满耳朵响起黑暗的喘息声，“吱吱吱”“嚓嚓嚓”“哇哇哇”，不像是虫鸣，也不像任何动物，王二水下意识地蹲下来，向前爬几步，爬进一丛小鬼针里也浑然不觉，直到满手满胳膊扎上细密的刺，才连滚带爬地跳出来。失去目标了，王二水乱了神，跟着就紧张起来，像丢了一笔大钱。他不知道庄毕凡继续前行，还是已经开工了，甚至拿到宝贝悄然回家都有可能。这家伙要真是吃独食，非把他活埋不可。

心浮气躁的王二水发现庄毕凡失踪后，懊悔中突然向前狂跑几步——冥冥之中，他相信刚才手电熄灭的地方，就是出水晶的地方。但，王二水冲刺几步之后，又突然刹车，觉得这样的冲刺太莽撞了，万一庄毕凡还没有离开，不是被他逮个正着？王二水张开大嘴，尽力不让自己的喘息声太响。就在这时，王二水两条腿被什么东西突然缠住了，还没反应过来，一股巨大的力量缠裹住他，他突然飞起来，山崩地裂一样飞起来，重重落进一个坑塘里。王二水知道这是庄毕凡干的，王二水一边高喊“见眼有一份”，一边挣扎着爬起来，可他身上接连挨了几块石头蛋子，有一块砸在他的腮帮上，他顾不得疼痛，大喊：“庄毕凡，好你个狗日的……”但是，换来的是更猛烈的沙土和碎石的袭击。王二水十分惧怕，也许几分钟之后，他就被活埋了。惧怕产生力量，他拼出最后一口气，跳起来，对着一个黑影扑去，一头把对方撞飞。王二水只听“嘭”一声，再次跌落到地上。王二水只感觉腰部瞬间断裂般疼痛——垫在一块石头上了。王二水忍住剧痛，觉得完了，承受不起任何反击了，不要说更猛烈的反击，就是一根手指头，也会要了他小命的。

奇怪的是，四周毫无动静。王二水在忍受疼痛的时候，脑子还很清醒，跑啦？庄毕凡肯定是拿到宝贝，不愿意恋战，撒腿狂颠了。但那个被他撞飞的黑影明明还在，还发出一声“咳”，像青蛙被踩了一脚。王二水摇摇晃晃站起来，语无伦次地说：“狗日的装……庄毕凡，装什么孙子，见眼有一份你他妈坏规矩，你他妈不够意思，别他妈装孙子了庄毕凡……”庄毕凡不再发出“咳”声了，他是一点声音也没有了。王二水感觉不对劲，试着踢他一脚。庄毕凡还是一动不动。王二水后怕了：“死啦？庄毕凡你狗日的可别真死啊，你吓吓老子就好了……老子什么都不要了……”王二水找到庄毕凡的手电，照在庄毕凡的脸上，他就像睡着一样，死死闭着眼睛了。王二水踢他，骂他，拿石块砸他，他越装越像个死人了。

王二水坐在坑塘里，发一会呆。死人的事可不是小事，是要偿命的。王二水躺在庄毕凡身边，越想越怕。

到了午夜，庄毕凡还没有回过气来。王二水没有招了，给庄毕凡磕了三个响头后，好好埋了庄毕凡。

发 案

首先传开来的，不是庄毕凡死了，而是陈富有死了！

这是一个天大的新闻。

王二水正掉魂一样地趴在杨娟的柜台上，有一句没一句地跟杨娟说话，心里还想着昨天夜里发生在黑石岭上的事。黑石岭离磨山街咫尺之遥，也就四五里地的样子。他收拾好现场后，深一脚浅一脚就回去了，一夜没睡。现在，想着庄毕凡一双紧闭的眼，心里半漂半浮的，担心有人会提起庄毕凡。杨娟的话，每一句都是模棱两可的暧昧，实际上就是调情，可他听了上半句忘了下半句，哼哼哈哈，答非所问，比如杨娟说手镯，他却说水晶，杨娟说水晶的价格又涨了，他却说新世界大酒店的小姐。几句话下来，杨娟烦了。杨娟在他胳膊上拧一下，说："你天一句地一句想什么啊？昨晚没干好事吧？是不是到新世界大酒店啦？"王二水说："哪里啊，我昨晚上睡……睡一个好觉。"就是这时候，有人跑过来说："你们晓得不？陈富有死了，给人用一块水晶，砸死在办公室里，公安局的人正在查，有一百辆警车停在富有石英砂厂里……我要骗你是狗……狗日的，拿包烟给我！"杨娟赶快递包烟给对方，骂道："你别嚼蛆了，陈富有能死？磨山街死绝了，也死不到陈富有！"对方拿出一张大票，说："来包苏烟。陈富有都死了，我还省钱有屁用！"王二水惊疑地睁大眼睛，接过对方扔过来的一根烟，说："看错了人吧？"王二水心里像开过一辆手扶拖拉机，"轰嗵轰嗵"的，怕是别人把庄毕凡当成陈富有了。对方"嗤"一下鼻子："我能看错？你不信现在就去看。不过你去也看不到了，现场封锁，尸体也转移了。”王二水摇摇头，喃喃道：“我不去，我不去……我怕死人……”对方深深地吐口烟道：“我操，活人都不怕，还怕死人！别跟娘们似的！”有人“哈哈”大笑着也走过来，加入到他们聊天中，证明陈富有确实死了。接下来，大家大声喧哗，高谈阔论，口口声声都是关于陈富有的死。不知为什么，他们说起陈富有的死，就像说一件快乐的事。王二水也相信陈富有真的死了。

这个消息，太让王二水吃惊了。庄毕凡死了，王二水心知肚明，庄毕凡是死有应得！他不该装神弄鬼。陈富有死了，事先一点征兆都没有，怎么突然就死了呢？这不是等于把他财路给断了吗？王二水马上想到五百万泡汤了。王二水也马上想到，陈富有的死，一定和水胆水晶有关，一定也是因为五百万。王二水还马上想到葛文章。葛文章那天不是跟他交流过水胆水晶吗？果然，刚到中午，又有话传来了，葛文章被抓了。午后不久，陆续的消息更让人振奋，吴小丽被抓了，小任被抓了，刘秃子被抓了。听到刘秃子被抓，王二水才开始真正紧张。王二水觉得，接下来，就该抓他了。

王二水没有心思跟杨娟开玩笑了，突然说：“杨娟，公安局要抓我你信不信？”

杨娟瞟他一眼，不屑地说：“你？嘻嘻，不信，你还不够格，以为什么好事都轮到你？”

话音刚落，派出所熊所长骑着摩托车来了。

熊所长把摩托车一直骑到杨娟的烟店门前。熊所长不是来买烟的。熊所长一下摩托车，就在王二水的屁股上踢一脚。熊所长威风凛凛地说：“知道我为什么踢你？”

王二水说：“我可没杀陈富有……”

“谁说你杀陈富有啦？刘秃子被抓起来你晓得不晓得？走，跟我到所里去一趟！”

不到一小时，王二水又坐一辆摩托车从派出所回到杨娟的烟店门口了。

杨娟哈哈地笑了：“就知道你王二水没有杀人的胆嘛，快说说，熊所长问你什么？”

“还能问什么，问我昨天晚上干什么去了。我还能干什么，在家睡大觉了，问我有谁证明，我一个人吃饱全家不饿，谁证明啊？不相信拉倒，反正我没杀陈富有。”

“谁是凶手？”

“狗日才知道了。”

杨娟失望地说：“抓那么多人，就没有一个是凶手？”

“哪里是抓人啊，抓人是要戴铐的，这叫传讯，懂不懂，传讯，传讯就是问话。”王二水抱怨地说，“刘秃子他出卖我，狗日的，太不地道了，他出五百万，让我把陈富有的水胆水晶弄出来，他又出五百万，把这笔买卖让给……好在人人都比刘秃子聪明，都没听刘秃子的话，要不，这回都被圈进去了，玄，真他妈玄！”

杨娟在王二水说到一半的时候，脸就冷下来说：“你没有五百万你冒充什么大马队啊，哄我小糖饼吃啊？王二水你这回算死定啦！”

王二水嘻嘻地笑道：“不是哄你啊，不是差一点就弄到五百万嘛。”

杨娟撅着嘴，抽着鼻子，说：“又让你骗一回，你这小狗吃的。”

王二水说：“你莫急杨娟，十年河东十年河西，我王二水也不是没人保佑，财神爷附在我身上呢，庄毕凡还能撒泡尿滋出一块水晶……”

“别来这一套，姑奶奶耳朵听出感冒来了。”

“那就说陈富有吧，他昨天还人五人六的，开着小车，喝着小酒，搂着小姐，转眼间呢，死了，人财两空！还有葛文章，我刚才在派出所看到他，这家伙居然一点没笑，有人把他仇人给干掉了，他居然不笑，他又不是吴小丽。可惜我没看到吴小丽，她比我先出来，派出所也狗急了，连吴小丽都抓，谁杀陈富有，吴小丽也不会杀啊，你说是不是杨娟？”

杨娟还没有说话，刘秃子在水晶市场出现了，他身边迅速围上去一圈人，跟他打听陈富有的死因。刘秃子说：“我要能把案子破了，公安局那帮人不是吃屎的吗？”

王二水知道刘秃子是故意出来亮亮相的，意在告诉人们，他刘秃子平安无事，派出所也会乱点鸳鸯谱。

王二水看刘秃子有些来气。王二水认定陈富有的死还是因为那块水胆水晶，刘秃子肯定不止委托王二水、葛文章两人，肯定还有人知道那块水胆水晶的价值，否则陈富有不会迟不死早不死，偏偏在这时候死。据说陈富有死的时候，桌子上放了一堆大大小小的水晶。还据说，那块怪异的价值连城的水胆水晶失踪了，就是从办公室的套间里失踪的。在清理陈富有的财物时，什么东西都没少，就是少了那块造型奇特的水胆水晶。

王二水看杨娟似笑非笑的脸，知道没有五百万，根本猜不透杨娟的心了。王二水不敢再在杨娟的烟店前磨蹭了，他咳嗽两声，往水晶市场的里边去了。他听到身后的杨娟嘟囔道：“破街划子，白叫你吃我小糖饼了，以后别说我们是同学！”

此后的数天里，王二水继续出没在水晶大市场，庄毕凡的死虽然像口痰一样咳不出来，并没有影响他在大市场里转悠，不管别人如何，王二水的生活又恢复了正常。其间，派出所又传他去一次，熊所长亲自跟他了解那块水胆水晶。王二水把他见过的水胆水晶一五一十地说了一遍。熊所长又问他后来见没见过。王二水说没见过。熊所长敲敲王二水的脑壳子，说：“想起来重要线索，要及时跟派出所汇报，争取立功。”王二水哈着腰，利索地答应着。王二水还被关照近期不许出远门。

王二水心里渐渐踏实了。

王二水有理由踏实，他去了两次派出所，都没有人跟他提庄毕凡，说明还没有人知道庄毕凡已经死了。王二水彻底把心放到了肚子里，他走在街上，甚至还哼起了流行歌曲，甚至还从庄毕凡家门口走过。王二水想，钱寡妇又成寡妇了。

这天王二水在水晶市场里晃荡，突然听人说，庄毕凡失踪了，派出所正全力追查庄毕凡，说是庄毕凡杀了陈富有，带着水晶逃走了。还说本来派出所不会怀疑庄毕凡的，是他老婆钱寡妇到派出所报案，说她家庄毕凡半夜上黑石岭去取什么宝，后来就失踪了。一调查，居然就是在陈富有死的那天夜里失踪的。这话传起来比传染病还快，整个磨山镇都在传说。王二水听到之后，心里打起小鼓鼓，后悔当时匆忙埋了庄毕凡，没在他身上翻翻。王二水恍惚记得，庄毕凡身上背着一个包。庄毕凡背一个包，带着短柄钢叉铁锨，深夜往黑石岭跑，不是去取宝，而是去埋宝的，他包里，说不定就是水胆水晶。王二水心里咚咚跳了，他又兴奋又害怕，兴奋的是，他可以到黑石岭去，找到那个掩埋庄毕凡的坑塘，挖出庄毕凡，拿到水胆水晶；害怕的是，他亲手埋庄毕凡，万一事情败露，就彻底完蛋了。还有一点让王二水担心，他要是拿到水胆水晶，刘秃子还愿出五百万吗？那个上海大客商还兑现吗？

关键先找到水胆水晶再说。

王二水是在傍晚时分来到黑石岭的，他的计划是，先找到埋葬庄毕凡的坑塘，深夜再起尸。

让王二水绝望的是，黑石岭大大小小的坑塘太多了，多到数都数不过来——他找不到埋葬庄毕凡的坑塘了，连当初从哪条小道进来都忘得一干二净。王二水在黑石岭一直转到天黑，也没有确定一个大致的方向，他觉得所有的坑塘都像，所有的坑塘都不像。王二水真后悔当初把事情做得那么仔细，那么干净。

王二水在后岭一连转了几天，引起了熊所长的注意。熊所长又把他传了去。

“魂掉啦，天天到黑石岭，说，干什么去的？”熊所长开门见山地问。

王二水说：“逃犯庄毕凡能撒泡尿滋一块水晶出来，我也想去碰碰运气。”

熊所长觉得王二水说出这种话，一点也不奇怪，就在他屁股上踢一脚，骂道：“你小子真他妈祸害，十年前为一块水胆水晶，弄出那么大动静，十年后还是那块破水晶，死了个陈富有，看到你就晦气，滚！”

王二水屁股上挨了熊所长一脚，从此不敢再去黑石岭了。

第五部　转机

款子问题

萍萍在水晶大市场交完货，骑着摩托车快速回到鱼烂沟村的家里。

萍萍一头汗水，额上的几根发丝凌乱地贴在脸上。天气还没有热，又是骑摩托车，拉风，按说不会出汗的。可她却出汗了，一头一脸的汗，心急啊。萍萍一脸疲惫地停好车，顾不得洗脸上的灰尘，就把路上顺便带来的几样青菜，往石台上一扔，去看看躺在床上的王阿妹了。王阿妹坐骨神经坏死已经瘫痪一年多，连坐起来也要人扶，生活不能自理。这几天染上流感，发烧不退，请来村里医务室的卫生员挂了几天水，刚刚有所好转，萍萍就去市场送货了。萍萍的生意遇到了瓶颈：一方面她一直以来都生产低端产品，利润不大，收益不多；另一方面前两年给王阿妹看病，借了许多钱。几天前，土狗鳖就来家里要账了。土狗鳖是好人，三次帮助萍萍渡过难关：第一次是资金周转不开，萍萍跟他借了两万；第二次是王阿妹去北京看病，借了三万五；第三次不是借钱，是从他家里拿了水晶石，折算成现金也是大几千。三次六万多。他是萍萍最大的债主了。土狗鳖知道萍萍做生意不容易，又是村邻，乡里乡亲的，加上萍萍也是他原料的主要供应商，不急于要钱。但这几天接连要债，逼得萍萍实在没办法了。萍萍不怪土狗鳖，欠账还钱，天经地义，何况土狗鳖确实需要钱——他准备出国了，去巴西闯闯。萍萍早就听说过，有人去南美，去非洲大陆，搞了不少水晶，巴西是南美重要的水晶产地，近年市场流行的金发晶，就是出自巴西。还有非洲的马达加斯加，颇具特色和个性的紫晶“聚宝盆”就出自那里。萍萍周围水晶圈里的人，许多都有出国的经历，不是传说谁谁谁从南美运来了一个集装箱的水晶，就传说谁谁谁从非洲运回一个大货柜，都是让人振奋的消息，也让许多做着水晶梦的人跃跃欲试。一向保守的土狗鳖也憋不住了，准备着出国的事。土狗鳖出国当然不是旅游了，他是去做生意的，做水晶生意，简单说，是去开矿的，水晶矿。去开矿做生意就得用钱，出国在外，人地生疏，钱越多越好了。萍萍知道所欠的钱是他出国经费的重要部分，尽力给他凑齐。可萍萍跑了几天，廉价出手库存，收取别人的欠款，也才凑了三万块。萍萍还钱时，跟土狗鳖商议，余下的钱能不能再缓缓。土狗鳖说下周五去上海坐飞机，周四之前还清余款就行。萍萍只好让工人接连加班。偏偏王阿妹又患了流感，忙上加忙了。眼看还款期限临近，为能及时拿到现金，只好低价出货。今天萍萍就是去送货的。回到家的萍萍，顾不得喝口水洗把脸，旋风一样进了西厢房。

让萍萍吃惊的是，王阿妹睡在了地上。

王阿妹半裹着被子，蜷缩着，脑袋上还磕青了一块，此时正昏昏大睡。萍萍连喊两声姐都没有喊醒她。萍萍试试她额头，烫手。又烧了。萍萍看着像一堆垃圾一样的王阿妹，来不及心酸，赶快跑到车间，喊来金艳。两人合力把王阿妹搬到床上。金艳有些歉疚，可能是萍萍临去水晶市场时，托她照管一下王阿妹的，没有照顾好，还跌伤了脑袋。但金艳也尽力了，她说来看过两次，都看王阿妹在睡觉，也就大意了。萍萍理解金艳，厂里的日常管理，产品设计，都是金艳操心，哪里能怪人家呢。

王阿妹也睡醒了，她糊里糊涂地呆望萍萍，头一沉，又歪过去了。

多年来，王阿妹一直坐轮椅，也能靠两只拐走路。如果上厕所，或者到厨房帮摘菜什么的，她就从轮椅上下来，拄着拐简单活动活动。王阿妹习惯了这种生活，也习惯了许多事。完全瘫痪之后，基本不能自理了。大约半个月前，王阿妹感觉哪里不对劲，心里总有一件事让她不习惯——原来有人告诉她，财神庄那个老光棍刑满释放了，托话过来，想来瞧瞧王阿妹。来人说，老光棍后悔死了，肠子都悔青了。现在是真心改造好了，想来跟王阿妹道歉，也想帮萍萍的厂做点事——他还能干活。他在劳改农场劳动了十年，身体棒棒的。他愿意补一笔钱给王阿妹，算是对她伤害的赔偿。如果不愿意收，就算是借给她们厂里做周转资金。多少钱呢？没有多，五万，是他全部家当了。他这样做也没有多大目的，就是求得心理的安慰。王阿妹一口回绝，不见。但老光棍还是来了。不知是监狱生活好，还是老光棍底子好，红光满面的，坐在王阿妹的床前，勾着花白的头发，就是不说话。后来还是说了，想再治治王阿妹的病。不管真话假话，能说出来，能坐在她床前，还是让她感动了。她流着泪说："死病，不浪费钱了。"老光棍也没再坚持，勾着头又坐一会，叹息一声，就回去了。没想到他走后第二天，王阿妹就病了。本来就是一场感冒，谁知道时轻时重个把星期还没见好呢。可能是烧得没了知觉吧，今天居然跌落到地上了。

卫生员给她挂好针，一滴一滴的白色溶液流进血管里，她才完全睡醒。萍萍又喂她几口糖水，问她："感觉好些啦？"

"结了几笔账？"王阿妹不回答自己的病情，倒是关心起萍萍了，"听小金说，料子不多了，好料子还够干两天的，要不要跟工人商量一下，工资先发半个月的。"

"不能短了工人。不少人家工人都跑了，因为什么？不就是工资发的不及时！咱们工人都是宝，一个也不能走。"萍萍又安慰道，"今天在市场里，有几家答应再结一批款的，放心，咱家不缺钱。"

王阿妹说："好啊……可是，还差三五万吧？"

萍萍真心钦佩王阿妹，厂里什么事情她都心知肚明，哪里像个智障的人啊。也只有萍萍知道，她只是表面智障，内心里却跟明镜一样清亮。

王阿妹朝萍萍看，像是有话要说。萍萍就凑近她一点。

“萍萍，跟你说个事。”王阿妹把脸别过去了，“可能你不爱听。”

“……爱听。”

“老不死的刑满释放了。”

“晓得了啊，还来看过你。”

“他说要给俺治病……”王阿妹欲言又止地说，“我知道是死病……我想……我想再治一回……别难为他好心……就能治给我站起来，能坐轮椅出去见见风晒晒太阳，就好……”

萍萍眼睛扑闪着，看着王阿妹，谁都不想死啊，哪怕有半点希望。王阿妹的希望就来自老光棍的几句话，还有他沉默中那真实的忏悔。萍萍不敢说不治，不敢说治也是浪费钱，她怕王阿妹接受不了，怕王阿妹乱想，又没花你萍萍的钱，为什么不再治一次？再说，老光棍要真是良心发现，要是真想努力一把，治好王阿妹的病，接回王阿妹回家安度晚年，凭什么要让他希望落空呢。萍萍看王阿妹别过去的脸上已经流下泪水了，劝慰道：“老家伙真心认错了，他也很难啊，坐了十年牢。”王阿妹说：“还不是怪我……”萍萍说：“我这就找人把他叫来。”王阿妹却赶紧说：“别……等他再来的……吧……”萍萍知道王阿妹还没有拿定主意，她怕老光棍是客套话。萍萍觉得也是，这事急不得，等下也好。萍萍看泪流满面的王阿妹，鼻子也酸酸的，眼睛湿润了。

门口响起摩托车声。

萍萍知道是土狗鳖。萍萍抚一把王阿妹的肩，给她拉拉被子，说：“姐你躺好，这瓶水打完就好了。我去下了啊。”

萍萍掠一下头发，临出门时在镜子里看一眼，萍萍看到枯黄的脸，粗糙的皮肤，凌乱的头发，无神的眼。萍萍咧咧嘴，再咧咧嘴，镜子里的脸上终于有些笑意了，才出门去。

“前脚一进家门就到啦？钱还没焐热哦。”萍萍的声音清脆而愉快，“要了一天账，累死我啦。”

一身西装的土狗鳖精神抖擞地站在井台边，正欣赏开放的大朵月季。土狗鳖听到萍萍的声音，知道钱款解决了，便也开个玩笑道：“今年月季比往年开得大啊，花朵也多，你家今年要发大财。”

“托你口福，也多亏你帮助啊，呶，你过个数。”萍萍递上一个纸包，“土老板，你就要出国发大财啦，变成洋老板啦，这些年三番五次没少麻烦你，连利息都免了，真叫我不好意思啊。”

土狗鳖打开报纸看一眼，放心地装到西装口袋里了。土狗鳖听着大堂屋里发出的机器声，对萍萍说：“远亲不如近邻，还是你萍萍仗义，咱们合作这些年，从来没红过脸，不容易哦。过几天就去上海了，跟你提个建议，你爱听就听两句，不爱听算我没说。这两年许多厂子都升级了，产品越来越精，工艺越来越细，品种越来越多，你家十来年一成不变，怕是将来要落伍的。”

“哪里是将来啊，现在就不行了。”萍萍不好意思说差钱，也不愿说家里负担重，她自谦地说，“没能力啊，顺其自然，走一步看一步吧。”

“不是，不是没能力，你能力大了，我是见眼你一步步走到今天的。你是缺帮手。”土狗鳖一针见血地说，“你要有个好帮手，能做大事的，我眼睛不瞎！”

萍萍被土狗鳖说到心尖上，“噔”地打个颤，鼻子突然酸了。

土狗鳖急着要走，到了门口，他又说：“萍萍，我还有点老底子，本想留一手，现在不想留了——谁知道会不会死在巴西啊——便宜给你，你要是挑呢，你给个挑的价，要是一锅端，也你说了算，老子豁出去了，把家底全带走。”

萍萍听明白了，他要把家里的水晶全部出手。萍萍也知道他是急于套现。可他哪里知道啊，萍萍手里一分钱都没有了，刚刚还他的几万块钱，还有几千块钱是从大市场朋友那里借来的，等于预收的货款。但萍萍知道土狗鳖是好心，是想照顾她，不能拿一句没钱就推脱了事吧，何况现在确实没有原石了，再不进货都难以维持了。

萍萍只能打肿脸充胖子，口气坚定地说：“太好啦，一会去看货啊。”

“莫对别人说。”土狗鳖又叮嘱一句，发动了摩托车，“轰”一声走了。

萍萍不过是缓兵之计，料想看了也白看。但有了缓冲时间，也许就能峰回路转。只是这缓冲时间太短了，算上土狗鳖上飞机的日子，也不过四五天，上哪去抓钱呢？

精美的私藏

真是风调雨顺，土狗鳖家屋后的竹林，这些年长得更加葱葱郁郁了。从村街一拐出来，就看到他家茂盛的竹林了，一片浓厚的墨绿，遮掩着白墙红顶的三层小楼，恍惚中，像是一处世外桃源。此时正是夕阳西下时，风动林梢，无数碎金在跳跃。

土狗鳖家的院墙和村里的人家一样，高大气派。萍萍想起小时候，他家几间土坯矮屋前，一溜迈腿就能跨过的短墙，都是大大小小的石英砌成的，有的石英就是大花石，拿现在的标准衡量，其实算得上水晶了。更奇葩的是，他家的鸡圈也都是石英砌的。都是因为他家早先在自留地里发现了石英龙，连绵着通到他家院子里，从他家堂屋底下穿过，深扎向屋后的竹林去了。萍萍心想，土狗鳖去什么外国啊，他家屋后竹林下就有水晶啊，这就叫现钢不打去炼铁。不过也说不定，他家是石英龙，不是水晶龙，也许竹林下埋藏很深的地方，不过是一窝石英而已。

敲开土狗鳖家的院门，感觉他家的气味都跟别家不一样。土狗鳖虽然也是水晶圈里的人，但他家不搞加工，只做原石，所以没有金属和晶体碰撞的火星味。土狗鳖显然已经做了准备，把水晶放在一个大竹匾里，摆在院子的水泥地上。萍萍逮眼一看，吃了一惊，这可是地地道道的东海水晶啊。

萍萍不止在土狗鳖家拿过一次水晶。土狗鳖这些年全国各地跑，四川、西藏，还去过缅甸、越南。萍萍就曾在他家买过像鹅卵石一样的越南水晶，上次赊账的那批货，也是南美货，是土狗鳖从别人手里贩来的。这次满眼的东海水晶，而且品质如此之好，块头如此之大，如此之整齐地堆放在竹匾里，把她给镇住了。但萍萍还没来得及兴奋，心里就哇凉哇凉了，这要多少钱啊？没有二三十万拿不下来吧？萍萍稍稍平静一下，还是面露惊讶地说："你家还有这么多好石头啊。"土狗鳖脸上明显地露出自豪之情："家底子，家底子。"萍萍虔诚地拿起一块水晶，说："家底子也太厚实了吧？馋死人了，全拿下，多少钱？"土狗鳖说："你先看看，又不是外人，你说了算。"土狗鳖去打来一盆清水，放在萍萍身边，手里还拿着一个高能小手电，随时等着萍萍使用。萍萍一块一块地在水里验着水晶。这些水晶都是经过挑选的，很容易看明白。萍萍在心里又估摸下，不好意思一笑说："你说个价。"土狗鳖说："你又不是不懂，你天天摸着水晶，我也天天摸，我看看你眼头怎么样——你说。"萍萍说："我说就我说，你别怪我乱嚼蛆啊，一个吉利数，八万八。"土狗鳖说："行，你眼头不差，不瞒你说，我这批货值十万块，如果卖好了，可以卖十一万。但你是买家，八万八是个合理的报价，做成产品，至少翻五六番。但你的设备不行，还有你的产品不行——这些石头是不能切割的。"萍萍说："知道，我就是照景石来出价的。要是用这些料生产我的产品，这一堆，充其量两三万块。"土狗鳖听后，哈哈大笑了："行啊萍萍，真是行家，将就你，零头不要了，给个整数，算是给我自己留条后路，万一我在国外栽了，回来投奔你，至少还有口饭吃。"萍萍骑虎难下了，后悔来看这堆石头了，八万块，确实不贵，转手到市场上，说不定都能赚个一两万。可八万块她去哪里找呢？萍萍心里为难，嘴上却爽快："土老板你是挑我发财啊，我怎么能不领情呢？容我两三天怎么样？"土狗鳖说："今天是星期六，离出发还有五六天，等你五六天，我也不去乱跑了，忙活忙活别的事——就是要几笔账，难啊，债主要都像你萍萍就好啦。"萍萍心里稍微宽松些，她挑了两块水晶，说：“我先拿两块，探探路。”土狗鳖连说几个“可以”，还帮萍萍挑一块，说：“这块可能会有些特点，你看看，这里有点东西，如果能算上巧石，就赚大了。”萍萍知道这也是赌，赌对了这一块，能抵上这堆石头的一半价，那可就真赚了。萍萍觉得土狗鳖是真帮她，如果做不成这笔生意，对不起人家的好意了，便感激地说：“土老板，就你信任我了。”土狗鳖说：“哈，哪里话，水晶圈里咱都不是生人了，你这些年下来，挺让人钦佩的，难事情都叫你摊上了，一件一件的，从小到大，我都看在眼里……二水又不成人……不提他了，不提他不提他……他把你祸害了，可你还对他姐那么好，好心总会有好报……算了算了，我知道你不爱听这些，算我没说……我算是想明白了，好处大家得，有钱大家赚，最近水晶圈出了不少事，猜想你也听说了吧？陈富有，当年水晶收购站的陈会计，大名鼎鼎，多风光啊，无缘无故就被人谋害了，有钱有什么用呢？没命担，屁都不是。我这点好货，全村都难找，要是吹吹牛，全县都难找，要放在前几年，我放在市场一叫唤，比屎还吸引苍蝇，哈哈，比喻不当比喻不当，但我谁都不给，就给你萍萍，万一我这批货让你做好了，赚了，别忘了我土狗鳖就行。”萍萍听土狗鳖唏嘘的声音，也深有感触，她也听说陈富有的事了，大街小巷里都在议论，谁耳朵都清静不了，而且凶手庄毕凡还是她初中同学，上学时还是一个不起眼的小屁孩子，居然干出如此惊天动地的傻事。不知为什么，萍萍心里突然同情起庄毕凡了，希望他跑远远的，能出国躲一辈子，不要被抓回来。但萍萍还是出于公心地说：“庄毕凡把事情闹大了，跑了也没用，迟早要被抓回来。”说话间，土狗鳖已经包好了两块水晶，找一个塑料袋装好，又套上一只蛇皮口袋，等着萍萍离开时带走。土狗鳖环视自家的小院，长吁一口气，好像减轻了心中的千斤重负，说：“到了国外，我要甩开膀子大干，人家是小富不算富，百万才起步，我不能坐井观天吃老本啊，老本吃光了吃什么？”萍萍也随着他的目光在他家小院里看一圈，羡慕地说：“有老本吃总比没有强啊。”土狗鳖说：“等我在南美开到好矿，你家的原石供应就不愁啦。”萍萍也信心倍增了，刚才看到他家院子靠墙的那棵面枣树下，有一堆新出的鲜土，紧挨树根旁边是个坑。联想到这堆水晶上沾有零星的鲜土，不用细想，萍萍就知道了，这堆水晶不是藏在别的地方，就是埋在面枣树旁的。这是他家最后一批货吗？也未必。萍萍假装糊涂地“咦”一声，说：“都这年头了，还有水晶挖？”土狗鳖说：“小孩子挖土玩的，要是挖水晶，不挖个十米八米深，鬼用都没有。”萍萍知道土狗鳖不可能实话实说，而且，就算他家地下还藏有水晶，也是人家的，没必要打听，打听了，人家也不会说，便又感谢几声，告辞了。

从土狗鳖家出来，天已经上黑影了。萍萍背着一个沉甸甸的蛇皮口袋，往家急走。蛇皮口袋里有两块水晶，大的那块有八九斤，透明度不错，团头团脑的，适合做个大的观赏水晶球。小的也有五六斤，略扁，蚕豆米的形状。小的晶体里，有一团暗影，在手电光的刺激下，能看到暗影的上半部呈现一抹隐约的淡蓝。这两块石头各有特点，大的体量大，能值个小几千块钱，小的有文章可做，如果能开发成一块景石，能超万，就看买主的眼光和出价了。总之，土狗鳖把两块最好的石头给她了。有这两块石头去探路，等于有了定心丸。

路上，她约莫着，王阿妹输液快结束了。

门口停一辆手扶拖拉机，萍萍远远就看到了，好生奇怪，都这个点了，谁会来？谁会开手扶拖拉机来拿货？手扶拖拉机十分老旧了，在街灯下有点扎眼，有三四个孩子爬上爬下地玩耍。

没想到是老光棍。

老光棍正在王阿妹的屋里，和王阿妹说话。院子里还徘徊着一个年轻人，那是老光棍的侄儿。

萍萍这才想起来王阿妹说的话，原来老光棍已经把王阿妹说通了。

打过招呼，老光棍就开门见山直说了，要带王阿妹回家，等感冒好了，去上海治病。

萍萍心里五味杂陈，因为希望实在渺茫，她又不能阻止。有了这个机遇，当然也不能放弃，和王阿妹一样，也心存侥幸，盼着奇迹发生。萍萍简单问候老光棍几句，又问他去上海的打算。老光棍回答也还在理。看他也是真心实意为王阿妹好，萍萍便也没有多余的交代。

最开心的是王阿妹了，她脸上始终浮着微笑，没等输液结束，就迫不及待地拔了针。

当老光棍把她抱到塞满稻草又垫上被褥的手扶拖拉机车厢时，她喜极而泣地对萍萍说："走啦……病好了就回家。"

萍萍也泪眼滂沱了，她一直送着手扶拖拉机出了村口，直到手扶拖拉机的"突突"声完全消失，才返身回家。回到家，心里突然空了一块，像失去抓手一样，没事可干了。这些年，萍萍为王阿妹付出太多，身累心累，无人诉说，也习惯了。王阿妹的突然离开，对她也是解脱，心里虽然不放心，总之是在向好的方向努力，心里还是欣慰的。

萍萍静静地坐在王阿妹的床铺上，悲喜交集，心情复杂，乱麻一样。儿子懂事，也一声不吭地写作业，但儿子还是说了一句话："妈，姑姑走了……我在心里哭。"萍萍听了，再次泪如泉涌。

两块水晶

萍萍还没来得及消化王阿妹的突然离开，她就要为两块水晶找下家而动心思了。萍萍知道土狗鳖虽然急于筹款出国，其实也是在帮她，她相当于拿着他的石头找买家，弄好了，光是原石就能赚个万儿八千的。如果买下石头，慢慢开发，利润空间会更大。土狗鳖知道她资金周转有困难，只是还不知道有这么大困难。可这样的机遇上哪去找呢？困难再大，也要争取好结果啊。

萍萍一大早就到水晶大市场了。她是来找一个人的。她平时不找他，和他基本上没有生意上的往来，也没有好感，但，她思考一个晚上，还是想到了朱富。鱼烂沟村的水晶大户，朱富算是头一户了。朱富在县城有业务，在镇上也是首批进驻水晶大市场的商户，批发兼零售，家大业大，布点多，在上海、北京、西安、广州、深圳等许多大城市和旅游城市的大商场里租赁了柜台，是头一批把水晶商品布点到大商场里的客商。由于布点早，抢了先机，赚了大把银子，等大家蜂拥进军大商场大超市时，水晶商品已经进入平稳发展阶段，过了暴利期。最近一两年，朱富沉寂了，不像先前那么活跃。萍萍找他也是出于无奈，因为萍萍的产品也比较单一，和她有生意上往来的商户也大多是中低端的零售业，能出大价钱、搞水晶艺术品的商户她基本没有接触。朱富长期住在镇里，早期在水晶圈里奠定的人脉关系，不是萍萍这样的小加工户能够相提并论的。

朱富不在店里，他家的营业员说在水晶一条街的新店。

水晶一条街萍萍路过几次，从来没有停下来，对于街边大部分开张的门店，也没有兴趣。由于有营业员的指点，萍萍很容易就找到了朱富家的店。朱富在水晶一条街的店名很特别，走的是大俗大雅的路线，叫“大富水晶精品店”，从店名上，能看出他的经营理念，想开拓景石市场的。但有一辆三轮车停在门口，有人陆续从店里搬出货品，往车上装。萍萍看到朱富在店门口跟一个人大声说话。朱富指手画脚的，很不耐烦的口气。萍萍感觉情况不妙，预感到找错人了，便推车想走。

“萍萍……丁老板，等下丁老板。”朱富看到欲走的萍萍了，他大声喊萍萍，觉得不妥，又改口成丁老板，“丁老板你等下，我马上跟你谈。”

萍萍对丁老板这个称呼不习惯，虽然有人叫她丁经理，丁厂长，也有叫丁总的，总之没有萍萍亲切。特别是本村人，更从未有人这样叫她。朱富说马上谈，好像事先约好一样，谈什么呢？

“你杀价太狠了，趁火打劫啊？这是丁老板，我要跟丁老板谈了，再见！”朱富放开对方，急步向萍萍走来。

萍萍听出来了，原来她成了朱富的托。

“店里请。”朱富笑容可掬地说，完全变了个人。

走到店里，萍萍说：“搞什么鬼？”

“好抢就抢了，什么玩意，就跟我朱富没见过钱一样。”朱富还是愤愤不平地说，“听说我要出国筹资，往死里杀价，不赚钱就罢了，总不能赔吧？萍萍你听谁说的？我这两盘店挨在一起，打包价，两幢四十五万，开店开厂都行，你要买更好说，去个零头我都愿意。”

萍萍更加明白了，原来朱富也要出国，正在卖店套现。萍萍笑笑说：“我哪能买得起店啊……你也要出国？南美？”

“不去南美，巴西阿根廷不行了，人太多，人头打出狗脑子来了，我去南非，马国。”

“马达加斯加？”

“对头。”朱富看萍萍踏板摩托车的踏板上，放着一个蛇皮口袋，并不关心什么货，兴致十足地跟萍萍推销他的门面房，“萍萍你是我们鱼烂沟最能干的女人，许多比你后搞的小加工厂都倒了，就你还在干，拖家带口，还养活一个病秧子，不简单。但是呢，有什么大出息？也该转型了，产品要扩展，前店后厂才有保障。鱼烂沟地方太小了……还鱼烂沟，这他妈什么破地名，鱼都烂在沟里了，腐了，臭了，谁能发财？搬到镇里来吧，我这两间大门面最适合你，一家也能住得开，儿子还能在镇小上学，多体面的事。我要不是急着出国，打死我都不撒手。”

萍萍实话实说道：“买不起啊。”

“一间，先拿一间也行，一间才几个钱啊，楼上楼下也够你用的。再说，我下个月才走，给你一个多月筹款时间。”

萍萍摇摇头，谢了他的好意，准备骑车走人。

“这是到哪去？”朱富拦在她车前，这才问，“口袋里什么宝贝？”

“不是什么宝贝，两块石头，看能不能找点钱。”萍萍故意轻淡地说。

“行啊萍萍，我就说吗，你家还是有陈货的，老扣当年那么火眼金睛，家里肯定私藏不少好东西，缺钱就拿点出来是不是？别细水长流了，老观念早过时了，一把手都拿出来，把我房子换走——真的萍萍，我眼睛不瞎，这两间门面真的很适合你。”

萍萍钥匙一转，发动了摩托车，屁股一欠，坐到车上。

朱富退后一步，一脸的遗憾，似乎放走一尊大财神。但他突然又想起什么，伸手向前一指，大声说：“前边，刘秃子家，宝贝给他看看。”

刘秃子很懊恼，陈富有的案子，牵扯他太多的精力。本来只是正常的生意，只要他不计前嫌，直接找陈富有谈，谈成了很好，谈不成不过损失一笔生意，无所谓的，没想到自己把事情彻底搞砸了。他心眼用过了头，找了王二水，又找了葛文章。现在想想，这二人都不靠谱，王二水不用说了，在街上戳戳牛屁眼、卖卖嘴皮子还行，真叫他谈大生意，哪里能称得上手啊？葛文章其实风险更大。让葛文章出面买水胆水晶，相当于当面奚落他嘛，在这种心境下，能把生意谈成？最后又冒出一个庄毕凡，他可没找庄毕凡啊。庄毕凡怎么知道上海大老板要买水胆水晶的呢？刘秃子几进派出所，熊所长几次问话，他都是滴水不漏如实相告，只是后来庄毕凡的失踪，让他不能自圆其说（没有关系怎么说），熊所长多次暗示之后，他才“交代”，庄毕凡是他委托的第三个买水晶的人。没想到他“交代”的第二天，案子破了，犯罪嫌疑人正是庄毕凡，目前正在全国通缉。刘秃子大惊，感觉庄毕凡也许不是凶手。后来又想，不是凶手怎么会在陈富有被杀的同时失踪？世界上会有这么巧的事？刘秃子和陈富有的矛盾，其实不过是生意场上平常的矛盾，无非是当年争一块石头，争到面红耳赤，争到大打出手。刘秃子没占到便宜，门牙被打掉一颗，而那块水晶，也归陈富有所有。熊所长在处理这件纠纷时，明显是向着陈富有的。刘秃子又失面子又失财。这次有机会买那块水胆水晶，本来也没想到报复，可在熊所长看来，刘秃子就是安一副“君子报仇十年不晚”的心，他要不配合派出所破案，就天天不得安宁。刘秃子倒是配合了，案子也破了，可他还是惶惶不得安宁。

刘秃子在工作室里，无心干活，人家托他加工雕刻的踏宝如意貔貅，时限早就到了，每天几个电话，要来拿货，都被他挡了驾。今天实在挡不了，人从县城已经出发了，眼看就到。刘秃子害怕见，真想躲一躲。可躲也不是办法，躲过初一躲不过十五，这个玩家虽不是什么大名头，在水晶收藏界也不是数得着的人物，江湖地位却十分了得，号称邱大玩，得罪不起。刘秃子拿着被王二水雕坏的晶体，左看右看，还是一声叹息，什么龙飞凤舞啊，俗。刘秃子多次想改雕，看来看去，无法下手，本来青黄巧色是相连的，貔貅是青，踏的宝，就是这块黄，被王二水硬生生雕成青龙金凤了，张牙舞爪的，什么玩意。貔貅是什么？光进不出，聚财聚宝，这龙凤飞舞和邱大玩的要求相差太远啦。如果邱大玩耍赖，要他赔钱，可就亏大了，赔多赔少，就凭人家瞎嚼了。

是祸躲不过，邱大玩来了。

听到门口小轿车鸣笛声，刘秃子赶快迎出去。

邱大玩长发飘飘，穿一身唐装，左胸口袋里挂出一根怀表金链，右下口袋里插一把折扇，一双圆口布鞋，戴"洋钱圆"墨镜，一副上海滩民国阔少的装扮。邱大玩这个阵势，让刘秃子腿更软了。他热情地把邱大玩让进客厅，倒茶敬烟。一番客套后，邱大玩要看货。刘秃子苦着眉说："手头事多……还没最后完工。"邱大玩夸张地说："不会吧秃子，几天啦？走，上你工作室瞧瞧，别把我好料子葬送了。"刘秃子心虚气短，一边上楼梯一边想，怎么才能过这一关。邱大玩稳稳地踩着楼梯，嗡嗡乱炸地说："老子可是听朋友介绍才奔你来的，别跟我耍鬼，要敢跟我玩调包，当心我整不死你，我能给你秃头种上几棵绿毛。"刘秃子说："坏规矩的事我不干……地方小，乱，您请。"邱大玩眼睛一亮："哟嗬，地方不错嘛，这么多好东西，老子听说你们这帮雕匠常玩调包的把戏，来，看看我的货。"邱大玩说话间，已经老资格地坐下了。邱大玩的话句句撵劲，听得刘秃子汗毛直竖，他也不敢造次，拿起那枚龙凤飞舞，硬着头皮说："您是大玩家，哪敢跟您玩障眼法，看看，你要的青龙戏凤，只是初稿，还差最后整理了。"刘秃子把"龙飞凤舞"故意说成"青龙戏凤"，多了一层风流，他哪敢提貔貅啊，更不敢说雕坏了。邱大玩眼睛一睁："青龙戏凤？什么意思？"邱大玩隔着工作台，伸手接过来，并不开眼看，只放手上搓，一边搓一边念念有词："青龙戏凤，青龙戏凤，青龙戏凤……"刘秃子心里暗喜，邱大玩把心玩掉了，忘了他要的是"踏宝如意貔貅"了。邱大玩搓了足足有两分钟，才把双手抱拢，虔诚地放到眼前，慢慢打开，眼睛也跟着慢慢亮起来，又翻来覆去细细欣赏琢磨，憋着的一口气突然吐出来，咧开大嘴乐了："狗日的秃子，名不虚传啊，青龙戏凤，怎么想起来的？啊？哈哈哈哈，好啊我操你家八辈祖宗，叫你这一改，价值可要翻倍喽，不不不不，无价，无价无价！"邱大玩极度夸张的表情也感染了刘秃子，刘秃子不相信会有邱大玩夸得那么好，便伸出手，想接过来再看看。没想到邱大玩根本没有要给他的意思，继续大嘴乱嚼道："青龙，哈哈哈，可不是青青一条大龙么？我就属龙啊，金凤，哈哈哈，金小凤，这个小骚货，好处让她占了，好啊，好啊——适宜送给情人啊。刘秃子，我算佩服你了，你他妈能想出这个点子已经是大师级的了，还他妈雕得如些细，如此活灵活现，如此栩栩如生，如此拙中有巧，巧中有工，工中有趣，趣中有味，味中有情，可是大师中的大师了，好，改得好，比他妈什么踏宝什么如意什么貔貅的境界高一百倍，说吧，几时来取货？老子要请你狗日的喝一杯！"邱大玩说罢，才把手中的水晶还给刘秃子。刘秃子嘴上"呵呵"着，一边看造型和雕工，一边琢磨着邱大玩的话，觉得他的话有八分道理，这王二水哪来这一手？还真他妈不能小看他了。刘秃子拿劲地说："好东西不能急，心急吃不得热豆腐，生个儿子还要十个月呢，你这件宝贝比我儿子还金贵，五天以后，你再来，品质可不是现在这样喽。"邱大玩说："老子晓得，五天后，老子带钱来，紧你收。"刘秃子说："谈什么钱啊，友谊地久天长，你开心就行，以后有活尽管来，走，下去喝茶！"刘秃子已经把"您"自然说成"你"了。

下楼时，邱大玩脚下更带劲了，楼梯都在微微颤抖。他从口袋里掏出折扇，在手里摇着，比来时得意多了。他说不喝茶，说回城有事，下次来喝酒，就告辞了。

刘秃子站在门口，看着邱大玩的小轿车旋风般消失在十字路口的转盘处，终于松一口气，正要回屋，看到站在摩托车旁的萍萍了。

萍萍已经来了一会，他看到一个怪模怪样的人从小轿车里出来，进了刘秃子的店，便在门口等。在门口，她能听到邱大玩“轰轰”的说话声，觉得他们谈得真热闹，也觉得这刘秃子生意不错，能引来开小轿车的客商，而且客商的那种装束也是头一回见，不仅生意不错，怕是也不是凡人吧，联想到流传的陈富有案子的始作俑者正是这个刘秃子，不知为什么，心里有些怕意。但她不认识别的搞水晶雕刻工艺的熟人，又是朱富介绍，两块原石给他看看，打打价，也没什么关系吧？价格不合适，大不了不卖就是了，他还能动手抢？主意已定，就安心等了。她从玻璃橱窗外，能欣赏到他家精致橱柜里那些上档次的水晶工艺品，本想进去瞧瞧，但拎个蛇皮口袋，不适合进入这种上档次的精品店闲逛的，便忍住了，等着刘秃子的客人离开再进不迟。

还好，他们谈话时间很短，似乎“轰轰”几声就结束了。真是爽快人。萍萍想。

“你是……”刘秃子觉得这个女人很面熟，肯定在水晶大市场见过，又看她摩托车踏板上的蛇皮口袋，知道一大早就来，必定有事，便过来搭讪了。

“刘老板还收石头不？”萍萍也不多话，直接开门见山。

“收啊，看看来。”

萍萍就拎着蛇皮口袋，跟他进了店。

在店堂地板上，刘秃子蹲下来，打开蛇皮口袋，掐出一个黑色塑料袋包裹的水晶，放在地板上，又掐出另一块。萍萍假装没事人一样，欣赏橱柜里的艺术品了。

“东海水晶？”刘秃子虽然口气克制，依然有惊喜的成分。

萍萍没搭理，因为刘秃子这句话是不需要搭理的，既然你已经看出是东海水晶了，说“是”和不说“是”是一回事。不搭理他，反而不知道萍萍的口袋里还会有什么好东西。

“东海水晶质量好，但做景石不占便宜。”刘秃子说，“硬，刻不动，容易崩。”

果然开始杀价了。抱怨是买家、生意场上的常规，如果看好的货，先痛批一通，把货品批得一钱不值，最后才有可能便宜得到。萍萍在生意场上拼打这些年，卖货也买货，什么场面都经历过，对于刘秃子的话，太习以为常了。

“多少钱？”刘秃子说。

萍萍的沉默果然起作用了，先沉不住气的是刘秃子。萍萍知道谈价技巧，往高里说，让对方杀，便胸有成竹地说：“便宜给你了，三万六。”

“什么？敲竹杠啊？拿走拿走！”

萍萍也不吭声，把两块石头一块一块搬进蛇皮口袋，拎着就往外走了。萍萍知道，不到门空，他就要喊她回去了。

“真走啊？你金口玉言啊？不许人还价啦？看你不是卖石头的，头一回吧？”

这是第二招了，第一招贬低货品，第二招贬低人品。萍萍想，有戏。萍萍又多走半步，立在门空，说：“也不是一口价，最多让个千儿八百的。”

“回来回来，再谈谈。”

萍萍又回走几步，还把蛇皮口袋放在店堂中央位置。

“你哪庄的？怎么看起来面熟啊？”这是第三招，拉近关系。

萍萍继续不惊不动地说："鱼烂沟村。"

"鱼烂沟啊，我说嘛，这么面熟。那边我认识好多人的，我们可能没做过生意吧？你太不了解我了，我做生意干脆利索，从来不亏待人。"刘秃子把第三招发扬光大，友善地说，"来来来，坐坐坐，喝杯茶，聊聊。"

"没时间，一身事。"

"卖石头也是事嘛，一看这石头是老石，不是才出土的，家里还有吧？"

"不多。"萍萍尽量一副无所谓的口气。

"这样吧，你不说我说，我天天干这个的，知道比你多，这两块石头，打包，我出个高价，五千块钱。"

"开玩笑吧？"萍萍冷笑一声，"你老板大，钱也大啊？五千？你收好钱吧，不卖。"

"五千都出冒了，你到别地四千都没人出。"

萍萍是真想打打价的，假装急着要走，嘴上却说："我也不是不懂，这么大的体量才五千？哄人的吧？光那块大的就值五千了，别看那块小，里面有东西，弄个景石，往你这精品店一摆，十万八万都值了。"

"外行话，外行话外行话，要像你说的这么简单，你怎么不做景色卖个十万八万？我知道那块大的，做个圆球，直径也就十几厘米，边角下料也就两三个小球球，卖不出钱来。小的我也看了，就算是景色，也拿不准什么景，值鬼钱啊？我再加一千。"

萍萍知道刘秃子最后几句话也在理，但六千块钱的出价和她心理价位相差太大。萍萍心里价位是在一万二以上的，和六千差距不小，看情形，如果她再坚持下，对方也出不到一万，便说："不卖。"

萍萍拎着蛇皮口袋，走到摩托车边，放好货，对送出来的刘秃

子说 :“走啦。”

刘秃子还是不死心，他跟萍萍做了个“七”的手势，说 :“要是没人出价超过这个数，这个水晶我要。”

萍萍心里有底了，七千，是这两块水晶目前的基本价位。有了这个参照，萍萍大致就能算出土狗鳖家的那堆水晶能值多少钱了。萍萍一路骑行一路算着，居然和她在土狗鳖家估算的大差不离，卖好了，能赚个一万多块钱，卖不好，赚五六千也不是问题，就是说，土狗鳖家那堆水晶，以昨天协商的价，她是稳赚不赔。

喜出望外

王二水没想到刘秃子会塞一包金南京给他。更让他喜出望外的是，刘秃子还把他请到工作室喝茶，而且不是铁观音，是地道的明前云雾茶。王二水一边品着茶，一边海吹他当年看到的陈富有送给吴小丽的那块水胆水晶。王二水满嘴唾沫星，自然又把水胆水晶的形状进行无限大得夸张。刘秃子听得津津有味，口水外溢。胖富婆听了王二水的形容，更是面色潮红眼睛湿润。刘秃子似乎不过瘾，又问王二水看没看过吴小丽怎么玩的，引来胖富婆把他臭骂一通。大家哈哈又笑一阵，刘秃子就言归正传了。

“二水，你坏我的事了——今天不是鸿门宴啊，对了，中午请你喝一杯，我在水晶饭庄订了个小包间，这家小馆的水晶肘子不错，肥而不腻——你小子四两充一炮，把我一块高级水晶把玩件刻坏了，人家要貔貅，你弄个龙凤，还飞舞，这他妈哪对哪啊，让我怎么说你啊二水。我送出一块好东西，好话说了一箩筐才堵上人家嘴……算啦，我也不说你啦，谁叫咱们是好朋友呢，错照错办，就你那双臭手，把龙凤飞舞给我再做最后润色吧，我怕我这生手上去走歪了，一分钱也不值了。”刘秃子恨中有爱地说，“你受点辛苦，也许我能找回点损失——能找回多少是多少吧，算服你小子了。”

王二水品一口茶，对刘秃子的话并不服气，自吹自擂地说：“什么眼光啊，那么一块好料子，弄一个貔貅，太亏了，一青一黄，正好龙凤在天，哪里不好？不过你找我就对了，凭你那几根粗手指头，弄不好的，没有金刚钻，不揽瓷器活。这就上去，两小时搞定。”

刘秃子提醒道：“离吃饭还有头两个多小时，不急，慢慢弄，细点心好吧，走，把茶带上。”

有烟抽，有茶饮，有酒喝，还要露一手，过把雕刻瘾，王二水真是乐不可支啊，牙都要喜掉了，神情亢奋地端着茶，跟着刘秃子上楼了。

刘秃子假装恍然地说：“二水，龙凤飞舞是不是平了些？我考虑着，叫青龙戏凤怎么样？不用改刀啊，就叫青龙戏凤。”

“青龙戏凤？好啊，好，比龙凤飞舞更好。”王二水一拍即合。

“好，照这个思路走，你再仔细点。”

不消说，王二水使出浑身解数，神情专注、投入地一坐近三个小时，不断地更换各种刀、钻、铲、锉，一口气把这块水晶把玩件修饰好了。在这个过程中，刘秃子一直坐在他身边，连一句话都不说，喘气都不敢大口，还硬是把一个屁给憋没了——他怕一点的风吹草动惊扰了王二水。王二水也咬着牙帮骨不吭声，随着手上的力度变化，嘴型也一噘一缩，脸上肌肉微微起伏，微微波动，眼睛更是紧紧盯着刀尖，心、神、力完全集中在手指上。刘秃子一边看一边琢磨，这王二水手上功夫不简单啊，如此娴熟、老道，以前干过？还是出手巧？凭他手上的功力和技巧，完全可以吃一口好饭啊，怎么成了个街划子？目前的水晶圈里，最缺的就是优秀雕工了，号称雕刻大师的不少，水平能赶上王二水的也没有几个啊。刘秃子很现实地拿王二水的手艺跟自己比，觉得王二水决不在他之下。刘秃子心里感叹一会，唏嘘一会，心想，王二水要能保持现在的专注，倒是可以把他请到工作室来做雕刻师的。但以王二水目前的落魄和处境，刘秃子也担心，怕他添乱，控制不了。刘秃子看王二水放下刀具，把作品放到桌子上，松口气，搓搓手。不等王二水说话，刘秃子就拿过雕件了。

“不用看，不比你差。”王二水自信满满地说。

确实不错，刘秃子很满意，凭这件作品，在邱大玩那里完全能够叫好。

“吹牛逼也不犯法，你二水这两把刷子还瞒得了我？玩玩行，真叫你担纲干活，怕你也是瞎子摸象，一知半解了。”刘秃子继续试探道，“要不是你臭手沾了晦气，这块料子能多出不少价格来，叫你毁坏了，也只能这样了。”

“狗屁话，我毁坏？是提高一个档次好不好？改天有空再教你几手！”

“好，倒是要看你葫芦里有几两酒，走，喝酒去，一边喝一边聊。”

其实王二水也不知道自己水平怎么样，反正是过了手瘾，这时也不再跟刘秃子计较嘴上的得失了，把酒喝到肚子最保险。

没想到的是，惊喜连连，在水晶饭庄喝酒时，刘秃子无意间透露一个消息，让他兴奋得差点跳起来。刘秃子是外乡人，来磨山做水晶生意也就六七年时间，对许多水晶圈里的人和事也仅限于生意，便随口说起早上遇到一个卖水晶石的女人，两块不错的水晶石，要价太离谱，没谈成。还透露说那个女人是鱼烂沟村的。刘秃子突然想起来：“对啦，你也是鱼烂沟的，你可能认识她。”王二水问她长什么样。刘秃子说：“稀松平常的相貌，二刀毛子，眼睛还有点残，一只眼高一只眼低，眼低那只眼可能是假眼，眼珠子不会转。”王二水心里“嘭彭”跳了，这不是萍萍吗？萍萍会有水晶卖？出鬼啦？那么大的两块水晶，天上掉下来的？王二水问了她要价多少，刘秃子又还价多少，心里有数了，便说：“你做生意做成精了，人家要价三万六，肯定有三万六的道理，你好，一嘴砍去三万，叫人怎么卖？”刘秃子说：“三万六怎么可能呢？出价确实少了点，可我后来又加了一千啊，她没再跟我谈嘛。”王二水胸有成竹地说：“这事你找我就对了，你说的这个女人我知道是谁，能说得上话，你透个底给我，多少钱能买，我去跟她谈。”刘秃子说：“那块大的，基本看明白了，能值个三五千块钱，做个大球和几个小球。那块小的不敢说，内有包裹体，大致不坏，至少能算景石，六七千拿下来有把握不赔。”王二水心里有数了，这样算下来，也就一万多了。但这当口，他心里还是向着萍萍的，便说：“明白了，两块石头主要在于那块小的，包裹体拿不准，是不是？如果包裹体是优质的，价格多少就不好说了，一万到一百万都有可能，是不是？”刘秃子笑了：“标价上百万的景石都他妈神经病，陈富有那种人才干得出来，都是不想卖才标价超百万的，你看我店里的景石，最多二三十万。”王二水说：“那你凭什么说人家三万六就不值？要万一是一块十万以上的景石料呢？”刘秃子说：“感觉不可能是一块十万以上的料，不过要是有赌博心理，出价一万也不是不可以……你小子是哪头的？向我还是向她？”王二水说：“我吃这一行，就得两头帮。”刘秃子想了想，说：“好吧，我透个底给你，两块石头，一万二拿下来，你抽走一千——那块景石我不甘心啊，万一是好东西呢？走别人手就可惜了。”王二水说：“行，不过你的话也不算，得过过我这眼珠子才算数。”

真是天上掉下大馅饼啊，没想到遇到这样一笔单子。王二水仗着酒气，骑上他的破自行车，行驶在他熟悉的通往鱼烂沟村的路上了。王二水心里的小九九算得好好的，平时没有借口找萍萍，这一次算是名正言顺了，而且还为她挣钱。为萍萍挣钱还不是为儿子挣钱？刘秃子的底他摸到了，一万二，加上他要抽的一千，就是说，萍萍这两块石头，在刘秃子那里至少要值一万三的。王二水太知道这些大户的底细了，他们的高档产品，和古玩差不多，一年不开张，开张吃一年，只要被他们当成景石了，摆到货架上了，不出到一定价位不撒手，所以那块景石是个未知数，一万两万三万都行，萍萍既能开价三万六，怕也不是空穴来风。再把萍萍的心理底价摸到了，就算刘秃子这里谈不成，他也有把握成交这笔生意。

最近几年，王二水也来过几次鱼烂沟村，都是在走投无路时才回来的，每次又都是灰头土脸离开的。这次不一样了，王二水像衣锦还乡一样心情舒畅，喜气洋洋，仿佛为家里做了巨大贡献一样。前几次回来，都怕被村里人看见，像做贼一样偷偷摸摸，这一次希望被人看见，如果有人打招呼，他就大声说，帮萍萍卖货的。可真是怪了，一路上也没有遇见他熟悉的鱼烂沟人，到了村头也没遇上，到了村街上，也只看到几个少年儿童在玩耍，都是生瓜蛋子。眼看到了家门口，也没遇一个熟人，让他好没有成就感。

到了院子里，看到儿子丁文团趴在磨盘上写作业。

“你妈呢？”

“你是谁？”丁文团眨巴下眼睛，一脸惊喜地说，“爸……”

“是我，别坑声。”

“爸，你是看我来的？”

“猜猜？”

“拿货的。”

“聪明。”

“妈不在，刚走，看姑姑去了。”

哦，这是新情况，王二水稍有些失落。但儿子说看姑姑，他就纳闷了，上次来，看王阿妹还躺在床上，还在输液，怎么要去“看”？王二水说：“到哪里去看姑姑的？”

“财神庄。”

那个老光棍就是财神庄的，莫非王阿妹被老光棍接走啦？这又是复杂事罗嗦事，这种复杂罗嗦的事就让萍萍去处理吧，懒得管了。

“我等你妈妈可以吗？”

“金姨在的，你不是要拿货吗？找金姨。”小家伙指向大堂屋。

王二水知道金姨是谁，她跟萍萍是一条心，找她比找萍萍还罗嗦，想想，算了吧。

“金姨在忙，我等等你妈吧。”

小家伙朝王二水眨巴眨巴眼，想了想，低头写作业了。王二水知道儿子对他不亲，这也是没有办法的事，谁让他这些年不沾不靠呢。

王二水在院子里四下看看，除了新增几间简易房，什么都没变，树木更高更大了，房舍依然坚固而破旧，在一堆破烂上，他看到自己昔日拼装的机械，已经锈烂得不成样子了。他不想在靠近大堂屋的地方转悠，他知道大堂屋里的工人们正在上班，现在不是他指导他们工作的时候，便向大门方向慢慢踱步。在西厢房门口，从窗户向里瞥一眼，原本是王阿妹躺着的床上空空的，床上孤零零的一个蛇皮口袋让他眼睛一跳，蛇皮口袋里鼓鼓囊囊的，挺沉。王二水心里突然“别别”狂跳，他看儿子正在埋头撅腚写作业，顺手推门进了屋，伸手一摸就知道是什么了。

喜出望外的王二水拎着蛇皮口袋就走。

自　杀

萍萍并未想这么快就去双浜村。她也意识到王阿妹不是那么轻易就会跟老光棍去治病的。但除了治病，会有什么更好的理由吸引她呢？

果然，王阿妹昨天晚上才被老光棍接走，今天就出事了——刚过午后，老光棍派人来给信，让萍萍立即去趟双浜。萍萍有种不祥的预感，问送信人什么事。送信人说，王阿妹病重了。萍萍感觉不是病重那么简单，骑上摩托车就去双浜了。到了才吓她一跳，原来王阿妹一大早就寻死上吊了，她把被单撕成一根布条，做成绳套，把自己的头伸进去，另一头系在床头栏杆上，滑到床下，以为能把自己吊死。怎奈布条不听话，也或许是她滑下床的惯性太猛，布条没撑住，断了，没死成。等老光棍发现后，她满脸愤怒地瞪着老光棍。老光棍一看就知道她想干什么了，也不敢抱怨，又把她抱到床上。她还趁机逮住他，又是拧又是咬。她几乎没有抓鸡的力气了，老光棍轻轻一理手，就能摆脱她。但老光棍还是没动，让她厮打了一会，除了咬人还有点力气留下几个牙印外，手搔老光棍的胳膊，胳膊上连白痕都没有留下，又去拧老光棍，老光棍看她手指只能做出拧的动作，并没有揪到皮肉，知道她实在连打人的力气都没有了，眼睛一热，心里也热乎乎的。寻死不成，她就绝食，从早上、中午，到现在，一口水不喝一口饭不吃。烧倒是退了，就是身体太弱。萍萍听了老光棍的讲述，才理解王阿妹要到老光棍家的真实意图，心里真不好受啊，欲哭无泪，欲说无语，沉默了好一会，来到了王阿妹的床边。

王阿妹似乎猜到萍萍要来，把脸别向墙壁，不看萍萍。

“阿妹，萍萍看你来了。”老光棍说。

王阿妹纹丝没动。

萍萍坐了会，让自己平静平静，对老光棍使个眼色，示意老光棍出去一下。等老光棍走后，萍萍才说：“姐啊，在家不能死啊？要来糟蹋别人家？”

“就该死在他家……总不能死在娘家啊。”王阿妹声若蚊蝇地吐露心声，“死也死不成活也活不成……怎么这副命啊。”

“不是说好来看病的吗？刚才姐夫说了，等你养养，吃得起饭了，身体硬实硬实，就去上海，医院都联系好了。”

“要说来他家寻死，你会让我来？他会要我来？”王阿妹头脑倒是清醒，“没救了，死病，多活一天多受一天罪，治什么治，坑害了你，不想再坑害他了，他留五万块钱，还能作点用，花在死人身上，白扔了。”

萍萍听了心酸，哽咽着说：“你这样不吃不喝，就算死了，你好了，别人多难受……”

萍萍说不下去。

王阿妹也流下了泪。

“你要是真帮我，就听一回，该吃吃，该喝喝，过两天去上海治病，有集没集还赶一集了，咱还能不相信医院？万一治好了，还能过几年好日子……我也能转过手来，一心一意弄弄厂子……咱还有文团呢……你不想再看看文团啦？文团就你一个姑姑啊……就你一个亲人啊……”

王阿妹听了，终于忍不住抽泣，撇开嘴，号啕大哭了。

萍萍也陪她哭一会，关照老光棍做饭。

看王阿妹一口气吃了两碗不稀不厚的米汤，萍萍心里也好受多了。萍萍坐在床沿上，拉着王阿妹的手，说："姐，千万别再干傻事了，米饭多香啊，好日子还没过一天呢，还要天天吃香喷喷的米饭啊……天要晚了，我得回去了，文团在家里……还有一摊子事，可别再让我操心啦。"

王阿妹眼泪又噙在眼里，"嗯"一声，死劲握了握萍萍的手。

"不死啦？"

"不死了。"王阿妹凄楚地一笑。

"拉钩！"

萍萍和王阿妹两根小手指紧紧勾在一起，都泪眼婆娑了。

告别王阿妹，出了村，想想王阿妹真要是自杀了，也太悲惨啦。这些年来和王阿妹共同经历的诸多事，喜事，悲事，苦事，累事，一桩桩，一件件，又历历浮现眼前。萍萍心里难过，停下车，真真实实痛哭了一场。

外乡的田野路边，黄昏将近了，没有人看到一个骑摩托车的女人，趴在龙头上失声痛哭。长长的沙土公路上，只有远处驶过不久的一辆手扶拖拉机，那远去的"突突"声，回应着萍萍的哭，似乎不让她的哭声过于单调和悲伤。这里相对于一条岭和磨山一带，是典型的湖荡地形。路两侧一望无际的庄稼地里，已无人迹，五月的夜幕开始升腾，天上浮动的白云被落山太阳的余晕染晕，在如此苍茫的暮色下，萍萍的哭越发显得无边无际。究竟是王阿妹的寻死，引发她心底无限的悲哀，还是她心底无限的悲哀，触动她的泪腺。路边清澈的河水里，是新生的翠绿的水草，一团可爱的小蝌蚪在快乐地无忧无虑地游动，不久后，它们会脱去尾巴，变成一只只小小的青蛙，分散在险象环生的田野和沟渠河岔里，最终能活下来的，连十之一二都不到。萍萍止住哭泣，蹲在水边，本想撩水洗洗脸上的泪痕，但怕惊扰小蝌蚪们，或者被小蝌蚪们所吸引，没有撩水洗脸。天忽地暗了，发着悠光的河水里倒映着的她的影子也顿时消失，远方的田野一派模糊，萍萍的思绪也如夜色一样，在缓慢中孕育，最后忽地来临。隔着合拢的夜，她清晰地看到自己的过去，看到生活的那一边，看到鱼烂沟村不计其数的过往，看到那些注定让她承受的悲喜和失望，那些无法摆脱的生死疲劳，甚至犯下的那么多过错，后岭上的奔跑和躲藏，水库边的戏闹和愚昧，小工厂的坚守和期待。死真的很容易，坑塘里被掩埋，水库里被淹死，地洞的坍塌，这种方式死过多少人啊。母亲和父亲先后以相同的方式死于水晶开采，死就死了，除了留给活人绵绵不绝的思念，还能有什么？所有这些回忆，关于水晶，关于父亲，关于母亲，关于短暂美好而又极度失望的爱情，关于王阿妹的种种不幸，关于起起伏伏艰难运行的水晶制品加工厂，层层叠叠，错综复杂，最后形成一块坚硬的透明的水晶，透露了后岭地层各不相同的来源，形成年代久远的消息，那便是母亲美丽的影像，恍惚着，重浮眼前，还有关于母亲那长驻心间的海昌蓝。

摩托车重新启动时，夜色已沉，灯光把黑夜冲开一条裂缝。

金艳和儿子并排坐在门槛上，两人正在玩翻床单的游戏，一根细绳，绕在手指尖上，相互变幻着不同的造型。现实生活永远比回忆真实而美好，看到渐渐懂事的儿子，萍萍老远就熄火，让摩托车滑行到门口。儿子像小燕子一样迎上来了，虽然只有几步远，他也爬到了萍萍摩托车上，钻到萍萍怀里。金艳拿开门挡，让摩托车开进了院子。

“金艳你回吧。”萍萍放好车，准备去车间看看，看金艳也跟过来了，似乎有话要说，便停下来看金艳。金艳面色严峻地说：“小驴下午没有料子切了，我放了他半天假。小张和小芬两台机也停工待料了——明天得抓紧进点石料。”萍萍说：“是啊……”萍萍一路上已经考虑了，家底子怎么样，她一清二楚啊，只是现金流断了，能赊账的几家还欠着账，不好再去赊的，原指望土狗鳖的水晶能迅速套现，无奈早上出师不利，朱富急于卖房出国，对水晶根本不感兴趣，刘秃子名声她倒是听说过，果然抠得一塌糊涂，出价根本不能接受。明天再想想办法吧，车到山前必有路，也许明天就峰回路转了。金艳提高声音，带有惊喜地说："对了，下午天傍晚时，二水来了。"萍萍其实听清楚了，还是下意识地问："谁？"金艳说："二水啊，我在车间看到他的，正跟文团说话呢，我看两人聊得起劲，也没出来，谁知，一眨眼就没影子了。"萍萍预感情况不妙，立即往西厢房跑，推开门，拉亮灯，床上空空如也，蛇皮口袋不见踪影。

萍萍心里忽地凉了，两块水晶叫王二水偷了。

金艳看萍萍失魂落魄的样子，惊讶道："怎么啦萍萍？"萍萍脸色发灰，嘴唇发青，慌张道："糟啦……遭贼了，我两块水晶被偷了。""啊？"金艳惊叫一声，后悔地说，"两块水晶？都怪我，以为他跟文团说说话的，也没注意他后来干什么了……二水怎么会……真是狗行千里吃屎，猫行千里偷腥，一辈子改不掉了……哎呀，会不会偷去卖啦？"萍萍脸色由灰变青，嘴唇由青变灰，手都抽搐了，话里发出颤音："我得去找……那是两块景石……命根子啊……金艳，辛苦你一会，帮我看好文团。"

寻　找

萍萍知道水晶入了王二水之手，肯定等于老鼠入了猫之口，怕是破开肚皮也找不回来了。好在时间不长，也许他还没来得及卖出去。萍萍这时候已经没有恨了，没有责怪了，她只是急于要找回水晶，把摩托车开得好快，风在她耳边“嗖嗖”鸣叫，路边树影一闪而过，有些夜间出没的飞虫灌进她的嘴和鼻孔里，她连吐一口的反应都做不出来了。但她还是稳稳地驾着车，心里不断暗示自己，别慌，别慌，别慌。同时她又梳理事情经过，王二水早不来晚不来，这时候来，肯定听到什么风声了。谁透露风声呢？不是朱富就是刘秃子，只有这两个人知道她要卖水晶，对，先从这两人身上拦截。萍萍一路飞驰，到了水晶一条街。朱富家门口黑灯瞎火，她鸣了几声喇叭也没有人应，又立即赶到刘秃子家。

“什么？王二水偷水晶？”刘秃子大惊道：“作死啦这小子！不错，是我托他……也不是托，是他主动找你去谈价的……他说认识你……真让他偷啦？”

“他没卖给你？”

“没有。”刘秃子惊吓地说，“我可没让他去偷啊……他他他……他这样要坐牢的。”

“我还没报警。”

“先别报……我想想啊，应该不碍事，说好要卖给我的，我把底价都透给他了，只要水晶一露头，我就截下来，还给你……这个王二水啊，真不能指望他啊，我也是一时犯糊涂。”

萍萍感谢了刘秃子，又问他王二水能在哪里。刘秃子也不知道，说跟王二水只是泛泛之交，不知道他固定住所。萍萍不放心，看看时间，还不到八点，大棚水晶市场里许多商户还在营业，王二水常在那一带出没鬼混，也许能碰到他。就算碰不到，杨娟也许知道。便去了大棚水晶市场。

大棚水晶市场里，基本上没有做买卖的人了，只有那些固定的商铺还灯火通明，他们一边串链子，一边看电视。萍萍一路看过来，都没有王二水。萍萍知道杨娟的小杂货店就在前边，挤在这些商铺中间，她也一直听说，王二水和杨娟还经常不要脸地在杂货店里厮混。萍萍干脆骑过去，看看王二水在不在，如果不在，直接问问杨娟，她说不定知道王二水的行踪。小杂货店果然没有关门。自从十年前王二水和杨娟、吴小丽县城之行后，萍萍就没再和杨娟说过话，偶尔撞见也像是陌路人。这次虽有急事，但突然说话也难免尴尬。不过萍萍顾不得这些了，停车熄火，叫一声："杨娟？"

杨娟一抬头，见是丁萍萍，也愣一下，一笑，心虚得很——虽然她也知道王二水和萍萍没有任何瓜葛了，但这种心虚根深蒂固地扎在杨娟的心里，见到萍萍总像欠了什么。好在杨娟迅速反应过来了，凭什么心虚啊？为什么心虚啊？王二水又不是她丁萍萍的，谁又敢当面说人偷汉？捉贼拿赃，捉奸拿双，除了自家男人，谁敢乱说，撕烂她逼嘴！杨娟马上就调整了心态，迎着萍萍大声说："呀，老同学，丁萍萍，敢来看我啊丁萍萍？以为早就没眼刮色我了，嘻嘻嘻，需要什么尽管说，别嫌我店小就中。"萍萍没心情跟她周旋，单刀直入："王二水晚上来过吧？我找他。"杨娟夸张地瞪圆双眼，撇着嘴说："萍萍，骂人不打草稿啊，你上我这儿找王二水，什么意思？打我脸啊？"萍萍脸色严峻，或者说脸色难看，真是心急啊，她也顾不得多想地说："真有急事……我是一路找过来的。"杨娟事不关己地一笑，鼻孔朝天地带着鼻音，说："好吧……真不知道。"萍萍泄气了，人像一下子矮了很多，看着杨娟清闲而散漫的样子，知道再急也没用。萍萍不甘心，换了副小可怜的口气，小声道："杨娟，咱们同学一场……都不易，听说王二水就住在市场里，我想去他家看看。"杨娟"咯咯"笑道："家？他那也叫家，好吧萍萍，我只能帮你这些了，呶，那边，看到没？出大棚，八区最把边，那间黑灯瞎火的小屋——小屋不是他家啊，小屋是人家市场管理员的仓库，仓库边，和院墙中间的巷口，就是他家，你去望望。人在还是不在，再回来，咱老同学好好叙叙。"萍萍说声"谢谢"，就往那个旮旯去了。杨娟又喊回了她，递一个手电给她。杨娟说："这个带上，那一带地形复杂，当心绊倒。"萍萍接过手电，说声"谢谢，赶快走了。"

八区，是大棚水晶市场外的一片露天市场，最北边，一个偏僻的角落，要穿过一大片水泥柜台。这块区域，只有在阴历三、八逢集的时候，才聚集赶集的人，进行各种水晶制品和水晶原石的交易，平时根本没人来。杨娟递给萍萍的手电是对的，否则，这里黑灯瞎火看不清走路。

萍萍晃着手电，几乎小跑着穿梭在水泥台的缝隙里，还被坚硬的水泥板碰到了膝盖。

让萍萍惊异的是，王二水居然就住在这里。严格地说，这根本不是屋，在仓库和墙头之间，形成一条不足两米的巷子，没有门，顶部用塑料布临时搭盖，连太阳都挡不住，勉强能挡得了露水，那个从市场里移来的水泥板上有一块破沙发的垫子，算是床吧，一床黑不溜秋不辨颜色的被子团在一角，墙壁上靠着一个捡来的柜台，上面更是零乱地堆放着散发异味的衣服，地上有一个破塑料盆，一个塑料小桶里还有半桶水，几个罐头瓶可能是用来当杯子用的。墙上用粗细不均、颜色各异的笔，写上一些数字和符号，还贴有一幅女明星的大头像，头像上和头像四周是些脏不拉几的涂鸦。这哪是人住的地方啊。萍萍心里难受，小心地躲着脚下的垃圾，借着手电暗黄的光，查看有没有失盗的蛇皮口袋。

萍萍最终失望了。

萍萍心里怅怅地回来了。她把手电还给杨娟时，心里抖动了一下，觉得杨娟还能和王二水做朋友，真是难为她啊。但杨娟脸上的笑容又是不可思议的，似乎是调侃或是讥讽地牵扬着嘴角，仿佛在说，这就是你曾经爱过的男人。杨娟说："见着啦？"萍萍摇摇头。萍萍眼里绝望的神色可能感染了杨娟，她落井下石、又像是宽慰萍萍，说："这种人还值得找？"萍萍说："我不是找他……"萍萍不想说他偷了她的水晶。萍萍想给王二水留下最后一块遮羞布。杨娟又好奇地说："你们可以复婚的……呀呀，用词不当，你们……你们其实可以和好的。"萍萍苦涩地一笑，说："打扰啦杨娟。"

萍萍走后，对面门店里走来一个中年女人，她说："这女人不是鱼烂沟村的丁萍萍吗？"杨娟说："是啊，找人来的。"对方好奇地说："都这个点了，找谁？"杨娟说："说了能笑死你，找谁？打死你都不信，找王二水的。"对方奇怪了："王二水？才将不是从你这里走的？"杨娟说："是啊……他来过……又走了。"杨娟看对方惘然的样子，又说："鬼知道他去哪啦，街划子满街跑，脚在他腿上，爱去哪去哪，我可不敢乱讲。"

杨娟说的是实情，确实，在萍萍来的一个小时前，王二水还来她店里的。他也不吭声，像在自家一样，藏好一个蛇皮口袋，就匆匆走了。杨娟并不知道他蛇皮口袋里是什么东西，料想也没有什么好东西，看着他把蛇皮口袋塞在货架的最底层，还拉过一个啤酒箱遮挡着，也没觉得奇怪，更不知道他要去哪里。杨娟要是知道王二水去哪里了，可能会告诉萍萍的。既然不知道，说了也白说，还不如不说了。但杨娟不傻，她知道萍萍很可能是因为蛇皮口袋来的，萍萍刚走一会，她就熄灯关门了。临出门前，她要看看蛇皮口袋里是什么东西，这一看不大紧，吓了她一大跳，天啦，原来是两块水晶石！

杨娟的心情复杂了，她锁好门，走在回家的路上，动起了两块水晶的主意，两块水晶肯定不是王二水买的，他屁钱都没有。既然不是买的，就是偷的。偷谁的？显然是丁萍萍的。丁萍萍哪来水晶？也许就是王二水自己的。当年他和萍萍一起搞水晶制品厂时，不是采购大量廉价水晶吗？这两块水晶，放在十多年前，只当花石砸砸了，撑死值个几十块钱。这种石头王二水买回很多，除了切成颗粒磨珠珠，就是自己乱雕乱刻练手玩。这两块，兴许就是家里的陈货吧。既然是家里的陈货，既然你偷偷塞在我的货柜里，就不怪找不到啦。

再说王二水没有立即把水晶卖给刘秃子，是他刚到镇上时，碰到的葛文章。葛文章不知从什么地方钻出来，拦住了王二水。

“二水，喝酒去。”

“喝酒？”王二水不想这时候喝酒，又禁不住酒的诱惑，同时还害怕葛文章跟他要三千块钱，就试探着说，“欠你那点钱，好说的，过几天给你就是了。”

“哈哈，不是跟你要账的，就是想聚聚，喝杯小酒——找主不如撞主，走，新世界大酒店。”

王二水看他口气里不像是逼债，也不像要什么阴谋，犹豫了。陈富有死了，葛文章的靠山倒了，还这么开心？对了，陈富有死了，葛文章当然开心啦，谁给他戴的绿帽子？不就是陈富有？确实应该喝杯酒庆贺庆贺的。是啊，王二水想，应该庆贺，老子当初也被陈富有玩弄的不轻啊，好，喝就喝一杯。王二水说：“我办个小事，脚赶脚就到。”

“等你啊。”

王二水应一声，骑车走了，他没有去刘秃子的水晶精品店——生意得慢慢谈，急慌慌又要喝酒，又要谈生意，必定酒也喝不好，生意也谈不好。王二水便来到杨娟的小杂货铺，藏好水晶，才赶去新世界大酒店。

没想到包间里的一桌菜，只有葛文章和小任两个人。怎么会有小任？这是王二水的第一感觉；葛文章怎么和小任粘乎到一起？这是王二水的第二感觉。王二水又一想，这就是了，葛文章这是报仇，你陈富有让人家戴绿帽子，人家在你死后罢占你的情人，这叫一报还一报。

葛文章和小任都很热情，仿佛这桌菜是专门为请王二水似的。王二水一看这阵势，就知道是求他办事的，端着架子，坐下了。果然，几杯酒下肚，葛文章说：“二水，你和刘秃子关系不错吧？”王二水说：“还行。”葛文章说：“哦，本来想叫刘秃子来一起喝酒的，怕你们关系不怎么样，就没叫。”王二水不傻，知道这种话只是障眼法，便见机行事地等着他们继续卖关子。小任给王二水夹一块鸡腿肉，谄媚道：“吃鸡。”王二水听了不爽，看一眼小任，小任的衣服很紧，正把两只大乳房搁在桌子上，又说：“吃。”王二水把鸡腿夹到嘴里，看着小任的胸，含混不清地说：“雪嫩。”葛文章又端起酒，说：“来，再弄一杯。”葛文章看王二水又是一饮而尽，用郑重的口气说：“二水，你见多识广，接触不少三教九流，最近听说有不少外地大客户来到了磨山，包括前一阵的，都跟你有联系吧？”王二水说：“联系我的大客商太多啦，你想找谁？”葛文章说：“不找谁……随便问问，来，倒上。”小任迫不及待地说：“有没有上海来的……”王二水感觉到小任的腿一缩，大胸脯颤动一下，知道了，葛文章在桌肚子里有小动作，心想，不就是要打听一个上海客商？王二水说：“今天这酒不太地道，是不是假酒啊？妈的，新世界还开不开啦？敢弄假酒招待我？上头，有点上头，文章，今天先这样吧，我得回了。”葛文章拉住王二水胳膊，说：“回去也是他对他，你的情况我还不了解？一个人吃饱全家不饿，多聊会嘛……小任你到吧台看看，重拿瓶酒，要桃林大曲，桃林酒都不假。”王二水已经站起来了，站起来他就不想坐下了，葛文章说他一个人吃饱全家不饿的话他听了也不顺耳，执意要走。

从新世界大酒店出来，王二水很得意，心想，熊样，还想套老子的话哈哈哈，寻找一个上海来的大客商，我他妈怎么知道？把小任让给老子玩玩，老子还帮你查号查号，一顿饭就能买得动老子？我呸！这时候，王二水看到熊所长骑着摩托警车，呼啸着从他身边超过，心头紧张一下，旋即又平静了，心想，我又不是偷，两块水晶……不对呀，葛文章和小任摆酒席，打听上海大客商，莫非他们手头有水晶？完全有可能，小任跟陈富有那么紧，手里能没落几块宝？水胆水晶在她手里都有可能……不会吧？庄毕凡不是失踪了吗？他才是凶手。

夜风吹在王二水的脸上，他打了一个酒嗝。

翻　脸

王二水没想到杨娟会说没见到那两块水晶。

王二水一大早就在杨娟的杂货店等杨娟了。虽然杨娟今天也比平日来得早，王二水还是等得不耐烦，心急火燎啊。在水晶大棚陆续有人开门的时候，杨娟也到了。今天大集，杨娟比平时要早来会，加上她一夜未眠，来得就更早了。杨娟一进大门，就看到张望的王二水了。临近王二水时，她从自行车下片下来，一只脚在脚踏上撑住全身，潇洒地滑行到店门口。“出鬼啊二水，这么早就来看我啊？”杨娟的声音吊吊的，挑在舌尖上，嗲得肉麻，两只眼睛红红的，像红眼兔子，脸上虽然扬着笑意，却掩饰不住疲惫。王二水说：“拿我东西啊——昨晚走那么早干吗？我早早回来，你就锁门了。快开开门，我要赶去谈事。”王二水说的是实话，他要赶早到刘秃子家，谈两块水晶的事。杨娟装糊涂：“你赶去谈事，关我开门什么事啊。”王二水不多言语，趁杨娟开门的当口，在她腰上掐一把。杨娟一扭屁股：“作死啦，一大早！”王二水随着杨娟进了逼仄的小店，径直去货架下边翻，居然没发现蛇皮口袋。“我东西呢？”王二水心急地说，“杨娟你看到我蛇皮口袋没有？”杨娟说：“鬼见到你蛇皮口袋啊？你天天乱蹿，还不知放到哪了，说，昨晚在哪个女人床上鬼混的？”王二水说：“别开玩笑，那可是我的宝贝，赶快给我，要不，会出人命的。”杨娟说：“别拿大奶吓小孩啊，出什么人命？你什么东西能值条人命？真没见着。”王二水急眼了，他睁大眼睛，踢一脚货架说：“你看到我放个蛇皮口袋在这里的，对不对？它能长翅膀飞了不成？”杨娟也不示弱，跟他针尖对麦芒地翻眼道：“你到我店里我还防着你不成？真没见着，你再想想看，成天屁眼大心掉了，丢在哪里都有可能。二水，别跟我来本事，正想问你个事呢，记得你从前老用一个水晶杯子喝水的，那个杯子呢？送给我吧？”杨娟是看到市场上有人用水晶雕刻一套酒具，六个小小的水晶酒盅和一只水晶酒壶，才想起王二水的水晶杯的，她昨天就想问问，谁知道王二水鬼慌鬼忙跑了。王二水知道杨娟是转移注意力，妄想蒙混过去，怎么可能呢？别的事都好说，这两块水晶，不能含糊。王二水一把掐住杨娟的胳膊，说：“快拿给我，真有急事。”杨娟被他掐疼了，一甩胳膊说：“干吗呀……使这么大劲，掐死我啊？在我店里撒野？滚，滚出去！”杨娟把王二水推出了杂货店。

这时候，王二水才知道杨娟是来真的了。杨娟的变脸让王二水十分愤怒，他隔着柜台指着杨娟的鼻子发狠道：“杨娟我告诉你，敢把我两块水晶污了，看我不抄了你的店！”

“哟，刚刚还是蛇皮口袋，现在又变成两块水晶，敲诈我啊？”

“别来这一套……”

“哪一套啊哪一套啊哪一套啊？你两块水晶怎么会到我店里啊？长腿走来的还是扎翅飞来的？三更半夜怎么会到我店里？你说啊说啊说啊说啊说啊说啊？怎么不说啦？没脸说啦是不是？是不是是不是是不是？”

水晶市场里不能有一点动静，有一点风吹草动，都会引来围观。杨娟一句比一句快、一句比一句急、一声比一声高的话，在小小烟酒杂货店门口扬起，眨眼间围上了几层人。王二水也冷静了，他突然觉得，此事不能张扬，像屎一样臭，也像屎一样会引来更多的苍蝇，是啊，怎么会有两块价值连城的大水晶藏在杨娟的杂货店？看情形，急是没用了，杨娟想黑吃了水晶，强取不得，得智取。智取就得从调笑戏弄开始，霸王硬上弓肯定不行。可智取是不能在大庭广众的眼皮底下进行的，得有充足的私密空间才行。王二水就放过杨娟，转身对围观者说："干什么？一大早看耍猴啊？来来来，看耍猴得收门票，掏钱掏钱，跑什么，掏钱啊？"

大家"哄"地一笑，散了。

从散开的人群中，王二水看到萍萍从大门那儿匆匆小跑着来了。

王二水知道萍萍来干什么的，赶快躲开。可往哪躲呢？他利用熟悉的地形，在各门面房的掩护中左拐右拐，闪躲腾挪，兔子一样躲进了"家"。

萍萍老远就看到王二水了，眼一眨，就消失不见了。萍萍怎么能放过他呢？跟着他的大致方向，果然忽隐忽现地看到他的踪迹。萍萍知道他的"家"在哪里，顺利地尾随到他"家"里。

王二水被堵在"家"里，直面萍萍，假装吃惊地说："萍萍？"

"算你还认得我。"

"什么话，哪能不认得……"

"拿出来？"

"啥？说啥？"王二水左顾右盼地说，"这么早就来，没吃早饭吧？"

"昨天晚上就没吃，知道为什么？"

"为什么？"

"真想撕烂你的嘴，剁掉你的手，你做什么好事自己知道。二水，亏你做得出来啊，怎么下得了手的？别装，装不了死，拿出来吧，把家里两块水晶拿出来。"萍萍声音不高，可以说很低，一直低到尘埃里，话音里却充斥着悲和痛，充斥着语重心长。

王二水看萍萍眼神灰暗，声音喑哑，泪水含在眼里，不敢看了，又听萍萍说"家里"，心里一热，这"家里"也有他的份吧？

“家里”二字深深触动了他，他突然长了本事，咳一声，说：“萍萍，当年我可藏不少水晶在家里啊，那可都是我冒着风险弄去家的啊，没有功劳还有苦劳吧？不错，昨天是我不该拿两块水晶，可你不能太苛刻我啊，好多次了，我跟你借十块钱你都不借，到了家门口又怕见你，你搞水晶是谁引的道？还不是我王二水？吃水不忘挖井人，幸福不忘那个啥……不是我要偷你水晶，是刘秃子刘老板想要，托我去跟你谈，你不在啊……我顺手牵羊拿来再说。”

没想到他爽快承认了，萍萍松口气。家里半停产了，萍萍急于到露天集市买原料，虽然没有多少现金，有不少老客户关系不错，赊点货先维持生产再说。萍萍听了他的话，一肚子话不想说了。一肚子话啊，从何说起呢？我不也等你回家？你得有个态度啊？这儿不是说话的场合，萍萍眼一眨，泪水终于涌出来，涌出来就不可遏制，就泪流满面了，萍萍哽咽着，低声道：“好吧，情况你知道了，货也看到了，给我，让我带回家。”

“啥？”

“水晶。”

“放我这儿丢不了。”

“不行！”

王二水眼珠子转转，说：“保证丢不了。我去跟刘秃子谈，谈好了，直接送给他，放心萍萍，钱我不沾，让刘秃子直接给你。刘秃子杀价太狠了，三万六杀成了六千，相当于抢劫嘛，不过三万六确实不值，一万五左右还是靠谱的，好不好？咱就卖一万五吧？争取一万六一万七，两万够呛……”

“不卖了，不卖不卖，贵贱不卖。”萍萍知道王二水又玩花头了，他虽然承认拿了水晶，水晶在不在他手里还难说呢，不能让他继续谈了，一定要见到水晶才放心，“把水晶给我。”

“你傻啊萍萍，水晶给你了，怎么好谈？不见兔子不撒鹰，看不到水晶怎么好谈价？你傻，人家刘秃子不傻。”

萍萍越发断定王二水的话是空话了，水晶恐怕凶多吉少。她心一急，血压上涌，头晕目眩，赶快蹲下来。她知道这几天一是劳累，二是操心，三是睡眠极度缺乏，不能激动。而王二水的行为，给她疲惫到极限的心又增加了重重的负担，大面积的压抑、悲恸、无奈和痛恨相互交集，让她不堪重负。萍萍内心的声音在告诫自己，平静，平静，平静，这些年都过来了，还有什么样的坎不能过。萍萍蹲在地上，待平静一会之后，才缓慢地说："王二水你不要坏良心，家里快撑不下去了，你把我逼死，儿子怎么办？姐怎么办？实话跟你说，那两块水晶跟你没关系，是从土狗鳖那里赊来的，指望这批水晶救急，要是有什么三长两短，别怪我跟你不客气。”

萍萍貌似平静的话里，暗含着韧劲和力道，让王二水感受到足够的分量，他张了张嘴，没说话。

“你指望一辈子住在这个狗窝里？还算不算人？上无片瓦、脚无插针、死无葬身之地说的就是你！没时间跟你殃殃了，限你中午之前，把水晶送回家。”萍萍说完，转身走了，她要去水晶早市赶集啊，就算有天大的事，家里的生意也要维持，也要买回应急的生产原料。

她把该说的话一口气说了，并没觉得轻松，心事反而更沉更多了，像山一样，一层层一叠叠，一摞一摞叠加起来，还有进一步叠加的趋势。要说的话儿也如泉涌一样往上喷，那么多话，又全堵在喉咙里，哪一句都重要，哪一句又都无所谓。离开王二水的感觉，就如离开水的鱼，回头也不一定见到水了。萍萍心情复杂，希望和绝望同时撕咬她，啃噬她。她想起去年夏天，也是一次早集，她露过晨曦初现的自贸集市，看到一个在大片烂西瓜堆里挑拣的人。萍萍一眼就认出他是王二水。集市上，常有成车的烂西瓜扔得到处都是，王二水挑来挑去，挑了两个将就能吃的西瓜。开始他的目光还左躲右闪，怕被熟人看到。当挑定了两个西瓜，一手托举一个，离开垃圾场后，便大摇大摆地举过肩膀，还哼起了小曲。在人头攒动的水晶早市上，她也多次看到王二水为一点蝇头小利，面红耳赤地歪着头，伸长脖子，和人互喷唾沫星。有一回她跟摊主谈一堆小毛石，没谈拢，摊主是个生面孔，又是大嗓门，对萍萍说："怎么不值这么多？不信你去问问王二水。"对方说着就要去喊王二水。萍萍制止了他，小声告诉对方再贱也不买了。在家更是在许多时候都会涉及王二水，比如念三年级的儿子，有一次老师出的作文题是《我的口口》，方框里随便写。儿子的作文是《我的姑姑》。萍萍问儿子为什么不写妈妈，儿子说，写妈妈就要写爸爸，可我不知道爸爸的事，不知道爸爸就不写妈妈了。如此种种，如落英般缤纷，如泥沙般俱下，从各个层面涌向萍萍。萍萍越不要这些思绪的侵扰，这些侵扰越纷至沓来，绵绵不绝。为了摆脱，萍萍一头扎进了渐渐热闹的水晶集贸市场里。

水晶集贸市场总是像粪堆上的苍蝇一样乱嗡嗡的，拎篮的，挑担的，粪箕，花篮，提篮，架筐，蛇皮口袋，什么器具都有，大大小小、歪瓜裂枣的各色水晶摆开在一张一张的水泥台上，买卖双方就像潜伏多时一样，突然涌满集贸市场。萍萍一路看过来，许多人跟她打招呼，都请她看看货。萍萍一路笑着，知道他们都是看中她钞票的。他们都不知道萍萍口袋里并没有什么钞票。在一个外号叫二皮脸的摊位前，萍萍停下了。这个二皮脸是一条岭尚庄人，在岭上收购、贩卖水晶多年，萍萍和他熟悉，有钱没钱都能拿货，下个集市再结清。这次萍萍口袋钱不多，专门来到他水晶摊前，看看货，挑了一堆，说："合计合计，看看多少钱，下集结账行吧？"二皮脸一反常态，把萍萍捡的一小堆水晶拢到大堆上，说："不行，今天结现钱——真人不说假话，我听说你家厂子快倒了，工人都散了，下集你要是不来，我上哪去找你？莫怪我啊丁总，我这人就是二皮脸，丑话说在前边，恼人恼在前边。”萍萍脸红脖子粗，羞愧极了，恨不得一头钻进土里，化成水晶。她忽然想起，不久前离职的一个工人，就是他们尚庄人。萍萍把这层关系忘了。好在有人马上给萍萍挣了面子，相邻不远的来自曲阳的胡大妈，跟萍萍招手说：“丁总丁总过来，过来过来过来呀。”萍萍来到这个胡大妈摊子前。胡大妈摊子上的水晶，又小又差，萍萍从来没在她摊子上买过水晶。萍萍听她叫得急，硬着头皮过来了。胡大妈嘴上真有一溜小胡子，她朝萍萍笑着说：“随你拿，多少钱也随你给，不要说下集，下下集给钱也行。”萍萍看她两只架筐里的水晶，实在是不喜人，体量小，不出料，挑不出几块来。但萍萍不敢吭声，人穷志短，多说了怕引起更多的嘲笑，就在两个架筐里挑起来，左挑右挑，拿进拿出，最后选了十来斤，谈妥了价，讲好下集给钱，拎走了。

重　现

王二水把衣服卷到肚脐眼上，露出一截汗渍渍的肚皮。

他是小跑着来到杨娟杂货店的。天气并不炎热，小跑几步也不至于出汗，但他确实是出汗了，而且浑身燥热。杨娟的行为，萍萍的话，触动他了。触动的心理反应和身体反应，就是上火，嘴唇火突突的，口腔里像含着一块火炭，而且火势漫延迅猛，头顶，脚底，都是火，感觉自己像个火人，眼睛出火，鼻孔出火，耳朵出火，火舌从脸部器官里舔出来，眉毛和头发要被烧焦了。多年来，他感觉一直好，什么都好，就是没有钱的时候，也觉得马上会有钱。但，杨娟这回把事情做大了，让他觉得不好了。刚刚结束的和萍萍的谈话，也让他觉得不好。当然，这两个不好是有差别的，后一个不好，出人意料地让他感到羞愧，羞耻，结果就是促使他一定要找杨娟，要回两块水晶。

“又过来啦？看你脸上红酣酣的，刚生了蛋的鸡一样，有喜事吧？”杨娟一抬眼，看到冲过来的王二水，声音贱贱地调笑道，“水晶找到啦？丢就丢了，算个屁！你丢过那么多好东西，还在乎几块破水晶？嘻嘻，什么时候带我去沙河口小鸡店啊？我要吃鸡。”

王二水身上的火，像遇到了拦水大坝，或直接撞到了冰山上。

“发什么呆？你不会要吃我吧？有没有小草鸡吃啊？”

“没有钱，请不动你啊。”王二水一肚子气，看了杨娟的笑脸，听了她的声音，肚子里的气像戳了个洞的猪尿泡，全泄了，浑身的火苗也灭了。

“吃个小草鸡，谈什么钱啊？谈钱伤身体的。”杨娟眯眯着眼，瞥向自己的胸，“我请你啊，请吃小糖饼。”

杨娟这会子卖弄风骚，和一大早嘴巴又硬又臭像茅坑的石头相比，像是两个人。她眨眼间的变脸，可不是好兆头。从前杨娟也常这样的，冷热无常，得巧卖乖，得寸进尺，王二水领教多了。王二水身上的火退了，脑子也清醒了，如果还和刚才一样以硬对硬，以强对强，两个巴掌对拍，效果和结果可能一样，两块水晶可能就没了。怎么办？顺水推舟？还是继续来硬的？

“二水，你变了，都认不出你了，”杨娟撅起嘴，把鲜红的嘴唇送出好远，能扣上一头驴，“你对我一点不好了，跟你说的事，一点不上心了……说嘛，你上没上心，啊？”

“你说。”

“还说，水晶杯啊。”

火气虽然消了，王二水心里不糊涂，他知道她越是嗲，嗲到骨子里，嗲得人肉麻，他知道越坏事，杨娟是下决心不还他水晶了。既然这样，顺着她，麻痹她，也许是个转机，也许能出现机会，便说，“水晶杯子啊？好说，送你！”

“真的呀，在哪啊？”

“还能在哪儿？”王二水想不起来了。确实有这么个东西，确实没拿这个东西当好东西，在石英砂厂时，端着水晶杯到处晃，随便扔，从宿舍端到车间，从车间端到磅房，有时半天找不见，第二天又突然出现，有时以为在宿舍，却在磅房找到了，有时以为在车间，却在宿舍。但，最终还是丢了。王二水脑子里飞速旋转，似乎有印象，杯子放在吴小丽的磅房了，对，应该没错。王二水说：“……在吴小丽那儿。”

“你就是对小丽好……去，找吴小丽，要回来。”

王二水知道，这些年了，还能找到？就算在吴小丽手里，还能要回来？但王二水眼睛突然一亮，要真要回来，换回两块水晶，也不坏。且慢，也许一个水晶杯子比那两块水晶还值钱呢。再说了，万一在吴小丽手里，吴小丽不会那么傻的，要了她也不会给。跟吴小丽要水晶杯，只是表明一个姿态，说明王二冰还记得这个事。再说了，杨娟既然提出来，那就先顺着杨娟的话路走吧。王二水说："要回来不难，小丽不像你这么固执……"

"谁固执？说谁呢？"

"好好好，你这脾气。"

"脾气怎么啦？没吴小丽好是不是？就知道你还向着她。"

"我去要……要回来还不是简单小菜。"王二水说，"你把我丢的东西再找找，就算拿水晶杯换的。"

"讲条件啊？切，先拿来水晶杯再说。"

王二水骑着杨娟的女车，去找吴小丽。磨山前这条通往富有硅微粉国际有限公司的路已经修成水泥路了，笔直而宽敞，路边还栽了香樟。路上，王二水想起陈富有，想起陈富有就想起庄毕凡。庄毕凡的尸体差不多烂了吗？早烂早好，烂成新泥就算他超脱了。只是对于庄毕凡干掉陈富有，干掉陈富有之后往黑石岭跑，王二水还有些疑惑，仅仅是想去偷藏那块水胆水晶？王二水早就认定，庄毕凡是拿到水胆水晶了，半夜去黑石岭，是藏水胆水晶的。但他笨啊，比猪还笨，宝贝哪里都能藏，就是不能藏在黑石岭，黑石岭那么大一片，藏迷门了怎么办？或者被别人找到怎么办？他曾去黑石岭找过水胆水晶，可惜他连庄毕凡被埋在哪里都迷门了，或者被熊所长踢疼了屁股，害怕了，再不敢去了。陈富有的死，富有硅微粉国际有限公司被陈富有的弟弟陈富安全盘接管，公司的运作模式还和以前一样。只是吴小丽还在磅房值守吗？听说葛文章的工作变动了，是镇多种经营办公室的副主任，他没有如愿当上副镇长，"多经办"副主任和副镇长差远了，不过好歹也是主任，而且水晶大市场、水晶一条街等水晶有关的行业，也归“多经办”管，算是实权派。

到了厂里，他径直骑到磅房。

磅房已经改造过了，不像十年前那么破旧而土气了，外墙粉成白色，重新装了铝合金门窗。但磅房里并没有人上班。王二水环视四周，发现厂里也没有人，这才觉得来得太早了，还没到上班时间啊，看看手表，还不到七点。王二水也感到奇怪了，不到七点太阳就冒这么高啦？就经历这么多事啦？也好，等等吴小丽，拿到水晶杯子，再去跟杨娟斗智斗勇。拿不到水晶杯子，也要跟杨娟斗智斗勇。王二水把自行车靠在磅门口的一棵树上，贴着玻璃向磅房里望。磅房里窗明几净，工作环境不错啊。但椅背上怎么搭着一件男人的衬衫？吴小丽也太明目张胆了吧？公开勾引男人？谁呀？不会是陈富有弟弟陈富安吧？十年前，王二水端着水晶杯子，抬步就来了，杯子随便放。现在杯子倒是有一只，是一只普通不过的塑料杯。磅房里也完全没有十年前的影子了，暖瓶换成了饮水机，破旧的木椅换成了不锈钢架子的轻型椅子，连地板也铺成了人造瓷砖。环境好了，却没有以前的味了。

王二水看一眼不远处的办公大楼。对，去办公楼溜溜。

穿过一片园林式厂区，就是办公大楼了。王二水抬步走上台阶，心里犹疑着，不像十年前的心态了。他缓慢地在一楼的楼道里轻轻走一趟。楼道两边是公司的各个部门，防盗门关得紧紧的，他什么都看不到。在一间“外销办”的牌子前，对着防盗门想了一会，外销办，是个什么办呢？本来他要上二楼的，也是随便走走，走到二楼楼梯口时，犹豫片刻，直接拐上三楼了。三楼原是陈富有的办公室，几乎一层楼都是他一人办公，包括他专用的两个大小不同的会议室和一个超大的精品水晶展示部。陈富安还会在他的办公室吗？陈富有就是死在办公室里的，据说，死相很丑。他妈的，谁死相会好看？不会不吉利吧？也许陈富安转移到二楼或四楼办公了。王二水在原是陈富有的办公室前停下了。门上没有牌子，本来也没有。王二水想象着，要是陈富有突然从办公室里出来，会吓死人的。王二水心里激灵一下，害怕地赶紧离开了。顺着楼梯，他来到了四楼。四楼，王二水从前也没来过。据说小任就住在四楼。四楼和其他楼层一样安静，只是气息不像三楼那么冷，有了人味。和在一楼时一样，王二水也慢慢走过去，脚步轻抬轻放，一连看到几个“副总经理”的牌子，再走，门上就什么牌子都没有了。在一间门上贴着一个小纸片的门前，他停下来看看，猜想，这间是小任的？王二水仿佛看到小任挺着肥大的胸，跟在陈富有的屁股后，淡黄色的短裙紧紧包住屁股，又仿佛看到新世界大酒店里的小任，把胸脯搁在桌子上，简直就是一道菜啊，能当水晶肘子吃……王二水吞咽着口水，妈的，葛文章真有口福。王二水正想入非非间，门突然开了，葛文章出现在门空里。王二水也愣住了，差不多魂都没了。葛文章也明显慌了，不由得后退半步。就是在后退时，王二水看到小任正在桌子上看一块水晶，那是什么水晶？那不是水胆水晶？水胆水晶不是被庄毕凡拿走了吗？怎么会在小任手里？王二水突然紧张了，王二水下意识地想走，可他腿软一下。葛文章比他先醒过神，他“啊哈”叫一声：“王二水？”葛文章跨前一步，站到走道里，随手带上身后的门。王二水已经退到一侧，拘束地搓着手，仿佛干了件天大的坏事。但他反应也迅速，怕什么啊？凭什么怕他？怕他们？他们偷情……

“谁呀？”小任的声音传出来。

葛文章轻触一下王二水的胳膊，对门说：“朋友……你在家啊小任，我们走啦。”

身后传来小任含糊其辞疑疑惑惑胆战心惊的应声。

王二水的感觉和小任的应声一样疑疑惑惑胆战心惊。

他们走到楼梯口都没有再说话。双双踏上楼梯时，葛文章才说：“王二水你不地道，跟踪我……是不是一直跟踪我？是不是吴小丽给你什么好处？这个臭货，敢背后下刀子！”

王二水慌张地说：“哪里啊……我……我随便转转……我我我我找我水晶杯子的。”

王二水说过又后悔了，这时候说什么水晶杯子啊，万一水晶杯子在吴小丽手里，葛文章不会不知道的。王二水赶快改口说：“人造晶的杯子算不上水晶的，他们不给我我还不想要呢，你们‘多经办’还当过纪念品发过，不稀罕……主要是找小任说个事的……”

“上海客商联系上啦？”葛文章下楼梯的脚顿了顿。

葛文章的提醒太及时了，王二水反应也够快：“……啊？是啊是啊，就是为这个事……”

“人在磨山镇？”

“怎么会……磨山镇这只小庙，容不得高僧的——人家住在县城大酒店，哪能随便在磨山小地方露面呢。”

“这么大的事，跟我说啊，你看看二水，不会办事了吧？一大早找什么小任啊……幸亏我也来找她办个事……呃……这个，这个这个……在这里撞上你，约个时间，今晚吧，还在新世界，我隆重摆一桌，喝顿大酒！”

“好。”王二水也完全醒过神了，“晚上好，晚上我陪上海客一定到。”

“客人住在县城哪里？我派车去接……要不，干脆去县城请他，显得咱够重视。”

“这样吧，我还得跟上海客碰个面，商量一下。”

“二水，这事可就拜托你啦。”

说话间，他们已走到楼底。楼底大厅里，大门内两侧，分别摆放两块超大的水晶，每块约在一吨以上，是陈富有的避邪之物、镇厂之宝。王二水在水晶上摸一把，也想给自己带来好运气，摸过才想起两块大水晶并没有给陈富有带来好运，又把手在屁股上擦一把。

早上八点钟左右，是水晶集市最热闹的时段，人多，交易也最为频繁。王二水骑着杨娟的自行车回到小杂货店，路上想的，和去时完全不一样了。如果说去时只是为找一个水晶杯子——多半也是瞎猫碰老鼠式的寻找——找到找不到都无所谓——无非是做个姿态而已，回来时的心境完全不同了，他无意间撞到一个大秘密，天大的秘密，那块神奇的水胆水晶，并没有被庄毕凡拿走。那么，杀死陈富有的凶手很可能就是小任了。一想到小任会是凶手，王二水头皮就麻辣辣的，小任的笑容，小任的大屁股，小任的大乳房，不是轻易得到的，牛逼如陈富有，不是照样……王二水不敢想了，女人狠起来可是没边没界的。王二水突然害怕杨娟了。杨娟藏他的两块水晶，心也够狠够毒的，也是要逼人于死地啊，这和小任的直接杀人，又有什么区别呢？跟她要急了，她会怎么样？王二水突然害怕杨娟了。可是，小任能把陈富有杀了？会不会还有帮凶？王二水想到了葛文章，心里一个激凌。这个场面不难猜到，刘秃子托葛文章弄到水胆水晶。葛文章从吴小丽那里没找到线索，想到了小任。至于小任怎么被葛文章拿下的，也不难理解，不是钱，就是情。想到这里，王二水心里一冷，起了一身鸡皮疙瘩。

王二水存放自行车时，看水晶集市边人头攒动，怕被萍萍看到，同时又想，也许萍萍已经回鱼烂沟村了，或者去水晶大市场了。他看杨娟正在应付几个客户，买烟的，买水的，还有买打火机的。其实杨娟也瞥见了王二水，还朝王二水勾一下嘴角，那种笑意只有王二水能感觉出来。但王二水在心里说，不能心软了，不能随着她的话音打转转了，得拉下脸来，认真要回水晶了，萍萍给他限了时，中午之前，要见到水晶。他感受到萍萍话里的力量了。

视　察

萍萍摩托车上绑着的蛇皮口袋里，是从胡大妈那里赊来的乱石碴（劣质水晶的贬称），还有几块她花完身上所有钱买的水晶石。萍萍对王二水当然不放心了，她准备把水晶送回家后，立即再返回镇上，再找王二水，不追回水晶决不罢休。

萍萍一进村街，就发现村里有些异常，村街的人多了些。鱼烂沟又不逢集，怎么会有这么多人在村上匆忙走动？而且个别老人还朝萍萍微笑。快到家门口时，才发现，她家门口停着一辆黑色小轿车。现在刚过九点，就有来拿货的啦？哪里的大客户呢？不会是要账的吧？没有欠过开小轿车客户的账款啊？萍萍心里忐忑，没到家门口就熄火，推着车向小轿车靠近。有几个学龄前的小孩子围着小轿车指指点点。鱼烂沟村很少有小轿车来，孩子们比见到大水晶还新鲜，嘴里不断地唱着新童谣："楼上楼下，电灯电话，小包车一人一挂。"

萍萍停好车，解下蛇皮口袋，进了院门。院里的人更多，村里的闲人几乎全来了。有人热情地说："陆县长在你家。"

在西堂屋里，萍萍看到了当年的陆宣委，正在跟金艳说话，他身边还有一男一女两个秘书模样的人，男秘书眉清目秀，女秘书猪嘴厚唇，穿着、神情都很干练，只是两人的长相要能调换下就好了。萍萍一进来，四人的眼睛就同时望向萍萍。萍萍微笑着跟他们点下头，看面色深沉的陆县长还和十多年前一样，一点没变样，瞬间回到了更久远的时代，回到她在公社打投办找父亲时看到的那个陆宣委。那时候的陆宣委，是三七开的分头，现在还是三七开的分头，那时候的陆宣委戴眼镜，现在还戴眼镜，那时候的陆宣委是个白净脸，现在还是个白净脸，那时候的陆宣委像个知识分子，现在还像知识分子。那时候的陆宣委三十多岁，现在四十多岁了，脸上有了种沉着和坚毅。他看到萍萍，站了起来，仿佛他是主人似的，对萍萍说："回来啦？"萍萍点点头。眉清目秀的男秘书对萍萍微笑着说："陆县长。"陆县长指一下金艳让出来的椅子说："坐。"萍萍没有坐，而是百感交集地说："陆县长，没想到您会来……地方小，太寒酸，将就坐会吧……陆县长您坐。"萍萍又对金艳说："金艳辛苦下，弄点水果来。"金艳应一声走了。萍萍跟金艳说话时，看到她眼圈泛红，估摸他们聊一会了，也猜到谈话的内容了，大约没少提她。萍萍坐下后又说："陆县长是路过，还是有事？"陆县长说："我就不能来看看你？"萍萍笑了："陆县长您那么忙，还来看我，哈哈，我这个体小企业眼看撑不住了，幸亏您这会来，再过几天，可能就关门大吉啦。"陆县长说："不能关门大吉，关门也未见得能大吉，能坚持还是要坚持，有困难不可怕，咱们可以一起克服。萍萍，咱们认识很早啦，算上你父亲老扣，就更早了。你父亲是个好人，奇人，怪人，可惜生不逢时……后来就没有音信了是吧？可惜了。还好，你身上传承了你爸的基因，敢闯敢干，给自己营造一片天来，记得我刚调到县委办时，你和王二水旅行结婚还去看我的？那时候你可是充满青春朝气哦，王二水也是信心百倍，真是岁月催人老，光阴不等人啊，十来年了……刚才和金师傅聊了会，你目前的情况，企业的处境，我都知道了。"萍萍说："出洋相了，家里的事没处理好。"陆县长说："莫怪金师傅，是我让她讲的，金师傅讲的很好。"男秘书说："陆县长这次是专题考察，考察对象是基层水晶加工户，特别是中小户，考察目的是扶持中小水晶加工户健康发展，攒足后劲，能上规模的，争取上规模，不能上规模的，也要良性循环，共同发展。丁总有什么想法，有什么打算，可以向陆县长汇报。”陆县长摆摆手，说：“不能叫汇报，共同商讨，商量讨论，解决问题。如果缺资金，可以申请低息贷款，缺技术，推荐到成功的明星企业参观取经，由他们代培技术骨干，缺厂房的，协调解决土地使用——我看你这院子不小，可以重新规划利用——缺设备的，县机械制造厂可以赊销，有条件在县、镇水晶市场设立门店的，也可以帮助协调租赁或购买，总之，县里全方位服务，为广大水晶加工户排忧解难。这次调研，县委县政府非常重视，分三个组，主要领导各带一个组，用三天时间，深扎基层，走访一线加工户，目的就是解决问题。根据我们刚才的参观考察，加上金艳谈的情况，结合我对你的了解，你和你的企业属于我们重点解决的对象，如果想要在水晶产品生产、销售方面做出大成就，你可以写个情况报告给我们，结合这次调研，形成一个材料，为你企业的发展提供服务，你看怎么样？徐秘书可以留下来协助你。”那个厚嘴唇女秘书声音好听地应了声“好的”，冲萍萍一笑。萍萍听了陆县长的话，不再一味地惭愧自己没有做好企业，而是热血沸腾，精神振奋。陆县长的话，句句说到她的心窝里，像个拳击高手一样，拳拳击中要害，厂房、技术、门店、资金，这些问题真要能解决，何愁企业发展不了呢。萍萍说：“陆县长您讲得太好啦，我们想说的话，办不了的事情，都叫您说了。有陆县长支持，我一定好好努力，把厂子办好。”金艳也端上来一竹匾草莓。萍萍接过草莓，送到陆县长面前：“没有好东西招待贵宾，吃个草莓吧，后岭长的。”陆县长和两个秘书都夸草莓好吃，甜，水多，肉多，是好品种。陆县长吃完草莓，意犹未尽，他对萍萍说：“我这个县长是个婆婆嘴，也爱做婆婆事，工作就是为人民群众服务，人民群众的家庭生活也得服务好，今天这个事，不说我会后悔的——刚才听金师傅说了你的家庭情况，这个王二水不像话啊，有谁能把他给我叫过来？我得和他谈谈心，虽然清官难断家务事，我看萍萍家的家务事也不难断，根子出在王二水身上，好吃懒做呗，死懒怕见动呗，看病号脉，对症下药，给王二水上个笼嘴子，加个牛嚼子，发挥他特长，控制使用，慢慢就调过来了。家庭稳定了，企业才能发展啊，古人云，家和万事兴嘛，是不是萍萍？你把王二水交给我，看我怎么训他。”萍萍只是笑着，不说话。不说话，就是认同陆县长的话了。

有一个五六岁的小男孩跑来报告，又来一辆小轿车了。小男孩跑得急，喘得急，鼻涕甩到腮帮上，衣袖一抹，说：“我是第一个看到的。”

院里的孩子们呼啸着冲上村街。小小鱼烂沟村，接连来了两辆小轿车，可是破天荒头一回啊。

又有小轿车来，不仅是村里人，就是见过世面的陆县长一行，也迎出来了。这时候来车，多半是县里有急事，来找陆县长回去的。也有可能是镇领导听说陆县长来考察，赶来会合并汇报工作的。要是后者，得逮这机会好好训训他们，讲好微服私访的，所到各地不予接待。

让所有人大吃一惊的是，来的是一辆警车，从车上下来的是街划子王二水，开车的更是鼎鼎大名的派出所熊所长。要知道，熊所长的知名度，在鱼烂沟村，可是比陆县长大多了。熊所长右屁股上有手枪，左屁股上有手铐。熊所长也看到县里来的小车了，他认识陆县长的车，更认识陆县长的脸，知道巧遇了县长，正好是表功的机会，屁颠屁颠毕恭毕敬地向陆县长汇报了情况，虽然有些结巴，大致还说得清楚：有个水晶失窃案，报案人是王二水，失盗的两块水晶也不是王二水的原物，所以要带着犯罪嫌疑人来让丁萍萍指认赃物。最后，熊所长笑容可掬地说：“不知道陆县长来鱼烂沟村现场办公，惊动啦，打扰啦，对不起啊，陆县长要多批评啊。”

“办案是你们的职责，你们忙你们的，我们回避一下。”陆县长没有批评他，但不指示两句也不合适。陆县长说完，和两位秘书回屋了。

萍萍看到，又下来一男一女两个警察，被女警察拉下来的，是杨娟。杨娟勾着头，乱发披散在眼前，神情迷茫而慌张。她谁也不看，只盯着自己脚尖。甩鼻涕的男孩眼尖，兴奋地叫道：“哭了哭了哭了，哈哈哈，淌尿汁了……好哭鬼，大白腿，好哭料，爬磨道。孬了，败了，眼泪尿灌溉了。”萍萍看是杨娟和王二水，先是一头雾水，当她看到男警察抱着一个沉甸甸的蛇皮口袋时，一切都明白了。萍萍也看一眼王二水，王二水一副洋洋得意的样子，仿佛做了一件多么光彩的事。

原来，王二水找杨娟索要水晶。杨娟继续装疯卖傻，用她惯用的招数，先是打击挖苦讽刺，后是献媚诱惑勾引，好在王二水这回是拿定主意了，非弄回水晶不可。倒不是萍萍那番谈话起了多大作用，主要是他认清了杨娟的贪婪。可以说，他如今的处境，如今的生活行状，都和杨娟有干系。如果当初不是杨娟的蛊惑，他不会去镇里的石英粉厂上班，如果不去石英粉厂上班，就不会有后来的一系列闹剧，也就没有后来的不归路。当然王二水不能以这个理由来责怪杨娟，一切都是自己定立不稳，缺少担当和责任。当他确认杨娟要把他存放的两块水晶贪污时，他和杨娟说的最后一句话是：“这两块水晶的来路和去处清清楚楚，明明白白……你不能逼我再次外流吧？”杨娟冷笑一声，瞥一眼他，说道：“谁见到你水晶啦？谁见到啦？谁啊谁啊谁啊？你这个没良心的，臭不要脸的，狼心狗肺的，忘恩负义的，你吃我多少小糖饼啊，什么时候要什么时候给，生意不做让你做，我计较啦？我上头做生意，你躲在下头痛快，我计较啦？附近做生意的人，谁都笑我……现在好，你倒是计较了，吴小丽给你甜枣吃啦？你不要有眼无珠，吴小丽可不是我，当心再把你抓起来。”这次轮到王二水听不进她的话了，王二水主意已决地说：“两块水晶还我，我记得你的好，不还我，我报警去。”杨娟最不怕的就是他的威胁，杨娟放浪地哈哈笑道：“去啊，不去孬种！”王二水就真走了。杨娟还在后边喊：“报完警，我请你去沙河口吃小草鸡！”杨娟万万没有想到，王二水这回当真了，半小时后，她被警察带到了派出所，熊所长亲自问话，三两个回合，杨娟的尿就湿了裤裆，老实交代了。为了证实王二水的话（熊所长担心王二水的水晶也来路不正），熊所长就亲自开车来到了鱼烂沟村。

在西厢房做完必要的笔录，熊所长从左屁股后的裤腰带上摘下手铐，给杨娟戴上了。杨娟看到锃亮的手铐，哭声突然号啕起来，一屁股坐到地上，脸色铁青，撒泼放赖，破口大骂：“王二水……王二水王二水王二水，我日你家八辈祖宗啊王二……”杨娟一口气没憋上来。男女警察一齐动手，把杨娟连拖带拽架到了门口警车上。学龄前的孩子们哪里见过这样震撼的场景啊，欢呼雀跃地跟着跑前跑后。杨娟的鞋子掉了，甩鼻涕男孩捡了追上去，不知道交给谁，聪明地扔在车门口。有一个女孩一边哇哇大哭，一边跑着看。一两分钟的上车过程像看大戏一样热闹。

熊所长案子办得好，更懂得世故，他跑到西堂屋，跟陆县长汇报：“在陆县长大力支持下，案子进展非常顺利，狡猾的犯罪嫌疑人在大量事实面前乖乖地低头认罪。”还抱歉地说，“不好意思啊陆县长，打扰您公务啦，今晚不走，我请客。”

陆县长对他的好客不屑一顾，跟他挥挥手。男秘书怕他继续热情，把他送出去了。陆县长突然想起什么，又吩咐男秘书把王二水留下来。

男人的泪

陆县长只和王二水两个人在西堂屋里说话。

眉清目秀的男秘书和猪嘴厚唇的女秘书在院子里等候，萍萍陪他们吃草莓。女秘书一边吃一边夸，夸草莓好吃，地道。男秘书更有心，他密切注意西堂屋的动静。开始，西堂屋里不时传出哈哈大笑声，先是陆县长的笑，后来王二水也“呵呵呵”笑了。王二水的笑声有些拘谨。再后来，王二水哈哈大笑了，而陆县长的笑声更响，手扶拖拉机一样，突突突的，轰轰轰的。几阵笑声过后，沉默了，长时间的沉默，仔细听，才偶尔有“嚓嚓”的说话声。声音如此之小，连女秘书的草莓都没劲吃了，她瞟一眼西堂屋的门，跟男秘书说：“要不要去给他们倒杯水？”男秘书说：“找呲啊？”女秘书伸下舌头。草莓吃多了，女秘书的舌头又红又绿。正在大家以为沉默还要继续时，又传出哈哈大笑声了，是陆县长的笑声。大家才又松口气，说些水晶和草莓的闲话。因为女秘书要写萍萍的材料，问得细一些，主要是想听听萍萍的打算。但萍萍心不在焉，眼睛老是在西堂屋的门上、窗户上飘忽闪烁，女秘书知道她更关心二人的谈话。但接下来的一幕，让他们更为吃惊了，平时严肃认真的陆县长唱起了歌。陆县长先是哼哼曲调，接着就唱起来：“乌溜溜的黑眼珠和你的笑脸，怎么也难忘记你容颜的转变，轻飘飘的旧时光就这么溜走，转头回去看看时已匆匆数年。苍茫茫的天涯路是你的漂泊，寻寻觅觅长相守是我的脚步，黑漆漆的孤枕边是你的温柔，醒来时的清晨里是我的哀愁。或许明日太阳西下倦鸟已归时，你将已经踏上旧时的归途，人生难得再次寻觅相知的伴侣，生命终究难舍蓝蓝的白云天……”老实说，陆县长的歌喉不怎么样，直嗓子，起伏和拐弯都不自然，但唱得很投入，很用情，而且是深情。男秘书和女秘书都是大学生，两人在校时也算是文娱骨干，却听不出来是什么歌，似乎很耳熟，又似乎很陌生。至于萍萍，就更听不明白了，而且对陆县长突然唱歌也感到莫名其妙，觉得这么大的领导也唱歌啊。歌声结束后，继续长时间的寂静——其实他们一直在小声说话，男女秘书和萍萍也感觉到了，只是声音太微弱，连一个字都听不清。

这场谈话经历时间太长。后来萍萍回忆，其实也不长，不到两个小时，一小时五十分钟吧。但由于大家心情不一样，中间又插了陆县长的歌、二人的笑和长时间的沉默，感觉时间就很长了。大约是午后时分，西堂屋的门放开了，陆县长走了出来。陆县长毫无疲惫感，精神抖擞，红光满面，庄严肃穆，和他脚前脚后出来的王二水完全是两种状态，王二水虾着腰驼着背，萎靡不振，缩头缩脑，眼睛红红的，肿肿的，显然哭过了。王二水的哭也出乎预料，陆县长不会揍他的，陆县长完全是用语言（可能还有歌声）把王二水说哭了。从陆县长和王二水的表情上，可以得出结论，这次谈话是成功的，有效果的，完全达到了陆县长的预期。陆县长不愧是做过宣传工作的，遇到王二水这样又臭又硬又没主张的二货，把语言当成了刀子当成了炸弹，三下五除二就制服了王二水。

陆县长像凯旋归来的战士，很有成就地走到萍萍和两位秘书面前，两手叉在胯上，挺挺肚子直直腰，说："让你们挨饿啦，走，去村部吃饭去。"

"我请去镇上吃馆子。"萍萍说。

跟在陆县长身后的王二水这时也醒悟过来："陆县长到镇上吧，新世界大酒店，我招待……感谢陆县长啊……"

“哈哈，感谢就不用了，招待也免了，要真想请我，你们复婚那天，我来喝酒！”陆县长指着萍萍和王二水，“啊？听到啦？表个态王二水。”

男秘书和女秘书都笑了，王二水也笑，只有萍萍没笑。

“表态啊？”陆县长追上一句。

王二水脸红了，看着萍萍，说：“听萍萍的……”

“这就对了。态度很好。”陆县长没有再笑，而是严肃认真地对萍萍和王二水说，“你们两人的家务事，你们慢慢磨合，目前首要工作，是要拿出振兴企业的方案，切实可行的方案，近期能够立竿见影的方案，另外，还要给公司起个名字，一个响当当的名字，能让人过目不忘的名字。萍萍，我把政府办的大笔杆子交给你，她了解政策，也知道县委县政府的想法，由她帮你们一起制订发展方案。另外，萍萍，我再利用一次特权，走走关系，给你介绍一个工人，老工人，可以缓解人手短缺的困难喽，他就是王二水。萍萍你得给我这个面子哦，从今天起，王二水就是你手下的普通工人，由金师傅具体指导管理。王二水，你要听从金师傅的管理指导，表个态。”

“一定一定。”王二水点头哈腰。

陆县长举重若轻、轻描淡写就把萍萍的企业和家庭的事情解决了，成就十足地率随行上了小车，离开了鱼烂沟村。

围聚在萍萍家门口的老幼们也没劲地散了，生活看起来又归于平常。但王二水知道生活并没有归于平常，他要等着萍萍的评判。送走陆县长一行后，他转眼就见不到萍萍了。好在金艳也听到刚才陆县长的话了，她笑眯眯地看着王二水，说：“发什么呆啊王二水，现在你调不了鬼啦，听我指挥啦——县长的话你敢不听？要你敢不听县长的话，熊所长也把你铐走。”王二水乐颠颠地说：“听，听，不要说你亲自指挥了，你放个屁我都听。”金艳脸一冷，怒斥道：

“王二水，怎么说话呢？文明用语。”王二水嬉皮笑脸道：“我错了金师傅，多多原谅哦，金师傅，萍萍呢？”金艳说：“她呀，还能在哪里，西厢房啊，县长给她撑腰了，这么大事情，她要想想的，另外，水晶找回来了，大喜事啊，这个事情你是将功补过，过比功大，怎么处理，也要考虑周全，哪像你，猪脑壳子不开窍。”王二水也说：“文明用语。”金艳笑道：“说你猪脑壳子不开窍不算不文明，已经是高看你几眼了。王二水，说真的，我们都一个村的，知根知底，萍萍哪里不好？萍萍哪里不优秀？比你高一百个帽头了，你看你这些年，把自己糟蹋的，人不人鬼不鬼，这回多亏人家陆县长圆这个场，算是给你后半辈子指了条明路，你得好好对人家萍萍好，机会不会再有第二次了，再不能不入真了。”王二水认真听金艳的话了，频频点头说：“我知道我知道……”金艳说：“你知道什么？现在不要狗急上墙跟萍萍套近乎，好好跟我干活，先把一名普通工人干好。今天给你放半天假，明天一早八点钟签到上班。”王二水又连说几声好。金艳就忙去了。

金艳听似简单的话，普通的话，却是句句真实，句句入耳，句句入心，和陆县长的话一样，真的击中了王二水的要害，让他忍不住要哭。王二水不能在院子里哭。院子里也没有他的去处，车间里暂时他还不好意思去，还要等金艳给他安排岗位。萍萍要整理思绪，而且县委办女秘书吃完午饭还要回来，她们有好多事要研究。

王二水心情复杂，百感交集，走出院子，向村东走去。出村头不远就是缓缓的长长的下坡，能看到一望无际的蓝悠悠的大水库，顺着水库边向南走，穿过一片庄稼地，就是鱼烂沟通往水库的拦水坝了。王二水脑子里如天马行空，一会儿空空荡荡，一会儿风云际幻，沿着曲里拐弯的路踏踏前行，不觉到了拦水坝。王二水小时候常到这里玩，或者说，这道拦水坝是鱼烂沟村孩子们的游乐园。王二水记得曾在这里捉弄过萍萍，曾在这里被萍萍追打，曾在这里展示他历时多日在后岭挖到的水晶，也在这里的水塘里洗澡戏水。

正是初夏黄梅季节，午后的阳光已初露锋芒，风从水库上刮来黏黏的。王二水再次站立在拦水坝上时，有种久违的亲切感，也有一种陌生感。这两三天如梦一样的经历，再次在眼前重现，一幕一幕，一层层，一叠叠，在脑子里、记忆里、眼面前等各个器官各个方向扑面而来，让他难以招架，不知是一脚踩空，还是脑子发虚，腿上一晃——总之没有站稳，向拦水坝下的闸塘闪了下身子。如果强行站稳，也没问题。可鬼使神差的，王二水突然希望掉进水里，因此在身体闪动的时侯，反而脚上用力，横陈着砸进了闸塘，“嗵”一声，闸塘溅起巨大的水花。闸塘是鱼烂沟最深的地方。王二水虽然心理上有准备，还是猝不及防，呛了一口水。幸亏呛了一口，才让他醒过神来，挣扎几下终于踩水站稳。王二水抹一把头上和脸上的水珠，有一种从里到外的舒畅，而内心也同时伤感起来。伤感也和冰冷的塘水一样迅速扩散，大面积浸透了全身心，眼泪随之夺眶而出。

王二水拨拉开闸塘里鲜嫩的藤藤蔓蔓的水草，往岸边挪动，却挪得艰难。而眼泪却止不住汹涌澎湃。王二水想控制自已，别再流泪了。王二水试图抹去脸上的泪水，可泪水越流越欢，越抹越多。

蓝水晶

一个月后的一天，黄昏将临时，萍萍和王二水一起来到萍萍家的老院子。这天是母亲的忌日。三十年前，母亲在后岭挖水晶时死于塌方。三十年后，萍萍才第一次想到母亲的忌日，心生愧疚，这些年来，没有为母亲做什么，真是大不孝啊。

下午，萍萍买来一筐纸钱，和王二水一起回到老宅。

王二水适应的不错，在车间的切割机上工作，能够独当一面，能够精雕细琢，除了开始几天坐不住，经常会在工作期间出去绕一圈，但也能自觉，三五分钟就回来了。其实到院子里也没有事，望望天，望望门口的村街，看看花花草草，满足一下好动的心，又回来干活了。有时会撞到萍萍，他就一秒钟不停地赶快回车间——他怕萍萍了，像老鼠见了猫。这样的情形大约持续一周，后来就兢兢业业任劳任怨了。在短短的一个月里，厂里发生了很大的变化，老化的机器已经更换，款项就是县里支持的低息贷款。又招了几个工人，其中有三个新工人，去县里的职业技术学校水晶造型雕刻艺术培训班学习去了，这个班由县里扶持，费用减半。现在的水晶制品加工厂，可以用欣欣向荣、蒸蒸日上来形容了。但这还不是萍萍的初衷。萍萍的发展报告里，这只是三年发展计划的第一步，第二步是上规模上产量，第三步是产品更新并在县镇两个水晶大市场设立门店。现在，稳定的第一步已经迈出了，第二步计划也在有序跟进。王二水的作用，确实如金艳所说的那样，做好一个技术稳定的操作工人，其他慢慢再说。在生活方面，王二水住在王阿妹曾经住过的西厢房里。这是萍萍的意思。萍萍和他之间究竟有没有感情，或者说还有多少感情，萍萍自己都无法判定，需要时间来慢慢检验。但丁文团和王二水关系很好，好到让人出乎预料，难道真如俗话所说，父子天性？从丁文团得知王二水住在他家不走后，小家伙就欢天喜地起来，白天和晚上，都喜欢在王二水的屋子里写作业，还喜欢王二水给他讲挖水晶的故事。他叫王二水王叔叔。没有人教他这样叫，是他自己这样叫的。萍萍问儿子："怎么不叫爸？"儿子说："爸不让叫，爸说，他要是表现一直这样好，让我再叫爸。"萍萍听了，觉得这父子俩很搞笑。同时也觉得，王二水费心良苦。金艳听了丁文团这样称呼，还咨询了萍萍，是不是不妥。萍萍笑笑，把父子俩的约定告诉了金艳。金艳也有点佩服王二水了。但是村里也有调皮的人，假装无意地在丁文团面前调皮说，你爸爸什么什么的。小家伙绝顶聪明，说："瞎说，王叔叔姓王，我姓丁，妈妈也姓丁，王叔叔怎么会是爸爸？"大家听了，都善意地笑起来。

由于有了资金支持，加上更新了设备，增加了员工，萍萍的企业运作十分顺利。但有一个事情，一直没有好主意，就是起个漂亮的厂名，或公司名。萍萍起了好几个，都不满意。既然好的名称能代表公司的形象，就不能简单对付一个，一定要满意才行。另外就是商标注册，不仅要给企业起名，还要注册商标，萍萍这些天一直都在绞尽脑汁，想了好多个名字，有的听起来很好，落笔成文字，就不合适了，有的文字好看，意思也不错，发音听起来又不咋地。所以企业名称至今还没有确定。母亲忌日这天，萍萍突然觉得心里有事，具体什么事又无从想起，从早上到儿子上学这段时间，都在想，后来还是儿子背着书包跟她道"妈妈再见"时，才突然想起妈妈，想起妈妈的忌日——还是早在几天前时，她脑子里有过这个念头，觉得三十年了，她没有给母亲上过坟烧过纸，今年怎么也不能忘了。午饭后，萍萍抽了个空，对王二水说："下午下班后，我到老屋去，给妈烧纸，你想不想去？”王二水一听，高兴坏了，来家一个月了，这是萍萍第一次认真地跟他说话，而且传递出友善的信号。岂止是友善啊，简直就是和好的前兆啊，就是一家人的意思啊。王二水哪敢犹豫，一口应承。

老宅真是太老了，堂屋的西屋山尖上已经塌了一小角，屋顶上也生满了杂草，更让萍萍唏嘘的是，东厢南间当年父亲的地下车间，几年前就已经彻底坍塌了。有一度，萍萍还想修缮一下，花不了几个钱。关键是，房子虽然破，还是自己的祖宅，有了它，就会想起家人，想起童年和少年，回忆曾经的青春往事，何况地下车间的地下，还安葬自己的亲人呢？修复地下车间，就相当于修缮父亲的纪念馆了。但是，她太忙了，许多事情力不从心，随着岁月的蹉跎，渐而忽略了。

萍萍和王二水就在院子里，找一个平坦的地方，拔去杂草，烧了纸钱。萍萍默默地做这一切，看着跳动的火苗，臆想着母亲的形象，眼睛渐渐湿润了。

萍萍还在塌成废墟的小屋前烧了纸，磕了头，那是给父亲的。

祭奠形式很简单，也很庄重。

做完这一切之后，萍萍心里平静很多，也了去一桩心愿。至于身边的王二水，至于为何要在这么一件纯属私人的事情上让他陪同前来，她也不用多说，她觉得，有些话，不用强调也不用解释，从行为上相信他能懂得。比如这次的祭奠，她给出的信息如果他没有一点感触的话，那也太说不过去了，这也说明，萍萍对王二水一个月来的行为举止，基本上是认同的，认同了他的工作，认同了他的处事方式。从一个月来的种种表现看，他也想回到从前，也想过安定而忙碌的日常生活，这让萍萍十分欣慰。

萍萍在祭奠结束以后，没有立即要回去的意思，而是走到自己曾经住过的屋门前。那扇古老的楠木板门已经朽得不像样子了，咬链自动脱落，下半截烂成粉末状，不用风吹都会往下掉碎屑。门槛上又嫩又胖的杂草围门。萍萍驻足审视，心中又生无名的伤感。王二水在后边说：“要进去吗？”萍萍点点头。王二水就上前推开屋门，如此微弱的震动，门空的过梁上就飘落下数团尘土。萍萍退后一步，等尘埃散尽，才跟着王二水进屋。屋里散发着陈年阴冷的干霉味，有些呛喉。萍萍本想退出来，看剥落的墙皮，龟裂的地面，因漏雨而烂了一半的屋顶，甚至有一处已经透亮，觉得也许以后不会再来了，便四下打量，墙上有一面大镜子，是她十来岁时父亲给她买的穿衣镜，左上方的图案是南京长江大桥，三面红旗的桥头堡下，是并排行驶的四辆披红挂彩的公交车，图案已经斑痕累累了，镜子背后的水银退化严重，照出的人影也模糊不清，这可是她当年最奢侈的物品啊。王二水说：“要带上吗？”萍萍点点头，又摇摇头，心生伤感，带回去又有何用呢？这间屋里所有东西都属于她，所有东西也不属于她了，只能属于这间屋子了，那就让它们相依为命吧。当萍萍把目光落在床上时，当年窄小的木板床只剩下床架子，而且一条腿已经朽断，倾斜着，随时要倒塌的样子。而十年前被黄鼠狼盗洞盗出的那堆土蛋子，也风化成一个土堆了。“那是什么？”王二水手指土堆，问。萍萍不愿说，她还记得当时扑鼻的骚臭味。萍萍往后退一步，下意识地准备离开了。但王二水隔着床架还盯着土堆看，又问一句：“那是什么？”萍萍说：“是个洞，大老鼠盗的洞。”王二水说：“不是，那个。”萍萍重新看去，她也看到了，被连绵的土堆掩盖一大半的，是一个平滑的截面，尽管上面落满厚厚的尘土，依然看出那不是土堆的一部分，而是另有物体。萍萍突然想起她遗失不见的盛有五彩水晶球的匣子，兴奋异常，一口气没喘顺当，差点憋回去，激动地说：“匣子……我的水晶球……”王二水不等萍萍话音落下，就一腿跨进去，伸手拿起了盒子。“小心……小心……啊……快，打开看看！”还好，楠木匣子看样子已经烂了，但还能完好也拿起来。王二水没有弹去匣子上的灰土就打开了，让他们惊异的是，匣子里五颗水晶球完好无损，晶莹剔透，发出幽冷而华丽的光芒，另有一块黑乎乎的冻晶，萍萍和王二水也都熟悉它。王二水眼睛都睁大了，他试图伸手取一颗，被萍萍打了回去，萍萍说：“别动……你手干净啊？”王二水缩回了手，才惊讶地感叹道：“啊，啊……这么好。”萍萍也没有动手，她小心地合上匣子，把匣子抱在怀里，心里荡漾着满满的幸福，真是太神奇了，不知从什么时候开始，她投入无数少女的情怀和情感的五彩水晶，突然从她记忆里遗失了，十年前重拾记忆的时候，她专门找过匣子而未果，没想到在一个毫无预料又无比特殊的日子里，在一个黄昏将临的下午，在她曾经的小屋里，找到了匣子，重新得到了五彩水晶和那块稀世的冻晶。

破败而杂草丛生的院子突然生动起来，生满青苔的石台，破碎的水缸，已有多处坍塌的院墙，突然有一种心旷神怡的美丽，而高大英俊的大槐树更是绿叶茵茵，生机勃勃。萍萍冥冥中觉得有股神奇的力量萦绕在周围。走向门口时，突然被身侧的一抹蔚蓝所惊吓，那蓝色像闪电一样连续闪烁，萍萍心理也如蔚蓝一样跳跃，驻足看去，看到槐树下数株喇叭花正安静地盛开，无数朵蓝色的精灵开在蔓延的藤蔓上，宛若无数种声音发出同一种呼唤。小时候，父亲会在门口的笆帐上摘下一朵朵喇叭花，串成一串花环，挂在她脖子上，她见人就摆脸：“花啊花啊……”现在，这些蓝色的喇叭花更像是一种展示，在大槐树下，向她展示美丽的姿容。很多时候喇叭花都很不起眼，不受关注，而此时的喇叭花却别具一格，生动活泼，汪洋肆意。王二水也因为帮萍萍意外地得到五彩水晶而格外亢奋，看到萍萍心情愉悦，也如自己捡到宝物一样，或像小时候挖到好水晶一样，快乐无边。“看到什么啦萍萍？我去摘几朵啊？”王二水说，他以为萍萍想要喇叭花。萍萍的目光又移向大槐树，槐树的主干已经有合抱粗了，树冠上枝条茂盛，父亲曾多次告诉她，这是母亲栽的树……萍萍心里“咯噔”一声，是的，“咯噔”声太明显了，清脆而响亮，伴随着的是内心的紧张，甚至心跳都因紧张而停跳一下。萍萍被一种意外的感觉吓住了。父亲和她说过，这棵树能救命。萍萍仿佛得到某种意外的指令，心里的“咯噔”声就是那指令造成的。萍萍抱着匣子急步走到大槐树下，被脚下的杂草绊得连续趔趄都浑然不觉。

当年父亲挖地道挖出的土，堆积在院子里，却在大槐树下留出一圈直径一米多的圆形凹塌。萍萍突然明白了，这个凹塌底下，有宝！现在，这个凹塌经过十多年的雨水冲刷，已经不十分明显，但凹塌里的杂草却比别处茂盛。萍萍对表情吃惊的王二水说：“找两把叉锹来，快。”王二水不敢怠慢，赶快找到一把锹。王二水问：“要挖啥？”萍萍说：“在这个塘里挖，轻点，下边有水晶。”听说有水晶，王二水眼睛亮了，铁锹剔着土，仔细挖起来，不消十几分钟，水晶就露出了一个角。王二水激动地说：“出来了。”萍萍蹲下来，和王二水一起动手刨，一块脸盆大的水晶露出了尊容。这块水晶太漂亮了，通身透蓝，像一汪碧水，或者像一大盆绿豆凉粉，颤颤巍巍。萍萍呼吸都紧张了：“真是蓝水晶啊……”王二水同时感叹道：“天啦，我见过多少牛逼的水晶啊，头一次见到这样纯蓝的大宝贝，这要值多少钱啊？无价之宝啊！”

谁也没有想到，王二水被抓走了，还是派出所熊所长，还是那辆警车，还是停在村街上，时间是萍萍在大槐树下找到蓝水晶的第二天夜里。

意外发现了母亲留下的蓝水晶，五彩水晶又失而复得，萍萍是喜事连连，关键是，受到蓝水晶的启发，萍萍新公司的名称有了：

“蓝晶蓝水晶开发有限责任公司”，简称“蓝晶蓝公司”。商标也有了，“蓝晶蓝”系列水晶工艺品。在新公司名称和商标名称上，萍萍也和王二水商量，听从了他的意见，还准备和王二水一起去工商局注册新公司，并一同展望了新公司的宏伟蓝图。似乎一切都在向好的方向发展。但是，就在这时候，熊所长带着两名警察破门而入了。王二水当时正在加班，正在切割水晶，因为有两家批发商分别要在广州和深圳开设专卖店，订制了一大批货品。王二水看熊所长突然出现，还以为来找他喝酒的，但一看熊所长和两名警察威风凛凛的架势和高度警惕的眼神，知道坏事了，一定是黑石岭的事败露了。

“王二水，请跟我们走一趟。”熊所长说。

王二水身体坍塌了。

“知道为什么找你吗？”

“我……我什么都没干。”王二水的话毫无力气。

“什么都没干我会找你？你太小瞧我姓熊的吧？好好想想。”

“陈富有……不关我的事……是是是……我看到水胆水晶在葛文章和小任那里，他们才是凶凶凶凶凶手。”

“怎么不早汇报？”

“我我我……我拿不准。”

“还有呢？”

“还有还有……还有什么啊，我真的什么没干啊……”

“希望你没干，”熊所长说，“庄毕凡的尸体找到了，我们有你在场的证据，希望你能说清楚。铐上！”

尾　声

“蓝晶蓝水晶开发有限责任公司”的铜牌，挂在装饰一新的大门上，已经有一段时间了，院子经过整修，也气象大变，青石板铺就的庭院显得古旧而稳重，六间大堂屋已经全部改造成车间，原本陈旧的青砖墙体透出历史的庄严和岁月的安宁。东车间依然生产常规产品，西车间成了艺术品车间，三名在县职业技术学校水晶造型雕刻艺术培训班代培的雕刻师已经就位。在磨山镇水晶一条街上，“蓝晶蓝”水晶精品店也开张多日。

一大早，萍萍匆匆出门，今天是王二水宣判的日子，她作为家属，要去送他一程。

2015 年 3 月 15—2016 年 5 月 14 日于北京五里桥草房

2016 年 9 月 15 日再改于北京草房荷边小筑

跋

我的家乡出产水晶。东海县是全世界有名的水晶之都，也是世界水晶矿石和水晶制品、水晶艺术品的集散地。买世界，卖世界，说得就是东海水晶从业者的基本行状。

我就生长在这片神奇的土地上。

第一次接触水晶，是小时候玩“打火”的游戏。在漆黑的夜晚，几个小伙伴，每人手里拿两块“火石”，相互碰撞，喷溅出四散的火花。越是夜黑，火花越明亮。火花的大小，还取决于“火石”的质地。一般的“火石”（石英），没有水晶硬，火花也就没有水晶明亮。水晶“火石”喷溅出的火花，一团一团的，能点燃“火纸梅”，甚至能把棉花点燃。所以，能有两块水晶“火石”，是我们那段时间最大的愿望。在出产水晶的田野里，找到小颗粒水晶当然不难了，却很难有满意的，我们的“火石”也就不断地更换。有一次，我们躲在邻居家草垛边玩“打火”，把一个大草垛都烧了。这种“打火”游戏大约玩有两三年。十七八岁初习写作时，还把这个题材拿来写一篇小说，小说的后半部分当然是虚构的了，说烧了草垛后，我们三个“打火”的小伙伴不敢吭声，各自跑回家了。不久后，失火的邻居家传来杀猪般的嚎叫声，他们把儿子吊打了一顿，原因是白天他在后河堆烧路了。白天能烧路，晚上就能烧草垛。我们都知道他被冤枉了，却暗自偷乐，都说他挨打活该，因为他有一块好水晶而不愿意跟我们玩打火的游戏。这个小说不长，也不成功，后来连初稿也遗失了，但小说中所叙述的事件，却和水晶搭了点关系。

我第一次挖水晶，是一年级的寒假里，随着本族的一个叔叔去“水园”挖的。正是“四九”天，天气奇冷，我戴一顶三块耳棉帽，迎着冷风跟在他屁股后。他扛着工具，而我拢着双手，迎着刺骨的西北风，走着走着就后悔不想去了。叔叔说，去，帮我站岗，挖到水晶买油果子吃！那次挖没挖到水晶我记忆全无，但为叔叔站岗并吃到油果子却印象深刻。

十多岁时，我和村里一个要好的玩伴挖过几次水晶，当然只挖到几颗生石蛋。水园庄西边有一个巨大的坑塘，我们在那里也挖过，那叫“套熟垄”，大人们看到我们套熟垄也不取笑，有的还过来瞧瞧，因为他们知道，套熟垄也能淘到宝。这个巨坑我印象太深，不仅是我在坑塘里套过熟垄，还因为这里出产大量的石英，这是我见过的最大的石英矿，像螃蟹窟盗出来的土，一场雨后，阳光初现，土堆上闪闪发亮，耀人眼目，原来是云母石。云母石好看不好玩，拿起来就碎了，有的云母石，能像书页一样，一层一层揭下来。我们会在大土堆上攀爬，不是找云母石，而是找水晶，小的晶体，会隐藏在这些沙土里，可以敲花石卖。

在我的记忆里，水晶一直禁止个人挖采。常听到的关于水晶的新闻，多半都附带着血腥的气息，哪里哪里出水晶了，然后人头打出狗脑子了。出水晶的地方容易产生暴力，因为一块品质一流的水晶，确实能改变一个家庭的命运。所以，叔叔让我去站岗，含有两层意义，一是怕“公家”的人来驱赶，二是怕挖水晶时，有外人来偷窥。因为风俗是“见眼有一份”。如果叔叔在塘里挖水晶时，突然问我，上头有没有人？那就真出水晶了。

我还记得生产队在冬天搞农田小水利，劳动力分四人小组，一人掌叉，一人握锨，两人抬土。挖沟时，大家眼睛都贼亮，盯着叉头，要是真有水晶，绝对是走不了眼的。那次是我叔叔掌叉，一叉黄沙泥翻过来，只见他把穿在身上的小棉袄一甩，扔到沟里，然后又把棉袄抱起来。另外三个人都看到了。都不说话。因为他们知道，我叔叔的棉袄里，包着一块好水晶，按规矩，是四个人均分。如果不是我叔叔机智，稍有不慎，就被另外小组的人看到了，因为“见眼有一份”，他们就分得少了。

稍大以后，本族一个远房姑姑，因为计划生育，躲在她父母家，我们叫她父亲“老辕爹”。我知道姑姑就在老辕爹家，可就是常年不见人影。也是冬天。老辕爹有个小儿子，比我还小一岁，我跟他玩砸牌，把他赢光了。他哭着去喊他姐，就是我那远房姑姑。我才知道，姑姑一天到晚躲在一间小屋里，关门上锁，就着一个窗户上微弱的光线敲花石。因为屋子经过专门的密封，所以外面根本听不到敲花石的声音。后来，我经常跑到窗户下，偷听姑姑敲花石的声音，也没有什么目的，就是觉得很神秘。

我第一次拥有的一块水晶更是奇特，是在我睡觉的床底下发现的。我们家有一张木板大床，是老祖宗留下的，十分陈旧了，支在南墙的木格窗下，多年不能移动。因为一动就有可能散了架。我不知找什么东西，钻到床底下，划亮火柴。我要找的东西没有找到，却发现了一块黑乎乎的水晶，水晶圆头圆脑的，块头不小，大约有十几厘米直径，落满灰尘和蛛网。这块水晶是哪里来的呢？可能是父母什么时候扔在床底，忘了。我先把它藏起来，过了大约一两年吧，没有人找它。我就把水晶装进书包，来到我们房山公社的水晶收购站。收购水晶的人拿起来看看，又在台灯上照照，把水晶还给了我，说，不收。可能是水晶质量不够好吧？也或是体量不够大。当时我很失落，把水晶装进包里，刚出水晶收购站的门，我肩上被人拍一下。一回头，看到一个老头，棉袄上勒着大勒腰，眼睛也不看我，鬼鬼祟祟地说，跟我走。我知道这是黑市收水晶的贩子，心里害怕，犹豫着没有跟上去。他走了几步，又转头跟我使眼色。我跟着他走到一座石板桥下。他前后看看，眼睛不看我地说，拿出让我看看。我把水晶拿给他。他在手里掂量掂量，对着太阳反复看，换着多种角度看，还伸出舌头，在水晶上不停地舔，把水晶舔湿了再对着阳光看。然后问我，要多少钱？我当时什么也不懂，觉得水晶收购站的人不收，肯定不是什么好东西，就说，你说。他说，死石头，不出料，赌一下，给你五块钱。我再次吃惊了，因为五块钱不少了，比我预期的要多，因为当时一本《大刀记》的长篇小说才几毛钱。但我知道做生意要讨价还价，就摇摇头。他在我摇头的时候已经把水晶放进他怀里了，同时五块钱也掏了出来，往我手里一塞就走了。我也不敢说话，跟在他身后，走在街上。他看我一直跟着，又掏出一张两块的，照样还是不看我，往我手里一塞，生气地说，怎么回事？不少了，拿去买油果吃，别再跟着我啦！

不久后，我就知道了，房山街上有许多人搞地下黑工厂，做水晶制品加工，到全国各地销售，最出名的是一个叫“尹小四”的人，据说派出所、工商所、税务所、水晶收购站、公社多种经营办公室，几乎所有单位都查抄过他家。但都没有查抄到实质性的东西。而他家的地下工厂还一直在做。

收我水晶的老头肯定也是搞地下黑工厂的。

1979 年我到房山中学读书时，水晶市场还没有放开，水晶收购站还是全公社唯一收购水晶的单位，如果谁在黑市交易水晶了，还是属于投机倒把行为。我有个同学的亲戚在公社石英粉厂工作，她也住在亲戚的宿舍里。我常常在放学后跟她到厂里去玩，看到了堆成山一样的石英石。她亲戚是个女孩，在砸石英石时，碰巧会遇到漏网的水晶。女孩会把水晶捡起来，带回宿舍，下班时就躲在宿舍敲花石（小的水晶体）。我也会陪着她们去水晶收购站卖花石。水晶收购站里水晶真是太多太好了，大的有笆斗大，小的也比拳头大，都是晶莹透明的。一九八一年春，我到石英粉厂相邻的水泥制品厂干临时工时，那个女孩还在，还常看到她在露天场地上砸石英，她喜欢穿白衬衫，戴一顶大草帽。厂里还有几个哑巴，也一有空就敲花石，他们的原材料是从隔壁的厂里“顺”来的。水泥制品厂有个同事，姓伏。有一天我骑自行车路过他们村的村头时，看到他坐在路边的一堆石英石上，手里拿着厚厚一叠毛票，有一毛两毛的，最多五毛。我问他这是干什么。他诡异地笑着说，收石英。我看他身后的田野里，有十几个孩子，挎着篮子、簸箕等工具，在坑塘边、田埂上、杂树丛里寻找石英石。他继续笑着说，这些小孩子放学没事干，我哄他们给我捡些石头，我发点毛票给他们。原来他在利用孩子给他赚钱。

在水泥制品厂短暂的工作中，我经常和那个姓伏的同事去水库西北的几个“柘塘”（中国水晶大王就出土在这里）去看小牌，他家的“局”安在过道里，每次看牌，都听到他家隔壁人家传来敲花石声，如果声音消失了，就会过来一个矮小的男人，有人调侃说：“敲什么花石啊，累得跟鬼迷一样，也不赚几个钱，还不如来看牌了。”来人讪笑一声，就不声不响地在我身后相眼了，如果隔壁传来女人怒骂声，死啦？他会像受惊的兔子一样跑了，敲花石声旋又响起。若干年后，我带远方来的作家朋友去东海水晶大市场淘水晶，在一家精品店里，正在理货的中年妇女看我一眼，热情地跟我们推销商品。朋友看好一副发晶手串，我为朋友讲价，她说，本乡本土的，你不帮我就罢了，还帮外人讲价。我朋友好奇地问，你认识他？他是作家哦！她不屑地一笑说，哄我啊？还作家，赌钱鬼哦。我知道遇到熟人了，不敢多话，和朋友赶快离开了。

我说了这么多关于水晶的事，都是我十八岁以前的记忆，后来水晶市场大开发大开放大发展时，我就离开东海县到新浦了。但到了上世纪九十年代初，东海县全民搞水晶时，我父亲也不甘落后，在家搞起了水晶加工厂，生产手串、项链等初级产品，我还在新浦为家里推销过产品。

在三十年的创作经历中，关于水晶的题材也写过十几篇，各种题材和形式都有，长中短篇小说有《水胆水晶》《水晶》《地形》《牛》《地洞》《石英砂厂的爱情》《水晶上的裂痕》《地下工厂》等等，还和朋友搞过一个大几万字的电视连续剧的提纲。但一直意犹未尽，于是便构思了这部长篇小说《蓝水晶》。这部作品实际上带有编年史的意味，以水晶开发为脉络，来揭示改革开放前夕和改革开放初期及发展进程中的复杂的人事矛盾和情感纠葛，描写了一组人物在激变的历史潮流中的沉浮和多变的人生命运。因为是我熟悉的一段生活，因此写起也相对顺利，用一年多的时间完成了初稿。

在写作过程中，我事实上已经回到三十年前的旧日时光，回到那个特定的充满朝气的年代。书中的许多人物都是我少年和青年时期的玩伴（他们的混合体），书中描写的环境更是我熟悉的家乡。当收完最后一笔时，我心怀感恩，长舒一口气，也算是完成我对青春往事的追忆，对成长经历的梳理。

2016 年 5 月 18 日于连云港新浦河南庄